二見文庫

誘惑は愛のために

アナ・キャンベル／森嶋マリ＝訳

Tempt the Devil
by
Anna Campbell

子どもだったわたしに大きな影響を与えてくれたこの世でいちばんすばらしい
女性にこの本を捧げます。
いまでも愛しくてたまらないジョーン叔母さまへ。

謝辞

エイヴォン・ブックスのみなさまに心からお礼を申しあげます。みなさんと仕事ができるのはこの上ない喜びで、作家としてエイヴォン・ブックスから自著が出せるのは栄誉以外の何ものでもありません。とりわけ、担当編集者のルシア・マクロとメイ・チェン、美術部の才気あふれるメンバー、そして、アナ・キャンベルという作家の本がまもなく刊行されるのを世に知らしめるためにすばらしい手腕を発揮してくれるマーケティング部の方々には感謝の念が堪えません。また、オーストラリアの新人ロマンス小説作家をいつもしっかり支えてくれるエイヴォン・オーストラリアのリンダ・ファネルと彼女率いるチーム、そして、誠心誠意力を尽くしてくれるエージェントのペイジ・ホイーラーとナンシー・ヨストにも心からの謝意を表します。

率直な意見を聞かせてくれるパートナーであり、貴重な友人でもあるアニー・ウエストに心をこめてありがとうと言わせてください。アニー、あなたがいなければわたしはどうなっていたことか。クリスティーン・ウェルズ、ヴァネッサ・バルネフェルド、シャロン・アーケルの支援と友情に感謝します。ロマンス・バンディッツのブログ仲間にも深く感謝しています。つねに笑顔を絶やさないあなたたちのおかげで、作家がわたしの天職であることを忘れずにいられました。また、わたしが物書き稼業に足を踏みいれる際に、その人生の実態について魅惑的な話をしてくれた友人のスーザン・パリジにも拝謝します。

誰よりも、そして、何よりも、わたしの作品を大いに楽しんだと感想をくださった読者のみなさまには深謝の念が堪えません。わたしの書いた物語をみなさんが楽しんでくださる——それがわたしにとって最高のご褒美です。

誘惑は愛のために

登　場　人　物　紹　介

オリヴィア・レインズ	高級娼婦
ジュリアン・サウスウッド	エリス伯爵
ペリグリン・モントジョイ卿（ペリー）	オリヴィアの友人
ローマ・サウスウッド	ジュリアンの娘
ウィリアム・サウスウッド	ジュリアンの息子
メアリー・ウェントワース	オリヴィアのいとこ
チャールズ・ウェントワース	メアリーの夫。牧師
レオニダス（レオ）	ウェントワース夫妻の息子。 オリヴィアの名付け子
フレデリック・モントジョイ	ファーンズワース卿。ペリーの亡き父
ジョアンナ	ジュリアンの亡き妻
レーサム	オリヴィアの執事
ヴェリティ・キンムリー（ソレイヤ）	オリヴィアの友人。公爵夫人
ジャスティン・キンムリー	カイルモア公爵。ヴェリティの夫

1

一八二六年四月、ロンドン

大勢の客でにぎわう広間の片隅から、エリス伯爵ジュリアン・サウスウッドは、自身の次の愛人となる名うての情婦を見つめた。

その晴れた春の日の午後、エリスが訪れたのはメイフェアの中心に立つ邸宅だった。けれど、その場には、マラケシュやコンスタンティノープルの奴隷市場にも負けないほど、売買される肉欲の香りが色濃く立ちこめていた。

広間に集っているのは大半が男性だが、挑発的なドレスに身を包んだ女たちもわずかながら交ざっていた。だが、そんな女たちには誰も見向きもしなかった。同様に、あまりに写実的でみごとなフレスコ画——恍惚《こうこつ》とするガニュメーデース（ギリシャ神話のイーリアスの王子。美少年として有名）にのしかかろうとする雄々しいゼウス——にも、エリスを除けば、誰ひとり気づいてもいないようだった。

広間の片隅の小さな演壇では、ピアニストとヴァイオリニストが辛抱強くモーツァルトのソナタを奏でていた。それは別世界の音楽だ。獣めいた淫らな肉欲とは相容《あいい》れない、美しく純粋な世界に属するものだった。

まさに、エリス伯爵ジュリアン・サウスウッドとは金輪際無縁の世界……。

エリスは寒々とした思いを頭から振りはらうと、傍らの友人に目を向けた。「紹介してくれ、キャリントン」

「その気になったか、友よ」

エリスが誰に興味を抱いたのか、キャリントンは尋ねようともしなかった。尋ねる必要などどこにある？　キャリントンも含めて、ここに集まった男たち誰もが、たったひとりの女――長椅子にゆったりと腰かけて、冷ややかな顔で広間を眺めているほっそりした女に注目しているのだから。

その女が西向きの背の高い窓のそばに座っている理由は、誰に教えられなくても、エリスはわかっていた。傾きはじめた午後の陽《ひ》が、やわらかな黄金色となって女に降りそそぎ、ゆったりまとめたブロンドの髪のおくれ毛をもてあそんでいた。澄んだ陽光を受けた鮮やかな真紅のドレスは、燃えあがった炎のようで、王立劇場の演出にも引けを取らないほど目を引いた。

アンニュイな雰囲気を漂わせるのは、愛人を生業《なりわい》とする女の常套《じょうとう》手段だ。けれど、そういったものには慣れっこのはずのエリスでさえ、その女をはじめて見たときには息を呑《の》まずにいられなかった。ひと目見ただけで、全身を流れる血が深く暗い欲望に渦巻いて、肌が粟《あわ》立《だ》った。

しかも、女との距離は、広間の半分ほども離れているというのに。

とはいえ、そこにいるのは巷《ちまた》にあふれる月並みの情婦ではなかった。そもそもその女が月並みの情婦なら、エリスがここに来ることもなかった。エリス伯爵は最高のものしか受けつけないのだから。最高の仕立屋、最高の馬、最高の女しか。

そんな厳しい基準に照らしあわせても、いまその部屋にいる淫婦は超一級だった。

この十年間、ふたりの並みはずれた情婦がロンドンの上流社会で耳目《じもく》を集めた。そのひとり、超然として陰があり、月光にも似て神秘的なソレイヤは、一年ほどまえにカイルモア公爵と結婚して、十年に一度のスキャンダルに火をつけた。もうひとりは、月のソレイヤと比べるならば、燃えさかる太陽とも言える女。いま、その女がエリスのまえで、神々しい宝石と見まがうばかりの姿態をさらしていた。

厩《うまや》にくわえる新たな馬を吟味するかのように、エリスは女をじっくり品定めした。女にしては、驚くほどの長身だった。真紅のベルベットのドレスのせいで、すらりとした体がことさら際立っていた。大柄な自分との釣りあいは完璧だ。とはいえ、これまでに愛人にした女たちは、もう少しふくよかで肉感的だった。ふいに、ひと月まえにウィーンで別れた愛人の懐かしい記憶がよみがえった。淫靡《いんび》でふっくらとしたブロンドのグレチェンのことが。

グレチェンはいまそこにいる女とは似ても似つかなかった。グレチェンのチロル人特有のやわらかな曲線美に対して、いまここにいる女はあらゆる意味で直線的な美しさを漂わせていた。ドレスの大きく開いた襟から覗《のぞ》く胸元はけっして豊満とは言えず、ウエストは細くびれている。細身のスカートに隠れた脚も、サラブレッドの脚のようにしなやかで長いのだろう。

グレチェンは若く、みずみずしかった。いっぽうで、いまここにいる女はどう見ても三十近い。その歳《とし》になれば、たいていの女はあちこちにほころびが見えはじめるはずだ。けれど、楽園に住む艶《あで》やかな鳥にも似たこの女は、上流階級の男たちの半分を虜《とりこ》にしつづけている。ロンドンでもっとも人気のある愛人の地位を長いあいだ保持していることも、なおいっそう男たちの興味をかき立てるのだ。

エリスは女の顔へと視線をずらした。体同様、顔もまた息を呑まずにいられなかった。あちこちの紳士クラブで、耳にたこができるほど熱狂的な賛辞を聞かされたからには、神秘的な魅力など感じないだろうと思っていた。その女を崇拝する男たちの口調にあからさまな欲望が表われていたことから、てっきり、ちょっと口説けばすぐに応じる見かけだおしの娼《しょう》婦《ふ》だとばかり思っていた。

けれど、意志の強さを感じさせる口元は、男性的と言ってもいいほどだった。鼻はやや大きくて、頬もやや高すぎる。金メッキの戸口から眺めるかぎりでは、瞳の色は判別できないが、大きな目は光り輝いて、周囲のようすを冷ややかに見ているのがわかった。

ネコの目。いや、トラの目だ。

そして、唇は……。

なるほど、摩訶《まか》不思議な魅力があるという噂《うわさ》は、その唇ゆえなのだろう。たしかに、やや大きすぎると言えなくもないが、それで誰が文句をつける？　濡《ぬ》れたその唇を見ただけで、それがわが身に触れるのを期待せずにいられる男など、この世にひとりといないのだから。

とたんに、頽廃的《たいはいてき》なイメージが頭の中に次々と浮かんできて、股間にあるものが石のように硬くなった。

ああ、まちがいない、この女は……只者《ただもの》ではない。

たしかに絶世の美女ではないかもしれない。花の盛りも過ぎている。屋外市の露店に並ぶ安っぽい装身具で、その身を飾りたててもいない。いかがわしく騒々しいこの場所ではなく、正式なパーティーで顔を合わせていたら、自分と同じ階級に属する淑女だと勘ちがいしそうだった。

そうだ、ほんとうに勘ちがいしていたかもしれない……。

あれほどさまざまなことを聞かされていたのに、何もかもが想像以上だとは。思い描いていた女とこれほどかけ離れているとは。

その女の魅力に関する噂などきれいさっぱり頭から追いはらいながらも、すっきりとして不思議なほど貴族的な顔に目が吸いよせられた。罪作りな唇に。豊かな髪に。魅惑という無限の渦に引きこまれた男たちに囲まれながらも、長椅子にゆったりと座っているすらりとした優美な体に。

その部屋の中で、その女は誰よりも人を惹《ひ》きつける力を持っていた。離れたところに立っていても、いまにも火がつきそうなほどの色香を発しているのがひしひしと感じられた。女がいかにも蔑むように周囲に視線を走らせた。顎を少し上げて、口元に皮肉っぽい表情を浮かべている。それは反抗心と勇気と不屈の意志の表われだった。

エリスは女が発している執拗《しつよう》なほどの色香を無視しようとした。けれど心臓は、戦場へ向かう軍隊の突撃太鼓にも負けず激しい鼓動を刻んでいた。

たしかに思い描いていた女とはちがう。とはいえ、求める水準に達しないとは、どう考えても思えなかった。

女が顔を上げて、となりに立っているどことなくたおやかな紳士が口にしたことばに笑みを浮かべた。肉感的な赤い唇が怠惰な弧を描いたとたんに、またもやエリスの全身を溶岩並みに熱く泡立つ戦慄が駆けぬけた。女の笑みには経験と知性、さらには、これまでに会ったどんな女ともちがう自信が表われていた。エリスはこの十六年というもの、星の数ほどの堕落した女たちを相手にしてきた。それでも、これほどの自信を抱く女には一度もお目にかかったことがなかった。口の中がからからに乾いて、長すぎるゲームに失《う》せはじめていた好奇心が一気にかき立てられた。熱い血潮となって全身を駆けめぐる欲望が、また一段と高まった。

ああ、そうだ、この女は私のものだ。

そう感じたのは、女がロンドン一の情婦だからでもなければ、エリス伯爵の威信にかけてそれ以下の情婦では満足できないからでもなかった。心がこの女を欲しているからだ。もう何年も、いや、何十年ものあいだ、これほど何かがほしいと思ったことはなかった。

「ミス・レインズ、お会いできて光栄です。お元気そうですね」

オリヴィアは色鮮やかな絹の扇――古代ローマの乱飲乱舞の酒宴が描《か》かれた扇――から顔を上げた。目のまえにキャリントン卿《きょう》が立っていた。キャリントン卿はロンドン一の情婦を愛人にしようともう何年も躍起になっていた。けれど、キャリントン卿のためを思えばこそ、オリヴィアは愛人になることをけっして承諾しなかった。キャリントン卿は善良でまじめな紳士。ロンドン一の情婦など相手にせず、結婚相手にふさわしい慎み深い淑女を見つけるべきだ。それでも、目のまえにいるのが善良でまじめな紳士だからこそ、オリヴィアは笑みを浮かべて、真紅の長い手袋に包まれた手を差しだした。

「キャリントン卿、おかげさまで元気にしているわ。あなたはお元気?」

お決まりの社交辞令。そういうことにはもううんざりしていた。それを言うなら、人生そのものにもうんざりしているけれど。

それでもどうにかして、いかにもなげやりでアンニュイな雰囲気を漂わせるのを忘れなかった。今日、こうしてここにいるのは、そろそろ新しい愛人を決めなければならないからだ。いつまでもペリーに世話になっているわけにはいかなかった。たとえ、ペリーが同じ家で暮らすのを明らかに喜んでいるとしても。現にいまも、ペリーは心配性の付添婦人のごとくまつわりついて、そばを離れようとしなかった。

新たな愛人となる男性に、ほんのわずかでも興味が抱けることを、心から願っていた。いずれにしても、誰かを選ばなければならないのだ。男性との関係では、つねにオリヴィア・レインズが主導権を握る——苦労の末に手に入れたその評判が保てるかどうかは、次の相手しだいだった。

とはいえ、評判になること自体にも、もう疲れ果てていた。

「ええ、すこぶる元気です」差しだした手に向かって、キャリントン卿が頭を下げた。「エリス伯爵をご紹介します。つい先日、外国から戻られて、この社交シーズンのあいだロンドンに滞在されるんです」

エリス伯爵といっても、つまるところはただの男にすぎない……。オリヴィアはさして興味も持てないまま、キャリントン卿に握られている手を引っこめると、そのとなりに立つ紳士にちらりと目をやった。

かなりの長身だった。ちらりと見るだけのつもりだったのが、目を留めて、じっと見つめることになった。視線がゆっくりと上に移動する。最新流行の装いで身を固めたたくましくもすっきりした体を眺めて、高い頬骨と眉のあいだにある鋼色の目で視線を留めた。もしかしたら、この男性の印象は、鉄灰色の目が放つ冷ややかな光によるものかもしれない。いまの自分がこれほど冷静でいなければ、その冷ややかな視線に射抜かれて、背筋に寒気が走っていたにちがいなかった。

けれど、オリヴィア・レインズはロンドン一と評判の情婦。正直なところ、そんな評判など悪魔にくれてやってもかまわない。けれど、パトロンとなるはずの男性を魅了すると同時にひるませるために、その評判をどう利用すればいいのかはきちんと心得ていた。

物憂い表情のままで、片手を差しだした。「閣下」

「ミス・レインズ」

キャリントン卿と同じように、エリス伯爵も手を取って、小さくお辞儀した。サテンの手袋越しに、ひんやりとした手の感触が伝わってきた。なぜか、その瞬間、周囲のざわめきが遠のいていった。力強い手の感触と、こちらに向かって下げられた豊かな黒髪におおわれた頭だけが、この世のすべてになってしまったかのようだった。礼儀としてではなく、自分のものだと宣言するために手を握られているような気がした。うなじのおくれ毛が逆立って、胸の鼓動が不規則なリズムを刻みはじめた。

いったいわたしはどうしてしまったの？　何度か瞬《まばた》きをして、どうにか気持ちを現実に引きもどした。

新たなパトロンを決めるという現実に。

エリスがパトロンとして明白な意思表示をしたのは、すでにわかっていた。そればかりか、エリスが興味津々であることにも即座に気づいた。

けれど、エリスはマナーに反するほど長々と手を握ってはいなかった。ドレスの襟ぐりからそれとなく胸元を盗み見もしなかった。あからさまな欲望や所有欲は微塵《みじん》も表に出さなかった。紳士たちの目にときおり浮かぶ侮蔑さえまったく示さなかった。自身の自由は謳歌《おうか》するくせに、情婦の自由には眉をひそめる――そんな侮蔑の色はちらりとも浮かべなかった。どこまでも冷静なエリスの顔からは、何を考えているのか、何を感じているのか、まるで読みとれなかった。

それなのになぜ、わたしを愛人にするとエリスが心に決めているのがわかるの？

エリスは息を呑まずにいられないほど端整な顔立ちをしていた。鋭角的な顎の線も、高く形のいい鼻も、豊かな黒い髪も何もかも、文句のつけようがない。なぜ、もっと早くエリスに気がつかなかったか不思議なほどだ。誰もが目を奪われる美男子なのだから。周囲の男性を圧倒する長身とその容貌に、目を引きつけられて当然だったのに。たとえ、近寄りがたい雰囲気をかもしだしていなかったとしても。そう、まるで、鎧《よろい》をまとっているかのような……。

その鎧は何から身を守るためのものなの？

思いがけず浮かんできた好奇心をオリヴィアは頭から追いはらった。そんなことを気にしてどうするの？　エリス伯爵だって、みんなからちやほやされて育った貴族の長男に変わりない。これからわたしが利用して、ぽいと捨てるもうひとりの男性に変わりない。これまで同様、そうなるのは最初から決まっていた。

いかにも愛人の女王にふさわしい物憂げな仕草で扇を上げると、顔のまえでゆったりと振った。扇に描かれたニンフの言いなりになっているふたりの裸の男の絵を、エリスのほうに向けるのを忘れなかった。安っぽいやりかたではあるけれど、どういうわけか、あくまでも冷静なエリスを動揺させたくてたまらなかった。

キャリントン卿が頬を赤くして、顔をそむけた。エリス伯爵の視線がちらりと扇をかすめて、すぐにまた元に戻った。ひいでた眉の下の銀色の目には、どんな感情も浮かんでいない。けれど、それでも、いかにも情婦らしいそのやりかたをおもしろがっているようだった。

「久しぶりにお戻りになったロンドンはいかが？」オリヴィアは冷ややかに尋ねた。

「この街には、想像だにしなかった麗人がいるとわかりましたよ」抑揚をつけずにエリスが応じた。

なるほど、ゲームのはじまりね。

「それはまたお上手ね」謙遜などせずに、さらりと応じた。はにかんでみせるのは、取引のレパートリーにはなかった。「そのあたりをさらに掘りさげる機会がありますように」

「ああ、ぜひともそうしたいと思っている、ミス・レインズ。また会ってもらえるかな？」

「あいにく、オリヴィアは多忙ですよ」となりに立っていたペリーが返事をした。ペリーの手が肩にしっかりと置かれるのを、オリヴィアは感じた。四角く開いたドレスの襟から覗く肌に。


オリヴィアは驚いて顔を上げると、友人でありこの家の主人でもあるペリーを見た。たったいま口にしたことばには明らかな敵対心が感じられた。とはいえ、それまで、ペリーがとなりにいることさえ忘れかけていた。エリスとの冷ややかな闘いにそれほど真剣になっていたのだ。

「たしか、あなたとはこれが初対面のはずでは？」エリスが相変わらず冷静に言った。オリヴィアは冷たい鋼鉄の目が自分からようやく離れたのに気づいた。

「こちらはペリグリン・モントジョイ卿」キャリントンがあわてて紹介しながら、ふたりの男のあいだで視線をさまよわせた。「ペリグリン卿、こちらはエリス伯爵です」

「ああ、存じあげている」ペリーが鋭い口調で応じると、肩にのせた手に力をこめた。


いったいペリーはどうしたの？　今夜の集いの目的を知っているはずなのに。パトロン候補になりそうな人物について、あらかじめ話しあいまでしたというのに。たしかに、そのときはエリス伯爵の話は出なかった。とはいえ、話に出なかったのも不思議はない。ほんの数分まえまで、この集いに現われるとは思ってもいなかったのだから。

「ペリグリン卿」エリスが声をかけながら、もう一度お辞儀をした。口調はやはり穏やかで、よく響く低い声も変わりなかったけれど、そのひとことに警戒心がこめられていた。

オリヴィアはふいに心を決めた。「明日の四時に、わたしはここでお茶をいただくわ」

「お茶……」エリスの表情は変わらなかった。けれど、ついにその紳士も戸惑ったらしい。

「そう、お茶よ」

頼みさえすれば、わたしが即座に脚を広げるとでも思っていたの？　そうだとすれば、エリスは英国を長く離れすぎていたことになる。パトロンを選ぶのも、ふたりのあいだのルールを決めるのも、情事を終わらせるのもオリヴィア・レインズのほう。その愛人の目に余るほどの自立心なら誰もが知っている。だからこそ、オリヴィア・レインズは簡単には手に入らない高嶺《たかね》の花なのだ。

自分も相伴《しょうばん》にあずかりたいというキャリントン卿の無言の願いが伝わってきたけれど、無視した。キャリントン卿はオリヴィア・レインズのような女とは釣りあわない。いっぽう、エリス伯爵はそうではなかった。

「ありがとう。それは光栄だ」低く囁《ささや》くような声に、満足感は微塵も表われていない。それなのに、洗練された外見の下で、歓喜がこみあげているのがわかった。

「では、明日」

「では、明日」エリスがさきほどと同じように、手を取って頭を下げた。長い指が手にそっと触れた。「ミス・レインズ」

「閣下」

人であふれる広間を軽やかな足取りで去っていく姿が、なんとも印象的だった。その場には上流階級でもとくに高位の人々が集っていた。正確に言うなら、とくに高位の紳士たちが。金も権力も有する紳士たちが、エリス伯爵のために迷うことなく道を空けていた。

「どうしてまた、あんな悪党をパトロン候補にしたんだ？」オリヴィアの寝室で、ペリーがベッドにごろりと寝ころんだ。麗しい紫色のガウン姿で、天井で舞っている漆喰《しっくい》のキューピッドを見つめた。

「まだ決めたわけじゃないわ」オリヴィアはずっしりした銀のヘアブラシを鏡台の上に置くと、鏡に映るペリーを見やった。ペリーが誰のことを言っているのかは尋ねるまでもなかった。数分まえにペリーが寝室につかつかと入ってきたときから、エリス伯爵はあたかもそこにいるかのような存在感を放っていた。

「あいつはきみをものにしたと思ってるよ」さも不愉快そうに、ペリーがむっつりと言った。

「あの人が思っていることと、実際に起きることがつねに一致するとはかぎらないわ」オリヴィアは鋭い目で、自分のベッドに寝そべっている官能的で端整な顔立ちの若い紳士を見た。その姿はまるで、カラヴァッジョが描く美少年に命が宿ったかのようだった。「なぜ、エリス伯爵をそれほど嫌っているの？」

「あいつは傲慢なろくでなしだ」

「そうね。でも、それを言うなら、社交界の男性の大半がそうだわ。エリス伯爵について何か知っているの？」

「うぬぼれ野郎だってことは知ってるよ。女と見れば片っ端からベッドに押し倒すのも知ってる。あいつは十六年まえに外交官になって英国を離れて以来、ほとんどこの国に戻ってこなかった。行く先々で、その国でいちばん人気の愛人を手に入れては、次の赴任先が決まると、にべもなく捨ててきたんだ」

「わたしにとっては、どうでもいいことばかりだわ」オリヴィアは穏やかに言った。「一生エリス伯爵の愛人でいるつもりなどないもの」

「あいつは女を戦利品か何かだと思っているんだよ」ペリーがしかめ面で睨《にら》んできた。自分の怒りに賛同が得られないせいでますます苛立《いらだ》っているのだ。「あいつにとって女は、虚栄心を満たす飴玉《あめだま》程度のものなんだよ。今回は娘の結婚式のために帰国して……」

「娘の結婚式?」彫刻が施されたヘアブラシを握る手に、思わず力が入った。どういうわけか、エリスに妻がいるとは、いまのいままで頭をかすめさえしなかった。なんて間が抜けているのか。エリスは四十近いはずで、その年齢の男性であれば妻子がいて当然だ。「結婚しているの?」

となれば、エリスはパトロン候補ではなくなる。これまで守ってきたルールのひとつに、パトロンは独身にかぎるというものがある。そのルールを曲げるように法外な条件を提示されたことは何度もあるけれど、それでも今日まで、自分のせいでほかの女性が傷つくことがあってはならないという誓いはしっかり守ってきた。

ペリーのぽってりしたバラ色の唇が不満げに結ばれた。「いや、忌々《いまいま》しいことに独身だよ」

愛人オリヴィア・レインズのルールなら、ペリーもよく知っていた。「若いころに結婚したが、乗馬の事故で妻を亡くしたんだ。そのときすでに子どもがふたりいた。息子と娘だ。その娘の縁組はこの社交シーズンで噂の的だよ。ここ数カ月、きみは世間とかかわらずに過ごしてきたが、レディ・ローマ・サウスウッドがウェインフリート翁の跡継ぎであるトーマス・レントンと結婚するという話ぐらいは聞いたことがあるだろう」

「いいえ、知らないわ」そう言いながらも、オリヴィアは自分の声がはるかかなたで響いているような気がした。

深くひとつ息を吸った。胸を満たそうとしているのは安堵《あんど》なの？　まさか、そんなわけがない。男なんてみな同じ。そう心の中でつぶやいたものの、ほかの男性に感じなかった興味を、エリスに対して抱いているのは事実だった。でも、それはきっと、エリスのことを何も知らないからにちがいない……。

鏡に映る自分の茶色の目に不安が浮かんでいるのが見えた。そうよ、何も知らないからに決まっている。

ヘアブラシを置いて、スツールをくるりとまわして振りかえると、オリヴィアはペリーを見た。「エリス伯爵が裕福なのかどうか、教えてくれないのね」

ペリーはますます不満げな顔をしたけれど、それでも誠実であることに変わりなく、嘘《うそ》はつかなかった。「大昔の王さま並みに大金持ちだよ」

「ならば、問題ないわね」

とはいえ、エリスと知りあった今日の午後は、問題がなかったとはとうてい言えなかった。ひときわ印象的な陽に焼けた顔にしろ、くっきりした鉄灰色の目にしろ、冷ややかな表情にしろ、この午後は心をかき乱されてばかりだった。

エリスはこの世のあらゆることを経験し尽くして、どんなことにも動じないかのようだった。

ペリーが声を荒らげた。「問題がないなんてとんでもない。あいつは女性に対して思いやりのかけらも持ちあわせない放蕩者《ほうとうもの》だよ。冷酷非情な頑固者だともっぱらの噂だ。ぼくが知るかぎりでも、大陸での決闘で三人の命を奪ってる。外交官としての忌々しいほどの才気がなければ、外務省もとっくのとうに祖国に連れもどしていたはずだ。やつは英国の面汚しだ。ああ、あいつの家にとっても面汚し以外の何物でもない。そうに決まっているさ。オリヴィア、あいつは妻が墓の中で冷たくなるまえに、わが子を姉に押しつけて、以来、ほとんど子どもたちに会っていない。興味があるのは自分の快楽だけで、それを邪魔するやつは誰だろうと許さないんだ。これでもまだ、人生をゆだねるにふさわしい男に思えるか？」

ペリーがこんなに辛辣《しんらつ》に人をこきおろすとは意外だった。「ねえ、どうしてそんなに腹を立ててるの？　あなたは昔ながらの道徳観念にしたがって生きているわけではないのに」

ペリーの口元が引きしまった。「ああ、だけど、ぼくは自分の面倒は自分で見ている。これまできみは自ら災難を招くような真似はけっしてせずに生きてきたはず、そうだろう？　どうしても誰かの愛人になるしかないなら、キャリントン卿にしろよ。キャリントンは長いあいだきみにぞっこんで、ポケットの中には金がうなるほどある。さもなければ、このままここにいてくれよ」

「あなたに頼って生きるわけにはいかないわ、ペリー」それはもう何度も話しあったことだった。ロンドンにあるペリーの豪邸にときおり世話になるのは、お互いに何かと都合がよかったけれど、そんなふうに一生暮らすつもりはなかった。そろそろベッドに入ろうと、オリヴィアは髪を編みはじめた。「キャリントン卿をパトロンにしたら、最後には傷つけることになるわ。でも、エリス伯爵は傷つけようにも、そもそも心など持ちあわせているかどうか。だから、ちょうどいいのよ」

「オリヴィア、あいつは狡猾《こうかつ》で無慈悲で自分勝手だ。最後にはきみが傷つくに決まってる」

せっせと髪を編んでいたオリヴィアは手を止めた。「暴力をふるうの？」そうは思えなかったけれど、上流社会の噂話にはペリーのほうが通じていた。

「いや」ペリーが渋々と言った。「そういう噂は聞いたことがない。でも、殴る以上に女を傷つける方法はいくらでもある」

そういうことなら、身をもって体験していた……。悲惨な記憶がよみがえって頭から離れなくなるまえに、オリヴィアはあわてて言った。「自分の面倒ぐらい自分で見られるわ。ペリー、あなたはエリス伯爵には強大な力があると考えているようだけれど、それは思い過ごしよ」

ペリーの顔から怒りが徐々に消えて、その下に隠れていた胸が痛くなるほどの思いやりが顔を覗かせた。わたしがこの世で愛している男性はふたりだけ。そして、そのひとりがペリーだ。ペリーを悲しませるのは辛《つら》いけれど、誰と閨《ねや》をともにするかは、わたしが決めることだ。

「何を言ったところで、聞く耳を持たないというわけか。心はもう決まっている、そういうことなんだね？」

たしかにそうなのかもしれない。とはいえ、明日のお茶の席での会話——酒宴ではなくお茶に招かれて驚いていたエリスを思いだすと、つい顔がほころんだ——で完全に心が決まるはずだった。

「そうよ」オリヴィアは編んだ髪を留めると、立ちあがってガウンを脱いだ。ガウンの下は、愛人稼業が休みのときにもっぱら好んで着ている真っ白なネグリジェだった。「次のパトロンはエリス伯爵よ」

「ならばもう、救いようがない。ぼくはもう何も言わないよ」ペリーがベッドから転がり下りて、頰にキスをしてきた。「おやすみ、マイ・ダーリン」

「おやすみなさい」オリヴィアは暖炉の火を見つめながら静かに言った。ペリーが寝室の扉をそっと閉めるときにも、暖炉の火を見つめたままだった。

ああ、ほんとうに天の救いがあればいいのに……。けれど、自分もエリスも天の救いなど得られるはずがない。それは本能でわかっていた。

エリスを新たなパトロンに決めたほんとうの理由を、オリヴィアはペリーに話さなかった。どこまでも冷ややかな鋼色の目を見たとき、エリスには心がないとわかったのだ。心がない女のパトロンとして、それ以上にうってつけの男性がいるはずがなかった。

エリスは四時ちょうどにペリグリン・モントジョイ卿の邸宅に着いた。帽子と手袋とステッキを執事に渡しながら、きらびやかな装飾に目をやった。いくつもの鏡、金メッキの枝付き燭台《しょくだい》、けばけばしい置物、彩色された漆喰壁、古代ギリシャ風の裸像。すべてが男性の像で、どれもイチジクの葉ひとつ身につけておらず、異常に大きな性器をあらわにしていた。

ペリグリン卿はこの邸宅に滞在している女性の仕事を宣伝するために、こんな装飾を選んだのか？　オリヴィア・レインズほどの女であれば、露骨な宣伝など必要ないのに。オリヴィアがかもしだす濃厚な色香を感じずにいる男など、この世にいないのだから。

その邸宅は豪華ではあるが、凝りすぎていた。まるで高級な売春宿のようだ。ただし、すべてが超がつくほどの一級品で、どれほど成功した売春宿の女主人でもとうてい手の届かないものばかりだった。まもなく自分の愛人となる女はもっと控えめなインテリアが好みなのではないか――なぜか、エリスはそう感じた。昨日の芝居がかった真紅のドレスは、普段着ているものとはちがうのだろうと。

玄関の間のけばけばしいだけで座り心地の悪い椅子で待たされているあいだ――オリヴィアは新たなパトロンを大歓迎して、虚栄心をくすぐる気などさらさらないらしい――伝説的なミス・オリヴィア・レインズについてあれこれ思いをめぐらせた。

ペリグリン卿の庇護《ひご》の元で堂々と暮らしているとは、オリヴィアはどういうつもりなのだろう？　もしモントジョイと長年にわたる愛人関係にあるなら、なぜべつのパトロンを探す必要があるのか？

聞いたところによると、オリヴィアはひとりの男との愛人関係が終わるたびに、この家に戻ってくるらしい。モントジョイは無償でポン引き役を引きうけているのか？　オリヴィアが何度も自分の元に戻ってくるのを許すとは、モントジョイはいったいどういうつもりなんだ？　いずれこの家を出ていくと決めていながら、オリヴィアはなんでそんなことができるんだ？

　要するに、なんだかんだ言っても、オリヴィアも不実なあばずれと大差ないのか？　とはいえ、噂によれば、オリヴィアはいったん愛人契約を交わしたら、ほかに男をつくることはないという。ただし、相手に飽きて捨てるまでは。これまでのところ、パトロンのほうがオリヴィアに飽きて別れを切りだしたという話は聞いたことがなかった。

　オリヴィアと閨をともにした幸運な男たちと会ったことがあった。いや、〝幸運〟とは言えないのかもしれない。そういった男たちが、オリヴィア・レインズのベッドでもうひと晩過ごしたいとどれほど願ったところで、その夢がかなうことはないのだから。オリヴィアと愛人関係を結んだ男たちはいちように、オリヴィアに畏怖《いふ》の念を抱いて、まるでその女が人間離れした力を持っているかのような口ぶりで話をする。傷つきやすい繊細な男であれば、ひとたびオリヴィアと一夜を過ごしたら、金輪際ほかの女に興味が持てなくなると言いだしても不思議はなかった。

　だが、エリスはあることに気づいていた。これまでのパトロンの中に、オリヴィアに真にふさわしい男はひとりとしていなかったことに。そもそもが、オリヴィアの激しい性欲に、骨の髄まで搾りとられてしまいそうな情けない男ばかりだった。いや、もしかしたら、オリヴィアははじめから、典型的な軟弱男を選んでいるのかもしれない。

　そうだとすれば、この自分と閨をともにしたら、オリヴィアは驚くことになる。向かいの壁にかかった金枠の鏡に映る陽に焼けた顔をちらりと見やって、前屈《まえかが》みになった背をぴんと伸ばした。エリス伯爵ジュリアン・サウスウッドはたしかに自信満々だが、得意げににやついたりはしなかった。

それでも、昨日、オリヴィアに無言で挑発されたことを考えると、ぞくぞくして血が沸きたった。あの出会いは火花が散るほど互いを意識して、力と力がぶつかりあって稲妻が走ったかのようだった。ああ、そうだ、オリヴィア・レインズに飽きるまで、たっぷり楽しんでやろうじゃないか。

「こちらへどうぞ、閣下」戻ってきた執事に二階へ案内された。通された部屋は、昨日の広間に劣らずけばけばしかった。

エリスは部屋の壁を埋め尽くす奔放な若い男たちの絵のひとつに目を留めた。部屋の三面の壁には、古代ギリシャと思《おぼ》しき背景の中で、現実にはありえないもつれあいを展開している全裸の男たちが描かれていた。残る一面の壁には窓が並び、その向こうに、さまざまな形や大きさの花壇を配した美しい庭が広がっていた。

「エリス卿」オリヴィア・レインズが立ちあがって、一国の姫君と見まがうばかりの仕草で膝を折ってお辞儀をした。

エリスは大股でオリヴィアに歩みよると、その手を取った。今日は手袋をしていなかった。それに気づいただけで、肌が粟立つほどうれしくなった。体を屈めて、その手に唇をそっとあてる。オリヴィアの肌に触れたのははじめてだった。きめ細かく、ひんやりした肌にはほのかな香りが漂っていた。石鹼《せっけん》の香りかもしれない。咲きほこる花の芳香の下に、罪作りなことをしろと男をそそのかす女の香りがひそんでいた。オリヴィアの腕の中での一夜と、天国での寝場所を交換するほどたいそうな気分にはなれなかったとしても、オリヴィアはまちがいなく楽園の香りがした。

「今日はペリグリン卿は一緒ではないのかな？」

「この種の話しあいには、わたしひとりで臨むことにしてますの」オリヴィアはさらりと言いながら手を引っこめると、ティーテーブルの上に置かれたお茶を用意しはじめた。さんざん女遊びをしてきたエリスでさえ、オリヴィアが離れてしまうと、その甘い芳香をまた感じたくてたまらなくなった。「それとも、あなたには付添いが必要なのかしら、閣下？」

エリスは鼻で笑いたくなるのをこらえた。やはり、昨日抱いた印象はまちがっていなかった。伯爵に対して敬意を払おうともしない生意気な女。ますます興味をかき立てられて、心が決まった。これこそ捕まえがいのある獲物。こんなに心が逸《はや》るのは何年ぶりだろう。

「きみと一緒にいても、せいぜい三十分ぐらいなら威厳が保てそうだ」

いまから三十分後には、頽廃的な日々がはじまる。そう思っただけで、頭の中が淫らな期待感でいっぱいになった。

「それを聞いてほっとしたわ」

夢にまで見た肉感的な唇に邪《よこしま》な笑みが浮かんだ。昨夜、そんな夢を見るとは思ってもいなかった。女の夢など思いだせないぐらい長いこと見ていなかったのだから。少なくとも生きている女が出てくる夢は。

相変わらず優美な仕草で、オリヴィアが向かいの椅子を指さした。「どうぞおかけになって、閣下」

エリスは椅子に腰かけると、お茶の好みに関する質問と、ケーキとサンドイッチのどちらにするかという問いかけに答えただけで、あとは黙ってオリヴィアを見つめた。昨日、お茶に誘われたときには、もしやお茶というのは何かもっと興味深いことを暗に示しているのだろうかと勘繰った。だが、それはやはり勘繰りでしかなかったらしい。うっとうしいほどきらびやかなこの部屋で、すばやくオリヴィアとことに至るなどという喜ばしい事態にならないのは火を見るより明らかだった。

これはつまり、妹とお茶を飲むようなものなのだ。といっても、いまにも燃えあがりそうな官能の予感に満ちている点を除けばだが。

オリヴィアの装いは昨日より砕けていた。明るい緑色のモスリンのドレスは、乳白色の肌とブロンドの髪にぴったりだった。長身だと思ったのはまちがっていなかった。立ちあがって出迎えたオリヴィアの頭の位置は、自分の顎のあたりにあったのだから。大柄な自分と、これほど近くで目を合わせられる女はめったにいなかった。

そうだ、オリヴィアのような女はめったにいない——それはすでにわかっていた。

「今日、私がここに来た理由はわかっているね」オリヴィアがまっすぐに見つめてくるのを待って、言った。エリス伯爵の気まぐれなお眼鏡にかなった女の大半は、その気持ちをどうにかして長続きさせるために必死になるのがつねだった。それなのに、オリヴィア・レインズは慈善演奏会に出席した耳の遠い貴族の老婦人並みに無感動だった。「きみを私の愛人にしたい」

いつもならこれほどぶしつけな物言いはしないが、いま、目のまえにいる女が遠回しな誘いに応じないのは直感でわかった。昨日、人の鼻先で滑稽な扇をわざとらしく振っていたオリヴィア。ああやって男を怖気《おじけ》づかせようとするほど、豪胆な女なのだから。

とはいえ、あんなことで怖気づくようなエリスではなかった。むしろ、さらに興味をかき立てられた。

オリヴィアの官能的な唇がまたぴくりと動いた。といっても、笑みを浮かべたわけではなかった。そのときはじめて、口元に小さなほくろがあるのに気づいた。熱いうねりが全身を駆けぬけて、滑らかなそのほくろを味わってから、唇を奪いたくてたまらなくなった。

嘘だろう？　口づけると考えただけで興奮するとは。そんなことは、メイドの尻を追いかけまわしていた子どものころ以来だ。

それなのに、いま、まぎれもなく興奮していた。テーブルに感謝したい気分だった。オリヴィアの超然とした美にどれほど欲情しているかを隠してくれるテーブルに。

「単刀直入なのね」オリヴィアが探るような口調で言った。

そうして、ティーカップを手に取ると、ひと口お茶を飲んだ。その手がこれっぽっちも震えていないのが腹立たしかった。偉大なるエリス伯爵をまえにしても、ちっとも感動しないらしい。こんなことはめったになかった。とりわけ、愛人として生きる女を相手にしているときには。何はともかく、莫大《ばくだい》な財産がつねにものを言うのだから。

「もう少し遠回しなほうがお好みだったかな？」

口調に苛立ちが表われているのが気に食わなかった。自分ほどの男をこれほど悩ますはすっぱな女がこの世にいるとは信じられなかった。とはいえ、オリヴィアはまさにそうしているけれど。認めたくはなかったが、それはまぎれもない事実だった。

「いいえ。あなたの率直な物言いは……新鮮だわ」オリヴィアがティーカップを下ろして、興味深そうに、けれど冷静な目で見つめてきた。エリスは相手のほんのかすかな仕草も見逃さないことから、外交官として華々しい成功をおさめてきた。それなのに、いま、目のまえにいる女の気持ちは何をしても読めなかった。「こんなふうにことを進めるのを、あなたはどう思っているの？」

エリスとしてはオービュソンの絨毯《じゆうたん》の上で長く激しいセックスをしたかった。硬くいきり立っているものが気になって、マホガニーの優美な椅子におさまった腰をかすかにずらさずにいられなかった。いったいぜんたい、なんだってこれほど興奮しているんだ？　まだ女の体に触れてもいなければ、淫らなことばで誘われたわけでもないのに。それなのに欲情して、鉄の棒よりかちかちに硬くなっているとは。

ごくりと唾を飲みこんで、冷静さを取りもどそうとした。けれど、話しはじめると声がかすれていた。「私は六月までロンドンに滞在して、その後は外交官としてウィーンに戻る。私がロンドンにいるあいだ、きみのために家を借りて、召使を雇い、手当を払って、馬車も用意する」

「代わりに、あなたはわたしを自由にするのね」その口調はなぜか皮肉っぽかった。

「私ひとりのものになってもらう」愛人をべつの男とわかちあうなど考えられなかった。細かい条件を決めるまえに、それだけははっきりさせておく必要があった。

万が一、オリヴィアがこの条件を拒んだら？　どこにでもいる情婦相手なら、肩をすくめて、第二の愛人候補と交渉するまでだ。だが、相手がオリヴィアとなると……。

くそっ。いったい、どういうことだ？　束《つか》の間、物静かで従順なグレチェンが懐かしくなった。グレチェンは愚鈍だったかもしれないが、パトロンを戸惑わせることも、不安にさせることもけっしてなかった。別れたばかりのその愛人とオリヴィア・レインズが天と地ほどもかけ離れているのは、すでにわかっていた。これまでのどの愛人ともかけ離れている――それに気づいて、絶望的なほど暗い気分になった。どれほど必死に泳いだところで、渦巻く波に呑みこまれると気づいたような絶望感だった。

だったらなぜ、即座に立ちあがって、この場を去らないんだ？　その問いかけにすぐに易々《やすやす》と答えられないこともまた苛立たしかった。

「わたしに関する噂を何も知らず、昨日、ここにいらしたわけではないでしょう」オリヴィアが冷ややかに言った。つい見とれてしまいそうな目――澄みわたったこの世にふたつとないトパーズ色の目――は、オリヴィアの気持ちを何ひとつ明かしていなかった。「わたしがパトロンに忠誠を尽くすことぐらいは、耳にしているでしょう」

「ああ」これではまるで十代の少年だ。けれど、深みのあるハスキーな声を聞いただけで、全身に汗が噴きだした。クラバットが息苦しいほどきつく思えて、力任せに引っぱって緩めたくなったが、そんな衝動を必死に抑えた。

「もちろん、ふたりの関係が続いているあいだは」うらやましいことに、そして、苛立たしいことに、あくまでも冷静なオリヴィアが値踏みするように見つめてきた。

あろうことか、エリス伯爵の愛人になれるというのに、この小賢《こざか》しい女には感動しているようすなど微塵もない。トパーズ色の瞳はすべてを見通し、判断して、真実を見極めていた。

どれほど妄想癖がある男だろうと、誘惑されていると勘ちがいするはずがなかった。

それなのに、即座に魅了されてしまうとは。これほど女に強く惹かれたのは何年ぶりか思いだせなかった。これが男を絡めとるための周到な罠《わな》ならば、太刀《たち》打ちなどとうていできるはずがない。

オリヴィアの口調は相変わらず仕事上の契約を交わしているかのようだった。ああ、オリヴィアにとってはまさにそういうことなのだろう。せめてオリヴィアの半分でもいいからそんなふうに単純に考えられたらと、心から願わずにいられなかった。「それに、パトロンがいても、わたしが自由に行動することは、もちろん耳にしたことがあるでしょう。愛人関係をいつはじめるか、いつ終わりにするかはわたしが決めます。ひとりで自由に過ごす時間もいただきます。愛人としてひとつだけお約束できるのは、あなた以外の男性とベッドをともにすることはけっしてないという一点だけ」

「つまり、私は大金を払って、きみに勝手気ままなことをさせるわけだ」エリスは皮肉をこめて言った。

オリヴィアが肩をすくめた。「ご不満なら、どうぞお引き取りになって、閣下。ロンドンには、わたしのほかにも女はたくさんいますから」

そのとおりだが、オリヴィア・レインズはひとりしかいない。忌々しいことに、それを百も承知の上で、オリヴィアはこんなことを言っているのだ。疼《うず》く股間に堪《た》えがたいほどの痛みが走った。気のないふりをして、追いかけさせようとしても無駄だ——と言えればどれほどいいか。

オリヴィアが膝の上で両手を握りあわせた。その姿は一見慎み深く見えた。といっても、その体が発する強い色香を無視できればの話だ。これほど豪胆に歯向かってくる女を相手にするのはずいぶん久しぶり……いや、おそらくこれがはじめてだ。目のまえにいる女は、きちんとまとめた髪から、ドレスの裾からちらりと覗く緑色の繊細な絹の上靴まで、全身が対抗心の塊だった。

エリスは上着の内ポケットをまさぐった。ぎこちない手の動きを、オリヴィアが気づかずにいてくれるのを祈るしかなかった。「きみにどれほどの敬意を払っているか、その証《あかし》を持ってきた」

内ポケットからビロード張りの細長い箱を取りだして、テーブルに置くと、オリヴィアのほうへ滑らせた。オリヴィアが興味なさそうに箱を開けて、束の間、何も言わずに箱の中身を見つめた。

ついにオリヴィアも感激したのだろう。その朝、高級宝石店ランデル・アンド・ブリッジで二時間かけて、そのブレスレットを選んだのだから。華麗なルビーの花の連なりと、菱形《ひしがた》の爪で支えられたひと粒のダイアモンドを見たとたんに、これこそ希望どおりのものだと思ったのだった。

そのブレスレットは、まさにオリヴィア・レインズのように、この世にふたつとなく、目を奪われるほど美しかった。いつのまにか、オリヴィアの魅力について抱いていた疑念が消えていた。これまでに会った女性の中で、誰よりも美しいと素直に思えるようになっていた。オリヴィアの表情は変わらなかったけれど、長いこと愛人として生きてきたからには、光り輝く絢爛《けんらん》なブレスレットにどれほどの金が支払われたかはわかっているはずだった。

そのブレスレットが伝えているメッセージは取りちがえようがなかった。エリス伯爵は裕福で、気前がよく、その紳士の愛人になれば、いくらでも贅沢《ぜいたく》ができるのだ。

ゆっくりと慎重に、オリヴィアが箱の蓋を閉じた。それから、トパーズ色の目を上げると、感情の読みとれない表情で見つめてきた。「いいわ、エリス卿。あなたの愛人になります」

2

エリスとベッドをともにするのを承諾しながらも、本能は申し出を拒めと叫んでいた。これまでのパトロンたちにも危険を承知で身をゆだねてきたけれど、それ以上の危険を冒してはならないという声が、心の中で響いていた。避けようのない運命として身を売る人生を受けいれて以来築きあげてきたものすべてをエリスに脅《おびや》かされる。心の奥底では、オリヴィアはそれにはっきり気づいていた。

不合理な恐怖に体がこわばっていた。

恐怖は長年心に巣食っている、もっとも油断ならない敵だった。どんな男性より、はるかに手強《てごわ》い敵だった。

恐怖になど負けるもんですか。

それに、なぜ恐れることがあるの？　大人の女になってからというもの、意のままに操れない男性になどお目にかかったことがないのだから。エリスだって例外ではないはず。それを証明してみせれば、これまで以上の満足感が得られるに決まっている。世間に対して証明してみせれば。エリスに対して、わたし自身に対して証明してみせれば……。それでも、なんとなく気が進まないのは、数カ月まえに最後のパトロンと別れてからずっとつきまとっている不可思議な気分のせいにちがいない。

手首に痛みが走って、両手をどれほど強く握りしめていたかに気づいた。ゆっくり手から力を抜く。けれど、その仕草が何を意味するのかエリスに見抜かれているのはまちがいなかった。

斜に構えたエリスの目がきらりと光ったのは、満足感のせい？　勝利したと思っているの？　わたしを自分のものにしたとでも？

「それは光栄だ」エリスが立ちあがって、見つめてきた。長身の体や、その中に秘めた力にさらに圧倒された。「では、オリヴィア、今夜会おう」

名前で呼ばれたのははじめてだった。まもなくエリスとおこなう行為を思えば、親しげに名前で呼ばれるぐらい大したことではなかった。なのに、それがやけに気になった。深みのある声で〝オリヴィア〟と呼ばれると、身を守る盾である形式ばった態度がいっぺんに崩れ落ちて、抵抗できなくなってしまう。早くも裸身をさらしているかのような気分になった。

だめよ、恐怖になど屈しない。

オリヴィアは顎をぐいと上げて、鋭い目でエリスを見据えると、冷ややかに言った。「わたしはこの家でパトロンをもてなしたりしないわ」

「きみがそんなことをするとは思ってもいないよ」エリスの形のいい肉感的な口元に冷笑が浮かんだ。「ロンドンじゅうの男どもに、きみは私のものだと宣言したいんだ。私は順序を踏んで会いたい。そうすれば……期待感がいっそう高まる」

エリスはわざわざ上品なことばを使ったけれど、なぜかそのことばは、これまで愛人として生きてきて耳にしたどんな卑猥《ひわい》なことばより頽廃的に感じられた。オリヴィアはさきほどよりさらに冷ややかな口調で言った。「わたしは誰のものでもないわ、エリス卿」

「いいや、私のものだ」自信満々の口調だった。

よける間もなく、エリスがテーブル越しに身を乗りだしてきたかと思うと、顎をそっとつかまれた。とたんに、さまざまな感覚が頭の中で混ざりあった。エリスの爽やかでみずみずしい香り。肌に触れる手のぬくもり。鉄灰色の冷ややかな目を縁取る男性とは思えないほど濃いまつ毛。新たな愛人となった女の香りを堪能しているその姿は、これからつがおうとする動物のようだった。

エリスの手は力強く、身をよじって逃れることはおろか、抗《あらが》うことさえできなかった。罠にはまった雛鳥《ひなどり》さながらに喘《あえ》ぎながら、唇が重なるのを待った。胸の鼓動が一気に速くなる。いまにも心臓が胸から飛びだしそうだった。目も眩《くら》むほどの戦慄を覚えたその一瞬、自分が放蕩者の手管にかかった世間知らずの乙女に思えた。

引きしまった唇が、自分の唇に触れるのがわかった。束の間、強く押しつけられた。炎のように熱く、鋼のようにしっかりと。

それだけだった。すべてを焼き尽くすような口づけは唐突に終わった。

エリスが顎から手を離して、一歩あとずさりながらお辞儀をした。「では、今夜」

オリヴィアがその状況にふさわしいことばを思いつくまえに、それを言うなら、どんなことばも思いつかずにいるうちに、エリスはくるりと踵《きびす》を返して、さっそうと部屋を出ていった。

呆然《ぼうぜん》として、震えながら、オリヴィアは膝の上にある手を握っては開いた。唇を舐《な》めると、思わず声をあげそうになった。口づけられて、唇をぎゅっと閉じていた。それなのに、エリスの味がまつわりついていた。突然、豊潤で、魅惑的で、欲望をかき立てる味が。

恐怖がこみあげてきて、あっというまに全身を満たした。

「エリス伯爵、なんて癪《しゃく》に障る人」誰もいない部屋でつぶやいた。「あんな人、地獄に落ちてしまえばいいんだわ」


エリスはモントジョイ邸の広間の戸口で足を止めた。そこはオリヴィアをはじめて目にした場所だった。時刻は遅く、すでに真夜中を過ぎていた。部屋にいる客はまばらで、明かりはふたつの枝つき燭台の蠟燭《ろうそく》の炎だけ。そのせいでその場所はいっそう広くがらんとして見えた。五、六人の紳士が暖炉の傍らに集まって、ブランデーグラスを片手に、葉巻をくゆらせている。二脚の金メッキの長椅子にゆったり腰を下ろしている者もいれば、炉棚に背中をあずけて立っている者もいた。誰もがくつろいでいるのは、エリスにもわかった。同時に、到着した客としてエリスの名が告げられると、ゆったりとしたその雰囲気が一気に消し飛んだのも。

オリヴィアはどこにいるんだ？　無愛想だが、非の打ちどころがないほど端整な顔立ちのペリグリン卿が振りかえって、戸口を見た。座っていた四人の若い紳士が、伯爵を迎えるために立ちあがった。四人とも知らない顔だが、全員がかなりの美男子だった。フレスコ画に描かれたギリシャ神話の美少年――すねた表情の裸身のガニュメーデース――のモデルになっても不思議はないほど美しかった。陰になった場所にもうひとりいるのがわかったが、エリスはわざわざその人物に目をやろうとはしなかった。

すると、その人物が光のあたる場所にゆったりと歩みでた。気づくと、エリスは愛人の斜に構えたシェリー酒色の目を見つめていた。

衝撃と驚きと感嘆が混じりあって、のどが詰まった。ふたりを隔てている数フィートを一歩で埋めて、オリヴィアのそばに行きたい——体のわきに下ろした手を握りしめて、そんな衝動を必死にこらえた。

信じられない、これほど麗しいとは。

オリヴィアのいでたちは上流階級の若い洒落者《しゃれもの》そのものだった。キツネ色のズボンに、ぴたりとした上品な黒い上着、真っ白な綾織《あやお》りのチョッキに、手がこんだクラバット。ちらりと見ただけでは女だと気づかなかったのは、長い髪を頭のうしろできっちりまとめているせいだった。ああ、気づけというほうが無理な話だ。男装をする女など、これまでお目にかかったことがないのだから。

純白のクラバットが艶やかな肌に映えていた。みごとな仕立てのスーツは、しなやかな体にぴたりと合っていた。そんなことを思ったとたんに欲情して、胸の鼓動が大きくなった。こぶしをさらにぎゅっと固める。すぐさまオリヴィアを押し倒したかった。服を剝《は》ぎとって、その体にいきり立つものを埋《うず》め、恍惚感に喘がせたかった。

〝きみは私のものだ〟思わず、そう口に出しそうになった。

「エリス卿」オリヴィアが落ち着きはらって言うと、片手を上げて、指にはさんだ細い葉巻を深々と吸った。葉巻をくわえるぽってりした唇を見たとたんに、うめきたくなった。股間で脈打っているものがその口に包まれる場面が頭をよぎると、筋の通った考えは燃えあがって灰と化した。

こちらを見つめるオリヴィアの目には挑発的な光が浮かんでいた。自分のせいで相手がどんな状況に陥っているのかよくわかっているのだ。

ああ、そうに決まっている。男をじらすことなど朝飯前の淫らな女なのだから。

欲望に騒ぐ血を必死に鎮めて、エリスはどうにか声を出した。「ミス・レインズ」小さく頭を下げた。「紳士のみなさん」

ペリグリン卿の敵意は昨日よりも増しているようだった。エリスが愛人契約の条件を呑んだのを聞かされたのだろう。それでも、華やかなその小貴族とオリヴィアの関係は相変わらず謎のままで、エリスはそれが気になってしかたなかった。ふたりはかなり親しいようだが、男と女の関係には見えなかった。

エリスはその場に集まった若い男たちを眺めてから、もう一度フレスコ画をちらりと見た。壁を美しく彩る絵に女の姿はなかった。それを言うなら、この邸宅のどこにも女の姿はない。ただし、わが愛人のしなやかな姿をべつにすれば。胸の中でかすかに芽ばえていた疑念がいよいよふくらんでいった。常識的な英国人であればそんな疑念を抱くはずもないが、ヨーロッパやアジアを旅してきた男であれば、当然、抱く疑念だった。そして、もしその疑念があたっていれば、あらゆることに合点がいく。

「エリス卿、ブランデーはいかが？」まるでクラブでばったり顔を合わせたかのように、オリヴィアが気取った口調で言った。「今夜、ペリーは上等なボトルを開けてくれたのよ」

芝居がかった態度に、エリスは大笑いしたくなった。オリヴィアはパトロンが怒りを爆発させるようにわざと挑発しているらしいが、だとすれば、ずいぶん見くびられたものだ。駆け引きなら、お手のものだった。だからこそ、有能な外交官になれたのだ。

「いただこう」よどみなく応じた。「ペリグリン卿、あなたのご友人とは初対面だ」

モントジョイが友人を紹介しはじめると、エリスは象嵌《ぞうがん》細工のサイドボードの上に置かれたデカンターから飲み物を注《つ》ぐオリヴィアを見つめた。オリヴィアは男性の装いで身を固めていた。それなのに、どうしてこれまでになく女らしく見えるのか？　脚に目が吸いよせられた。昨日の推測どおり、すらりと長かった。その脚が腰に巻きついて、その体に自分自身を埋める——そんな甘い空想が頭をよぎった。

ほんの束の間の白昼夢から醒《さ》めると、オリヴィアがグラスを手渡そうとしていた。オリヴィアはわざと手と手が触れるようにしてきた。男をじらすようなことをされたのはそれがはじめてで、手が触れたとたんにエリスの肌が粟立った。

いますぐオリヴィアがほしくてたまらない。オリヴィアと知りあって以来、肝心の機会が得られず実はじりじりしていたのだ。もはや、我慢も限界だった。

けれど、いましばらくは堪えなければ……。

オリヴィアがまた葉巻を手に取って、深々と吸いこむと、息を吐いた。鋭角的な顔のまえに紫煙が漂った。昔ながらの美人ではなく、それ以上に人を惹きつける完成された面立ちだ。オリヴィアがロンドンじゅうの男たちを虜にしているのも不思議ではなかった。

「エリス卿、こちらはパーシヴァル・マーティノー卿です」ペリグリン卿の口調は明らかにつっけんどんだった。どうやら、愛人の神秘的な目に見とれているあいだも、ペリグリン卿は話を続けていたらしい。

「パーシヴァル卿」天にでも助けを請わなければ、オリヴィア以外の名前など憶《おぼ》えられそうになかった。これほどオリヴィアにのぼせあがっていては。

のぼせている？

冗談じゃない、どうかしてるぞ。オリヴィア・レインズだって、一皮剝《む》けばただの女だ。ぐいとつかんで、奪ってしまえば、その脚のあいだにとりたててめずらしいものがあるわけでもない。それを言うなら、頭の中だっておんなじだ。妻を亡くしてからというもの、大勢の女を相手にしてきたが、心を奪われたことなどなかった。肉体は満たされたとしても……。そして、目下のところ肉体は、大道芸人がその体に電流でも流しているかのように、どうにも落ち着かなかった。あのはじめての社交シーズンを除けば、ひとりの女にこれほど心乱されたことはなかった。愛と尊敬という無垢《むく》な感情が、男としての欲望と混じりあったあの社交シーズンを除けば……。

何を考えているんだ。ジョアンナと身を売る女を同等に考えているなんて。目のまえの狡猾な魔女が、この胸の奥底にある繊細な部分に触れることはけっしてない。とはいえ、そこ以外なら、オリヴィアがどこに触れようが大歓迎だった。

ああ、頼む、触れてくれ。あからさまな期待感に背筋がぞくぞくした。

オリヴィアが冷ややかに長椅子を指さした。「どうぞお座りになって」

「いいや、けっこう。私はきみと話がしたい。ふたりきりで」

オリヴィアが肩をすくめて、炉棚にグラスを置き、葉巻の火を揉《も》み消した。「では、お望みどおりに。こちらへどうぞ」

エリスはオリヴィアについて廊下を歩くと、図書室に入った。ランプの明かりが彩色の施された革装丁の本をほのかに照らして、ずらりと並ぶ書物の背表紙に刻まれた金文字が輝いていた。

オリヴィアが部屋の奥まで進んでから、くるりと振りむくと、背後の机にもたれかかった。思わず息を呑まずにはいられないほど優雅な身のこなしだった。「どんなお話かしら？」

エリスは気づくと笑みを浮かべていた。「この部屋。この家の中で私が褒められるのはここだけだ」

意外なことに、オリヴィアも微笑《ほほえ》んだ。図書室の持ち主に対する真の愛情が表われたほんものの笑みだった。不快な感情が鋭い矢となってエリスの胸に突き刺さった。嫉妬ではなかった。これまで誰かに嫉妬したことなど一度もないのだから。それに、なぜ嫉妬しなければならない？　オリヴィアの面倒を見ているここの主人に対する疑念が、確信に変わろうとしているこのときに。

「ペリーは本をあまり読まないから。この部屋はまだ改装していないのよ」

「きみもこのままのほうがいいと思っているんだね」穏やかに言った。この部屋に入ってようやく、最初に抱いた印象そのもののオリヴィアの姿が垣間《かいま》見えた。エリスは戸口の柱にもたれて、オリヴィアを見つめた。

「ええ、そうよ」

オリヴィアがうつむくと、光を反射した豊かなブロンズ色の髪が輝いた。神々しいほど美しかった。いま、よりいっそう美しく見えるのは、いつもの愛人としての仮面を手放しているせいだった。

「きみのために借りた家にも図書室がある」ヨーク・ストリートに立つ家に整然と本が並ぶ部屋があると知ったときには、愛人となった女はそんな部屋には微塵も興味を示さないだろうと思った。だが、いまはそうとも言いきれなかった。

オリヴィアが顔を上げたときには、警戒心がよみがえっていた。それに対して、がっかりしている自分に気づいて驚いた。束の間とはいえ、真のつながりを感じたような気がしたのだ。性欲を介したつながりとはちがうものを。けっして褪《あ》せることのないつながりを。ついさきほどふたりのあいだに漂った幻想のような絆《きずな》は、いまとは異なる状況であれば、友情へと発展しそうなものだった。心にしっかり鎧をまとったふたりのあいだに、友情というものが存在するとして。

「もう家を見つけたの?」オリヴィアの口調はうれしそうではなかった。

「ああ、たまたま手ごろな家が見つかってね」愛人を住まわせるにふさわしい家を求めて、大勢の男たちにロンドンじゅうを隈《くま》なく探させたことも、オリヴィアとはじめて会ってから自宅に戻ると即座に家探しをはじめたことも、明かすつもりはなかった。

その結果、ヨーク・ストリートに借りた家は申し分なかった。小さな家だが、華やかで、プライバシーを保ちながらも、家族に自身の女性関係を知られることなく二重生活が送れる程度に自宅からも近かった。海外で独身生活を長らく送ってきたせいで、情事を秘密にしておくことには不慣れだった。とはいえ、オリヴィアほど魅力的な愛人なら、気晴らしにはもってこいだ。ロンドンに戻ってきた真の目的は、子どもたちと和解することで、その障害になるようなことは何があっても避けなければならなかった。

果たして、自分は慎重に愛人を選んだのだろうか？　そんな疑念が頭をよぎった。エリス伯爵がオリヴィア・レインズのパトロンになるという噂はすでにロンドンじゅうに知れ渡っていた。自宅での晩餐《ばんさん》のあとにポートワインを飲みながら、エリスはキャリントンの不機嫌そうなしかめ面を尻目に、友人たちの嫉妬混じりの話に応じるはめになった。噂はあとどのぐらいで、上品な淑女たちの耳にも届くのだろうか？

だが、いまさら心を入れ替えたところで遅すぎる。たとえ、淫靡で魅惑的な愛人と別れる勇気を奮いおこせたとしても。エリスは沈黙を破って言った。「明日、その家に引っ越してほしい」

できることなら、いますぐにオリヴィアを抱きかかえて、瀟洒《しょうしゃ》な家に連れていき、愛人に対する手に負えない欲望を満たして、気持ちを落ち着かせたかった。けれど、その家はいま、男たちが夜っぴて改装をしているところで、それは朝までかかるはずだった。

オリヴィアが驚いた顔をした。「明日？」

「不服でも？」

「そんなに急だとは思わなかったわ」

オリヴィアの口調には、滑らかなリズムとケンブリッジ大学の卒業生のような皮肉っぽい抑揚が感じられた。オリヴィアは裏町育ちのはずでは？　だとすれば、上流階級の話しかたを会得するのにそうとうな努力が必要だったにちがいない。

エリスは肩をすくめて、胸の内とはかけ離れた無関心を装った。「こうと決めたら即座に実行せずにいられない性分なんでね」

「そのようね」オリヴィアの口元に例の皮肉めいた笑みが浮かんだ。

「明日の朝、馬車を寄こす。ヨーク・ストリートの家に移ってくれ。私は晩にそちらへ行って、条件について話しあう。あさってはタッターソールに行って、きみの馬を選ぼう。馬車用の二頭と乗馬用の一頭を考えている。二頭立て二輪馬車はもう注文した。きみも気に入るだろう」

「ずいぶんと手まわしがよろしいこと」オリヴィアが皮肉を隠そうともせずに言った。「明日の夕食はご一緒に？」

オリヴィアが用意するのが食事だけでないのは、互いにわかっていた。とたんに全身がかっと熱を帯びて、股間にあるものが樫《かし》の木にも負けないほど硬くなった。「ああ、頼む。楽しみだ」

そうだ、楽しみでしかたがない。

だが、なぜ、おあずけを食らった気分でいるんだ？　これまでのところ、悪名高い愛人がパトロンに許した刺激に乏しい特権には、オールマックスの社交場に集う良家のお嬢さまたちだって驚きはしないはずだった。いや、かならずしもそうとは言いきれないか……。オリヴィアは二重の意味を持つことばを巧みに操るのだから。それに、たった一度の熱い口づけが、相変わらず鮮明な記憶として頭に残っているとは。

たった一度の情熱的で貪欲な、それでいて忌々しいほど短い口づけ。

あまりにも短すぎる口づけ。

あれは怒りの味がした。それに、驚きの味も。オリヴィアが口づけを望んでいないのはわかっていたが、あの一瞬で、すべての疑念と不満は燃えあがって灰と化した。過去の悲しみと罪悪感によってつねに感じている鈍痛さえ、消えてなくなった。身を焦がすほどの口づけのあとで、自分自身を制するのはどれほど苦痛だったことか。

口づけと同時に、オリヴィアの運命が決まったと言っても過言ではなかった。オリヴィアは私のものだとはっきり気づいた。束の間でもすべてを忘れさせてくれるのは、オリヴィアをおいてほかにいなかった。

もう一度口づけたい……。エリスは背筋を伸ばして、上等な赤と青のトルコ絨毯の上を歩きだした。捕食者のにおいを嗅ぎつけたかのように、オリヴィアが警戒した。

「この家でのルールについては、お話ししたはずよ」オリヴィアが木製の机の縁を握りしめた。冷静を装っている愛人が、実は動揺しているとわかって、エリスの胸に邪《よこしま》な喜びがこみあげてきた。どうやら、抗いようのないオリヴィアの魅力に対して、まるでなす術《すべ》がないわけではないらしい。

エリスは攻撃の手を緩めなかった。「明日の晩まで待とう……満足を得るのは」最後のことばは、どことなく物欲しげな口調になった。「だが、口づけぐらいならこの場でもかまわないだろう」

オリヴィアが断じて許さないと言いたげに、顎をぐいと上げた。「午後のお茶の席で、条件をもっときちんとお話ししておくべきだったわ」

「ならば、聞かせてくれ、マダム」エリスは囁くように言うと、机の縁を握っているオリヴィアの両方の手のわきに、わざと手を置いた。肌には触れていなかったけれど、オリヴィアの目のまえに立ちふさがる格好になった。「これなら、きみの話を聞き逃すはずはない」

オリヴィアが視線を下に向けて、目のまえの男のズボンを押しあげている欲望の証をちらりと見た。そうしながらも、頬を赤らめもしなかった。オリヴィアは純情ではなかった。ああ、それでこそ私の愛人だ。かつて純情だった自分は、それゆえに心に深い傷を負って、人生をめちゃくちゃにしてしまったのだから。

オリヴィアがじりじりして不安そうなことにも満足した。硬くいきり立っているものを彼女に押しつけたい——そんな衝動がこみあげてきて、必死に自分を制した。これほど近くにいると、肌からにおいたつ優美な香りに鼻をくすぐられた。ユリ。バラ。蜂蜜。さらには、ガラス瓶に入った香りではなく、ぬくもりを感じさせる女らしいオリヴィア自身の香りも漂っていた。エリスは深々と息を吸って、心地いい芳香で胸を満たした。

「わたしはキスなどしないのよ、エリス卿」オリヴィアの低い声が骨にまで響いた。「少なくとも、唇には」

エリスは身を乗りだして、もう一度芳《かぐわ》しい香りを感じた。愛人の麗しさを実感した。「きみが私に口づけるんだ」

オリヴィアの口元が引きしまった。「いいえ、そんなことはしないわ。それが愛人としてのわたしのやりかたよ。わたしの時間はわたしだけのもの、あなた以外の人とベッドをともにすることはなく、誰にも口づけはしない」

唇はオリヴィアの滑らかな首筋から一インチのところにあった。ぴたりとまとめたオリヴィアの髪から一筋の巻き毛が落ちていた。手を伸ばして、ほつれ毛をわきにそっと払う。指が触れたとたんに、オリヴィアが身を固くしたのがわかった。

「ルールがいくつもあるんだな」エリスは囁くように言った。「だが、ルールは破られるためにあるんだよ」

「わたしの場合はそうではないわ」オリヴィアが威厳をこめてそう言ったものの、震える声が内心の動揺を明かしていた。息を顔に感じるほど、ふたりの距離は近かった。豊潤なブランデーと葉巻の香りに、鼻をくすぐられた。「わたしの提示した条件が呑めないのなら、いますぐ愛人関係を破棄してくださってけっこうよ」

「いまさら、つれないことを言ってくれるじゃないか」片手でオリヴィアのうなじをそっと包んだ。「きみのためにすでにいろいろなことをしたのに」

エリスは身を屈めて、オリヴィアの首にそっと唇を這《は》わせた。肌は信じられないほどやわらかく、まるで生きたシルクのようだった。蜂蜜にも似た香りが、舌に甘く残った。オリヴィアは至上の女だ。これまで、ひとりの女をこれほど欲したことはなかった。胸の鼓動が激しいギャロップを刻んでいた。

肌をほんの少し味わっただけで、すべてを味わいたくてたまらなくなった。全身を流れる血とともに欲望がうなっていた。顔を上げて、警戒心の浮かぶウイスキー色の目を見つめる。

オリヴィアのわずかに開いた唇が、その奥に秘めた熱いものを予感させた。小さな息遣いが聞こえた。股間にあるものがさらにいきり立って、ズボンをぎゅっと押しあげる。オリヴィアのうなじのやわらかな髪に差しいれた手に力をこめずにはいられなかった。

「ズボンを穿《は》いた女に口づけたことはない」

オリヴィアが唾を飲みこんで、細いのどが動いた。「いまだって、あなたがズボンを穿いた女に口づけることはないわ。言ったはずよ、わたしは口づけをしないと。まさか、あなたがわたしの望みを無視するはずがない」

「なるほど、オリヴィア、きみの望みか。ほかにはどんなことを望んでいるのか、ぜひとも聞かせてくれ」欲望とともに期待感も高まって、エリスは笑みを浮かべた。「明日の夜、私はきみを自分のものにする。ならば、いま、少しだけ味見をしたってかまわないだろう？それだけで、私は甘い夢とともに家路につけるのだから」

オリヴィアの澄みきった瞳に、恐れにも似た何かがちらりとかすめた。とたんに、心の片隅に罪悪感が芽吹いた。それでも、自分を抑えられなかった。愛人の決めたルールなどどうでもいい。どういう手を使ったのか、オリヴィアはロンドンじゅうの男の目を眩ませて、自分の言いなりにしてきたらしい。だが、今度の相手はかのエリス伯爵。ベッドでワルツを踊るのに、エリス伯爵のリードにしたがわない女はこの世にいない。

エリスはオリヴィアの唇に自分の唇を押しあてた。甘くやわらかな唇は真一文字に結ばれていた。まるで天国に通じる扉が目のまえでぴしゃりと閉ざされたかのようだった。

いいだろう、楽園に通じているのは正面の扉だけではない。ほかにも入口はあるのだから。

エリスに口づけられると、オリヴィアは体がこわばって、身じろぎさえできなかった。どうしようもなく動揺して、心が悲鳴をあげていた。いますぐにエリス卿を押しのけるのよ——心がそう叫んでいた。けれど、悲鳴はのどに詰まって出てこなかった。口づけがどれほど苦痛か、人に知られるのは屈辱的だった。真っ暗な闇に呑みこまれそうになるのを必死で堪《こら》えた。これぐらいのことには堪えられる。どんなことにだって堪えて、プライドを守ってみせる。

けっして、エリス伯爵に屈したりしない。

そうよ、わたしは長身で、力だってあるのだから。身を守る術を持たない子どもとはちがう。けれど、並外れて背が高くたくましいエリスが目のまえにいると、自分が小さくて弱々しく思えた。そんなふうに感じたことは、もう何年もなかったのに。欲望を抱いた男の雄々しい香りがその場に満ちていた。口づけられると苦しくて、恐ろしかった。どうにかして忘れようとしてきた出来事が、いままた頭によみがえった。

目のまえが真っ暗になって息苦しくなったのは、ほんの一瞬のことなのに、その感覚はあまりに鮮明だった。魂がぎゅっと縮んで、身がすくんで、終わりない悪夢にふたたび放りこまれた。

とはいえ、痛い思いをさせられているわけではなかった。重ねた唇に獣じみた荒々しさはなかった。うなじから髪へと差しいれられた手は、思いやりさえ感じられた。強引に唇を奪っておきながら、それでもその手はやさしかった。圧倒的な腕力にものを言わせて、女を机の上に押さえこみ、ズボンのまえを引き裂いて、強引に押しいってくる——エリスはそんなことはしなかった。

けれど、問題はそんなことではない。わたしの気持ちを無視して、服従させ、何かを強要したことだ。頑丈なはずのプライドが揺らいで、ばらばらになろうとしていた。悲鳴をあげそうになったその瞬間、ふいに口づけが変化した。

強引に押しつけられていた唇がふっと軽くなったかと思うと、初々しいほど軽やかなキスが何度も唇をかすめた。エリスに初々しさなど微塵もないはずなのに。

いいえ、唇をかすめる軽やかなキスは女を惑わす常套手段。たっぷり時間をかけて、餌食となる女の警戒心を緩ませれば、求めているものが手に入ると、エリスは自信満々なのだ。だとすれば、エリスは相手にする女をまちがえている。

オリヴィア・レインズを簡単に餌食にできる男性など、この世にいるはずがないのだから。ふたたび激しい怒りがこみあげてきて、オリヴィアは両手を上げると、渾身《こんしん》の力をこめて広い胸をぐいと押した。唇も引きはがした。「やめて！」

両手で押しても、たくましい体はびくともしなかった。エリスが最後にもう一度軽く口づけた。それは、抱擁を解くか否かは自分が決めるという無言の意思表示だった。エリスの息遣いが速くなって、目が磨きあげられた銀の光を発していた。このときばかりは冷ややかな目ではなかった。相変わらず激しい欲望を抱いているのが手に取るようにわかった。

なるほど、エリスはわたしを求めている。もちろん、そうに決まっている。そのためにひと財産とも言えるほどの大金を払って、愛人にしたのだから。多くの男性がつねにわたしを欲していた。まだ少女と言ってもいいころからそうだった。けれど、いまのわたしには力がある。何をどうするかはわたしが選ぶのだ。

「こんなことをする権利は、あなたにはないわ」吐き捨てるように言った。

怒りを剝きだしにしても、エリスは相変わらず傲慢だった。「大したことでもないのに、大騒ぎするとはな。まもなく口づけ以上のことをするのは、きみだってわかっているはずだ。こんなふうに上品ぶるなんて、きみらしくないよ」

「上品ぶってなどいないわ」オリヴィアは語気を荒らげた。気を鎮めようとひとつ息を吸ったものの、それでも動揺はおさまらず、冷静になれるはずがなかった。わざと声を低くして、いかにもオリヴィア・レインズらしく話すことにした。オリヴィアは愛人の中の女王で、かつてのような怯《おび》えた子どもではないのだから。「わたしが唇にキスすることはないわ。唇以外の場所ならどこにでも口づけるのだから、文句はないはずよ」

オリヴィアの男を惑わすことばに、エリスは騙《だま》されなかった。オリヴィアの顔は青白く、口づけのせいで赤く色づいた官能的な唇が、不可思議なほど無防備に見えた。たったいま交わした口づけで、オリヴィアが動揺したのはまちがいなかった。とはいえ、悔しいことに、欲望にわれを忘れるところまではいかなかったらしい。

いや、それとはちがう何かが起きたのだ。

何が起きたのか、どうしても知りたかった。

ベッドをともにしても、やはりオリヴィアが欲望にわれを忘れることはないのか？　いや、そんなはずはない。オリヴィアのこれまでのパトロンたちは、優美な体から得られる快楽にあれほどのめりこんでいたのだから。

けれど、唇を重ねても、オリヴィアは温かな芳香漂う彫像のように身じろぎもせずに立っているだけだった。なんの反応も示さなかった。今日の午後、お茶を飲んでいるときと変わらず、欲望は微塵も感じられなかった。

エリスは身を屈めて、オリヴィアの芳《かぐわ》しい香りで胸を満たした。といっても、体には触れなかった。ほんの少し待たされるぐらいどうということもない。たとえ、股間にあるふたつの丸みが焼けるように熱くなっていたとしても。「では、また明日」

これほど近くにいれば、オリヴィアの目が不安げに翳《かげ》るのを見逃しようがなかった。「エリス卿……」

腕をそっとつかまれた。羊毛と綿の布地を通して、手のほてりが伝わってきた。オリヴィアが手を引っこめるよりさきに、エリスはその手に自分の手を重ねた。「なんだい？」

「あなたからの申し出に同意するのが早すぎたようだわ」

無意識のうちに、エリスはオリヴィアの手を撫《な》でていた。「きみは気丈な女だ、ミス・レインズ。少し思いどおりにならなかったぐらいで、もう気持ちが揺らぐのか？」

上目づかいに見つめてくるオリヴィアの目は、暗く不穏だった。冷静な外見とは裏腹に、心の中では嵐が吹き荒れているにちがいない。

「エリス卿、これはあなたがお屋敷で開く狩りの準備の会合ではないのよ」オリヴィアの口調はどことなく刺々《とげとげ》しかった。「あなたはわたしを買ったと思っているようね。馬や新しいブーツを買うように。でも、これは単なる買い物とはちがうことを、あなたは理解しなければならない。あなたとわたしはそりが合わないわ」

やれやれ、いつものオリヴィアに戻ったというわけか。オリヴィアを怯えさせてしまったとは思いたくなかった。とはいえ、これほど強い女が怯えるとは不可解だった。とりわけ、たった一度の短い口づけに怯えるとは。たとえ、あの口づけが束の間とは思えなかったとしても。

「私ときみのそりはぴったり合うよ」平然と応じた。

「それを決めるのはわたしよ」

エリスは手を伸ばしてオリヴィアの顎に添えると、その目を覗きこんだ。身をすくめることもなく、目もそらさないオリヴィアの豪胆さにあらためて惚《ほ》れなおした。「私ときみがどんなふうにやっていくか、まったく興味がないのか？」

オリヴィアの口角が上がって、その顔に皮肉な笑みが浮かんだ。「わたしのような稼業の女の興味は、あっというまに失せてしまうものなのよ、閣下」

「私を飼いならす自信があるなら、ぜひともそうしてもらいたいものだ。取り組むまえに、勝負を投げるとは情けないぞ」

オリヴィアの笑みがさらに深みを増すと、エリスはまたもや口元の色っぽい小さなほくろを見ずにはいられなかった。またもや口づけたくてたまらなくなる。けれど、さきほどの口づけに対する氷の反応を思いだして、その衝動をかろうじて抑えた。「これは格闘の試合ではないのよ」

エリスは小さく笑うと、オリヴィアから手を離した。それでも、その手のぬくもりがいつまでもまつわりついていた。「きみと親密な関係になれるなら、私は格闘だってするよ」

「それに剣も使うのでしょう？」

「もちろんだ。剣の用意ならとっくにできている」

「あなたの剣はいつだって準備万端だわ」

「私の剣に見合うライバルが見つかれば、そういうことになる。ところが、目下のライバルは、釣りあわないと言っている」

「また、格闘に戻ったのね」

「ボクシングだよ、オリヴィア。きみには目のまえで星が散るような思いをさせてやる」

「わざと遠回しな言いかたをしても時間を無駄にするだけよ」

「そんなことはないさ」エリスはいったん口をつぐんだ。「きみは明日、私が借りた家に移るのか？　それとも、ロンドン一独立心が旺盛《おうせい》で移り気な女にも、服従させられない男がいたと認めるのか？」

オリヴィアが見下すように眉を上げた。「そんな子どもじみた愚弄でわたしを説得できると思っているの？」

「もちろん、説得するつもりだ。ああ、説得できる。どうやら、きみはいままで腰抜け男どもを怯えさせて、意のままに操ってきたらしい。ならば、もっと手強い相手にも、それが通用するか試してみればいい。悪名高いエリス伯爵をひざまずかせられるのかどうか」

くだらないと言いたげに、オリヴィアが鼻で笑った。「そんなことができたら、わたしは月にだって飛んでいける——あなたはそう思っているんでしょう？」

「オリヴィア、きみの腕前をぜひとも拝見してみたいとも思っているよ。あっさり白旗を掲げる相手には、そろそろ飽きたんじゃないのか？」

「わたしが閨をともにした男性を知り尽くしているような口ぶりだわ」

「優秀なスポーツマンはライバルを分析するんだよ」

「即座に鞍《くら》に飛びのって自分のものにする気なら、わたしはあなたに平手打ちをお見舞いするまでよ」

また声をあげて笑わずにいられなかった。一緒にいればいるほど、ますます惚れ惚れさせられる。「私はそこまでがさつではないよ、ミス・レインズ」

「そうね、あなたはいつでもお上品ですものね」そっけない口調だった。

「いや、いつもそうとはかぎらない。きみの許可さえ得られれば、下品な部分を披露してもいっこうにかまわない」エリスはいったんことばを切った。次に口にするつもりの問いかけにオリヴィアがなんと答えるかが、昨日よりはるかに重要になっていた。それを言うなら、一時間まえよりも重要になっていた。「では、明日？」

見つめかえしてくるオリヴィアの顔が、闘争心で輝いていた。「では、明日」

3

オリヴィアは凝った彫刻が施された階段の踊り場をまわると、廊下を見おろした。日がとっぷり暮れて、リージェンツパークにほど近い通りに愛人のために用意した美しい瀟洒な邸宅に、エリスがやってきたのだ。

階下の黒と白のタイル敷きの廊下に、エリスが毅然《きぜん》と立っていた。その姿はまるで端整な悪魔のようだった。エリスが帽子とステッキを執事に手渡すと、ランプの明かりが豊かな黒い髪を艶めかせた。

夜会服に身を包んだその姿は華麗だった。黒い上着にズボン。糊《のり》の利いた白いシャツに、ふわりと結んだクラバット。渦巻き模様の刺繍《ししゅう》が施された灰色のシルクのチョッキ。そのチョッキがやわらかな光を受けて光っていた。エリスが目を上げて、階段の踊り場の暗がりに愛人が立っていることに気づいた。とたんに、その目に欲望が浮かんで、銀色の光を放った。

「オリヴィア」よく響くバスバリトンの声からは、満足感が伝わってきた。

エリスには所有者としての威厳が漂っていた。この家の主《あるじ》であり、そしてまた、オリヴィア・レインズの主人であることを示す威厳が。ふいに腹が立って、オリヴィアは顎を上げたものの、胃の中では緊張が渦巻いていた。

信じられない、こんなに落ち着かないなんて……。自分が何者なのか、エリスが何者なのか、いま一度しっかり頭に刻んでおかなければ。エリス伯爵と言っても、ただの男。今夜にかぎって、これまでとはちがうことが起きるはずがない。馴染《なじ》みの陳腐なダンスがはじまれば、いつものコツを思いだして、第二の天性となった手順にしたがえばすむだけのこと。そうは思っても、手すりをつかむ手に関節が白くなるほど力をこめずにいられなかった。

執事が音もなく姿を消して、その場にふたりだけが残された。オリヴィアはどうにか冷静な口調で言った。「閣下」

「すまない。遅れてしまった。急に家族の用事ができてしまってね」

エリスが謝るとは意外だった。何はともかく、自身の都合に合わせていくらでも愛人を待たせておけるだけの金を払っているのだから。「そんなことは気にしないで」

いまいる場所は、エリスよりずいぶん高かった。これではまるでバルコニーからロミオに話しかけるジュリエットのよう。ふとそんなことを考えている自分に気づいて、口の中に苦みが広がった。エリスもわたしも若くもなければ、無垢でもなく、情熱的でもないのだから。

それに、愛しあってもいない。

男と女の真実の愛など、ペリーの好色なフレスコ画に描かれた神々と同じぐらい非現実的。愛人としてパトロンに奉仕した長い年月で、それを学んだのだった。

エリスのまなざしは揺るぎなく、射るような視線をひしひしと感じた。その熱い視線が燃え盛る炎となって肌を舐める。無言の欲望にエリスは沸きたっていた。あくまでも冷ややかな人――そう思ったのは大まちがいだった。その気になれば、情熱的にもなれるのだ。少なくとも、もっとも低俗な情熱だけは体に秘めているらしい。いまのエリスのように、男性に一心に見つめられたことなら数えきれないほどある。それが何を意味するのか、勘ちがいしようがないほどに。

パトロンを愉悦の世界にいざなうときに、心の支えとなってくれる落ち着きと冷静さをどうにか取りもどそうとした。けれど、驚いたことに、そんなものはどこにも残っていなかった。それどころか、抑えようのない恐怖と不安に、胸の内はかき乱されるばかりだった。磨きこまれたマホガニーの手すりを握る手が、汗でじわりと湿っていた。

これほど落ち着かないのはきっと、忌々しい口づけのせい。ゆうべ悪夢を見て、汗びっしょりで震えながら目を覚ましたのも、そのせいにちがいなかった。

もしかしたら、何カ月も男性とベッドをともにしていないせいで、調子が出ないのかもしれない。パトロンのいない期間は着実に長くなっていた。あれこれ選《え》り好みして、契約金を吊《つ》りあげようとしているせいだと世間では噂されているけれど、実際にはそんな打算的な理由ではなかった。年を追うごとに、男性と閨をともにするのが、どんどんおっくうになっているのだ。それには自分でも気づいていた。

もしかしたら、偉大なるオリヴィア・レインズも、胸に誓った男性に対する聖戦を放棄する時期が来ているのかもしれない。充分な貯金もできた。それ以上に、空疎なこの人生にうんざりしているのだから。そう、心底うんざりしているのだから。

けれど、まずは今夜を乗りきらなければならない。冷たく、魅惑的で、何にも動じない女という名声を守らなければならなかった。そして、今夜のような夜をいくつも過ごして、自分から別れを切りだすのだ。

陳腐なゲームまがいのこの生活から足を洗う日が待ち遠しかった。とはいえ、神にかけて、有終の美とともにこの稼業に終止符を打つつもりでいた。鞭打《むちう》たれた犬のように、こそこそと逃げだすわけにはいかなかった。最後のパトロンに対して最後の勝利を宣言して、栄光の炎の中へと姿を消す。そうでなければ、プライドが許さなかった。
切望と抵抗が黒く渦巻く静寂が、息苦しくなるほど長く続いていた。オリヴィアは心を決めて口を開いた。「二階にいらっしゃる?」

「喜んで《マイ・プレジャー》」

オリヴィアはエリスがどんな気持ちで〝喜び《プレジャー》〟ということばを使ったのか考えないようにした。エリスの声はどこまでも深みがある。静かに、けれど、しっかり響くその声を耳にすると、胸の鼓動が速くなった。

バタースコッチ色のスカートを翻して、くるりとうしろを向くと、階段をのぼった。新たな愛人のためにエリスが準備したものの中には、オリヴィアのお気に入りの仕立屋の手による凝ったドレスが衣装簞笥《だんす》ひとつ分あった。これほど短時間でそれだけのドレスを用意するには、そうとうな額の金が必要なはずだった。

階段をのぼるエリスの足音が、背後で響いた。ブーツの靴底が奏でる音は重々しく、落ち着いていた。非情な足音ひとつひとつが、愛人に対する権利を主張しているかのようで、オリヴィアは身震いしそうになった。

閉じた扉のまえで立ち止まると、エリスが追いついてきた。爽やかな男らしいにおいとビャクダンの香りが感じられるほどすぐそばにいた。髪をアップにしているせいであらわになったうなじを、冷たい汗が伝っていく。自分の無防備さを知られるのが怖くて、顔をそむけたままでいた。

いったいわたしはどうしてしまったの？　まだほんの子どもだったころだって、パトロンと一緒にいてこんな気持ちになったことはなかったのに。どうすればいいの？　感情をきちんとコントロールできなければ、完全に無防備になってしまう。そして、これまでの経験から、無防備な女に対して男がどんなことをするかはわかっていた。

気を鎮めようと息を吸ったものの、悔しいことに、息遣いまでぎこちなかった。鋭いエリスが、たとえ些細《ささい》なことであれ、相手の弱点を見逃すはずがなかった。

エリス伯爵は敵なのよ。すべての男性が敵であるように。

さあ、オリヴィア、勇気を出して。

背筋をぴんと伸ばして、無表情でエリスを見た。「召使にきちんとした食事を用意させたわ」

エリスの顔は真剣で、笑みを浮かべようともしなかった。「それはあとまわしだ」

尊大な態度を目の当たりにして、オリヴィアのいつもの気概に火がついた。助かった、これでかつてのような怯えた子どもではなく、あくまでも冷ややかな世知に通じた情婦の口調でしゃべれるようになる。「わたしたちは獣ではないのよ。礼儀も場所もわきまえずにつがうさかりのついた獣とはちがうわ、閣下。密通は芸術ですもの」

「ずいぶんくだらない御託を並べるんだな、ミス・レインズ」

今度はほんとうに苛立って息を吸いこんだ。「それがわたしの情事の進めかたよ。食事をして、会話を楽しんで、そうね、少しぐらい音楽を聴くかもしれない。それから、わたしが寝室にさきに入って準備をしてから、あなたは官能の世界にひたるために寝室に入ってくる。これまでに経験したどんな官能にも負けない極上の世界を享受するために」

「これはまたたいそうな約束をしてくれるんだな」気のない口調だった。

エリスはこの世でいちばんの皮肉屋で難物だ。オリヴィアはさらに甘く、男を手玉に取る悪女の声で言った。「この情事をわたしのやりかたで進めれば、あなたはどんなエロティックな夢にも負けないほどの恍惚感を体験できるわ」

突拍子もないことを請けあったところで、エリスが納得するはずがない。そんなことを思いながら、オリヴィアは扉を押した。蠟燭の炎に照らされた部屋の扉が静かに開いた。部屋の中にはヒヤシンスとフリージアと桜の香りが濃厚に立ちこめていた。花瓶に活《い》けた春の花の強い香りは、感覚を目覚めさせると同時に、純粋とはほど遠い男女の関係が、あたかも純粋なものであるかのような雰囲気をかもしだしていた。赤い漆《うるし》塗りの食器台には、豪華な冷製料理が並び、その傍らに、シャンパンが一本氷に浸《つ》かっていた。

自信満々の足取りで、オリヴィアは部屋に入ると、エリスが入ってくるのを待った。部屋の奥の寝室に通じる扉は半分開かれたままで、さらに多くの花と、上掛けが折りかえされた大きなベッドが見えていた。

部屋の中央で足を止めると、振りかえってエリスを見た。背筋をぴんと伸ばし、顔を上げて、まっすぐに見つめた。大股で戸口を抜けたエリスは立ち止まらなかった。見まちがいようのない決意に、口元が固く引き結ばれて、目が揺るぎない意志に輝いていた。

オリヴィアはあとずさらなかった。エリスがそうさせようとしているのはわかっていた。けれど、このままではエリスに踏みつけられると思って、ようやくわずかに一歩うしろに下がった。

かすかな譲歩を許してしまったことに気づいて、足を止めた。それでも、エリスは前進をやめなかった。このままここに立っていたら、ぶつかってしまう。そう思って、不本意ながら一歩あとずさるたびに、背後の寝室の扉が迫ってきた。

「どういうつもりなの？」鋭い口調で尋ねた。

「わかりきったことを訊《き》くなよ」無慈悲な口調に、オリヴィアの全身に鳥肌が立った。それまでにもエリスのこんな一面を垣間見ていたけれど、今夜はふたりきりで、明らかにエリスは愛人に同意を求めるつもりはなかった。

考えてみればあたりまえだ。エリスには同意を求める必要などない。愛人の体に大金を払って、その愛人は取引に応じたのだから。

「閣下、わたしが何を望んでいるかは伝えたはずよ」必死にいつもの威厳を保とうとした。エリスの進路からじりじりとわきによけようとしたが、たくましい腕が伸びてきて行く手を遮られた。

「ああ、そのとおりだ」

オリヴィアは奥歯を噛《か》みしめた。胃の中で驚きと怒りがふつふつと泡立っていた。「わた

し は……」わきをすり抜けてうしろにまわろうとしたけれど、エリスの動きはすばやくて、壁のように目のまえに立ちはだかった。「やめて、わたしはヒツジではないわ。こんなふうに道をふさぐのはやめてちょうだい！」

エリスの口角がぴくりと上がって、かすかな笑みが浮かんだ。「そこまで言うなら」目的を達成するためには、面と向かって対立してはいけないと自分に言い聞かせておくべきだった。束の間、自分がしたことに愕然《がくぜん》とした。それでも、エリスの口元が引き結ばれて、訝《いぶか》しげに目が細められたのに気づいた。次の瞬間には、荒々しくつかまれて、黄色いシルクの塊のように抱きかかえられていた。

ペリーの広間でほかの紳士より頭ひとつ分抜きんでていたエリスを見たときから、普通の男性よりたくましいことはわかっていた。それでも、こんなふうにしっかり抱きかかえられてはじめて、胸と腕の力強さを痛感した。

それに、体が発する熱も。その体は燃えさかるかまどのようだった。

「下ろして！」のどが詰まりそうになるほど、苛立たしかったけれど、どうにか声を絞りだした。

「だめだ」エリスが身を屈めたかと思うと、首のつけ根にそっと歯を立てた。

「何をするの！」抵抗したものの、痛くはなかった。暴力をふるわれたわけでもないのに、完全に主導権を握られているのが悔しくてたまらなかった。

「きみをはじめて見たときから、このときを待っていたんだ」エリスが大股で歩いて、寝室の半分開いた扉へ向かった。

「わたしたちはおととい会ったばかりよ」精いっぱい虚勢を張って大きな声で言った。

「遠い昔のことのように思えるよ」エリスが腕の位置を調整した。オリヴィアはなす術もなく、ベッドへと運ばれていった。「もがくのはやめてくれ。私がきみに怪我《けが》をさせないことぐらいわかっているだろう」

「どうしてそんなことがわかるの？　あなたのやっていることは野蛮そのものなのに」

オリヴィアはエリスのうなじに手をまわすと、高い襟の際でカールしている黒い髪をぐいと引っぱった。てっきり髪は太くてごわついているにちがいないと思ったのに、意外にもやわらかくて、紡いだばかりの絹糸のようだった。

「この雌ネコが！　ああ、願いどおり下ろしてやろう」エリスがベッドの傍らで立ち止まると、唐突に手を離した。オリヴィアは息を呑んだ。同時に、上等な寝具でおおわれたやわらかなベッドの上に落ちていた。

すぐさま体を転がしたのに、それよりさきにエリスが身を屈めて、大きな体でのしかかってきた。それでも、逃れようと必死にもがくと、繊細な絹のドレスの裾が破れる音がした。

これまでにも力でねじ伏せようとした男性はいた。けれど持ち前の冷静さと強固な意志、強情さによって、そんな男たちをつねに屈服させてきた。愛人として与えるつもり以上のものを求めるパトロンとは即座に別れた。超然としたその態度のおかげで、普通の情婦が持ち得ない力を、男性に対して発揮してきたのだ。

それなのにいまここで、心乱されて押さえこまれているなんて……。エリスはどうやって、わたしを意のままに操っているの？　しかも、これほど易々と。

最初のパトロンを除けば、いままでどのパトロンとの関係でも主導権を握っていた。そう、神にかけて、エリスとの関係もそうなるようにしなければ。

「いますぐにやめてちょうだい」冷ややかに言い放つと、ぴたりと動きを止めた。「あなたはわたしを、コベントガーデンで数ペンスで買った娼婦か何かのように扱っているのよ」

「そんなふうに扱おうとは夢にも思っていないよ」エリスがよどみなく応じた。「きみが私をペットか何かのように扱うつもりがないのと同じだ」

以前のパトロンへの接しかたを皮肉ることばに、オリヴィアはあえて反論しなかった。忌々しいことこの上ないが、そのとおりなのだから。けれど、なぜそんなことをエリスが知っているのかは謎だった。

さきほどそっと歯を立てた場所に、エリスが今度は唇を押しあててきた。びくっとして身を縮める。束の間唇が触れただけなのに、その感触が全身に染みわたった。まるで遠くで響く鐘の音のように。

「わたしを起こしてちょうだい、エリス卿」怯えて、腹が立って、やきもきしながらも、エリスに押さえつけられたままじっと横たわっていた。息が上がって、体の震えが止まらなかった。

それでも、エリスはなんとも思っていないようだった。「きみは横暴だと、誰かに言われたことはないのかな、ミス・レインズ？」

「これまでのパトロンはそんなことを言わなかったわ。だから、大事な場所に傷を負わずにすんだのよ」オリヴィアは言いかえした。

エリスが大きな声で笑いだした。ほんとうにおかしそうに笑うエリスの声を耳にしたのはそれがはじめてだった。ざっくばらんな笑い声に、驚かずにいられなかった。エリスはいったいどんな人なのか――まるでわからなかった。このさきわかるようになるとも思えなかった。それでいて、これまでは、非人間的なほど感情を表に出さないのだろうと決めつけていた。どうやらそれは完全な思いこみだったらしい。いきなりさもおかしそうに声をあげて笑ったのだから。

「お望みなら、いつだって私の大事な場所を触ってくれてかまわない」エリスが腰を突きだした。オリヴィアは硬くいきり立つもので腹を突かれた。ズボンやドレスがふたりを隔てていても、それが発する焼印のような熱が伝わってきた。

エリスの体同様、それも大きかった。考えてみれば当然だ。これほど尊大な男性が、自身の男性としての能力に自信を持っていないわけがなかった。

オリヴィアはたくましい胸に両手を押しあてた。そうして思いきり押したものの、陽光で温まった巨大な岩を動かそうとしている気分になっただけだった。いまや、全身がエリスの香りに包まれていた。石鹼と清潔な肌と欲望の香りに。これまでのパトロンの誰よりも、エリスの体ははるかにりっぱだった。ただ単に体が大きくて、力も強いというだけでなく、体の中で煮えたぎるエネルギーが、周囲の空気まで沸きたたせていた。そのエネルギーは、行く先々で天気まで変えたとしても不思議はないほどだった。嵐であれ、晴天であれ。

オリヴィアはさらに力をこめて岩のような胸を押した。エリスが嘲笑うように低い声をあげた。「そろそろあきらめるんだな、オリヴィア。私はどこへも行かないし、きみもどこへも行かない。ふたりでこのベッドにたどり着く運命だったんだ。言っておくが、私をその気にさせるのに、特別な手練手管は必要ない。ひと目見たときから、きみは私をその気にさせたんだから」

　何かしら弱点が見つかるのではないかと、オリヴィアは必死になってエリスの顔を見た。けれど、見えたのは不屈の意志と、ひとりの女をものにしようと決意している男の情熱だけだった。もうお手上げだった。この闘いには勝ち目がないとわかるぐらいの判断力なら持ちあわせていた。

「わかったわ」雄の獣にも似た単純な男たちを意のままに操ってきた声音でつぶやいた。

「わかっただって？」エリスが訝しげに言った。「こんなにあっさりと？」

　エリス伯爵も男――ズボンに隠れているものが女を求めていきり立っているのはまちがいない――ではあるけれど、それでもやはり、並みの男よりはるかに複雑だった。いまのわたしはエリスの力を実感しながらも、その知性を見くびっている。それがどれほど危険かに気づいて、ぞっとした。エリスを支配しようなどと考えるのは、腹をすかせたワニがうじゃうじゃいる川を、いまにも切れそうな吊り橋で渡るようなものだ。

「時間をかけて《ロング・アンド・ハード》じっくり考えるのはやめたほうがいいわ、閣下。さもないと、いまのことばを撤回するわ」オリヴィアは苦々しげに言った。

「長くて硬い《ロング・アンド・ハード》とは、うれしいことを言ってくれるな」エリスがつぶやくように言いながら、いきり立つものでもう一度腹を突いてきた。とたんに、オリヴィアの全身を熱い炎が駆けぬけた。

「自画自賛は褒められたものではないわ」オリヴィアはぴしゃりと言った。「さあ、この奇妙な体勢はいいかげんにして、わたしを起こしてちょうだい。話はそれからよ」

エリスがまた短く笑った。愛人のことばにしたがう気などさらさらないらしい。「堅物の家庭教師のような物言いだ。妙にそそられるよ」

オリヴィアはエリスの明るい顔を見つめて、長いあいだ胸の片隅にあった迷いに決着をつけた。金のために男性とベッドをともにするのは、エリスが最後。男というものをこれほど軽蔑しているのを考えれば、それはつまり、エリス伯爵はわたしが閨をともにする最後の男になるということだ。

エリス相手の昔ながらの駆け引きが終わったら、引退してひっそり暮らそう。そして、愛人の女王オリヴィア・レインズはこの世からいなくなる。

そう思うとほっとした。

けれど、自由を手にするのは、プライドを満たしてからだ。いまは、奔放で並外れて大きな男性を意のままに操らなければならなかった。

〝意のままに操る〟ということばは大好きだった。賭けてもいい、エリスもそのことばが大好きにちがいない。

「わたしをこんなふうに寝そべらせておいて、あなたはしたいことをするつもりなの？」皮肉めかして尋ねた。「だとしたら、わたしをロンドン一の愛人と見込んであなたが支払った大金はどぶに捨てたも同然だわ。わたしは男性に仕えるために生きているようなものなのよ」

「支払った金に見合うだけのものを得られるように気遣ってくれるとは、なんとも良心的だな」

エリスがさもうれしそうに顔を輝かせながら、首筋に口づけてきた。そこでは血管が興奮した馬のように跳ねていた。エリスがわざわざそこに口づけたのは、どうにか冷静を装っている女が、実際にはどうしようもなく緊張しているのに気づいている証拠だった。

エリスが顔を上げた。まだおかしくてたまらないのか、その目は相変わらず輝いていた。

「それにしても、きみはパトロンにいつもこんなにつれなくするのか？　自分の行動や相手の行動を分析して、どちらが優位に立っているかなんてことばかり考えて」

まさか、そんなことはしない。これまでのパトロンは、伝説のオリヴィア・レインズとベッドをともにできると考えただけで、すっかり目が眩んでいたのだから。ゆえに、オリヴィアは自身の取るに足りない望みを口にするだけで、すべてがかなえられていた。

エリスがオリヴィア・レインズを欲しているのはまちがいなかった。それなのに、憎らしいことに、目が眩んではいないのだ。返事を待たずに、エリスがさらに言った。「いよいよきみにキスがしたくなった」

うわべだけの冷静さをどうにか保って、オリヴィアは身震いしそうになるのを必死にこらえた。今夜、エリスにされたことなど、昨日の唇を重ねた苦しみに比べればどうということはない。「どうぞキスしてちょうだい。ただし、唇以外のところに」

「それはまた寛大だな」エリスが体を転がして、立ちあがった。「さあ、こっちへ」

エリスに押さえこまれてからはじめて、オリヴィアは胸いっぱいに息を吸った。「また命令するのね?」

「あたりまえだ」手を取られた。ぐいと引っぱられて立たされるのだろうと思ったが、意外にもそっとやさしく立たされた。クラバットに手をやってほどこうとすると、エリスの手が伸びてきて止められた。「私がきみのドレスを脱がせよう」

「わたしたちが一緒にいられるのは七月までよ」オリヴィアはそっけなく言った。「ならば、さっさとはじめたほうがいいわ」

「きみがそこまでやる気満々だとはうれしいな」

エリスの肉感的なのに引きしまった唇に華やかな笑みが浮かんで、日焼けした頬にしわができた。真剣な表情も魅力的だが、微笑むとますます美しかった。激しく高鳴っていたつむじ曲がりな胸の鼓動が、一瞬、ぴたりと動きを止めるほどだった。

エリスが片手を上げた。その手であせりながらドレスを脱がせにかかるはず——オリヴィアは柄にもなく緊張しながら、そう思った。けれど、予想に反して、エリスは慎重に髪からピンを一本ずつはずしはじめた。輝く濃いブロンドの長い巻き毛が一筋、ドレスの大きく開いた襟から覗く胸元にこぼれ落ちた。

エリスが巻き毛を手に取って、指先でもてあそんだ。「きれいだ」

オリヴィアは一瞬、幼い日のことを思いだした。エリスの姿と、領民が刈りとった羊毛を吟味している父の姿が重なった。あまりの懐かしさにいつもの皮肉も出てこなかった。

たっぷり時間をかけて、エリスがふたたびピンを引きぬいた。また一筋の巻き毛がこぼれ落ちる。さらに、またひとつ。またひとつ。そうして、メイドが苦心して華やかに結いあげた髪はすっかりほどけた。

エリスの手が豊かな濃いブロンドの髪を撫でた。もつれを解いて、癖を直していく。その目は魅了されたように輝いていた。エリスは握った髪を顔に持っていった。

「花の香りだ」エリスが髪を放して、首のしなやかな曲線に顔を埋めてきた。それは、さきほど歯を立てて、そして、口づけた場所だった。「きみは花の香りがする」

「香水の香りよ」

「いいや、そうじゃない」

エリスの両手が下がって、ドレスの背中にずらりと並ぶホックへ向かった。これまでさまざまなことを経験してきたオリヴィアでさえ、ドレスを脱がす真摯なその姿にうっとりせずにいられなかった。エリスが慣れた手つきでホックをはずすと、襟が開いて肩が剝きだしになった。蠟燭の炎と、暖炉の火で部屋は暖かかった。それなのに、肩が空気にさらされると、思わず身震いした。

「腕から袖が慎重に引きぬかれて、ドレスがウエストまで下がった。オリヴィアは薄手のコルセットとシュミーズだけでその場に立っていた。いま、はじめての男性のまえで全裸に近い姿でいるのが不安でたまらないのは、男女の睦《むつ》みあいの主導権を自分が握っていないせいなのかもしれない。顎をぐいと上げると、ごくりと唾を飲みこんで、緊張してからからに渇いたのどを湿らせた。

コルセットにはツタの葉とチューリップの花の繊細な刺繡がされていた。レースに縁取られた胸元から覗く胸に、エリスの視線を感じた。いつのまにか、エリスの息遣いが荒くなっていた。灰色の目には海にかかる濃い霧にも似たやわらかな深みが感じられた。けれど、その目の奥には、肌を刺す興奮が熾火《おきび》のように光っている。小さな火花が散っただけで、欲望が地獄の業火《ごうか》のように一気に燃えあがるはずだった。

「うしろを向いてくれ」エリスの声はかすれていた。自制心が崩れかかっている証拠だった。

　無言のまま、オリヴィアは背を向けると、コルセットをはずしやすいように背を伸ばして、髪をわきにどけた。紐《ひも》が緩むと、肩をすくめてコルセットを脱いだ。エリスのほうを向く。身につけているのは、すけすけのシュミーズだけだった。ごく薄い絹の布地越しに、薄茶の乳首がはっきり透けている。乳房はけっして大きくはないが、優美な丸みを帯びていた。三十を過ぎても、その形は少しも崩れていない。たしかに、体には自信があった。余分なものがつくこともなく、少女のときと変わらず、すっきり痩せているのだから。

　でも、エリスは豊満な体が好みなの？　そんなことをふと思ってから、なぜそんな馬鹿なことを考えているのかと不思議になった。最新流行のドレスは体の線を隠してはくれない。ならば、ドレスの下に大きな乳房が隠れていると、エリスが期待しているはずがなかった。

　束の間の柄にもない不安は、エリスの顔に浮かぶ笑みを見たとたんに消し飛んだ。微笑んだその顔ははるかに若々しかった。「完璧だ」エリスが静かに言った。

　オリヴィアはシュミーズの裾に手をやった。けれど、またもやエリスの手が伸びてきて止められた。「私が脱がそう」

　オリヴィアは操り人形のようにその場に立って、両手を上げた。シュミーズをまくり上げられて頭から脱がされた。愛人に対して、エリスはいつでもこんなにやさしく服を脱がせるの？　男性に触れられるのには慣れっこなのに、これほどゆっくり服を脱がされるのは恥ずかしかった。エリスはベッドをともにする女性に、肉体の欲望を満たす対象という以上の思いやりを示している——そんなふうに思えてならなかった。

献身的な態度を示してもまるで心を動かさない女を相手に、そんなことをしているエリスが哀れに思えた。

剝きだしの肩にエリスの両手が置かれたかと思うと、そっと、けれど、しっかりとベッドに押し倒された。そうされても、抗わなかった。エリスのまえですべてをさらして横たわった。靴とストッキングが脱がされた。人を惑わす眠たげな目で、エリスがじっと見つめてくる。けれど、オリヴィアはそれに騙されはしなかった。エリスはレイヨウの群れを狙う空腹のヒョウ並みの眠気しか感じていないはずだった。

エリスが上着をすばやく脱いで放り投げた。上品なレモン色と紺色の縦縞《たてじま》模様の壁のそばに置かれた優美な椅子に、上着がふわりと落ちた。すぐさま器用な手がクラバットに触れた。その手がほんの数回手際よく動いただけで、エリスはもう裸足《はだし》で、上半身裸でその場に立っていた。

格闘家のような体だった。いいえ、四十歳に近いはずなのに、若くしなやかなボクサーのよう。それは男盛りの体だった。胸はたくましく盛りあがり、そこをおおう胸毛が下に向かうにつれて徐々に狭まって、ズボンの中へと消えている。直線的な肩は広くて、腕には力強い筋肉が見てとれた。

エリスがまたがってくると、その体が発する熱に包まれた。興奮した男性のつんとするにおいと花の甘い香りが色濃く漂って、その場の空気がスープのようにとろりと感じられる。息を吸うたびに肺が詰まった。これからエリス伯爵に体を奪われる——そう覚悟して、オリヴィアは拳を握りしめた。

けれど、エリスは即座に奪おうとはしなかった。まずは体に触れてきた。肩のまっすぐな線を確かめて、浮きでた鎖骨をたどっていく。わき腹へと手を移して、肋骨《ろっこつ》からウエストへと動かした。そして、ゆるやかに広がる腰、さらには、引きしまった腿へと手を這わせた。

オリヴィアは堪えきれなくなって、もじもじと体を動かした。たっぷり時間をかけた前戯がうとましかった。なぜ乳房に、脚のつけ根の秘した場所に触れないの？ なぜ、脚をぐいと開かせて奪おうとしないの？

ふたつの乳房がエリスの手に包まれた。乳首がぎゅっと硬くなる。エリスが身を屈めて、その先端に口づけた。肌に触れる唇は熱く、乳首を含むとさらに熱を帯びた。反対の乳房へと唇を這わせ、甘いエキゾティックな果物か何かのようにそっと口をつけて、すすった。

エリスが一心に長い前戯を続けているあいだ、オリヴィアは身じろぎもせずに横たわっていた。肌に触れる唇の感触は不快ではなかった。これよりはるかに拙《つたな》い前戯をする男たちがいるのはいやというほど知っていた。

エリスは体を離して立ちあがると、ズボンに手を持っていった。さきほど同様、器用に手を動かして、最後に残った服を取り去った。

全裸のエリスを目の当たりにする——さすがのオリヴィアもそれには心の準備が必要だった。どれほど経験豊富な愛人でも、一糸まとわぬエリスの姿を見ると息を呑まずにいられなかった。

誰よりも雄々しい体だった。

そこには少年の面影は微塵もなかった。未完成や未発達ということばとは無縁の体。自信と男らしさと力強さにあふれた体だった。たいていの男性は、服を剝ぎとったとたんに魅力が半減してしまう。殻を取られたカタツムリのように。けれど、エリスは魅力がいっそう増していた。オリヴィアは視線をゆっくりと動かした。大きな足から、長く力強いふくらはぎと太腿へ、そして、カールした黒い毛から突きだしている太く大きな男の証へ……。

必然とも言える瞬間が迫っていた。男性にベッドに押し倒されて、いきり立つものを強引に押しこまれる瞬間が。ときが止まったかのように動かなかった体が、ふいに息を吹きかえした。胸の鼓動が大きくなって、無意識のうちに抗おうと全身に力が入った。

愛人の女王たるオリヴィア・レインズの強固な鎧を、心にまとう暇などなかった。何をしたところでオリヴィア・レインズのすべてを奪うことなどできないと、エリスにわからせる暇もなかった。オリヴィアのすべてを得られる者などこの世に存在せず、それゆえに、これまでのパトロンたちは主導権を譲るしかなかったのだ。

けれど、今夜、エリスと一緒にいると、いままでとはすべてがちがっていた。なぜ？　なぜなの？

上掛けで体を隠したくなるのをこらえた。思えば、十四のときから、その種の慎《つつ》ましさは許されない贅沢だった。不本意な真の感情に全身が打ち震えて、自分がどこまでも無防備に思えた。

そのときようやく、もう押さえつけられていないことに気づいた。これならば、少なくとも、男性を受けいれる際に欠かせない準備ができる。いつもなら、パトロンが寝室に入ってくるまえに、ひとりでその準備をすませていた。体を転がして、ベッドの傍らの飾り棚に置かれた小さな陶器の壺《つぼ》に手を伸ばした。

大きな手が伸びてきて、手首をつかまれた。「何をするんだ?」

「えっと……悦《よろこ》びが増す軟膏《なんこう》を」少し口ごもってしまったのが悔やまれた。わたしはいったいどうしたの? どんな男性を相手にしても、口ごもったことなどないのに。これではまるで、はじめての客のためにスカートをたくしあげる未熟な娼婦のようだ。

「そんなものは必要ない」こわばる体をエリスにぐいと動かされて、ふたりの顔が対峙《たいじ》した。たくましく力強い裸のエリスが目のまえにそびえていては、どこにも逃げ場はなかった。

「軟膏を使えば身ごもることもないわ」オリヴィアはきっぱりと言った。それは真実ではなかったが、理由としては説得力があった。

あるはずだった……。

「最後の瞬間に引きぬくから心配はいらない」エリスが頑として言った。灰色の目が熱く燃えていた。「きみには感じてもらいたい。はじめてベッドをともにするときには、恍惚感を味わうのはきみだけでいい」

オリヴィアは顔から血の気が引いていくのを感じた。エリスの大胆なことばと、そのことばの裏にある固い意志にぞっとした。「閣下、パトロンとの関係では、いつでもわたしはしたいようにしてきたわ」

「ああ、それはもう聞いたよ」どことなくうんざりした口調だった。

「うんざりさせてしまったのなら、謝るわ」オリヴィアはぴしゃりと言った。

エリスの口元が皮肉っぽく弧を描いた。「ものの数分で、きみも興味津々になるはずだ」

オリヴィアは軟膏を取ろうとしたが、それよりさきに、エリスが手の届かないところに軟膏をすばやく持ちあげた。「こんなものはいらない」

「わたしに向かってそんなことを言う権利など、あなたにはないわ！」

「いいや、権利ならあるさ」そう言うが早いか、小さな壺が壁に叩《たた》きつけられた。壺が割れて、大切な軟膏が壁紙に飛び散った。つんとする薬草のにおいが、花の香りをおおい隠した。

「エリス卿……」怒るよりさきに驚いていた。

「きみは私のものだ」愛人のことばなど聞こえなかったかのように、エリスが言った。これっぽっちも野蛮なことなどしていないかのように。「準備はいいね、オリヴィア？」

軟膏の壺をあんなふうにされたあとで、思いやりを示されるとは思ってもいなかった。平然とした仮面の奥に落胆を隠して、オリヴィアはすばやくベッドに横たわった。

「いいわ」それは嘘だった。

心から願わずにいられなかった。いつも以上の強さと、いつも以上の演技力が発揮できますように……。オリヴィアはエリスの真剣な顔を見つめると、無言でいざなうように両手を差しだした。

4

この世に生きる男のどんな夢想も超越するほど魅惑的な女を、エリスは見おろした。そうしながらも、なぜか、沸きたつ欲望の向こうで、この女に気を許してはならないと本能が叫んでいた。けっして気を許してはならないと。

しかし、残念ながら、エリス伯爵といえども、男であることに変わりはなかった。ラッパの音のように全身にこだまする欲望に、疑念は呑みこまれた。

オリヴィアの脚のあいだに膝をつきながら、熱を帯びた肌が汗ばんでひんやりするのを感じた。身を屈めて、オリヴィアの首のわきに歯を立て、舌を這わせる。深く息を吸いこむと、甘い香りに胸が満たされた。ぬくもりを感じさせる芳香は、ワインよりもはるかに男を酔わせた。

オリヴィアが艶《なま》めかしい声をあげた。男を求めるやわらかな息遣いにも似た声だった。オリヴィアの太腿から、ふんわりと盛りあがったブロンズ色の茂みへと片手を這わせた。手のひらで繊細な輪を描きながら、小ぶりで形のいい乳房を口に含む。快感の矢に全身を貫かれた。舌に触れる乳房は蜜の味がした。つんと尖《とが》った乳首を強く吸う。オリヴィアが苦しげに小さく叫びながら肩をつかんできた。どれほど感じているか確かめようと、エリスは片手をさらに下へと滑らせた。

秘した場所はからからに乾いていた。

エリスは体がわななくほど愕然とした。秘した場所に触れている手をそこに置いたまま、頭をぐいと持ちあげて、オリヴィアの顔を覗きこんだ。

そこにあるのは欲望の鉤爪《かぎづめ》にがっちりととらえられた女の顔——。

これはいったいどういうことだ？

オリヴィアは頭をのけぞらせていた。震える瞼《まぶた》を閉じて、恍惚感に唇を開いている。胸が大きく上下するほど、苦しげに息をしている。その口からまた艶めかしい声が漏れた。男の欲望をかき立てる情熱的な声。長い脚はエリスの腰に絡みついていた。男を喜んで受けいれようと、体を開いていた。

「あなたのものにして」オリヴィアがかすれた声で求めながら、肩をつかんでいる手をもどかしげに動かした。

オリヴィアは求めている。その行動のすべてが、目のまえの男を求めているのを物語っていた。

私の頭はおかしくなってしまったのか？　もう一度、慎重に秘所に触れた。

女の雫《しずく》の痕跡すらなかった。

オリヴィアがまた艶めかしい声をあげて、こらえきれないように秘めた場所を手に押しつけてきた。

エリスは胸が揺さぶられるほどの困惑を覚えて、手を握りしめた。くそっ、オリヴィアのどの部分が偽りなんだ？

いま、腕の中にいるオリヴィアは女神だった。エリスが欲しているすべてだった。それなのに、オリヴィアは何を望んでいるんだ？　体の準備ができていないのは明らかだ。本人がどれほど情欲に溺れているふりをしていても。

オリヴィアの中に自分を埋めたい――そんな圧倒的な欲求とエリスは闘った。これ以上我慢していたら、あまりの苦痛に頭が吹き飛んでしまいそうだった。ここまでは、自身の飽くなき欲望の高まりに合わせて、オリヴィアのことも駆りたててきたつもりだった。だが、それ以上の前戯が必要だったのか？　エリスは手さぐりでぷっくりした小さな突起を見つけると、それをそっと刺激した。

「ああ、そこ、そこよ」オリヴィアはくぐもった声をあげると、恍惚感に酔いながら秘めた場所をまた押しつけてきた。

それが真の恍惚感ならば、秘所は熱く濡れているはずだった。相変わらずからからに乾いていたら痛い思いをさせてしまう、と気遣いながら、エリスはゆっくりと指を一本差しいれた。オリヴィアがびくんと体を起こして、肩に歯を立てた。嚙まれた痛みが、一陣の突風のように股間のふたつのふくらみにまで駆けぬける。体が引きつって、自制心を失いかけた。

指は乾ききった体にこすれるばかりだった。

やはり、まちがっていなかった。忌々しい！　オリヴィアの体はまったく反応していないのだ。とはいえ、感じているふりをすることにかけては、オリヴィアは名女優も顔負けだった。

「やめるんだ」うなるように言いながら、エリスは手を離した。いますぐ奪ってくれなければ、死んでしまうとでも言いたげに、オリヴィアが身をくねらせた。すべてが偽りだと思うと辟易《へきえき》した。体を離して、膝をつき、上体を起こした。腹が立ってしかたがなかった。感情は隠しようがなく、さらに悔しいことに、満たされない欲望で目のまえに濃い靄《もや》がかかっていた。「やめろと言っているんだ」

氷水でも浴びせかけたように、目のまえの身悶《みもだ》える妖女が一瞬にして消えた。瞼を開いたオリヴィアのトパーズ色の目は澄んでいた。欲望に曇ってはいなかった。

ああ、そうだろう。あれは巧妙な演技で、ほんもののはずがないのだから。

とはいえ、焼きごてのように熱くなった股間のふたつのふくらみと、いきり立つものの堪えがたい痛みのほうは、まぎれもなくほんものだった。エリスは口元を引きしめて、なけなしの自制心をどうにか奮いおこした。

まるで感じない愛人を持ったのははじめてだった。この腕に抱かれてもブリキの人形のように何も感じないとは、自尊心が傷ついた。そしてまた、ひとりの女にこれほど強い感情を抱かされたのは実に久しぶりだった。それを思うと、胸が締めつけられた。

「どうしたの？」オリヴィアは体を起こすと、ヘッドボードにもたれて、膝を折って座った。満たされない欲望など微塵も感じられず、むしろ苛立っているようだ。いっぽうで、エリスは満たされない欲望の海を漂流している気分だった。

仰向けにごろりと寝ころぶと、奥歯を嚙みしめて、欲望を押しとどめようとした。オリヴィアには触れていなかった。触れたら、破裂してしまうかもしれない。オリヴィアのことを猛烈に欲していた。いますぐほしくてたまらなかった。どうすればいいんだ？ 燃えあがる炎と化した欲望は、この身を焼き尽くして煙の上がるひと握りの灰にしてしまいそうだった。勘弁してくれ、こんな欲望を抱えたままでいなければならないなんて。

「演技などしてくれなくてけっこうだ」どうにかことばを絞りだしながら、靄のかかる目を上げた。心臓が外に飛びだしたがっているかのように、胸を叩いていた。苦しげに息をするたびに、体のわきに下ろした手を握っては開いた。

「演技？」当惑しきった口調は、パトロンの態度がまるで解せないとでも言いたげだった。

「いいかげんにしてくれ！」

オリヴィアが小さく息を呑んで、ヘッドボードに背中を押しつけて身を縮めた。しまった、怖がらせるつもりはなかったのに……。エリスは腕が痛くなるほど手を握りしめた。深くひとつ息を吸って、乱れた気持ちを鎮めようとした。

なるほど、なんのことを言っているのかはっきりさせなくてはならないらしい。エリスはオリヴィアの顔を見ると、ゆっくりと明確に言った。「きみの手口はわかった。もう嘘はつかなくていい」

オリヴィアの顔から血の気が引いて、蒼白《そうはく》になった。口元の小さなほくろが、白いキャンバスに描かれた黒い点のようだった。「あなたを官能の世界にいざなえば、それで愛人契約の条件を満たしたことになるはずよ」

苦々しさに声がかすれた。「私は愛人がほしくて金を払ったんだ。愛人役にまるで興味がない名女優を雇ったわけじゃない」

冷たく言い放ったつもりはなかったが、それでもオリヴィアは身を縮めた。けれど、次の瞬間には、怒りに火がついたのか、顎をぐいと上げた。「エリス伯爵に抱かれても恍惚としなかった女は、わたしがはじめてではないはずよ」棘のある口調だった。

「いいや、男女の営みの痛みを和らげるために、ベッドの傍らに軟膏を置いておく女と寝るのは、これがはじめてだ」オリヴィアがはっと息を呑むのを無視して、エリスはさらに容赦なく言った。「軟膏はそのためなんだろう、ちがうのか？　乾ききった体を潤すためなんだろう」

とぐろを巻いていたヘビが獲物に襲いかかるように、オリヴィアが背筋をぴんと伸ばして、ベッドから下りようとした。その腕をエリスはぐいとつかむと、体を転がして、のしかかった。「まだ終わりじゃない」

オリヴィアが眉を上げた。鋭いその目が、エリスの股間でたけり立っているものに向けられた。「そのぐらいはわかるわ」

「きみは女が好きなのか？　そういうことなのか？」

オリヴィアの口から冷ややかな笑い声が漏れた。「それよりもっと単純よ。わたしはあなたが嫌いなの」

遠慮会釈もないことばにも、エリスは腹が立たなかった。むしろ好奇心をかき立てられた。たしかに、オリヴィアは私のことが好きではないのだろう。けれど、この件には、パトロンへの嫌悪感よりもはるかに大きな問題がひそんでいるように思えてならなかった。「もしや、不感症なのか？」

オリヴィアが小さく息を呑んだのがわかった。「あなたのうぬぼれは際限ないのね」

「私は知りたいんだよ」

「あなたはすべてを複雑にしようとしているだけよ。さあ、放してちょうだい。服を着て、ペリーのところへ帰るわ」

「だめだ」努めて穏やかな口調で言った。「ゲームははじまったばかりだ」

オリヴィアの体の小刻みな震えが、手に伝わってきた。怒りなのか？ それとも、恐れ？ 嫌味《いやみ》なことばを口にするオリヴィアの声はかすれていた。「支払ったお金に見合うだけのものを得られていないと言いたいの？ それは申し訳なかったわ。でも、すべてが無駄になったわけではないはずよ。べつの女を買ってこの家に住まわせれば、多少は元が取れるわ」

「べつの女などいらない」オリヴィアの愚弄を無視して、エリスは冷ややかに言った。「私はきみがほしいんだ」

「お気の毒に。わたしはあなたなどほしくないの」

「いまのところは」

「英国紳士の尊大さには、いつも驚かされるわ」オリヴィアが冷たい目で見つめてきた。次にオリヴィアが口を開くと、その声は単調に思えるほど落ち着いていた。「どうしてもと言うなら、わたしがここを出ていくまえに、一度だけ自分のものにすればいいわ」

エリスの心は砕け散って、無数の興奮のかけらとなった。口の中が一気にからからになった。

オリヴィアを自分のものにできる。自分だけのものに。

「いいや」未練がましく声がかすれていた。「私は大きな男で、きみは私を受けいれる準備ができていない。それでは痛い思いをさせてしまう」

オリヴィアが肩をすくめた。その仕草が癖なのだと、エリスはようやく気づいた。オリヴィアの表情が徐々に硬くなって、口調が平板になっていた。さきほど、ほんの一瞬、エリスは魅惑的な殻の内側に隠れた真の女の部分に触れたのだった。けれど、すでにオリヴィアはモントジョイの広間にいた冷静沈着なプロの愛人に戻っていた。「ならば、ほかにどんな方法があるかふたりで探しましょう」

オリヴィアは身をくねらせてエリスの手から逃れた。といっても、実際は、エリスが自ら手を離したのだ。オリヴィアが即座にこの家を出ていく気がないのは明らかだった。いまここを出ていけば、オリヴィアは敗北を認めたことになる。目のまえにいる女についてたったひとつだけわかったことがあるとしたら、それは彼女がそのパトロンと同じぐらいプライドが高いことだった。何にも屈しない無敵のオリヴィア・レインズという伝説を築きあげるには、何年にもわたって奮闘して、真の勇気を胸に、自分なりのやりかたを貫かなければならなかったはずだ。ゆえに、たとえどれほどこのベッドから逃げだしたくても、オリヴィアは苦労の末に手に入れたその名声をそう簡単に手放すはずがなかった。

「どうぞ、ベッドに横になって」オリヴィアが落ち着きはらって言った。

エリスは無言でそのことばにしたがった。ベッドに横たわりながらも、オリヴィアをしっかり見据えた。好奇心と欲望が混ざりあって、悶えずにいられないほど落ち着かなかった。息もろくに吸えなかった。オリヴィアはいったい何をするつもりなんだ……？

オリヴィアがしてきたことに、心臓が悲鳴をあげて止まりそうになった。オリヴィアは脚のあいだに入りこんで、手を伸ばすと、冷たい手で熱くいきり立つものを包んだのだ。体が大きくわななないた。目のまえが霞《かす》んで、熱い血が、股間で疼いているものに集まった。

オリヴィアの手が滑らかに動きはじめた。握ったかと思うと、緩める。巧みな圧迫感に、やがてエリスは目を閉じて、炸裂《さくれつ》する星を見た。オリヴィアはまるで楽器を操る偉大な音楽家のように、男の体を扱っていた。すばやく奏でる一楽章。低く激しく響きわたる和音。荒々しい即興。血湧き肉躍る連打。世界が縮んで、感覚だけの空間に変わっていく。気づいたときには、苦しげなうめき声を漏らして、頭をのけぞらせていた。もしいま、オリヴィアがふいに手を離したら、自分は死んでしまうにちがいない。

滑らかで温かいものが股間に触れた。やわらかな髪だ。新たな快感のせいで、危うく達しそうになった。オリヴィアの手の中に精を放ってしまうのをかろうじてこらえた。霞む目を開けると、オリヴィアの黄褐色の頭がじらすようにゆっくり下がっていくのが見えた。オリヴィアの口角が上がって笑みが浮かんだ。オリヴィアは男を手玉に取って、気をもたせ、意のままに扱っていた。いま、自分が優位に立っているのを知っているかのようだった。当然だ、知っているに決まっている。こっちがどれほど求めているか、それは隠しようがないのだから。

最後の数インチを埋めようと頭を下げるオリヴィアの顔には、満足げな笑みが浮かんでいた。けれど、最後の最後にふいに動きを止めた。その瞬間、必死の思いで肺に送りこんだ空気が、永遠に固まってしまったかに思えた。

オリヴィアは動こうとしなかった。

一秒じらせば、それが一時間分の苦悩になるのを、オリヴィアは知っているのだ。そして、じらされる一秒一秒が、男の正気を奪っていくことも。

魅惑の魔女とはまさしくオリヴィアのことだ。

深く身を屈めているオリヴィアの息が、いきり立つものの先端をかすめた。これ以上ないほど硬く大きくなったものが、その唇を激しく求めていた。

オリヴィアがまた笑みを浮かべて、わざとゆっくりと少しだけ顔を遠ざけた。

やはりそうなのか、オリヴィアは男を苦しめるつもりなのだ。

そのあいだも、その手は滑らかな動きをくり返して、男の欲望を激しくかき立てていた。その手が動くたびに、連続砲撃を受けたかのような衝撃が全身を貫いた。けれど、手だけではもはや満足できなくなっていた。

それでも、オリヴィアは手の届かないところに留《とど》まっていた。

頼むオリヴィア、一気にのぼりつめさせてくれ。さもないと、正気ではいられなくなる……。

「これでは地獄だ」歯を食いしばりながら悪態をついた。オリヴィアの頭をつかんで、股間に押しつけたい——そんな衝動と闘った。最後に残った理性のかけらが、強要してはならないと命じていた。オリヴィアは男を快感の頂へと押しあげるつもりなのだから。そして、同時に、苦しめるつもりなのだ。

どのぐらいの悦びを得られるのか、どのぐらいの苦しみを味わわされるのか、すべてはオリヴィアしだいだった。

「いいえ、地獄ではないわ、閣下」オリヴィアが囁いた。冗談めかしたその囁きが、いまにも燃えあがりそうな体を舐めた。「天国よ」

最後の一インチを埋めるために、オリヴィアの頭が下がった。いままたじらされたら、自制のたがが完全にはずれてしまう。ぎりぎりまで追いつめられて、熱に浮かされているように体をがたがたと震わせているのだから。

ふっくらした官能的な唇に、いきり立つものの先端が包まれた。

潤い。

官能のぬくもり。

エリスは目を閉じて、魅惑の唇に身をゆだねた。これでオリヴィアに得点を許そうが、そんなことはもはや問題ではなかった。

オリヴィアの手と口が、華やかな旋律を奏ではじめた。のどで息が詰まって、心臓が破裂しそうになる。「オリヴィア、私を殺すつもりか……」

しがみつくように黄褐色の豊かな髪に手を差しいれた。艶やかでやわらかい髪に触れていると、いきり立つものを包む熱く濡れた唇が、さらに至上のものになった。いつしか、オリヴィアの信じられないほど巧みな唇と、その口から漏れるやわらかな声だけで満たされた心地いい闇に包まれていった。

唇でさらに強く締めつけられると、もつれあう髪を握りしめるしかなかった。オリヴィアをひと目見たときから、ふんわりした唇で愛撫《あいぶ》されるこのときを思い描いてきた。それでも、実際にそうされるのは、これまでに味わったことがないほどの快感だった。さらなるものを求めて、腰を突きあげずにいられなかった。

オリヴィアの手が止まった。燃えたぎるものから唇が離れた。まさか、欲望に呑みこまれて、こんなふうに体をわななかせている男を、このまま放っておくつもりなのか……？

嘘だろう？　そんなことになったら堪えられるはずがない……。

これ以上ないほど大きくなって、何よりも敏感になったものを、無情にも冷たい空気が舐めていく。ことばも発せられないほど詰まったのどから、低いうめきが漏れた。

オリヴィアの舌が敏感な先端をかすめた。計算し尽くされた舌の動きに、体ががくがくと震える。いまにも破裂しそうだ。いますぐにでも……。

「いかせてくれ」自分の声とは思えないほどしわがれていた。

ふたたび舌が先端に触れた。とたんに、激しいうねりが全身に押しよせて、オリヴィアを抱きしめたくなる。両手でシーツを握りしめてその衝動を必死にこらえた。心から望んでいることをオリヴィアにさせるには、抱きしめるわけにはいかないのだから。いま、この行為が途中で終わるようなことがあってはならなかった。ここで終わってしまったら、正気でいられるはずがなかった。

「頼む、いかせてくれ」懇願した。プライドが地に落ちようがどうでもよかった。いますぐに、オリヴィアが恍惚の極みまで押しあげてくれれば、あとはどうなろうとかまわなかった。

オリヴィアが先端を舌でさっと絡めとり、力をふと弱めたかと思うと、すべてを凌駕《りょうが》するようにいきり立つものを熱く包みこんだ。現実との最後に残った糸がぷつんと切れて、エリスはオリヴィアの唇と炎熱の欲望の世界へと落ちていった。

かすれた叫びをあげながら、背中を反らして、オリヴィアにすべてをゆだねる。そのまま長いあいだ、火花散る解放感だけを抱いていた。オリヴィアのせいでこれほど夢中になってしまうとは。これほど深く、これほど早くのぼりつめてしまうとは。そんなことを感じながら、淫らなその口を無限の流れで満たしていった。

いつまでも。永遠に。

すべてを注ぎ終えるころには、何もかも搾りとられて、からっぽになり、疲れきっていた。オリヴィアの唇に精も根も吸いとられた。あとに残ったのは抜け殻だけ。唇と舌だけでこれほどの絶頂感を味わったのははじめてだった。

いや、そもそも、これほどの絶頂感そのものがはじめてだった。

ほんの少しずつ、悩ましいほどほんの少しずつ、オリヴィアが唇を滑らせながら遠ざかっていく。その一瞬一瞬をエリスはいやというほど感じずにいられなかった。

ベッドにぐったり横たわって、空気を求めて喘いだ。疲れきった体では、途切れがちに息を吸うのがやっとだった。頭がまるで働かない。はっきりしているのは、本能が満たされたことだけだった。

この無二のひとときのどこかで、エリスは現実から遠く離れて、いまや、無数の太陽が浮かぶ天国をたゆたっていた。途方もない愉悦を賛美する天使の歌声が響いていた。

いや、天使の歌声ではないのかもしれない。オリヴィアの魅力は悪魔めいていた。けれど、その罪はあまりにも輝かしい。オリヴィアがもう一度同じことをしてくれるなら、エリスは地獄の業火のまえに立つのもいとわないはずだった。

オリヴィアが顔を上げて見つめてきた。たったいましたことで赤く腫れた唇に、ゆっくりと勝利の笑みが浮かんでいく。精の名残を味わうように唇を舐めた。とたんに、エリスは腹の中に重石《おもし》のように激しい欲望を感じた。もう一度、頂点へ導いてほしかった。いや、この体でオリヴィアを自分のものにしたくてたまらなかった。

オリヴィアは私のものだ。ブロンドの髪から、熱く巧みな唇、そして、白くほっそりしたつま先まですべて。今夜、オリヴィアを放すつもりなどなかった。もちろん、このさきもとうぶんは。

オリヴィアが頭を揺すって肩にかかる髪を払った。その仕草は無言の勝利宣言だった。そう、オリヴィアはこの勝負に勝利した。

そして、この自分もまた勝利した。なぜなら、オリヴィアはまだここにいるのだから。

部屋の中は静まりかえって、聞こえるのは自身の荒い息遣いだけだった。外の通りを一台の馬車が通り過ぎて、一頭の馬がいなないた。現実の世界がいつもと変わらず続いているのが不思議でならなかった。自分の人生は根こそぎ変わってしまったのに。

こちらを見つめるトパーズ色の目に、それまでとはちがう思いが浮かんでいた。オリヴィアはすべてを味わい尽くして、男の魂まで手に入れたと思っているのだろう。

ばかばかしい。何を考えているんだ？　愛人との関係に魂が入りこむ余地などない。いや、それより何より、魂などとうの昔になくしてしまったのだから。

「なるほど、きみには恐れいったよ」エリスは物憂げに言ったものの、さりげない口調を装うのは苦しくてたまらなかった。信じられない、話す気力を奮いおこすのさえ、死ぬほど苦しいとは。

「ということは、わたしに屈したと認めるのね？」はっとするほど優美な仕草で、オリヴィアがベッドの端に座って、脚を組んだ。なんと破廉恥な！　いや、全裸でいるオリヴィアの姿がこれほど自然に見えなければ、そう感じるところだった。

小声で悪態をつきながら、エリスはすばやい身のこなしでベッドから下りると、シャツを拾いあげた。「さあ、これを着るんだ」きっぱり言いながら、シャツを突きだした。

オリヴィアはシャツを受けとったものの、正気なのかと問うように見つめてきた。たしかに、正気を失っているのかもしれない。女との関係がこんなふうにはじまったのははじめてだった。ふいに、甘く単純なグレチェンが懐かしくなった。といっても、その関係に終止符を打つまえから、グレチェンには飽きていたけれど。

「なんでもいいから、そのシャツを着てくれ」どうにか声を絞りだした。

オリヴィアの唇がぴくりと動くと、エリスは口元のほくろに目を吸いよせられた。もう一度その唇で愛撫してほしいと懇願したくなるのを必死にこらえる。信じられないことに、あれほどの絶頂感を経験したばかりなのに、またも新たな欲望が頭をもたげはじめていた。

「ずいぶんじれているようね、閣下」

オリヴィアがシャツを頭からかぶった。魅惑的な裸身が隠れたからには、昂《たかぶ》る情欲はおさまるはずだった。ところが、オリヴィアがシャツの襟から豊かな髪を抜いて、背中にかかるように頭を振ると、その仕草に刺激されて、全身に淫らな電流が走った。

オリヴィアは男を惑わすためにわざわざそんな仕草をしたわけではなかった。それなのに、エリスは大いにそそられた。オリヴィアの体から立ちのぼる花の香りにそそられるように。口論をしているときでさえ、その声にそそられるように。

ふっくらした官能的な唇が濡れて光っていた。オリヴィアが何気なく片手を上げて、唇を拭った。

ついさっき、その唇でいきり立つものが締めつけられたのだ。新しい手袋よりきつく締めつけられた。オリヴィアの中に自身を埋めるのがどんな感覚なのか、知りたくてうずうずした。唇と同じように、その体も男を受けいれて、しっかり包みこむのか？　いや、唇よりもっと強く包みこむのか？　オリヴィアの中に押しいるのを想像しただけで、息苦しくなって、ごくりと唾を飲みこんだ。

「勝負を下りる気などさらさらない。きみがそういう意味で尋ねているなら、言わせてもらうが」そう言いながらも、声がしわがれていた。ズボンを荒々しく拾いあげると、長い脚をぞんざいに突っこんでぐいと引きあげ、元気を取りもどそうとしているものを隠した。

オリヴィアが何かを考える顔つきをしたかと思うと、真剣な口調で言った。からかうような口調はすっかり影をひそめていた。「わたしは直感が働くほうなの。その直感が、あなたとは別れるべきだと言っているわ」

そのことばを拒絶するかのように、エリスの心臓が大きな鼓動を刻んだ。そんなことは許さない。オリヴィアを放してなるものか。いまはけっして。オリヴィアが与えてくれる愉悦の世界を垣間見てしまったのだから。あんなことをされたあとで、オリヴィアを失って、堪えられるはずがなかった。

だいぶまえから気づいていたはずのことが、ふいに頭にひらめいた。その考えがまちがっていたらと不安になって、ますます動悸《どうき》が激しくなった。けれど、気持ちとは裏腹に冷静な口調を保った。「たったひと晩だけで、きみをこの家から放りだしたら、世間はなんと噂するだろう？　あらゆる男を虜にする愛人オリヴィア・レインズという名声は地に落ちる。二度と回復できないほど」

肉感的な口元がぎゅっと結ばれた。「あなたのほうがわたしのパトロンにふさわしくなかったと、世間の人は考えるかもしれないわ」

「私が気前のいいパトロンであることは誰もが知っているんだよ、ミス・レインズ。世間の人はきみのほうを悪く言うはずだ」

オリヴィアが顔をしかめた。「悪い噂が流れようが気にしないわ」

「嘘をつくな。上流社会の男どもをかしずかせるのが生きがいのくせに」

そんなふうに決めつけられても、オリヴィアはわざわざ否定しようともしなかった。謙遜など微塵もしないところが、オリヴィアの長所のひとつだった。「わたしの魅力もあなたには通じないようね」

「さっきと同じことをもう一度されたら、私がどれほど魅了されているかはっきりわかるよ」

オリヴィアが声をひそめて小さく笑った。とたんに実際の歳よりずいぶん若く見えた。艶やかな髪が乱れていても、それを直そうともせずに座っているオリヴィアは、絨毯売りの屋台のまえに陣取ったアラビアの少年のようだった。といっても、これほど豊かなブロンドの髪や、これほど美しいトパーズ色の目をしたアラビアのいたずら坊主などいるはずがなかった。しわの寄った紳士用の高価なシャツを着て、胸元をはだけているアラビアの少年もいるはずがなかった。

上質な白いリネンをつんと尖った乳首が押しあげていた。エリスは耳の中で熱い血潮がうなりをあげるのを感じながらも、どうにか自分を制した。さもなければ、すぐにでも身を乗りだして、魅惑的な乳首を味わっているはずだった。

オリヴィアとは主導権をめぐる油断ならない駆け引きをしていた。今夜はすでに一度、主導権を譲ってしまったが、次はかならず取りもどすつもりだった。

意外にも、オリヴィアの形のいい頬にかすかな赤みが差した。「さっきしたことは、別れの挨拶のようなものよ、エリス卿」

最後に女から別れを切りだされたのはいつだっただろう？　憶えていなかった。いや、そんなことはこれまで一度もなかったはずだ。それを思えば、オリヴィアにうぬぼれていると非難されてもしかたなかった。

どうにかして、オリヴィアを引きとめなければ。そうだ、なんとしても。金では解決しないのはわかっていた。体を売りものにしている女なのに……。

この魔性の女は何がほしいんだ？　男の魂か？　そんなものでよければ、くれてやる。これまでに魂があってよかったと思えたことなど一度もないのだから。とはいえ、これほど狡猾な女が、なんの役にも立たないものをほしがるはずがなかった。

金もいらない。贅沢な暮らしもほしくない。忌々しいことに、官能の世界を求めているわけでもない。

ああ、腹が立つ！　その三つなら、瞬きひとつする間もなく、くれてやるのに。

わが愛人オリヴィアはなんと厄介な女なのか。

エリス伯爵である自分は、つねにすべてを支配してきた。だが、オリヴィアにそれを思い知らせる必要はない。ここでもまた直感が囁いていた。オリヴィアのプライド――そのプライドを巧みに操れれば、オリヴィアはいずれ屈することになる。そうして、広げたこの腕の中に落ちてくる。

ここは賢く立ちまわらなければ。相手を操るのだ。巧みな手腕で。そう思うと、愉快で高笑いしそうになった。

「エリス卿？」オリヴィアが訝るような口調で言った。「何を考えているの？」

「きみは上流階級の紳士の装いを真似《まね》るのが好きなんだな」

「男性の服を着ているほうが便利なこともあるわ。どの程度まで許されるかは意見が分かれるところだけれど」

「ということは、紳士の賭けにもくわわったことがあるんだな？」エリスはさりげない口調を保った。ちょっとした気まぐれで尋ねているような表情を浮かべるのも忘れなかった。幸運にも、ポーカーフェイスなら誰にも負けない自信があった。オリヴィアと別れたくなくて必死になっている――それを知ったら、オリヴィアははるかかなたまで逃げてしまうはずだった。たったいま口にした問いに対する胸のざわめきが伝わった。

オリヴィアが鋭い目で睨んできた。「多少は」トパーズ色の瞳の奥に火花が散ってくるようだった。「わたしは身を粉にして働いてるんですもの、そうして得たお金をどぶに捨てるような真似はしないわ」

〝身を粉にして働く〟ということばにこめられた皮肉を、エリスは無視した。「ちょっとした賭けをしないか？」

オリヴィアの口調は相変わらず疑《うたぐ》り深かった。「あなたがほしがるようなものを、わたしが持っているとは思えないわ」

エリスは冗談はやめてくれというように眉を上げると、皮肉めかして言った。「何をいまさら、清純ぶったことを」

オリヴィアがぴしゃりと言いかえしてきた。「その賭けにわたしが勝ったら、あなたは何を差しだすの？」

「完全な降伏。きみはそれを望んでいるんだろう？」エリスはそっけなく言った。

これで主導権争いをしているのがはっきりした。オリヴィアは相手を支配するのが好きなのだ。それを言うなら、自分も同じだった。そして、それにかけては誰にも負けたことがない。

オリヴィアは引き下がらなかった。引き下がるはずがないとエリスは踏んでいた。そして、予測はみごとに的中した。プライドこそが、オリヴィアが何よりも大切にしているものなのだ。「そして、あなたはわたしの降伏を望んでいる」

エリスは勝ち誇った笑みを浮かべた。「では、どちらがさきに降伏するか賭けることにしよう」

オリヴィアが大きく息を吸いこんだ。紳士用の薄っぺらなシャツを押しあげる乳房から、エリスは視線をそらした。意志の力を総動員して、オリヴィアをベッドに押し倒したくなる衝動と闘った。何も考えられなくなるほど欲しているときに自分のものにしようとしたら、まずまちがいなく勝利は永遠にオリヴィアのものになってしまう。

「なぜ、わたしがあなたの降伏などほしがるの？」オリヴィアは巧みに無関心を装っていた。けれど、トラにも似た目に浮かぶ光が、エリスのことばが図星であることを物語っていた。

「なぜなら、誰もが知る放蕩者のエリス伯爵を征服すれば、ヨーロッパ一の愛人というきみの名声はそれこそ揺るぎないものになるからだ」

オリヴィアはまた声をひそめて笑った。いったい自分はどうしてしまったんだ？　オリヴィアの笑い声を聞いただけで、むらむらするとは。「自分がどんな才能を持っているのか隠そうともしないのね」

「ああ、才能は輝かせるためにあるからな」

「エリス卿、わたしが男性との関係に何を求めているか、あなたは見誤っているわ」

「もしきみがいま私の元を去ったら、天下の放蕩者にはさすがのきみも太刀打ちできなかったと誰もが考えるだろう。そんな噂が流れれば、オリヴィア・レインズにとって、取りかえしのつかない大失態となる。ロンドンに戻ってきてからというもの、耳にたこができるほど聞かされてきた噂の女――すべての男を意のままに操る華麗なる稀代《きだい》の魔性の女オリヴィア・レインズにとって」

ベッドの傍らに立つパトロンを見あげるオリヴィアの美しい目に、好奇心がきらりと光った。それでも口調は相変わらずそっけなかった。「それで、あなたのほうは、閣下？」

「ひと月一緒にいてほしい。そのあいだに、きみを官能の世界にいざなえなかったら、私は公の場できみにかしずいて、私を負かした女はきみだけだと公言する」

オリヴィアが滑らかな眉の片方を吊りあげた。「わたしがあなたを手玉に取ったことになるのね？」

「どんなことばを使うかは、あとで話しあって決めればいい。もしきみが勝ったら、即座に私の元を去る。七月まで愛人を務めればきみのものになるはずのものすべてと一緒に」

「そして、もしあなたが勝ったら？」

「きみは私に屈服したことを認めて、私がウィーンに旅立つまで自らすすんで私の愛人を務めるんだ」

オリヴィアが笑みを浮かべた。昨夜、図書室で見せたのと同じほんものの笑みだった。その笑みを見たとたんに、やわらかな火が灯《とも》ったかのように心が温かくなった。「負けるはずがないとあなたは思っているんでしょう？」

「きみが砦《とりで》を守りきれると信じているのと同じだよ。勝利を確信しているなら、賭けをしたってかまわない、そうだろう？」エリスは大きくひとつ息を吸った。洞察力には自信があったが、オリヴィアがその気になっていなかったらと思うと、胃がよじれそうだった。「では、賭けをするということでいいかな？　それとも、きみは怖気づいたかな？」

オリヴィアが短く笑った。「わたしがそう簡単に口車に乗ると思っているの？」

「さあ、どうなんだ？」知りたくてたまらず、その気持ちが口調に表われるのを隠せなかった。

オリヴィアは深々と息を吸うと、落ち着きはらった口調で答えた。「もちろんよ。エリス卿、賭けをしましょう」

5

賭けに応じたオリヴィアは、沈黙が支配する部屋の中で、エリスに押し倒されて、体を奪われるのを覚悟した。エリスが抗いがたい欲望を抱いているのは見まちがいようがなかった。けれど、エリスはベッドの傍らにゆったりと立っているだけだった。そうして、すべてを見透かすように見つめてきた。

何を馬鹿なことを。頭の中まで見透かせるわけがない。そんなことができる人など、この世にいないのだから。

唇と舌だけではエリスは満足しなかった。あらゆる術を駆使したというのに……。器用な唇に体をわななかせながら屈する男たちには、これまでは軽蔑しか感じなかった。けれど、エリスがついに絶頂感に屈したときに、この胸をよぎった感情は軽蔑とはちがう何かだった。ひとつだけはっきりわかったのは、これまでベッドをともにした男性の中で、エリスは誰よりも精力的だということ。エリスが発した激しい情熱は、愛人オリヴィア・レインズでさえはじめて経験するものだった。

そしていま、悪魔の賭けによって、ひと月のあいだふたりで過ごすことになった。

忌々しいことに、選択の余地は与えられなかった。少なくとも、プライドが許すような選択の余地は。無垢な少女の時代が終わりを告げると同時に、人生をめちゃくちゃにした卑しむべきセックスを、オリヴィアは自分が支配すると決意して、今日までそれを貫いてきた。ベッドをともにした男性すべてを意のままに操ってきた。

エリスが最後のパトロンになるはずだった。けれど、その最後のパトロンが、オリヴィア・レインズを支配したただひとりの男性になりでもしたら、悔やんでも悔やみきれない。何年ものあいだ首尾よく成功をおさめてきたのに、最後の最後に失敗するなど許せるはずがなかった。

愛人という稼業には無理やり引きずりこまれたけれど、それでも、堕落を芸術の域にまで引きあげた。囲われの身であることに変わりはないとしても、その世界の最下層で生きるのではなく、このまま女王として君臨していなければプライドが許さなかった。

ひと晩でエリスと別れでもしたら、伝説となった華麗な愛人としての名声が地に落ちるのは目に見えている。そんなことになれば、愛人界の女王の一挙一動をしつこく観察している人々に、さらにあれこれ勘繰られることになる。その結果、花の盛りがとうに終わった年増女と見なされるかもしれない。法外な性の悦びを男性に経験させるという評判も嘘っぱちだと、すべては空言《そらごと》だと言われかねない。

いいえ、誰にもそんなふうに思わせてはならない。

エリス以外には、誰にも。

切り株並みに何も感じない体であることを、エリスに知られてしまったあの瞬間――全身の血が凍りつくようなあの瞬間が思いだされて、震えそうになった。その欠陥を、エリスが大いなる挑戦と見なすことを、予測しておくべきだった。

いま、エリスはあくまでも冷淡な女から、真の反応を引きだすつもりになっている。ばかばかしい。誰を相手にしているのかわかっていないのだ。何があろうと性の悦びなど感じない体であることを考えれば、賭けには勝ったも同然だった。エリスがどれほど自信満々で、どれほど性の営みに熟達していようと、それはけっして変わらない。

けれど、エリスはひと晩でこれほどのことを暴いた。だとしたら、忌々しい愛人契約が切れるまでに、ほかの秘密も暴かれてしまうの？

ぞっとして、背筋に寒気が走った。

エリスが怠惰な笑みを送ってきた。伏せぎみの瞼の奥で銀色の目が光っていた。男性に対して何も感じないはずなのに、それでも、エリスの魅力を認めないわけにはいかなかった。とりわけ、皮肉という殻を脱ぎ捨てたエリスの魅力を。いま、その姿は見るからに落ち着いて、満足そうだった。それも不思議はない。負けるはずのない賭けをしたと思いこんでいるのだから。

「となりの部屋に贅沢な食事の準備ができている」エリスがベッドの端に来て、目のまえにそびえ立った。

その体は非の打ちどころがなかった。どこもかしこもたくましくて、あくまでも雄々しかった。おまけに、エリスは女の体にも通じている。自信が勇壮な滝のようにほとばしっているのも不思議ではなかった。

ペリーの言うとおり、エリスは尊大だ。とんでもなく無神経な男という意見はあたっていないにしても。

「食事にしよう。それとも、私の男としての魅力をいつまでもうっとり見つめていたいのかな？」

オリヴィアは気が散る思いを頭から追いはらった。エリスが片手を差しだしていた。いまだけは正直な気持ちを口にすることにして、肩をすくめた。「自分がどれほどいい男か知っているのね」

エリスの驚いた顔を見て、オリヴィアはもう少しで声をあげて笑いそうになった。差しだされた手を取って、一流の愛人らしい上品な仕草で立ちあがった。もし、わたしが賭けに勝ったら――ええ、そう、勝利は決まっている――エリスは悔しがるだけではすまない。オリヴィア・レインズの真の姿を守っている要塞はけっして打ち破れないのも思い知ることになる。

そうよ、エリスを永久に欲望の虜にさせてみせる。エリスは闘いを挑んできた。これは単なる賭けでなく、全身全霊を賭けた闘いなのだ。そんなふうに思えてならないのがなぜなのかは、ことばにできなかったけれど、この闘いの元にあるものが、壁際に置かれたマホガニーの化粧箪笥より強固なのはまちがいなかった。

「わたしは目が見えないわけではないのよ、閣下」

「それを言うなら私もだ」エリスが低い声で言うと、手を離して、つかつかと化粧部屋へ向かった。すぐに取ってかえしてくると、その手には艶やかな真紅の布が握られていた。エリスがそれを投げてよこした。「さあ、着てくれ。私が正気を保っていられるように」

真紅の布を広げてみると、それは闘うドラゴンが刺繍された中国製のガウンだった。またもや顔に笑みが浮かびそうになるのをこらえた。ゆっくりと色っぽい仕草で、男物のシャツの上にガウンをはおった。「わたしの裸身を眺めるために、莫大なお金を払ったのに、わざわざ服を着せるなんて、あまのじゃくもいいところだわ」

「その理由はきみもわかっているはずだ。からかうのもいいかげんにするんだな」

「あら、どうして？」ガウンの紐をウエストでふわりと結ぶ。艶やかなガウンの裾が足の甲にまで届いた。いままた、エリスのまえで男物の衣装をまとっていた。おまけに、いま身につけているのは、エリス本人のものだ。ますます皮肉が効いている。「あなたをからかうのは楽しいのに」

エリスの形のいい唇に邪な笑みが浮かんだ。「ネコがネズミをもてあそぶように？　気をつけたほうがいい、私はネズミじゃないぞ」そう言うと、愛人をさきに通そうと居間に通じる扉を開けた。「棘のあることばで私を苛《さいな》むのはやめにして、何か食べよう」

エリスは優美なシェラトン様式（十八世紀末に考案された家具様式。直線的で、先の細い椅子の脚が特徴）の椅子を引いて、愛人を座らせると、フランス人のシェフがつくった料理を取りわけに食器台へ向かった。オリヴィアは気前のいいパトロンには慣れっこだった。質素な食事しか出さない男性をパトロンにする気などさらさらなかった。そんなオリヴィアから見ても、エリスは愛の休息所の家具や使用人に関して金に糸目をつけなかった。

ベッドの中で自身を温める女に対しても。

それなのに、すぐさまベッドに引きずりこもうとしないのが不思議でならなかった。いま、エリスは欲望剝きだしのパトロンではなく、魅惑的な話し相手になっていた。わたしはそれを望んでいるの？　よくわからなかった。欲望を剝きだしにしたのであれば、その欲望を武器にして対抗できるのに。

目のまえに、取りわけた料理の皿が置かれた。エリスが自分のために料理を取りわけてから、シャンパンを開けた。二脚のグラスにシャンパンを注ぐと、そのひとつを手渡しながら、たくましい胸を隠そうともせずに向かいの椅子に座った。芸術作品を愛《め》でるような純粋な気持ちで眺めれば、その体は雄々しさの象徴と言っても過言ではなかった。

「きみと私のこれからに」たくましい胸に注がれていた愛人の視線が、乾杯のグラスに移ったのを見てとって、エリスの顔に笑みが浮かんだ。

「勝利に」オリヴィアは淡々と言いながら、グラスを掲げるとシャンパンをひと口飲んだ。口に含んだシャンパンが勢いよくはじけて、舌にまつわりつく精の塩っぽい味と混ざりあった。

エリスが短く笑ってシャンパンをぐいとあおってから、鮮やかな手さばきでナプキンを広げた。「あっさり降参しないでくれるとうれしいんだがな」

愛人が快感に溺れているふりをしていることに気づいたときのエリスの顔――心底驚いた顔――が脳裏をかすめて、オリヴィアは口元に冷ややかな笑みを浮かべた。「いいえ、わたしが降参したほうが、あなたはもっと喜ぶはずよ」

愛人のほうに選択権がある――ふたりともそんなふうに話していた。オリヴィアとしては、実は自分が完全な被害者であることをエリスに知られるわけにはいかなかった。

オリヴィアはエリスよりは控えめな仕草で、赤い絹のガウンにおおわれた膝の上にナプキンを広げると、もうひと口シャンパンを飲んだ。シャンパンは好きだった。その細かい泡を口に含むと、孤独と消失だけの人生にも、安らげるときがあると思えるのだ。

「ほんとうにそうなのか、試してみたいだろう?」灰色の目で射るように見つめられた。けれど、自分の顔にどんな感情も浮かんでいないのはわかっていた。愛人稼業に就いてまもなく、スフィンクスにも負けないほど謎めいた女でいることがいかに重要かを学んだのだから。

「それは否定できないわね」淡々と言って、料理に手をつけた。意外にも、おなかがすいていた。今夜、感情の嵐にこれほどさらされたのだから、食べ物などのどを通らないはずなのに。

「きみは私の望みを拒んだ」エリスが同じように淡々と言って、いかにも頑丈そうな白い歯でロブスターのパテにかぶりついた。

エリスはどこまでも男らしかった。女性なら誰もが心惹かれるのも不思議はない。エリスと一緒にいると、空気までなんとなくざわついているように思えるのだから。これまで刺激的だと思った男性などひとりもいなかったというのに。わたしにとって男性はぞっとするだけの存在。腹立たしくて、うんざりして、無骨な存在でしかなかった。

それがどれほど悲しいことかはわかっていた。それでも、そんなふうに感じてしまうのだからしかたがない。自信満々のエリスが何をしたところで、それは永遠に変わらないのだ。

「あなたはいつも愛人にも性の悦びを求めるの?」

「もちろん」

何かに思いを馳《は》せているのか、エリスが手にしたシャンパングラスを見つめた。長い指がクリスタルの脚《ステム》を何気なくもてあそんでいた。指の動きがなぜか艶めかしく、その手が肌に触れたときのことが脳裏をかすめた。とたんに息が詰まって、全身に不可思議な戦慄が駆けぬける。いいえ、いまのはきっと寒さのせい……。暖炉では火が赤々と燃えているけれど。

エリスにまっすぐ見つめられた。このときだけは、灰色の目に皮肉っぽさは微塵も浮かんでいなかった。「愛人が何も感じなければ、そんな性の営みは不毛だ」

あっさりと言い放たれたことばに、オリヴィアは心の鎧を粉々に砕かれた。

オリヴィアにとって、男女の睦みあいはつねに不毛だった。人生になくてはならない肝心な部分を、強欲で粗野で無慈悲な男に奪われてしまったのだから。こらえようのない苦悩がのどに詰まって、目のまえの光景が霞んでいった。愛人として過ごした長い年月ではじめて、声をあげて泣きたくなった。

いいえ、オリヴィア・レインズが男性のまえで泣くことは絶対にない。どうにかして冷静さを取りもどした。それでも、声のかすれは隠しようがなかった。「あなたはわたしが求めているパトロンではないわ」

束の間、エリスの艶やかな顔に、おもしろがっているような表情がよぎった。伸びはじめたひげで顎のあたりが黒ずんで、髪も乱れている。岩のようにたくましい胸と腕を、暖炉の穏やかな火が照らしていた。なんて美しい男性なのだろう……。ペリーやその友人のような美しさではなかった。たとえるなら、りっぱな雄馬や、激しい嵐、荒れくるう海にも似た美しさ。力強く、生命力に満ちた危険な美だった。

「きみだって私の思っていたとおりの愛人ではないよ」

「たいていの男性は、体を売る女を道具のように扱うものよ」

「といっても、もちろんきみは自分のことを、ただの体を売る女とは思っていない」

オリヴィアは肩をすくめた。「わたしはお金と引き換えに男性に体を提供しているのよ。体を売る女——まさにそのものだわ、そうでしょう？　でも、そう呼ばれることを恥じてはいないわ」

「そんなことはない。それに、それこそがきみの魅力のひとつだよ。きみはパトロンを自ら選んで、その関係を支配している。それを考えれば、コベントガーデンで体を売りものにしている哀れな女たちより、放蕩者の独身貴族と相通じる部分のほうがはるかに多い」

街角に立つ哀れな女のひとりにならずにすんだのは、運がよかったからでしかなかった。いえ、それともうひとつ、自分が身を売る女となる宿命ならば、最高の売女《ばいた》になってみせると固く心に誓ったからだった。「なんだかんだ言っても、結局はわたしもコベントガーデンの娼婦たちと一緒だわ」

「そんなことはない」エリスが揺るぎない声で、きっぱりと言った。

そうして、またひと口シャンパンを飲むと、料理を口に運びはじめた。そんなエリスの姿を、オリヴィアは息を呑んで見つめるしかなかった。こんな男性にはこれまで会ったことがなかった。

エリスが言いだした賭けは、最初から勝負が決まっているとも言いきれないかもしれない——そんな考えが頭をよぎって、背筋に寒気が走った。「あなたが再婚しなかったのは意外だわ、閣下。あなたは男の盛り。それに、愛人より妻と睦みあうほうがはるかにお似合いよ」

エリスがふいに険しい表情を浮かべたかと思うと、ダマスク織りのテーブルクロスの上に置いた手を握りしめて、見るからに苦しげに言った。「ああ、もちろん、きみも私の妻のことを知っているんだな」

レディ・エリスの死からもう何年も経《た》っているというのに、エリスのことばには声にならない悲しみがあふれていた。それだけでなく、その胸の中に何かべつの感情も渦巻いているのがわかった。洗練と超然を売りものとする愛人であるはずのオリヴィアは、気づくと口ごもりながらぎこちなく謝っていた。

「ごめんなさい、奥さまの話を持ちだすなんて、身のほど知らずもいいところだわ。でも、あなたの話を聞いて、つい……」エリスの顔は相変わらず怒りで曇っていたけれど、オリヴィアはどうにか続けた。「あなたは金で買った女に対して、客と娼婦以上の関係を求めるようなことを言ったわ。だから、もしかしたら当座しのぎの愛人ではなく、妻を求めているのではないかと……」

「二度と結婚はしない」

まぎれもない絶望感が表われたそのことばに、オリヴィアは何も言えなくなった。部屋は静まりかえって、聞こえるのは暖炉ではぜる火の音だけだった。これほどきっぱりした否定のことばの裏に何が隠されているの？　愛？　憎悪？　無関心？

いいえ、無関心でないことだけはたしかだ。

エリスはどんな若者だったのだろう？　息を呑まずにはいられないほどの美男子だったのはまちがいない。純真な若者だったころの姿を思い浮かべようとしたけれど、像はうまく焦点を結ばなかった。冷笑的な顔が脳裏に深く焼きついていて、運命のいたずらをまだ知らない若々しい姿を想像できなかった。とはいえ、かつてその顔は、希望と、平穏と……愛に満ちていたにちがいない。

エリスは何も動じない石の彫像のふりをしている。けれど、いまこのとき、すでにぐらつきはじめていたそのイメージが、二度と元どおりにはならないほど木っ端微塵《こっぱみじん》に砕け散った。世間を欺こうとして、冷ややかで皮肉っぽい男の仮面をかぶっているけれど、真の姿はそれとはかけ離れていた。

「ごめんなさい、辛いことを思いださせてしまって」いつになく静かに言った。「こんなことを言っても言い訳にしかならないのはわかっているけれど、今夜はいつもどおりにいかなかったから、つい」

エリスが首を振った。「思い出の中にはあまりにも生々しすぎて、わざわざ思いだすまでもないものもある。そうなんだ、きみがその話を持ちだそうが、持ちだすまいが」

「そうね」オリヴィアはうつむいて、目のまえの料理を見つめた。料理はほとんど手つかずのままで、それはエリスも同じだった。どうしようもなく気詰まりだった。ロンドンに出てきてからというもの、男性と一緒にいて気詰まりに感じたことなどなかったのに。それでいて、ことばを発するとなんとなく語気が強くなった。「ベッドに戻りましょうか?」

エリスが顔を上げると、そこには笑みが浮かんでいた。おもしろがっていながらも、自嘲するような笑みだった。「やめておこう」

　オリヴィアは驚いた。「やめておく？」

　エリスが握りしめていた拳を緩めた。「わざわざ確かめるのはやめてくれ。私がどれほどきみを求めているかは、よくわかっているくせに。だが、きみは私が求めているものを差しだす準備ができていない」

「豪華なルビーのブレスレットをわたしに差しだしたときには、こんな夜になるとは思ってもいなかったのでしょう？」あのブレスレットをつけるべきだったと後悔しながら言った。

「ああ、たしかに。とはいえ、今夜のことは一生忘れられそうにない」

　オリヴィアは唇がぴくりと引きつるのを感じた。そう、エリスの言うとおり。今夜のことは一生忘れられそうになかった。

　エリスが立ちあがって、傍らを通って寝室へ向かった。その体が発するビャクダンとジャコウの香りが感じられるほど、すぐそばをかすめていった。とたんに、オリヴィアはエリスをまた味わっているような気分になった。いきり立つものが口の中でぴくりと動いたときのことを思いだすと、下腹で不可思議な感覚が渦巻いた。不本意な記憶を頭から追いはらおうと、シャンパンを飲んだ。けれど、シャンパンの酸味がいつになく舌にまつわりついて、動揺はおさまらなかった。

　エリスが寝室から戻ってきて、手にしたビロード張りの四角い箱を差しだした。「もっと早く渡すつもりだったんだが、階段の上にいるきみを見たとたんに、何も考えられなくなってしまってね」

そう言うと、反対の手に持っていたシャツを頭からかぶった。プロの情婦の心にもひとりの女としての何かが残っていたらしい——オリヴィアはそう感じた。その証拠に、エリスの華麗な体がシャツに隠れてしまうのが残念でならなかった。

「開けてごらん」エリスが待ちきれないように言った。

目のまえの男性にうっとりしていて、オリヴィアは宝石の入った箱のことを忘れていた。わたしがここにいるのは、宝石と金と名声を手に入れるため。端整な顔立ちの男性が服を着るなどというごく日常的な光景を愛でるためではない。そう自分に言い聞かせながら、頬がかっと熱くなった。綱渡りまがいの危うい日々を長いこと送ってきて、もう少しで奈落のような絶壁を渡りきるというときに、バランスを崩してすべてが水の泡になるなんて。

ブレスレットを贈られたことから、その箱の中身も高価な宝石にちがいないと見当がついた。それでも、蓋を開けて、ブレスレットとそろいのルビーと菱形の爪におさまったダイアモンドのネックレスを目にしたとたんに、胸が高鳴った。長いこと愛人生活を送ってきたけれど、これほど華やかで値の張るものを目の当たりにしたのははじめてだった。

あまりにも驚いてことばもないまま、ネックレスを見つめるしかなかった。

「気に入ったかな?」エリスが期待をこめて尋ねてきた。

オリヴィアは不安げに目を上げた。「きれいだわ」

エリスの口元にいつもの皮肉めいた笑みが浮かんだ。「たしかに。それで、きみは気に入ったのかな?」

「今度はネックレス……」

「そうだ」エリスが忍耐強く言った。

「これをわたしがつければ、あなたのものだというしるしになるわ」

エリスが満足そうに長く息を吐いて、椅子の背にもたれかかった。その手は相変わらずワイングラスをもてあそんでいる。意外にも、グラスの中身はほとんど減っていなかった。

敵意に満ちたペリーはエリスのことを〝女性に対して思いやりのかけらも持ちあわせない放蕩者〟と言っていたけれど、そのエリスは今宵《こよい》、セックスにも酒にも溺れていなかった。もしかしたら〝放蕩者のエリス伯爵〟というのは、身を守るための盾なのかもしれない――ふとそんな疑念を抱いた。わたしが〝無情で気まぐれなオリヴィア・レインズ〟と噂されているのと同じように。

エリスが黒い片方の眉を上げてみせた。口元にはおもしろがっているような笑みが浮かんでいた。「さすが賢い女は言うことがちがうな」

その場の空気が艶っぽいものに変わった。エリスはなぜそんなことができるの？　これまで、わたしの体はパトロンに対して反応したことはなかった。それなのに、いま、稲妻にでも打たれたように肌が粟立っていた。

そんな事実に無言で抗おうと体に力をこめた。「わたしに何かを強要しようとしても無駄よ。どうやら、あなたは自分がよほどの大物だという妄想を抱いているようね」

エリスがますます愉快そうに笑みを浮かべると、痩せた頬にくっきりとしわが刻まれた。

「たしかに、きみのことをあれこれ妄想しているよ。といっても、それぐらいはきみもとっくに気づいていると思っていたが」

オリヴィアは肩をすくめた。反論するまでもなかった。エリスが愛人についてあれこれ妄想するのは当然だ。男とはそういう生き物なのだから。自分にそう言い聞かせながら、頭の中で響いている小さな囁きを無視した。もしわたしがこんな女ではなく、ごく普通の女だったら、エリスのことをあれこれ妄想するはずなのにという囁き声を。

「このネックレスは受けとれないわ」そっけなく言った。

愛人の無愛想なことばにも、エリスはあわてもしなかった。「最後にはきみもそれを受けとることになるさ」そう言って、短く笑った。「まったく、どこまで変わり者の愛人なんだ？　きみは私にとって最高かつ評判の愛人なんだよ。私はきみのパトロンで、ロンドンじゅうの男どもから妬まれている。ああ、きみには宝石を雨あられと降りかけてやる。それもまたゲームの一部なんだから」

たしかに、これまではパトロンからの気前のいい贈り物を躊《ちゆう》躇《ちよ》なく受けとってきた。それに、いままた何かもらえば、引退後の生活も楽になる。けれど、理屈では納得できない何かを感じて、オリヴィアは蓋を閉じると、箱をテーブルの向こうに押しやった。

「わたしはあなたの飼い犬ではないのよ。首輪などつけないわ」

「とんでもない、こんなに高価な代物を犬に贈るわけがない。どれほど世知に長《た》けた犬がいようとね」エリスがからかうような口調で言った。「これほどみごとなルビーを見たのははじめてだ」

たしかに、そのとおりだった。それでも、それをもらってはならないという気持ちは揺るがなかった。「わたしの好みではないわ」

エリスが箱を取りあげて、蓋を開けた。光り輝くネックレスをじっくり眺めると、蓋を閉じて、テーブル越しに箱を押し戻してきた。「とにかく受けとってくれ。身につけなくてもいいから」

オリヴィアは渋々うなずいたものの、テーブルの上にある箱には手をつけなかった。取り残された高価な宝石は、ふたりの不可思議な関係を象徴していた。そもそも、これほど不可思議な一夜はなかったけれど。

「あなたはどんなことをするのが楽しいの、閣下？」それは多くのパトロンに尋ねてきた質問だった。

それなのに、なぜか今日にかぎって大きな意味を持っているように思えた。きっと、相手がなんと答えるのか見当もつかないからかもしれない。

「私は会話を楽しみたい。きみにもそれを楽しんでほしい」

オリヴィアはあまりにも驚いて、すぐにはことばが出てこなかった。それでも、必死に頭を働かせた。「会話？」

エリスが穏やかに笑った。低く、深く、耳に心地いい笑い声。たくましい胸の奥から湧きあがってきたその声のぬくもりに全身が包まれた。「そうだ、洗練された会話を楽しみたい」

思いや感情を少しでもエリスに打ち明けるのは、愛人として体を差しだすより、はるかに危険だった。けれど、テーブル越しにエリスを見つめていると、大人になって以来、胸の奥に押しこめてきた何かが頭をもたげはじめた。センチメンタルな好奇心——それを口にすればエリスも納得するはずだった。

オリヴィアは深々と息を吸ってから、話しはじめた。「ペリーから聞かされたわ、あなたはさまざまな国を旅したそうね」

その声は自分のものではないように耳に響いた。避けられない運命によってオオカミどもの餌食にされるまえの、はるか昔の少女だったころの声にそっくりだった。

「私は外交官だ。人生そのものが旅なんだよ」エリスの口調は淡々としていたけれど、灰色の目がきらりと光るのをオリヴィアは見逃さなかった。

世界を旅してみたいという夢を知られたところで、エリスに服従させられるわけがない。そもそも、自由に旅ができる女などほとんどいないのだから。たしかに、これまで、ここロンドンで苦労の末に多少の自由を得た。とはいえ、そんなのはほんものの自由とは言えない。いま手にしている自立もほんものとは言えなかった。

「いろいろな風景を見てきたんでしょうね」オリヴィアは身を乗りだして、握ってほしいと言わんばかりに片手を伸ばした。はっとして、自分のしていることに気づくと、手を引っこめて、震える手を隠そうと膝の上にのせた。

「とくに行ってみたい場所があるのかな？」

「どこもかしこも」

エリスがまた笑った。その笑顔がたまらなく好きだった。それでいて、そんなことを感じている自分が不愉快だった。「ならば、どこを旅した話をしようか？」

オリヴィアは心を売ってもかまわないほど行きたい場所を口にした。「イタリア」

エリスが椅子の背にもたれて、腕を組んだ。「イタリアか、なるほど」

6

翌晩、オリヴィアはピアノのまえに座って、ソナタを弾いていた。時刻は遅く、まもなく真夜中になろうとしていた。オリヴィアの頭に浮かんでいるのは音楽ではなく、パトロンとなった男性と、奇妙な賭けだった。

とはいえ、それより奇妙なのは、ふたりで過ごしたはじめての夜だった。

まちがった鍵盤を叩いて、アレグロの箇所にふたたび取りかかる。指が正しい音を探りあてると、体の力を抜いて旋律に身をまかせた。激動の長い月日のあいだ、音楽と読書だけが心の慰めだった。ペリーの図書室でエリスとともに過ごした、なぜか心地よかったあのひとときが頭をよぎった。あのときのエリスはすべてを理解しているかのようだった。

いいえ、何ひとつ理解していない。

でも、ゆうべはイタリアについてあれこれ尋ねると、意外にも忍耐強く応じて、別れの口づけを強要することもなく去っていった。口で官能の頂へと導かれたベッドに、ふたたび引きずりこもうともしなかった。

気づくと唇を舐めていた。とたんに、指がもつれて、まちがった鍵盤を次々に叩いた。わたしはいったいどうしてしまったの？　パトロンに対しては、これまで何をしても楽しいなどと感じたことはなかったのに。そう、ふたりの関係を自分が支配しているのを実感するとき以外は。

ため息をつきながら、また最初から弾きはじめた。エリスが今夜訪ねてくることをなぜか確信していた。今朝、エリスはタッターソールへ行くという約束を取り消してきた。家族の用事で外出できなくなったという理由だった。紙に記された伝言はごく簡潔で、意外にも、陳腐な賞賛や謝罪のことばはひとことも書かれていなかった。エリスからは女神のように崇《あが》められたことは一度もない。少なくとも、足元にひざまずいて、その種のことばで崇められたことは一度も。それなのに、読みやすく流麗な黒い筆致で書かれたぶっきらぼうなことばに、なぜか胸が躍った。

それを言うなら、昨夜のエリスの行動の大半に胸が躍ったのだった。エリスと一緒にいて胸を躍らせずにいられるはずがない。あれほど賢明で機知に富み、旅の経験も豊富で、しかも、愛人の身である女に知性があるかのように接してくれるのだから。オリヴィアはいったん両手を鍵盤から上げると、思いきり下ろした。音程のくるったベルのようにピアノの音が鳴り響いた。

「ミスター・ハイドンの楽譜にそんな曲が書かれているとは思えない」

オリヴィアは顔を上げた。夜会服に身を包んだエリスが、戸口からこちらを見ていた。それがエリスの癖なのは、すでに気づいていた。戸口で立ち止まって、その場のようすを見極めてから部屋に足を踏みいれるのだ。

「この曲も入れるべきだわ」オリヴィアはそっけなく言った。すっかり油断していて、パトロンのまえでは真の姿を見せないプロの愛人であることをつい忘れていた。

「いや、むしろベートーヴェンの曲に近い」

昨夜の出来事のせいで、エリスが自分のパトロンで、自分がエリスの一時的な愛人にすぎないのを忘れていた。「ベートーヴェンを知っているの？」

「会ったことはある。だが、知っているとまでは言えないな」

「その話を聞きたいわ」

好奇心を隠せなかった。エリスから聞かされたイタリアという国はほんとうにすばらしかった。絵画、宮殿、広場の話にすっかり魅了された。夏の強烈な陽射しや藍色の地中海、ドロミテ・アルプスの冷たい雪にも。

そしていま、ウィーンの話も聞けるかもしれない。早く聞きたくてうずうずした。

エリスの口角が上がって笑みが浮かんだ。早くも見慣れたものになったその笑みが、自分の体の一部であるかのような錯覚を抱いた。まだほんの数回、わずかな時間しか顔を合わせていないのに、そんなふうに感じるなんて、エリスは魔法でも使ったの？といっても、昨夜は長いこと、そう、夜明け近くまで話をして過ごしたのだ。あんなふうに男性と一緒に一夜を明かしたのはあとにもさきにもゆうべだけだった。もちろん、裸でベッドに横たわり、男性の腕の中で一夜を明かしたことは何度もあるけれど。

ゆうべはエリスが帰ると同時に、疲れがどっと出た。神経過敏になって、気持ちがざわついた。いつもどおりにパトロンをもてなしたときよりはるかに落ち着かなかった。

「きみは旅人の話を聞きたくてうずうずしているんだな」

心の中でふくらんでいた小さな泡――もしかしたら幸福の泡かもしれない――がパチンとはじけた。

なんてことだろう、わたしは救いようのない愚か者だ。エリスがこの家にやってきた理由を忘れているなんて。ゆうべは例外だった。あらゆる意味でそうだったのだ。

オリヴィアはどうにか冷静な表情を取りつくろった。男性を相手にそうすることぐらい造作もなかった。それなのに、エリスと一緒だと、いつもの自信が持てなくなる。それでも、優美にピアノの椅子から立ちあがった。わざと物憂げな態度を取るほうがいいと教えてくれたのは最初のパトロンだった。その最初のパトロンこそが、兄と共謀して、わたしの人生をめちゃくちゃにしたのだ。そんなことを思いながらも、唇を魅惑的に緩めて、主人を悦ばせるためならどんなことでもする世知に通じた愛人らしく微笑した。

いまのわたしは愛人以外の何物でもないのだから。どんなときでもふくれっ面で渋々と何かをしてはならないと、遠い昔に叩きこまれた。そう、わたしはなんだってしてきた。これからだってなんでもできる。

エリス伯爵、あなたはなんて幸運な男なの……。

打ちひしがれて、口の中に苦みが広がった。まもなくエリスを味わうことになる口の中に。

「ベッドのまえにワインはいかが？」

「いや、やめておこう」静かな口調だった。

ハスキーな声に思いやりがこもっているように感じられて、オリヴィアはそんなことを考えている自分の愚かさを呪った。

エリスは愛人のあとについて、ランプの明かりで照らされた階段をのぼると、寝室へ向かった。オリヴィアの細い背中は定規のようにまっすぐで、尻はやわらかなリズムを刻みながら揺れていた。それを見たとたん、期待で脈が速くなった。夜用のバラ色のドレスは、オリヴィアが主人の到着を待っていた証拠だった。

あたりまえだ、待っていたに決まっている。冷ややかな何かがふたりを結びつけていた。それがなんなのか、エリスはどうしても知りたかった。ベッドでの睦みあいではない。といっても、まもなくベッドをともにするけれど。

オリヴィアは不感症なのか？

そうとは思えなかった。とはいえ、プロの愛人としての手練手管以上のものをオリヴィアから引きだすつもりなら、洞察力と、数々の女を相手にしてきた男の熟練の技をすべて発揮しなければならないだろう。

それこそ、名うての放蕩者で女たらしの男にとって、うってつけの挑戦だ。

オリヴィアは自分の体はまるで反応しないと決めつけているかもしれないが、さきほど戸口に立って、オリヴィアの奏でるピアノの音にじっくり耳を傾けながら、エリスはその体には欲望がひそんでいると確信した。それを音楽の中に聞きとった。オリヴィアの指が奏でる音楽は滑らかに進んだかと思えば、ふいに途切れるといったことをくり返していたけれど。

その奏《かな》でかたは男性的だった。戦場へと突進するかのような攻撃的な音楽だった。いや、男性的なのは音楽だけではない。ズボンを穿いたオリヴィアの姿が頭に浮かんだ。上流階級の紳士よろしくブランデーをあおるオリヴィア。とたんに、体じゅうの血が熱を帯びた。亡き妻はあくまでも女らしかった。ただし、乗馬だけは例外だった。乗馬となると見境がなくなって、その無謀さが死を招き、その夫は二十二歳という若さで完全に打ちひしがれて、この世にひとり取り残されたのだ。

エリスははっとして、階段の上で足を止めた。なぜ、妻のことを考えているんだ？　ジョアンナとオリヴィアは似ても似つかないのに。いっぽうはどこまでも純粋な天使で、もういっぽうはどんな相手にも金でその体を開くのだから。

いや、それは言いすぎだ。

噂によれば、オリヴィアはベッドをともにする相手を厳選しているという。一年で相手にするパトロンはほんの二、三人。最近はそれより少ないらしい。

寝室の扉のまえで、オリヴィアが振りかえった。「閣下？」

魅惑的な低い声で呼びかけられたとたんに、股間にあるものが跳ね起きた。行進中の兵士の背筋にも負けないくらいまっすぐに。これまで、エリスは数知れない女を相手にしてきたけれど、そういった女の誰にも、さらには、心から愛していた亡き妻にさえ、体がこれほど敏感に反応したことはなかった。

男の本能が刺激されて、決意が胸にこみあげてきた。オリヴィア・レインズを打ち負かしてみせる。未知の世界をオリヴィアに見せてやる。すべてをわがものにして、オリヴィアにとってけっして忘れられない男になってみせる。

エリスは歩を速めて、戸口にいるオリヴィアに追いついた。戸口は狭く、ほんの数インチ動いただけで体が触れあいそうだった。けれど、どちらもその距離を埋めようとはしなかった。オリヴィアの小さく不規則な息遣いが伝わってくる。見た目ほどには、オリヴィアも冷静ではないらしい。

ああ、冷静であるはずがない。ゆうべは、もう少しでオリヴィアの信頼を勝ちとれそうだったのだから。あくまでも用心深い女であることを考えれば、あれは最大限の譲歩と言っても過言ではなかった。そしていま、オリヴィアは疑心暗鬼になっているにちがいない。パトロンにベッドに連れこまれて、さらに弱みを握られるのではないかと。

「軟膏ならまだ少し買い置きがあるわ」オリヴィアがぶっきらぼうに言った。

「きみにはそんなものは必要ない」

オリヴィアが頰を赤らめもせずに目を下に向けて、さかりのついた種馬のようにいきり立っているものをちらりと見た。「やはり軟膏を使ったほうがよさそうだわ」

エリスは手を伸ばして、オリヴィアの腕を握った。その肌はひんやりと滑らかだった。愛撫するように手を下に滑らせて、オリヴィアの手を取った。「痛い思いはさせないよ」

冷笑がオリヴィアの顔をよぎった。「わたしにまかせれば、はるかに大きな快感を得られるのよ、閣下」

「それはやってみなければわからない」

「いかにも男性が言いそうなことね」賞賛せずにはいられないほど巧みな身のこなしで、オリヴィアはするりと手から逃れると、静かに寝室に入っていった。

「ああ、私はまぎれもなく男だからだな」エリスはオリヴィアのあとからベッドへ向かった。

オリヴィアが微笑を浮かべながら、肩越しに振りかえった。反論はしてこなかった。「服を脱がせましょうか？」

七色に変化するふたりの力関係は、いまやつねにそこに存在するのがあたりまえになっていた。何をしようと消えないものになっていた。昨夜のベッドでの出来事で、オリヴィアは相手の力量を見抜いたつもりでいるはずだ。だが、エリスとしてはそう易々と優位に立たせるつもりはなかった。そのための作戦ならきちんと練ってきた。それをいまから使うつもりだった。「いや、私がきみの服を脱がそう」

オリヴィアはどうでもいいと言いたげに肩をすくめた。「ドレスには気をつけてね。このドレスは気に入っているの」

エリスは苦々しげに笑った。「まったく、図々《ずうずう》しいにもほどがある。人のことを不器用なメイド扱いするとは」

オリヴィアが目を伏せて、どこまでもあだっぽい視線を送ってきた。流し目など芝居にすぎない――エリスは必死になってそう自分に言い聞かせた。そうだ、オリヴィア自身も気づいていない真実をおおい隠すための芝居に決まっている。

ときを追うごとに、忌々しいゲームがますます手に負えないものへと変わっていく。

「ならば、わたしはあなたをどんなふうに扱えばいいの？」オリヴィアは甘い声で言いながら振りむくと、エリスの顎に手を這わせた。「気持ちいいわ、ひげを剃《そ》ってきたのね」

「きみの肌はデリケートだからな。柔肌を傷つけてはいけないと思ってね」エリスは手を差しだすと、オリヴィアのうなじを包んだ。アップにした髪からこぼれ落ちたおくれ毛が手をくすぐった。手を止めて、ひとつ息を吸う。「どうしても、きみに口づけたい」

オリヴィアが凍りついた表情を浮かべて、身をよじって逃れた。「だめよ」

「ベッドをともにするまえには口づけるものだよ」

「口づけなくても、ベッドはともにできるわ。待って、髪を下ろすから」

「私がやろう」エリスは新たな愛人と一緒にいる気分だった。そう、ゆうべはオリヴィアと真の愛人関係にはなれなかった。オリヴィアが意味深長なことばを使っても、この自分が獣じみた欲望を抱いても、今夜、真の愛人関係が築けるかどうかはわからなかった。

いや、あくまでも自制していられたら、築けるにちがいない。

けれど、オリヴィアにすべてを搾りとられた情熱的なひとときを思いだすと、自信など一瞬にして灰と化した。降伏するのはどれほどたやすいことか。オリヴィアにすべてをゆだねてしまえ。オリヴィアが実は何も感じていなくても、愉悦だけを受けいれればすむことだ。とはいえ、それでは、外側はまばゆいほどにみずみずしいけれど、中身は腐りきった果実と同じだった。

どれほど論理的に考えてみても、確信は揺らがなかった。オリヴィアを真に感じさせることができれば、この身のあらゆる罪が許されるという確信は。

その思いは強固で、重要で、そして、常軌を逸していた。

エリスは内心の動揺を隠しながらオリヴィアに歩みよると、輝く豊かな髪からピンを一本引きぬいた。黄褐色の髪がひと房、滑らかな肩に音もなく落ちた。その髪の色を正確にはなんと呼べばいいのかわからなかった。ブロンドからブロンズ、そして赤みを帯びた茶色まで、あらゆる色合いが混ざりあっている。それは美しい秋の色だった。胸につかえていた疑問をもう一度ことばにした。「きみは女が好きなのか?」

　案の定、オリヴィアには驚いたそぶりもなかった。ロンドンでもっとも人気のある愛人の座にのぼりつめるまでには、男女の愛とは異なる愛の形をその目で見てきたにちがいない。まぎれもないプロの愛人であるオリヴィアには、想像を超える裏の顔があってもおかしくなかった。「ベッドをともにする相手として? とんでもない」

「女が好きだとしても、非難はしないよ。さまざまな国で、さまざまなものを見てきたからね。そんなことはありえないと言いきれるものはほぼなくなった」

オリヴィアが小さく笑うと、エリスは暖かな炎のようにその声に包まれた。「男性とラクダでも?」

オリヴィアのことはひと目見たとたんにほしくなった。それは意外でもなんでもなかった。もともと性欲はかなり旺盛で、いっぽう、オリヴィアは息を呑むほど美しいのだから。意外なのは、ふたりで過ごせば過ごすほど、オリヴィアが好きでたまらなくなることだった。

オリヴィアにつられて、エリスは笑った。「いや、ラクダはどうかな……」さらに、声を低くして真剣に言った。「淫婦には同性愛者もめずらしくない。男との交わりあいがあまりにも悲惨だったせいで、そうなってしまうらしい」

　ふたりの距離は近く、オリヴィアが息を呑んだのがエリスにもわかった。それは謎を解く手がかりだった。といっても、同性愛者という憶測ははずれていたらしい。だが、もしかしたら、オリヴィアはどこかのろくでなし野郎に無理やり手籠《てご》めにされたのかもしれない。おそらく、ずいぶん昔のことだろう。エリスが知るかぎり、オリヴィアと閨をともにした男どもはみな、この〝愛人の女王〟を崇めていて、なぶるような度胸を持っている者はひとりもいなかった。

オリヴィアが口元を引きしめた。「わたしの体は感じないのよ、男性にも、女性にも……ラクダにも」

その手の話をオリヴィアが嫌っているのは、承知の上だった。それは、上品ぶっているからではなく、心の中の要塞が危うくなるからだ。だからこそ、エリスはこの話題をさらに掘り下げるつもりだった。心に築いた壁を粉々に打ち砕かなければ、オリヴィアはけっして降伏しないのだから。

「きみがペリグリン卿と一緒にいるところを見た」

オリヴィアの体がこわばって、表情が一変した。「それが何か？」

エリスは肩をすくめながら、オリヴィアの髪からまた一本ピンを引きぬいた。「ペリグリン卿の趣味はわかっているよ」

オリヴィアが身をよじって体を離すと、巻き毛がまた肩へとこぼれ落ちた。そうして、胸のまえで両手を握りあわせた。「ペリーはわたしの友人よ」

エリスは穏やかにオリヴィアを見つめた。「ペリグリン卿は同性に欲望を抱く男だ」

オリヴィアの顔がさらに青ざめた。エリスはそのときはじめて、オリヴィアの高い鼻梁《びりょう》にうっすらとそばかすが散っているのに気づいた。健康で頑丈な体を思えば、幼いころはさぞかしおてんばで、くしゃくしゃの髪で跳ねまわっていたのだろう。「あなたはペリーのことを縛り首に値するほどの重罪だと非難しているのよ」エリスは自分のことばをオリヴィアが否定していないことに気づいた。「非難などしていないさ。私はただ、きみが女性と閨をともにするのを好むなら、ペリグリン卿と親しくしているのも納得がいくと思っただけだ」

「親しくしているのは、ペリグリン卿が親切で、あれこれ気遣ってくれるからよ」いま一緒にいる相手とはちがって、とオリヴィアはつけくわえたいのだろうが、あえてそうはしなかった。「それ以外は、あなたには関係のないことよ」

「私はきみの正式なパトロンだ。当然、私にも関係がある」

「正式と言えるのかしら」オリヴィアが刺々しく言った。「行く先々で、その街一の情婦を愛人にしているのは、実はあなたにも何か隠したいことがあるからかもしれないわ」

エリスは思わず声をあげて笑った。これまで男としての資質について、大胆にも疑問を呈してきた者はいなかった。「きみの勇気には恐れいったよ。だが、私が女性を好きなのは、きみだってすでによくわかっているはずだ。とりわけあるひとりの女が好きだってことは。怒りっぽくて、扱いづらい女ではあるけれど」

長身の体をこわばらせたまま、オリヴィアが懇願するように言った。「閣下、あなたの抱いている疑念はけっして口外しないと約束して。ペリーを守るためなら、わたしはなんでもするわ。ええ、どんなことだって」

それを聞いたとたん、怒りがこみあげてきた。「きみを脅迫して言うことを聞かせようとは、これっぽっちも思ってない」エリスは苦々しげに言った。「たとえ、そうしなければならないとしても、そんなことはしない。ああ、もちろんだ。さあ、こっちへ来るんだ」

「ならば、絶対に人には言わないのね？」

オリヴィアは見るからに渋々と歩みよってきたが、その口調は相変わらず緊迫していた。なんてことだ、オリヴィアは私に何をされると思っていたんだ？　ベッドの中で感じているふりをしなければ、友人の違法な偏愛を暴露されるとでも思ったのか？　ゆうべ、あんなことがあったのだから、私を欺けないとわかっていてもよさそうなものなのに。

「ペリグリン卿の秘密が私の口から漏れることはない」エリスは不本意ながら、またオリヴィアの髪をほどきはじめた。「約束する」

薄れていく怒りと入れ替わるように、大きな安堵感がこみあげてきた。これで疑念はなくなった。オリヴィアは女同士の性愛を求めてはいなかった。それに、モントジョイとの関係についても思っていたとおりだ。ふたりはけばけばしいあの屋敷で、姉と弟同様に暮らしていたのだ。それにしても、なぜふたりは家族のように強い絆で結ばれたんだ？　そんな疑問がふと頭をよぎった。

オリヴィアの豊かな髪が、光り輝く滝となって細い肩にこぼれ落ちた。エリスは目を閉じて身を乗りだすと、オリヴィアの香りを胸いっぱいに吸いこんだ。瞼を開くと、目のまえにオリヴィアの見開かれた目があった。吸いこまれそうなシェリー酒色の瞳が。オリヴィアの開いた唇から漏れる息遣いは荒く、頬は紅潮していた。

すべてに欲望が表われていた。これが芝居なのか？　いや、そんなはずはない。目のまえにいるのが、見せかけの興奮では騙せない男であることは、オリヴィアももうわかっているのだから。

エリスはさらに身を乗りだした。オリヴィアの息を唇に感じた。さわやかな息を。オリヴィア自身の香りを。天国の香りを。オリヴィアはうっとりしているらしい。一瞬ときが止まって、心臓の鼓動まで止まったかに思えた。けれど、すぐにオリヴィアが瞬きして、手の届かないところに逃れた。エリスは胃が痛むほどの落胆を覚えた。

くそっ、いつかオリヴィアのほうから口づけずにはいられないようにしてやる。自らすんで。たっぷりと。情熱的に。

これほど生き生きとした美しい女が、性の悦びを存分に味わったことがないとは、自然の法則に反する罪だ。どんな性の悦びも味わったことがないとは。

「あなたの望むとおりのことをするわ、閣下」オリヴィアの声はかすれていた。「どんな行為《アクト》がお好み？」

エリスはオリヴィアのうしろにまわって、背中をおおう豊かで滑らかな髪をわきに払うと、慣れた手つきでドレスを脱がしはじめた。「きみには芝居《アクト》などしてほしくない」

「そういう意味ではないのはわかっているくせに」

服を脱がせやすいようにと、オリヴィアが髪を持ちあげた。肌から立ちのぼる芳香がその場に立ちこめた。器用な指でコルセットの紐をほどいて、ペティコートを留めている平紐を引く。ペティコートが床に落ちると、白いストッキングに包まれた脚と、上品な桜色の上靴を履いた足があらわになった。形よくくびれた足首に、上靴のリボンが結ばれている。引きしまった白い尻の丸みが、薄いシュミーズを押しあげていた。麗しいその丸みを手で確かめたくなるのを、エリスは必死にこらえた。

　ドレスの広い襟から覗く肩にそっと口づけた。「オリヴィア、感じるがままに行動してくれればそれでいい」

「わたしは何も感じないわ」そう応じる声は平板で、いつもの耳に心地いい低い声ではなかった。

「ならば、何もしないでくれ」

7

何もしないでくれ？　わたしのパトロンはどんな男性なの？

オリヴィアは当惑してその場に立ち尽くすしかなかった。そのあいだに、エリスにシュミーズを頭から脱がされた。肌をかすめる器用な手はひんやりして、さらりと乾いていた。湿った手の男性がオリヴィアは苦手だった。

首のわきにエリスの唇を感じた。器用な手が体を這ったかと思うと、乳房を包んで、そっと揉みはじめる。ゆっくりとエロティックに、エリスが体を押しつけてきた。裸の背中が、羊毛と綿の布地に包まれたたくましい胸に触れると、エリスが官能のため息を漏らすのが聞こえた。耳で聞くと同時に、手に取るようにはっきりと感じた。

エリスの体は熱を発していた。まるで夏の午後に、陽光に熱されたレンガの壁に寄りかかっているかのようだ。目を閉じて、乳房を包む巧みな手のリズムに身をまかせた。

ふっくらした乳首を指でつままれたかと思うと、人差し指と親指でもてあそばれた。そうすることで、エリスが艶めかしい悦びを堪能しているのがわかった。不思議なことに、それに応じて、同じ悦びが胸にこみあげてくる。それはこれまでパトロンに対して抱いた、すべてを支配することの悦びとはまったく異質のものだった。はじめて経験する、より穏やかな満足感だった。

「あなたは服を脱がないの？」そう尋ねる声は意図したわけでもないのにかすれていた。

エリスが苦しそうに笑って、うなじにキスしてきた。肌をかすめる唇が心地よかった。まるで蝶《ちょう》が肌をかすめたかのようだ。「これからきみに欲望でわれを忘れてもらう」

「つまり、あなた自身はあくまでも冷静でいるつもりなのね？」

「せいぜい論理的な考えの切れ端ぐらいは保っておきたいと思っている。そのためにも、服を着ているほうがいい」

裸の尻に、エリスが熱く硬いものを押しつけてきた。耳打ちするようにうめき声を漏らして、下半身をこすりつけたかと思うと、肩に歯を立てた。オリヴィアは驚いた。けれど、痛くはなかった。エリスは歯まで大きくしっかりしていた。歯を立てるのは、果てしなく親密な行為に感じられた。エリスは牝馬《ひんば》と交わろうとしている種馬のよう。力強さと繊細さを巧みに使いわけるなんて……。

たくましい腕に導かれて体の向きを変えると、エリスと向かいあった。銀色の目が輝いて、高い頬骨のあたりに赤みが差していた。それでも、その腕の力加減は絶妙で、ふたりのあいだにはわずかな空間ができていた。その空間が興奮した男の体が発する熱とジャコウの香りで満たされた。

オリヴィアはことばを発するまえに、深く息を吸った。エリスのつんとする欲望の香りが、上質な煙草《たばこ》の煙のように肺を満たしていく。心地いい香りだった。はじめて体に触れられたときから、その香りには気づいていた。清潔で、男らしい香り。大半の男性が使っている甘ったるい香水のにおいとはまるでちがう。オリヴィアはもう一度息を吸った。今度はその香りを楽しむためだけに。

目のまえにいる男性は社交の場にも出ていけるほどきちんと身支度を整えている。それなのに、自分だけが裸で立っているのはおかしな気分だった。わたしと一緒ではないときに、エリスはどんなことをしているの？　そんな疑問が頭をかすめた。きっと、上流階級の洒落男そのものの暮らしをしているはず。酒を飲んで、賭け事に興じて、女の尻を追いかけまわしているのだ。それなのに、エリスのことを見かけどおりの放蕩者ではないと直感したように、昨日同様、今夜もエリスは女と交わらないという気がしてならなかった。

「うまくいくはずがないわ。わたしには……何かが欠けているのよ」エリスが献身的な努力をしたところで、結局は苦い失敗が待っているだけだと思うと、なぜか良心が疼いた。いったん口をつぐんで唇を舐める。パトロンに対して、自身の欠陥を告白するような状況に追いこまれたのは、はじめてだった。「あなたは誠実だわ」

エリスの口から自嘲するようなくぐもった声が漏れた。「そんなふうに思ってくれる人はそうはいないだろうな」そう言うと、腕に置いていた両手を下に滑らせて、手を握ってきた。ふたりのあいだに築かれようとしているあやふやな共感が信じられずに、オリヴィアは厳しい口調で言った。「いますぐにわたしを押し倒して、望むことをしたほうがはるかにいいわ。わかっているのよ、あなたにとって我慢するのがどれほど苦痛かは」

「苦痛は、悦びをいっそう甘いものにしてくれる」

右手を握られて、いきり立つものへと導かれた。それは鋼のように硬く、いまにも破裂しそうだった。エリスが激しい欲望を抱いているのは疑いようがなかった。ズボン越しにそれを撫でると、ますます大きく太くなった。エリスが目を閉じて、もたれかかってきた。これ以上ないほどふくらんだものが手に押しつけられた。

「やめてくれ、オリヴィア」エリスがうめいた。「哀れな男を試すつもりなのか」

「あなたは哀れな男には見えないわ」手に力をこめて、いきり立つものの形と重みを確かめた。それをまた口に含む場面が頭に浮かんだ。ゆうべは、誰よりも精力的な男性を支配して、これまでになく爽快だった。その感覚をもう一度味わいたかった。性の行為の快楽にもっとも近いはずだから。

今夜もまた男女の睦みあいを支配して、エリスが時間をかけて丹念に紡いだ穏やかで親密な関係という名の糸を断ち切るつもりでいた。穏やかで親密な関係など、愛人を生業にする女には縁がないのだから。

「ベッドに横になって」多くの男たちに使ってきた声音でつぶやいた。

エリスの苦しげな息遣いが聞こえた。「私はろくでもない獣とはちがう」

たくましい胸に爪を立てると、シャツに隠れた乳首が硬くなるのを感じた。「あなたはもうわたしの言いなりよ」

エリスが腰をまえに突きだした。「言いなりになどなってたまるか」

「あなたは大きくて硬いわ。これほど大きな男性に触れたのははじめてよ」

「やめろ」ベッドへといざなわれながらも、エリスがうめいた。

「あら、事実を言っただけよ」オリヴィアはたくましい胸に手のひらを押しあてた。軽くひと押ししただけで、エリスはベッドに仰向けに横たわった。「あなたはほんとうにりっぱだわ。ゆうべ、ほおばったときには、すっかり口をふさがれてしまったわ。憶えているでしょう?」

「ああ、忘れられるものか」エリスの声はしゃがれていた。

「今夜も同じようにしてもいいのよ」オリヴィアは唇を舐めて、ベッドの上に手足を投げだして横たわっている大きな男を見おろした。ズボンのまえがテントのように高く盛りあがり、顔が激しい欲望でこわばっていた。

「ああ、きみにとってはそのくらい朝飯前なんだろう」エリスが顔をしかめた。怒り以上に悔しくてたまらない、そんな表情に見えた。「だが、そうしたところでなんになる?」

オリヴィアは肩をすくめた。「なぜ、これからすることに意味を見いださなければならないの? 果てしない官能そのものに充分価値があるわ」

「なぜ、きみにそんなことがわかるんだ?」

そのことばに、体がこわばった。エリスには抵抗しようとするそぶりもなかった。オリヴィアは視線を目のまえに横たわる堂々とした体から、灰色の目へと移した。求めているものがそこにないのはすでにわかっていた。論理的な考えなど消し飛ぶほどの欲望のせいで、うつろになった目がそこにないのは。

たしかに、エリスはわたしを求めている。けれど、けっして屈しはしないのだ。

思っていたとおり、密なまつ毛に縁取られた灰色の目は鋭かった。この闘いに、わたしはまだ勝利していない。勝利を得るには、さらに攻めつづけなければならなかった。「そんな話を持ちだすなんて卑怯《ひきょう》だわ」

「きみこそ汚い手を使ってるじゃないか、オリヴィア」

「わたしだけを見ていて」

「それ以外に何ができる？　きみほど魅力的な女には会ったことがないのに」エリスはそう言いながらも、ちっともうれしそうではなかった。

力強い太腿のわきに、ストッキングに包まれた片方の膝を置くと、反対の膝も優雅に振りあげてエリスにまたがった。「さあ、ゆうべと同じことをしましょう」

「だめだ」

「だめ？」疑るように眉を上げて、エリスの顔を見おろした。端整な顔に目を奪われた。ひいでたまっすぐな眉に目を向けて、次に、堂々とした高い鼻へ、くっきりした顎へと視線を移す。唇が普段よりふっくらしている。日焼けした肌が引きしまって、ほてっていた。「あら、あれは気に入らなかったのかしら？」

エリスの唇が苦々しげにゆがんだ。「それは愚問だ。忌々しくも、私を天国へと放り投げて、それから引きずりおろしたのは、きみだってよくわかっているはずだ」

「もう一度それを体験してみたら？」

「断わる」

なぜかエリスの抵抗にわくわくした。オリヴィアはわざと呆《あき》れたように笑った。「あなたはわたしの献身的な行為を拒むために大金を払ったのね。それは至上の無駄遣いというものよ。そんなのは、有名な画家の絵を手に入れておきながら、穴倉に隠しておくのと一緒だわ」

エリスの顔に笑みが浮かぶことはなかった。「私が何を望んでいるか、きみは知っているはずだ」

「そして、わたしが何を与えられるか、あなたは知っているはずよね」

「いいかげんにしろ」

突然の怒りに、オリヴィアは驚いた。エリスが怒りを爆発させると同時に、目のまえの光景が一変したことにも驚いた。エリスがふいに起きあがったかと思うと、体をつかまれた。とっさに、たくましい肩をつかむ。次の瞬間には、気づいたときにはベッドに仰向けに倒されていた。部屋がぐるりとまわって、気づいたときには、広げた脚の真ん中にエリスがいた。

「何をするの！」かすれた声で叫んだ。怒りも感じていたけれど、それ以上に気持ちが昂っていた。強い光を放つ銀色の目を見つめて、降参しなさいと無言で訴えた。こんなやりかたは下劣な男性たちとなんら変わらないと自覚させようとした。

太腿とズボンが色欲をそそるようにこすれあっていた。エリスを苦しめてやろうと、膝を立てて、ふたりの太腿がこすれるようにした。エリスが息を呑んで、わき腹を押さえている手に力をこめた。

「魔性の女め。小悪魔め。妖婦め」それはうなり声に近かった。

エリスの体が愛のリズムを刻みはじめた。その体は鍛冶場《かじば》の炉から取りだした鋼にも負けないほど熱くなっているのに、服を脱ごうとはしなかった。雄々しい体の重みを感じながら、オリヴィアは下腹に何かがねじれるような感覚を抱いた。晴れた日に遠くで響く雷鳴を耳にした、そんな不可思議な感覚だった。

背中をそらして、無言で体を差しだした。「どんなふうに呼ぼうと、わたしは屈しないわ」

エリスが耳障りな笑い声を漏らして、束の間、剝きだしの肩に顔を埋めてきた。エリスの息の湿ったぬくもりと、笑いながら苦しげに息を吸おうとしてぎこちなく動く肩が、妙に刺激的だった。それでも、冷淡な情婦をどうにかして演じきろうとしたものの、エリスのまえではそれは不可能だった。力の抜けた手が、自然に動きだす。それは、金で雇われた愛人がパトロンの欲望をかき立てるときの、熟練した触れかたではなかった。

心が欲しているかのように、パトロンを手で愛撫していた。

信じられない！　わたしはどうしてしまったの？

ふいに体がこわばった。それに気づいたのか、エリスが頭を起こして見つめてきた。「重いのか？」

「いいえ」愛人をベッドに押しつけているのが、エリスは心地いいらしい。とはいえ、服を脱げば、さらに心地よくなるはずだった。

エリスが両肘をついて、上体を起こした。「やはり、何かしっくりしない」

オリヴィアはエリスの顔を見た。灰色の目が光っていた。黒い髪が乱れて、つむじ曲がりな髪がひと筋、額にかかっている。その姿を未経験の青年と見まちがえる者はいないにしても、いつもよりずいぶん若く見えた。そう思ったとたんに、なぜか脈が跳びはねた。

オリヴィア、用心するのよ。

頭の中で響いたそのことばに、鋭い刃でひと突きされた気分になった。

「あなたはわたしに屈するのよ」うなるように言って、頼りない手でエリスの服を剝ぎとった。クラバットを乱暴に引きぬいて、わきに放り投げる。シャツのまえが大きく開くと、たくましい胸に情熱的なキスの雨を降らせた。

「口づけてもいいだろう？」

「だめよ」いつもなら器用なはずの指先で、ズボンをまさぐった。

「残念だ。きみには口づけが必要なのに」

「わたしに必要なのはセックスよ」そのことばを使うことはまずなかった。どれほど堕落しようと、幼いころの躾《しつけ》のいくつかは、いつまでも消えずに残っていた。なんとかしてエリスを動揺させたかった。けれど、エリスの口調はいつもと変わらず落ち着いていた。「それじゃあ、その行為に意味はない」

「その行為にきみは悦びを感じないのに？」ああ、なんて忌々しいの。

「でも、あなたは？」ようやくズボンのまえが開いて、震える手を中に差しいれた。

「私は我慢できる」のどから絞りだすように、エリスがそのことばを口にした。オリヴィア同様、エリスも自分自身と闘っている証拠だった。

「なぜ、我慢しなくてはならないの？」いきり立つものに手を這わせた。エリスがうなって、腰を突きあげた。今度はじらすように、先端に触れる。羽のように軽く。たくましい体がまたびくんと跳ねた。もう一度、敏感な先端をかすめると、欲望の証である湿り気が感じられた。

「正気を失わせるつもりだな、性悪女め」

エリスがふいに起きあがって、荒々しく上着を脱いだ。シャツを無造作に引きあげて、頭を通して脱ぎ捨てた。記憶にあるとおり、その胸は雄々しかった。筋肉が盛りあがった厚い胸板に、黒く濃い胸毛。エリスがズボンを脱いでいるほんのわずかな時間、オリヴィアはその体を惚れ惚れと見つめた。エリスがすぐさま体を横たえて、のしかかってきた。太く大きくなったものが、やわらかな腹にぴたりと押しつけられた。

雄々しい体が肌の触れあうリズムをふたたび刻みだした。その動きに、どういうわけか心がかき乱された。不快ではなかった。奪ってと言うように、腰を浮かせる。けれど、エリスにベッドに押しもどされた。

「屈しなさい」オリヴィアは喘ぎながら言った。

「絶対に屈しないわ」喘ぎながら笑った。「きみのほうこそ屈するんだ」この対決に心が躍っていた。といっても、体はいつもどおり何も感じなかったけれど。

エリスはこの家にやってきたときからずっと欲情していた。鉄の自制心もまもなく崩壊するに決まっている。そのときが目のまえに迫っているのはまちがいなかった。けれど、これまでも、エリスのことは読めなかった。何しろ、自分と同じだけの意志の力を持つ男性に会ったのはこれがはじめてなのだから。

「感じるか?」エリスがざらついた声で尋ねながら、顔を上げて見つめてきた。たくましい体が震えて、肌が汗で湿り、胸が空気を求めて大きく上下していた。

「重いわ」

「そんなことは訊いていない。私がほしくなったか?」

「ええ」

エリスの手が荒々しく脚のつけ根に差しいれられた。そこは、ゆうべと同じように乾いていた。エリスが何をしようと、わたしをほんものの女にすることなどできない。そう考えて、オリヴィアは愕然とした。ほんとうの女になりたい――まさかこの自分が心の底からそう願っているなんて。

エリスのために。ああ、神さまお願い。

ふたりで過ごす時間が長くなればなるほど、どんどん深みにはまっていく。どうしたら、そこから抜けだせるのか見当もつかなかった。

エリスの手が顎に添えられたかと思うと、目と目を合わされた。激しい欲望のせいで一見うつろに見える目の奥で、怒りが燃えていた。「きみはこれまで閨をともにしてきた男たちに嘘をついてきた。だが、私に嘘は通用しない」

「なぜ、あなたにだけは通用しないの?」オリヴィアは息を切らせながら言った。

「屈すれば、きみにもその答えがわかる」エリスの口元がほころんで、自信に満ちた笑みが浮かんだ。それを見たとたんに、下腹にまた不可思議な疼きが走った。

「これ以上、あなたの言いなりにはならないわ」ぴしゃりと言う。

「きみはスペインを気に入るだろうな」エリスが夢見るように言った。たくましい体が刻むリズムが変化して、ゆったりと物憂いものになった。「ピレネーの尾根のひやりとした爽やかな空気。放浪の民の情熱的なダンス。ギターの音色。地中海の浜辺を歩けば、アフリカからの風がスパイスの香りを運んでくる」

その話そのものよりも、胸躍る光景を口ずさむ低い声に、鳥肌が立つほどの切望をかき立てられた。ゆうべは、あまりに多くのことを明かしてしまった。エリスほど賢い男であれば、これまで誰も知らなかった愛人の秘密を、新たに仕入れた武器として容赦なく使うに決まっていた。「やめて」

「私と一緒にスペインに行ってみたくはないか？　かの国の人々は美しい女を絶賛する。スペインにいるきみが、あらゆるしがらみから解き放たれて笑っている姿が目に浮かぶようだ」

「閣下……」

「明るい陽射しを浴びているきみの姿が目に浮かぶよ。複雑な色合いの髪の輝きも。きみはきっと、陽気な音楽に合わせて踊って、辛口の赤ワインを飲んで、屋敷の目のまえにある海で獲《と》れた新鮮な魚を食べるんだろう。その海できみは泳ぐ。美しい裸身をさらして。そんなきみは私のものだ」

　夢物語を聞かされて、切なくなった。いますぐにエリスを止めなければ、わたしはとんでもないことをしでかしてしまう。「わたしはあなたのものではないわ。このさきもけっしてあなたのものにはならない」

　用心しなければ、これまで誰にも触れさせなかった心が壊れてしまう。オリヴィアは体を起こして、唇をエリスの乳首に押しつけると、強く吸った。

　エリスがうめいた。その体の震えが伝わってきた。

　そうよ、これでいいの。

エリスに腕をつかまれて、体を引き離された。

エリスが体を起こすのに合わせて、オリヴィアは男をいざなうように脚をさらに大きく広げた。エリスのは誰にも負けないほど大きい。それほど大きなものを、わたしはほんとうに受けいれられるの？　息を止めた。エリスがまたうつむくと、その顔がゆがんで、苦痛の表情を浮かべた。

オリヴィアは目を閉じた。

そうよ。わたしの勝ちよ。

エリスにのしかかられると、身をこわばらせずにはいられなかった。

そこでふいに、エリスが体を横に転がした。

「冗談じゃない！」エリスが歯を食いしばって苦しげに言うと、わななきながらベッドの上に精を放った。

8

となりで、エリスが無言のまま枕に顔を埋めて、手足を投げだして横たわっていた。オリヴィアにはその顔は見えなかったけれど、黒い髪が汗でしっとり濡れて、剝きだしの背中が光っていた。うつ伏せで横たわる大きな体が、こわばって震えていた。

静まりかえった部屋の中に、ふたりの苦しげな息遣いだけがやけに大きく響いている。荒れくるう感情に空気まで張りつめて、セックスと汗のにおいが色濃く漂っていた。

オリヴィアは下腹にずっしりとした重みを感じた。それははじめての感覚だった。落ち着かず、不快で、困惑し、不満だった。どこにも向けようのない怒り。はけ口を見つけられないまま、胸の中で渦巻く相反するいくつもの感情。満たされない思い。そんな思いを抱くとは、笑止千万だ。パトロンと一緒にいて満たされることなど、あるはずがないのだから。

疲れ果て、悲しくて、隠しようもなく落胆していた。がっかりする理由などひとつもないのに。尊大なエリス伯爵に対して優位に立てたことを喜ぶべきなのに。

といっても、真の勝利を得たわけではなかった。エリスは愛人の巧みな手管に屈しなかった。最後の最後に自制心を取りもどした。わたしの体を奪うことはなかった。

あのとき一瞬、エリスがついに屈したと確信した。けれど、それと同時に、エリスは輝かしい勝利をこの手からかすめ取って、愛人を道連れにして苦悶《くもん》の闇に身を投じたのだった。たったいま起きた出来事に、エリスが安堵しているはずがなかった。となりで震えながらうつ伏せに横たわっている大きな体からは喜びも、満足も、歓喜も感じられなかった。

オリヴィアは目を閉じた。目を閉じても、煽動的《せんどうてき》で破滅的な記憶がいっそう生々しくよみがえってきただけだった。あのときのエリスの顔は苦悩に満ちていた。エリスが体を引き離しながら口走ったかすれた罵《ののし》りを耳にした瞬間、オリヴィアは心臓が止まりそうなほどの絶望感に絡めとられた。安っぽくくだらない男女の交わりあいの末に手にしたものといえば、最初のパトロンを相手にしたとき以来の消耗感と孤独感だった。

シーツがこすれる音がしたかと思うと、エリスが体を動かして見つめてきた。「これがきみの望んでいたことなのか？」非情なその問いかけは、胸に渦巻く苦々しい思いと同じだった。

「ちがうわ」オリヴィアは目を開けて、天井を見つめた。こみあげてきた数粒の苦い涙を必死にこらえる。すべてを見透かす灰色の目を見つめるまえに、もう一度しっかりと心を鎧でおおわなければならなかった。

張り詰めた沈黙がふたたびその場を支配した。暖炉で薪《まき》が崩れて、その音が銃声のように大きく耳に響いた。オリヴィアはぎこちなく息を吸って、上体を起こして枕に寄りかかると、意を決してエリスを見た。

「なぜ？　なぜなの、エリス？」頭から離れないその名が思わず口をついて出た。

今夜の悲惨な出来事のあとでさえ、エリスの鋭い耳はそのことばを聞き逃さなかった。

「いままで、きみにそんなふうに呼ばれたことはなかった」

「いまだって、そんなふうに呼ぶべきではないわ」

「何を言っているんだ、きみは私のとなりで裸で横たわっているんだぞ。ああ、これからはエリスと呼んでくれ。いや、ジュリアンと呼んでくれてもかまわない。そうだ、そのほうがはるかにいい。愛人が仕事をはじめるまえに、深々と頭を下げて、よそよそしく挨拶してくるのは私の性に合わない」

「そもそもあなたは愛人に仕事をはじめさせたいとも思っていないくせに」オリヴィアは棘のある口調で言いかえした。「少なくとも、いまここにいる愛人には。いったいぜんたい、どうしてあなたは意のままにわたしを使って楽しもうとしないの？　こんなふうに気高くふるまうなんて、どうかしてるわ」

エリスが口元を引きしめて、真剣な顔をした。「きみとなら、ありふれた愛人以上の関係が築ける」

「いいえ、そんなはずはない。わたしはあなたとベッドをともにするために金で雇われた女。そして、あなたはわたしが客として受けいれた男性よ」

「ゆうべ、きみは私のことばひとつひとつにしっかり耳を傾けた」

オリヴィアは欲望にも似た危険な何かに体を貫かれた。ゆうべは、自分がオリヴィア・レインズであることを忘れていた。男性と交わるための体と、器用な手と、巧みな口を持つ冷淡で超然とした愛人であることを。そして、束の間、真の幸福が存在する大きな世界に通じる扉を、エリスが目のまえで開けてくれたかのように感じたのだった。

危険だった。それは危険な幻想でしかなかった。

ゆうべの出来事にはなんの意味もないと、ぴしゃりと言ってやりたかった。けれど、その顔を見つめて、ようやく気づいた。エリスは疲れ果てている。いいえ、打ちひしがれていると言ってもいいほどだ。このときばかりは、まぎれもなく、まもなく中年になる男性そのものだった。目元と口元に深いしわが刻まれて、止めようもなくあふれだしていたエネルギーが、いまは感じられなかった。

考える間もなく片手を上げて、ひげが伸びはじめた顎に触れた。心を苛むこの長い夜に、ふたりのあいだに存在した何よりも、無意識のその行動にいちばんの思いやりが表われていた。

「ごめんなさい、わたしはあなたが求めているような女ではないわ」オリヴィアは静かに言った。そのことばには真の切なさが表われていた。おとといまでであれば、パトロンに対してそんな感情を抱いている自分に驚くはずだった。

エリスの悲しげな顔がかすかに変化した。片方の口角がぴくりと上がって、束の間、笑みが浮かんだ。愛人の手にさも愛おしそうに頰を押しつけて、エリスは目を閉じた。「私はそんなことは一度も言ってないよ」

つられて、オリヴィアも微笑んだ。こんなふうにパトロンに触れるのはまちがっているとわかっていても、なぜか心地よくて、手を引っこめられなかった。「ことばにしなくても、わかるのよ」

エリスが目を開けて、まっすぐ見つめてきた。「それほど私はわかりやすいのか……。悔しいことに、きみ以外の誰かに、これほど心をかき乱されたことはない。きみと一緒にいると、自分が何者なのかさえわからなくなる。きみと離れていると、ほかのことは何も考えられなくなる。そうなんだ、私にはほかに考えなければならないことが山ほどあるのに」

エリスが正直な気持ちを吐露しているのはまちがいなかった。不本意な告白――ほんとうはそんなことを打ち明けたくないと思っているのがはっきりと口調に表われていた――は、これまでどんな男性が口にした賛辞にも劣らないほど、純粋で究極の賛辞だった。

オリヴィアは顔をしかめて、手を引っこめた。エリスの肌のぬくもりが残る手のひらがやけに気になった。「体を奪ってしまえば、わたしのことばかり考えているなんてこともなくなるはずよ」

邪な悦びにエリスがにやりとした。オリヴィアは気づくと、意に反してその顔にうっとりしていた。この闘いで、エリスが欲望を武器にしたところで、それは恐ろしくもなんともなかった。けれど、ユーモアを武器にされたら、打つ手はない。腹をすかせたキツネのまえに飛びでた生まれたてのヒヨコも同然だった。

「これほど体を奪ってほしいとせっつかれたのははじめてだよ。ましてや、そう言っている本人はそのことに微塵も悦びを覚えないのに」エリスはごろりと仰向けになって起きあがると、ベッドの上に座った。そうして、深みを増した声で真剣に言った。「すまなかった、オリヴィア」

オリヴィアは悲しみを隠そうとしなかった。「わたしのほうこそ、ごめんなさい」

エリスがゆっくりとおおいかぶさってきた。オリヴィアは身じろぎもせずにじっと横たわったまま、エリスの手が体に触れるのを待った。乳房、顔、さもなければ、脚のつけ根の秘所に触れるのだろうと。緊迫した一瞬の間のあとで、唇を重ねようとしているのだと気づいた。思わず身を縮めたときには、ふたりの唇がいままさに重なろうとしていた。エリスの唇が頬にぎこちなく触れた。

「だめよ」オリヴィアは囁いた。

「何をそんなに怯えているんだ？」エリスはやはり囁くように言うと、震える瞼の両方にかすめるような短いキスをしてから立ちあがった。「行こう、私の麗しい愛人。食事が待っている」

エリスが片手を差しだして、微笑んだ。その瞬間、オリヴィアの胸の中の何かが、陽光を浴びた一輪の花のように開花した。けれどすぐに、自分が何者なのか、何をしてきたのかが頭に浮かぶと、花はしぼんで、茶色に干からびた。


翌日の早朝、エリスはヨーク・ストリートに向かって馬を走らせていた。思わず口元がほころんだ。灰色のサラブレッドが玉石を蹴散らして地面を踏みしめ、甲高く快活な蹄《ひづめ》の音が響いていた。その音が、胸にこみあげる熱い期待感と共鳴した。

おとといの夜にも増して、昨夜は不本意な結果に終わったというのに、これほど心が沸きたっているのが不思議でならなかった。ベッドの上に精を解き放った屈辱的なあの瞬間は、あまりにも惨めで、腹立たしかった。

けれど、愛人の家を辞するころには、オリヴィアから真の反応を引きだしたと確信していた。悔しさと、不満と、怒りの一夜に希望を見いだすとは、意外なこともあるものだ。ゆうべはオリヴィア・レインズがまとっている華やかな鎧の奥にあるものが、ちらりと見えた。胸が締めつけられるような感情。脆《もろ》さ。けれど、もっとも心に甘く残ったのは、やさしさだった。オリヴィアの手が頬に触れたときのことは、胸の中で響く銀の鈴の音のように清らかな響きとなって体に刻まれていた。

これからプライドをかけてでも、情婦の仮面の下に隠れたオリヴィアという女の真実を探求するつもりだった。その意志をくつがえさせようとするオリヴィアに、どれほど誘惑されても、屈するつもりはなかった。

オリヴィアを恍惚の世界にいざなった男はひとりとしていない。ただし、この自分だけはべつだ。

そんな輝かしい栄誉が得られるならば、どれほどの苦難にも立ちむかう覚悟はできていた。

今日はオリヴィアと丸一日過ごすつもりだった。そう、夜も愛人の元に留まるつもりだった。娘は嫁入り衣装の仮縫いに忙しく、自宅にいるといつもはなんだかんだと口やかましく言ってくる女たちも、娘に付き添って、あれこれ世話を焼くことになっていた。

そして、この自分は今夜こそ、華々しい勝利を得る。今夜、オリヴィアはこれまで誰にも感じたことがない甘美な欲望を、パトロンのまえでさらすことになる。

オリヴィアがその体の奥に欲望を封じこめているのはまちがいなかった。早朝の空気に漂う炭塵《たんじん》や、川から立ちのぼるつんとするにおいと同じように、エリスはオリヴィアの欲望のにおいを感じとっていた。これまで女に対して抱いた直感がはずれていたことはなく、オリヴィア・レインズのことを見誤っているはずがなかった。オリヴィアは熱い欲望の塊だ。そのことを本人がまったく気づいていないのは、この世の大罪と言っても過言ではなかった。

角をひとつ曲がって愛人の家が近づくたびに、胸はますます高揚感に満たされた。馬がいなないて、跳躍する。その姿は、天気のよいこの朝に主人が抱いている比類ない満足感と同調していた。

今朝はハイドパークでじっくり馬を走らせてから、そのままこうして愛人の家へと向かっていた。ずいぶん早くに目が覚めた。ゆうべはほとんど眠っていないのに。そうだ、ゆうべは遅くまでオリヴィアと一緒に過ごしたのだから。しかも話をして。眠る暇も惜しんで女と夢中に話をするとは、いつ以来のことだろう? たぶん、結婚してまもないころ以来だ。その後は、まずまちがいなくそんなことはなかった。

愛人の家に通じる道に出ると同時に、あわてて馬を停《と》めた。あまりにも驚いて、鞍の上で体がこわばった。

家のまえに意匠を凝らした馬車が停まっていた。エリスの厩にくわえても見劣りしないみごとな黒馬が四頭、引き具で馬車につながれている。扉の閉じた馬車の側面に飾られているはずの紋章はすべて、木製のパネルで隠され、御者に特徴はないけれど、洗練されたお仕着せに身を包んでいた。

エリスは呆然とすると同時に、それまで抱いていた満足感が消し飛んだ。陽光は相変わらず燦々《さんさん》と降りそそいでいるのに、真っ暗な一日のはじまりとなった。

愛人関係を結んでいるあいだはパトロンに忠誠を尽くすと、オリヴィアは約束した。それに、ゆうべはほかのパトロンに鞍替えしたいなどといったことは、ひとことも口にしていなかった。

信じられない。オリヴィアをこの家に残して帰宅してから、ほんの数時間しか経っていないのに……。

エリスは馬を操って、近くの建物の陰に隠れると、ようすを伺った。胸が悪くなるほどの疑念が思い過ごしであるとわかるもの、なんでもいいからそんなものが目に飛びこんでくるのを期待せずにいられなかった。

オリヴィアはもうひとりパトロンをつくる気なのか？ すでにいるパトロンでは満足できないから、そんなことをするのか？ 自身のいきり立つものに触れる巧みな口を思いだしたとたんに、心臓があばら骨を叩くほどの鼓動を刻んだ。

ああ、そうだ、オリヴィアは男を満足させられる。とりわけ、閨をともにする愛人が真の愉悦を感じていようがいまいが、そんなことにこだわらない男であれば。

つまりは、大半の男を満足させられるのだ。

黒光りする玄関の扉が開いて、オリヴィアが姿を現わした。身につけているのはパトロンが用意したものではないドレスだった。ロンドン一の仕立屋の店でオリヴィアの衣装を選ぶのは、エリスにとって心躍る体験だった。偶然にも、その仕立屋は、つい先日、娘のウエディングドレスの採寸をしたばかりだった。

意志強固で、独立心旺盛なオリヴィアが、肌着からドレスまで自分が買い与えたものだけをまとうと思うと、男としての原始的な満足感を覚えたものだった。それなのに、いま、オリヴィアが着ているさっそうとした深緑色の旅用の衣装には見覚えがなく、おまけに、忌々しいほど似合っていた。

きっと、オリヴィアのあとに続いて、旅行鞄《かばん》を抱えた召使がぞろぞろと出てくるのだろう。パトロンの元を去るつもりなら、買い与えられたものを一切合財持っていくに決まっている。けれど、オリヴィアのあとからは誰も出てこなかった。マナーとして外出にはかならず同行するはずの付添いのメイドさえいなかった。

腹の中で冷ややかな怒りが煮えくりかえるのを感じながら、エリスはオリヴィアが馬車に乗りこんで、御者が扉を閉めるのを見つめた。

オリヴィアは他愛《たわい》もない理由で出かけるのだと自分に言い聞かせた。女友達を訪ねるとか、買い物に出かけるとか、そんなことだと。紋章を隠したいかにも怪しげな馬車をべつにすれば、さらには、心の中で叫んでいる直感をすべて無視すれば、そんなふうに思えるはずだった。

御者が手綱を振って、馬車が走りだした。エリスは思わず手に力をこめた。馬が抗うようにいなないて、脚を踏み鳴らした。

「悪かった」ひそめた声で言うと、身を乗りだして騸馬《せんば》の艶やかな灰色の首を撫でた。馬はおとなしくなったものの、馬の艶やかな毛に触れる手は固く握りしめられたままだった。

いいじゃないか、オリヴィアを行かせてやろう。自分はこのままエリス邸に戻って、愛人契約の打ち切りを宣言する侮蔑的な紙片をオリヴィアに送りつける。オリヴィアはこれまでに与えられたものすべてを残らず持っていくだろうが、今後いっさい、エリス伯爵のポケットからちびちびと金をせびりとることはできない。これまではオリヴィアにいいようにカモにされていたとしても、もはやそうではないのだ。

オリヴィアの秘密のパトロンには勝手に有頂天になっていてもらおう。その男に対しても、オリヴィアは不貞を働いていることになるのだから。

尻軽女などどこまでも堕落すればいい。自分には関係のないことだ。海には魚などありあまるほどいる。造作もなく釣りあげられて、それでいて同じぐらいうまい魚はいくらでもいる。

不実な女など地獄に落ちるがいい。

これまで一度も女を追いかけたことなどない。いまから、それをはじめるつもりもさらさらなかった。

私はエリス伯爵だ。いい女、悪い女、若い女、年増女、女なら誰もが競って色目を使ってくる。ああそうだ、自宅の玄関を一歩出たが最後、なんとかしてその伯爵と寝室をともにしようと競っているあばずれにつまずかずには歩けないのだから。

オリヴィアの新たなパトロンは、ロンドン一の愛人を得て大喜びしているにちがいない。ならば、オリヴィアのことなど……。

「くそっ」ひそめた声で毒づいた。馬のわき腹をひと蹴りすると、角を曲がって視界から消えようとしている優雅な馬車を追いかけた。

エリスは混雑した道で、苦労しながら馬車のあとをつけていった。てっきりオリヴィアは街中のどこかへ向かうものと思いこんでいた。だから、馬車がロンドンを離れるドーヴァー街道に入ったときには驚いた。

どうやらオリヴィアとそのパトロンは、リンゴの花と釣鐘草の青い花が咲き乱れる田舎でのひとときを楽しむつもりらしい。またもや目も眩むほどの怒りが押しよせてきて、歯を食いしばった。

オリヴィアのやつめ、どこまで人をコケにするつもりだ！　オリヴィアは正直な情婦にちがいない、これまではそう思いこんで、疑いもしなかった。揺るぎないシェリー酒色の目は、嘘つきの目には見えなかった。

けれど、あんな目をしながら嘘をつくとは。

これから会う男に、オリヴィアの体は反応を示すのか？

オリヴィアの中にあるはずの性に対する欲望を、自分はまだ暴けずにいるというのに、その男のまえでは欲望をあらわにするのか？

そうなのか？

妙なことに、これまでにオリヴィアに費やした金よりも、忠誠を誓うという偽りの約束で騙されたことよりも、欲望にまつわる嫉妬のほうが、腹にずしりとこたえた。この自分にはけっして見せなかった欲望を、オリヴィアがほかの男に対して抱くとは。幸運としか言いようがない男に。

オリヴィアに裏切られた――その思いは一マイル進むごとにふんらんで、いまや、冷静さはいつ破れてもおかしくない薄布同然だった。そんな感覚がいやでたまらなかった。嫉妬して、われを忘れて、怒りくるっていることが。

　妻を亡くしてからは、混沌《こんとん》として厄介な感情をいっさい排除してきた。そして、そういった感情とはもう無縁だと思いこんでいた。けれど、いま、激しい怒りに、落胆と驚きが混ざっていた。ヘビのような女に絡めとられた巷の男ども同様、この自分もまたとんでもない間抜けだったとは。

　いったいぜんたいどうして、オリヴィアのせいでこんな状況に追いこまれたんだ？

　馬車はロンドンを遠く離れても走りつづけていた。もしかしたらオリヴィアとそのパトロンはドーヴァーまで行く気なのか？　もしかしたら、大陸に逃げるつもりなのか？　そんな疑念が頭をかすめたそのとき、馬車が街道を離れて、消えかけた道標が立つ埃《ほこり》っぽい脇道に入った。

　そのあたりのことは何ひとつ知らなかった。エリス伯爵家の領地があるのは、オックスフォードシャーとその北で、ゆえに、道標に〝ウッド・エンド〟という文字を読みとっても、エリスにとってそれはなんの意味もなさなかった。

　人通りがまばらになってからは、馬車との間隔をあけていた。追跡しているのを、不実な愛人に知られたくなかったからだ。だが、ここに来て、舞いあがる土埃のせいで艶やかな黒い馬車を見失いそうになると、馬に拍車をかけた。馬車と同じように、自分も埃まみれになっているのがわかった。だが、それがどうしたというのだ？　清潔で華やかな服でオリヴィアを魅了するつもりなどさらさらないのだから。

　とはいえ、正直なところ、そもそも自分が何をするつもりなのかわかっていなかった。わざわざ女を口説いたことなど一度もないのに、この期に及んで、いったいなぜこれほど必死に追いかけているのか……。さきほどから、そんな思いが浮かんでは消えていた。オリヴィアに欺かれているのなら、ふたりの関係を終わらせればすむことだ。

ああ、オリヴィアは気前のいいパトロンを失って、後悔して、自身の不実を悔いあらためるに決まっている。とはいえ、悔しいことに実際にそうなるとは思えなかった。オリヴィアは肩をすくめて、怪しい笑みを浮かべたら、すぐさまペリグリン・モントジョイ卿の屋敷に移って、次のカモになるぼんくら選びに取りかかるにちがいない。

そうだ、エリス伯爵をカモにしたように。

これまでエリス伯爵をカモにした者はひとりもいなかったのに。

冷淡で無慈悲な放蕩者と噂されているからには、いますぐロンドンに戻って、あの売女を追いはらう手筈《てはず》を整えなければ。いい気味だ、オリヴィアは田舎での甘いひとときを味わって現実に戻ったとたんに、気前のいいパトロンから追いはらわれたと気づくのだ。

そんなことを思いながらも、エリスは小さく悪態をついた。舌を鳴らして馬をけしかけると、馬車を追って深い森に入った。

エリスは生い茂る木の陰に身を隠して、質素な石造りの家を見つめていた。その家にオリヴィアが入ってから一時間が経とうとしていた。馬の手綱を手に、ひたすらその場に突っ立っているのは退屈きわまりなく、熱く煮えたぎっていた怒りもだいぶおさまっていた。完全におさまったわけではないにせよ。

太陽がじりじりと照りつける暑い日のことで、のどが渇き、腹も減っていた。ヨーク・ストリートの家の階下のおしゃれな居間で、オリヴィアと贅沢な朝食を食べるつもりだったのだ。それなのに、一滴の水も飲まずにはるばるこんなところまでやってくるはめになるとは。ロンドンからここへ来るまでのあいだに、土埃をしこたま吸いこんだのはまちがいなかった。

エリスは灰色の馬の滑らかな鼻面を撫でながら言った。「ベイ、もう少しの辛抱だぞ。おまえにはバケツ一杯分の水とカラスムギをやろう。そして、私は大ジョッキ一杯分のエールでサーロインステーキとベークドポテトをのどに流しこむ」

馬の耳がぴくりと動いた。エリスはいまの自分のことばが嘘にならないことを真剣に願った。一時間まえに、質素な家のまえでオリヴィアが乗った馬車が停まったときには、戦闘に備えるかのように体に力が入った。怒ったコブラにも負けない凶暴さを腹に抱えて、ライバルと対決するときを待った。

ところが、オリヴィアを抱擁と笑い声で出迎えたのは、四十がらみの女と、それより十ほど年上と思しき男だった。さらに意外なことに、その男性はどう見ても聖職者だった。少し離れた木々の上に突きでている教会の尖塔《せんとう》が何を意味するのか、そのときようやく気づいて、頭がくらくらした。

自分が救いようのないほど愚かなことをしていると思うと、口の中に苦みが広がった。それでも、頑《かたく》なに待った。オリヴィアと夫婦が家の中に入ってから、司祭館の周囲にはなんの動きもなかったけれど。

馬がうなだれて、エリスもそれとほぼ同じ状態でいたとき、司祭館の扉が開いた。キツネのにおいを嗅ぎつけた猟犬のように、エリスは即座に顔を上げて、警戒心を呼びおこした。けれど、不注意にも、手袋をはめた手に巻きつけた手綱を引いてしまった。いやがった馬が鼻を鳴らしたが、司祭館をあとにしながら話に夢中になっているふたりが、その音に気づいたようすはなかった。

オリヴィアは黒い髪の背の高い若者と並んで歩いていた。エリスのいる場所からは遠く、角度も悪くて、若者の顔は見えなかった。それでも、服装から察するに召使ではなさそうで、オリヴィアと一緒にいていかにもくつろいでいるのが見てとれた。オリヴィアが若者の腕を取って、笑いながら顔を見あげた。明るく背信的な笑い声は、エリスが怒りを煮えたぎらせながら身を隠している木立にまで漂ってきた。

オリヴィアは街を出るときにかぶっていた凝った意匠のボンネットを手に持っていた。自信にあふれた身のこなしも、一緒にいる相手にすっかり気を許している証拠だった。足取りまで普段とはちがっていた。ロンドンではわざと尻を揺らしてゆっくり歩く。すべての男の目が自分に吸いよせられていると知っているかのように。そのとおり、すべての男の目はオリヴィアに吸いよせられる。忌々しいことに、性悪女はうぬぼれているだけではなかった。

いま、オリヴィアは田舎育ちの女のように大股で軽快に歩いていた。オリヴィアはロンドンの貧民街で生まれ育ち、成長するにつれて社交界の洗練を身につけたのだろう——エリスはいままでそう思いこんでいた。もしかしたらオリヴィアは田舎で育ったのか？　そんな疑念が頭に浮かんだ。オリヴィアが田舎の上流階級のお嬢さまで、大都会の不健全な気風に染まって身を落としたとは思えなかった。それでいて、学のない乳搾り女や愚直な農夫の娘のオリヴィアも、なぜかしっくりこなかった。

オリヴィアの出自に関して束の間浮かんできた疑念を、エリスは頭から追いはらった。それよりも重要なのは、オリヴィアが嘘をついたことだ。そして、それに見合うだけの報復をすることだ。

さらには、自分のことをこれ以上愚か者だと感じないようにすること。

オリヴィアと若者は司祭館のわきをまわって歩き去った。それは願ってもないことだった。もしふたりが少しでも視線をわきにそらしたら、危うく気づかれるところだったのだから。エリスは怒り心頭に発していて、身を隠すのをすっかり忘れていた。

追いついたら何をするつもりなのか考えもせずに、すぐさま馬を引いて、恋人たち――ふたりが恋人同士なのはまちがいない――のあとを追った。

許しがたい間男は、オリヴィアよりはるかに若かった。オリヴィアはきっと、どのパトロンよりも新鮮で生きのいい男が好みなのだろう。若者の背丈は大人の男とほとんど変わらなかったが、どう見ても歳は成人に達していなかった。肩幅は広いが、体も細ければ、腕や脚もひょろ長い。少年から大人に変わろうとしている青二才ならではのバランスの悪さだった。

もしかしたら、オリヴィアのほうがこの間男のパトロンなのかもしれない。私がオリヴィアのパトロンであるように。

エリスは歯ぎしりしながら、質素な黒い上着に包まれたひょろりとした背中が遠ざかっていくのを見つめた。オリヴィアはこんな若造と何をしているんだ？　オリヴィアが必要としているのはすべてを満たす大人の男で、うぶな青二才ではない。オリヴィアは成熟した女で、若さだけが売りものの小僧が相手にできる女ではないのだ。

若造を完膚なきまでに叩き潰す場面を想像しながら、エリスは空いているほうの手を握りしめた。オリヴィアを殴りたいとはこれっぽっちも思わなかった。オリヴィアのことは地面に押し倒したかった。そうして、上等なドレスをまくりあげて、エリス伯爵に真に体を開かないことで何を得られずにいるのかを思い知らせてやりたかった。

オリヴィアが背伸びをして、若造の頬に軽くキスをした。エリスは野獣のような低いうなり声を漏らした。若造に対する愛情の十分の一でも得られるなら、ビルマのルビーをひとつ残らずオリヴィアに贈ってもかまわなかった。

オリヴィアを許してなるものか。

嘘をついたのは許せない。それに、こんな気分にさせられたのも。

司祭館の裏手にある池では、何羽かのアヒルがのんびり泳いでいた。もっとたくさんのアヒルが池の端で居眠りをしている。若造がオリヴィアを雨ざらしの木製のベンチに連れていく。エリスはまたうなった。どこまでも牧歌的なその光景に、怒りは増すばかりだった。

もう何年も決闘などしておらず、さらに言うなら、自分のほうから決闘を申しこんだことも一度もなかった。それなのに、体の中の何かが、オリヴィアと一緒にいる若造の血を求めて叫んでいた。なぜならそいつはオリヴィアを盗んだから。オリヴィアはこの私のものだ。

オリヴィアをはじめて見たときの抑えようのない所有欲が、いままた湧きあがってきて、息も満足に吸えなくなった。目のまえに赤い靄がかかるのを感じながら、ベンチに座るふたりを見つめた。手をつないだカップルと、そこに漂う初々しい愛情に吐き気がこみあげた。

かろうじて残っていた分別が、ひとまずここを立ち去って、決着をつけるのは自制心を取りもどしてからにしろとせかしていた。

けれど、愛馬はそれとはちがうことを考えていた。水のにおいに抗えず、鼻を鳴らして、手綱から逃れようと大きく首を振った。

「しっ」歯を食いしばったまま、ひそめた声で命じたが、同時に、オリヴィアがこちらを見て、盗み見しているパトロンの姿をとらえた。

エリスは菓子屋のショーウインドウを覗きこんでいる貧しい子どもになった気分だった。そんな哀れな自分の姿が頭に浮かぶと、腹の中で羞恥心と怒りが渦を巻いた。大きく息を吸う。とはいえ、そんなことをしても怒りが鎮まるはずもなく、手綱を握る手に力をこめると、厄介ごとを引きおこした馬に向かって小さく悪態をついた。いつもどおり自信満々でいられるように祈りながら、木立から足を踏みだした。

「オリヴィア」うなるように言った。

陽の光が眩《まぶ》しくて、ベンチから立ちあがったオリヴィアの表情を見てとるまでに、やや間が空いた。真っ青なその顔には、驚愕の表情が浮かんでいた。

「エリス卿、こんなところで何をしているの？」オリヴィアが震える声で言いながら、体のまえで手をぎゅっと握りあわせた。これほど慌てふためいたオリヴィアを見るのははじめてだった。

ああ、慌てるのも当然だ。若い恋人に決闘を申しこんで、薄っぺらな胸板に銃弾を撃ちこんでやったら、オリヴィアはうろたえるどころではないだろうが。

「田舎で乗馬を楽しむには絶好の日だ」エリスはよどみなく言った。優位に立っているのは明らかで、得意満面だった。いや、不快きわまりない嫉妬と失望が体じゅうをかけめぐっていなければ、得意満面になれたはずだった。

「あとをつけてきたのね」

オリヴィアが不誠実な行動を責めるように睨んできた。そんな目で私を見る権利がオリヴィアにあるのか？　不実な尻軽女のくせに。

「そのとおり」

「あなたにはそんな権利はないわ」

「いいや、あるさ」エリスは嘘つき女の目にどんな光が浮かんでいるのかと、オリヴィアに歩みよった。池のほうへ行きたがる頑固な馬は無視した。

「あなたとは取り決めをしたはずよ」

「ああ、たしかに」エリスはぴしゃりと言うと、立ちはだかるようにオリヴィアのまえに立った。「では、さっそく私と一緒にロンドンに戻って、その……取り決めとやらを、これからどうするか話しあおう」

「わたしたちにはこれからなんてものはないわ、閣下」さきほどの怯えてかすれた声より、冷ややかなその声のほうがいつものオリヴィアらしかった。

なるほど、いつもの気概を取りもどしたわけか。いいだろう。いま、エリスは思う存分闘いたい気分で、怯えたふりをする女を叱責しても満足感など得られなかった。オリヴィアが顎をぐいと上げて、背筋をぴんと伸ばすと、睨みつけてきた。男でもこれほど大胆不敵な者はまずいない。オリヴィアは不実ではあるが、誰よりも勇敢だ。そんな不本意な称賛をエリスは頭から追いはらった。

深緑色の細身の袖に包まれたオリヴィアの腕をつかんだ。「マダム、ロンドンへ戻るあいだに話ができる」

「サー、手を離してください！」若者がぎこちなく歩みでてくると、エリスの腕をつかんで、オリヴィアから引き離そうとした。「貴婦人に無礼なことをしないでください！」

「ここを離れるのは、おまえのためでもあるんだぞ、小僧」エリスは歯嚙みしながら言った。

「ぼくは小僧なんかじゃない！」若者が反論した。

「レオ、黙っていなさい。これはエリス卿とわたしの問題よ」オリヴィアが慌てて言った。

「いいえ、ミス・レインズ。この男は紳士ではありません」

「紳士ではないだと？」オリヴィアの腕をつかんだまま、エリスは若者を見据えた。視線のさきにあるのは、ペリグリン・モントジョイ卿に生き写しの顔だった。

9

呆然としたその刹那、これまで確信していたことすべてが頭から消えていった。心が叫びをあげながら目のまえの真実を否定して、口の中にアロエのような苦みが広がった。

あまりにも不条理で、一瞬、エリスは麻痺《まひ》したように立ち尽くした。片手でオリヴィアの腕をつかんで、反対の手で馬の手綱を握りしめ、若者に片腕をつかまれたまま。けれど、次の瞬間には、若者の手を乱暴に振りはらった。誰かに腹を思いきり殴られたかのように、ろくに息も吸えなかった。

若者は相変わらず怒っていた。顎をぐいと上げて、自分より背の高い伯爵を見下すように睨みつけている。その尊大な表情はオリヴィアにそっくりで、エリスの胸の中で心臓がぎゅっと縮んだ。

「決闘を申しこみます、サー。あなたの態度はあまりにも無礼だ。決闘の介添人を指名してください」

「レオ、だめよ!」オリヴィアが若者のまえに歩みでた。それによって、エリスの新たな確信が裏づけられた。オリヴィアの声は切羽詰まって震えていた。「この子は決闘なんてするつもりはないの、エリス。まだほんの子どもなの。あなたが相手にするはずがないわ。まさ

士ですもの、子どもも相手に決闘などするはずがない。どれほど怒っていようと。あなたは信義を重んじる紳士ですもの、子どもも相手に決闘などするはずがない」

「ぼくは子どもじゃない！」若者が語気を荒らげて言った。張りのある艶やかな顔が、束の間オリヴィアに向けられた怒りでまだらに赤くなった。

「ああ、もちろん、子どもではないんだろう」若者のプライドがこの上なく繊細なものであることを思いだして、エリスは胸が締めつけられた。勇敢で正々堂々としたこの若者の歳は、エリスが結婚してふたりの子どもを授かった歳とさほど変わらないはずだった。「どうか、私の心からの謝罪を受けいれてほしい」

「エリス……」オリヴィアが呆気《あっけ》にとられて、口をぽかんと開けた。

理にかなったことをしたのに、驚いているオリヴィアを見て、一瞬むっとした。けれど、若者の顔をはっきりと見た瞬間、暴力への激しい渇望は消えてなくなった。あとに残ったのは、どうしても答えを知りたいという抗いがたい願望だけだった。

けれど、若者は相変わらず腹を立てていた。「ぼくではなくて、この貴婦人に謝ってください、サー。あなたがこの人に無礼なことをしたんだから」

「たしかに」エリスはさらりと言った。そうして、オリヴィアのほうを向くと、頭を下げた。「申し訳なかった、ミス・レインズ。ずいぶん無礼なことを言ってしまった」

女王にも負けないほど優雅に、オリヴィアが頭を傾けた。「閣下、あなたの謝罪を受けいれます」

「閣下？」若者が驚いた顔をした。どうやら、さきほどオリヴィアが慌ててエリスの名を口にしたのに気づかなかったらしい。

困惑したオリヴィアの顔がこわばった。パトロンを若者に紹介しなければならない状況にオリヴィアを追いやったのはエリスだった。それでも、エリスは助け船を出す気はなかった。オリヴィアがどんなふうに紹介するのか、知りたくてたまらなかった。

オリヴィアがため息をついた。「エリス卿、この子はわたしの名づけ子、レオニダス・ウエントワースです」

「ミスター・ウェントワース」エリスはそう言いながらも、その姓を持つ知りあいはいないかと必死に考えた。ウェントワースという知りあいはいなかったが、それは大した問題ではなかった。その若者が誰の血を引いているかは、その顔にはっきり書いてあるのだから。オリヴィアがこの若者をロンドンから遠く離れた田舎にかくまっているのも不思議はなかった。

「レオ、こちらは……わたしの友人のエリス伯爵よ」

「閣下」レオニダス・ウェントワースはやや冷ややかではあるけれど、礼儀正しくお辞儀をした。その若者に漂う品格には、エリスもすでに気づいていた。誰の血を引いているのかを考えれば、品格があるのも当然だった。「ミス・レインズのロンドンのご友人にお会いするのははじめてです。ペリグリン卿を除けば」

エリスは若者の決然とした態度に感心した。その態度は、金持ちの貴族にごまをするより、自身の主義に重きを置いていることを物語っていた。

けれど、そんな尊大な態度も、レオの視線がエリスを通りこして、生い茂る草にさして興味もなさそうに鼻先を突っこんでいる馬を見たとたんに変化した。レオの濃いまつ毛に縁取られた瞳がぱっと輝いたのが何を意味しているか、エリスははっきりとわかった。その目が、ペリグリン卿のロンドンの邸宅で、憎悪をこめて睨みつけてきた濃いまつ毛に縁取られた瞳にそっくりだということも。

「ベイに水をやってくれるかな？　かわいそうにこの馬は、ロンドンを出て以来、水を一滴も飲んでいないんでね」

若者が眩しいほどの笑みを浮かべた。若々しいその顔は実に端整だった。「もちろん、喜んで、サー。スペインの馬ですね？」

エリスは感心した。若者はひと目で馬を見分けた。「そうだ。十年ほどまえ、血統を高めるために、アンダルシアの馬を種馬として輸入して、領地であるセルデンに運んだんだ。ベイは私が交配に成功した最初の馬だ」

手綱を受けとる若者は、怒りなどすっかり忘れて、さもうれしそうに馬を池へ連れていった。

「あとをつけるなんて最低だわ」オリヴィアがひそめた声で非難しながら、詰め寄ってきた。とはいえ、金切り声をあげて罵りでもしないかぎり若者の耳には届かないはずだった。そしてまた、どれほど怒っていようと、あとさき考えずにヒステリーを起こすオリヴィアの姿など、エリスには想像もできなかった。

「ああ、あとをつけるべきではなかった」エリスは素直に認めた。

「何を考えていたの？」オリヴィアの体は弾《はじ》かれた音叉《おんさ》のように小さく震えていた。

エリスは冷ややかな顔をオリヴィアに向けた。「私が何を考えていたかは、きみもわかっているだろう。きみに愛人がいるんじゃないかと疑ったんだよ」

「わたしは浮気などしないと言ったはずよ」

「女は嘘つきだ」

「わたしはちがうわ」

「いいや、きみも嘘つきだ」

電気を帯びたようなその一瞬、苦しくて、悲惨で、心を揺るがすこのふた晩の記憶が、ふたりの頭によみがえった。鮮明すぎる苦みとともに、抑えようもなく興奮してベッドの上に精を解き放ったことも、その傍らでオリヴィアが困惑して震えながら横たわっていたことも。さきほど若者の頬が真っ赤になったように、オリヴィアの頬も赤くなった。「愛人契約を結ぶとき、わたしの行動の自由をあなたは認めたわ」

エリスは肩をすくめた。「なんと言えばいいかな？　私は嫉妬したんだよ」

そうだ、たしかに気がへんになりそうなほど嫉妬した。それを認めるのは苦しくて、心が乱れた。オリヴィアがロンドンを離れたとき、さらには、若者と一緒にいるのを見たときに、なんだってあれほど感情が昂ったのか？　オリヴィアはロンドンに滞在するほんの数カ月のあいだの気晴らしにすぎないはずなのに。それなのに、オリヴィアに裏切られたと思いこんで、怒れる獣同然になるとは。手に入れた獲物を奪われてたまるかと、敵に爪を立て、嚙みついて、引き裂く気満々になるとは。

しかも、オリヴィアを知ってからまだ一週間も経っていないのに。

親しくなれば、やがてオリヴィアの魅力にも飽きるのか？　そう考えて、いやな予感がした。ときを経れば経るほど、ますますその魅力に絡めとられていく、そんな気がしてならなかった。

真っ赤になったときと同じように、オリヴィアの頬からすばやく色が引いていった。パトロンが口にしたことばが深い意味を持つことに気づいたらしい。「あなたの言うことなど信じられないわ」

「私も自分のことが信じられない」

オリヴィアは口元を引きしめると、まとめ髪からほつれて頬にかかる髪を、これ見よがしにうしろに払った。この場所では髪形までちがっていた。いつもよりシンプルでゆったりまとめた髪は、よく似合っていた。

オリヴィアがまた声をひそめて言った。「わたしたちの関係はこれで終わりよ、あなただってそう思うでしょう？　わたしはあとをつけられるのも、閉じこめられるのも、見張られるのもごめんだわ」そこでいったん口をつぐんだ。どうやら、頼みごとをするために、不本意ながらも怒りを抑えこんで、態度を和らげようとしているらしい。「閣下、あなたの高潔さを見込んでお願いがあるの。今日ここで目にしたことは、けっして口外しないで」

エリスはおかしくてたまらず、短い笑い声をあげた。オリヴィアは男を意のままに操るのに慣れている。それゆえに、オリヴィアが苦しむのを見たいがためだけに、ついさからってみたくなる。今回の件が、主導権をめぐって一進一退をくり返すゲームより、はるかに重要なのはわかっていたけれど。「いや、愛《いと》しのオリヴィア、物事はそう思いどおりにはいかないものだ」

「閣下――」

「オリヴィア、私をどれだけ〝閣下〟扱いしても無駄だよ。よそよそしく呼んだところで、私たちの関係は何も変わらない。見ず知らずの他人も同然のふりをしたところで、いまさら手遅れだ」

「わたしにとってあなたは、いまでも見ず知らずの他人も同然だわ」オリヴィアが不機嫌そうに言った。

「それはまた、ずいぶん親密な他人だな」エリスは灰色の馬の世話をしている若者のほうにちらりと視線を送った。「さて、ベイを連れもどしてこよう。といっても、あの青年が馬を返してくれるならの話だが。すんなりと返してくれるかどうか。どうやら、あの馬にひと目で恋してしまったようだからな」

「あなたに恋の何がわかるの？」オリヴィアが相変わらず敵意を剝きだしにしてつぶやいた。

エリスは手を伸ばして、オリヴィアの頰にそっと触れた。「きみが思っている以上にわかっているよ」

驚いたのか、オリヴィアの唇が開いた。

エリスはまた笑った。「きみは私がオオカミに育てられたとでも思っているんだろう。その後もオオカミのように生きてきたと。だとしたら、きみの期待に添えなくて申し訳ない。私も普通の人間だよ」オリヴィアが反論してくるまえに、するりとわきを通りぬけた。「村へ行ってくる。教会の近くには村があると決まっているからな。村があれば、酒場の一軒ぐらいはあるだろう」

「たしかに、森の向こうにウッド・エンド村があるわ」オリヴィアの口調はなんとなく皮肉っぽかった。「でも、粗末な酒場が一軒あるだけよ。とてもじゃないけれど、あなたのお気に召すとは思えないわ」

エリスはさらににやりと笑った。「気に入るとは、そもそも思っていないよ。きみが帰るまで、待てる場所があればそれでいい。常軌を逸した悪人のパトロンを、善良な司祭とその妻に紹介するのは、きみも気が進まないだろうからね」

オリヴィアの顔からさらに血の気が引いた。その顔が蒼白になると、さきほどと同じように、頬と鼻にそばかすが散っているのが見えた。少女だったころの面影。オリヴィアがどれほど巧みに質問をはぐらかそうと、エリスはその少女を探しあてるつもりだった。

「ええ、そのとおりよ。司祭夫婦にあなたを会わせるつもりはないわ」

「帰りがけに村に寄ってくれ。きみの馬車で一緒にロンドンに戻るとしよう」

「馬に乗って帰るのではないの？」そのことばにかすかな焦りが感じられた。

「いいや、きみと話がしたいからな。話しあわなければならないことがある」

「わたしはそうは思わないわ」

エリスはまたにやりとして、青色の外套《がいとう》をこれ見よがしに翻すと、すり減ったベンチに腰を下ろした。背もたれに寄りかかって、胸のまえで腕を組む。「ならば、いまここで話そう。とくに急ぐ旅ではないからな」

オリヴィアが金色の濃いまつ毛越しに、憎悪に満ちた視線を投げてきた。エリスはこのときばかりは自分が優位に立っているのをはっきりと感じた。これから話しあうことは絶対に人に聞かれてはならないとオリヴィアは思っているはずだ。たとえ、何ひとつ明かすつもりはないにしても。パトロンの無遠慮な質問は、静かなこの隠遁所《いんとんじょ》に大騒動をもたらしかねないのだから。

「あなたと知りあった日を呪うわ」そのことばには、真の思いがこもっていた。オリヴィアが不愉快そうに口を引き結ぶと、真っ白な頬にある小さなほくろが黒い星のように目についた。

エリスはさらに顔をほころばせた。「私をおだてて、釣り針からまんまと逃れた魚よろしく、この苦境から逃げだせるなどとは思わないほうがいい」

「おあいにくさま、わたしは鮭《さけ》ではないもの」オリヴィアが冷ややかに言った。「では、一時間後に村で。あなたが酒場のまえにいなければ、ひとりでロンドンへ戻るわ。そして、あなたもあなたの脅しも地獄の果てにでもどこにでも向かうといいわ」

苛立たしげにドレスの裾を翻すと、オリヴィアはつかつかと司祭館へ戻っていった。エリスは遠ざかっていくそのうしろ姿を見つめた。腰が描く細微な曲線と、優雅な身のこなしに、いつものように惚れ惚れした。怒りのせいで、その足取りがややぎこちなかったけれど、それもまた魅惑的だった。

それから一時間半近くが経って、小さな村の名ばかりの酒場のまえに黒い馬車が停まった。〝粗末な酒場〟というオリヴィアのことばは大げさではなかった。エリスは居心地の悪い薄汚れた酒場で、水っぽいビールを飲みながらなんとか一時間をやり過ごした。昼間から酔っぱらっている田舎者の怪訝《けげん》そうな視線を感じながら。

一時間が経つと、いそいそと表に出て、ベイとともに陽射しを浴びながら待った。とはいえ、薄汚い酒場に伯爵が現われたとき以上に、みごとな馬に村人たちが騒ぎだした。

居心地が悪かったのは、不本意な注目を浴びたからというだけではなかった。王国のこの辺鄙《へんぴ》な村で、エリスは田舎のにおいと光景と音に包まれた。オリヴィアを追ってここまでやってくるときには、烈火のごとく怒っていて、生い茂る青々とした草木など目に入らなかった。英国の田舎に足を踏みいれたのは何年ぶりだろう？　たぶん、結婚したころ以来だ。咲き乱れる花の甘い香りが胸に染みる春を、いまのいままですっかり忘れていた。春の野がどれほど生命力に満ちているか、この国の土に育つこの国の作物がいかに豊潤な香りを放つかを、すっかり忘れていた。

若いころは、父から受け継いだ領地を管理して、その地で老いていくのだろうと信じて疑わなかった。けれど、ジョアンナの死によって、平穏で安泰なはずの人生は一八〇度ねじ曲げられた。

見慣れた田舎の光景がこれほど懐かしいとは思ってもいなかった。これまでずっと、心の奥底に切なくなるほどの郷愁を抱いていたことに、いまようやく気づいた。

馬車から降りてきた御者が、薄汚れた腕白坊主どもをかきわけて、ベイの手綱を取った。

「馬車のうしろにつなぎましょうか、閣下？」

「ああ、そうしてくれ」エリスは大股で馬車へ向かった。小さなならず者どもを踏みつけにするしかなさそうだ。そう思っていたが、腕白坊主どもは伯爵の威厳を感じとったのか、すぐさま道を空けた。

ぐいと扉を開けて、馬車に乗りこんだ。予想どおり、馬車は贅を尽くした最新式のものだった。深みのある真紅のモロッコ革の座席から、タッセルがついた絹のクッション、磨きあげられた木製の内装まで何もかも。エリスは引き馬を背にして座席に腰を下ろすと、無言で向かいの座席に優雅に腰かけている愛人を推し量るように見つめた。

戸外の明るい陽光に慣れた目には、オリヴィアの姿は翳りのあるものとして映った。オリヴィアの視線を感じながら、エリスは座席に身を落ち着けると、脚を伸ばして向かいの座席にのせて、やわらかな背もたれに広い肩をあずけた。

オリヴィアは最新流行のボンネットと手袋をつけて、街用に装っていた。池のそばで向きあったときの気の強さはほとんど感じられなかった。とはいえ、今日、エリスはさまざまなことを目の当たりにして、オリヴィア・レインズという女が冷たい愛人だとは思えなくなっていた。

外見は落ち着き払っていても、甘い香りの奥に緊迫感が漂っていた。オリヴィアはパトロンの攻撃に身構えていた。追いつめられたレイヨウが、ライオンに飛びかかられるのを覚悟しているかのように。エリスは自分の内にひそむ野蛮な部分がざわめくのを感じた。いますぐにオリヴィアを抱きしめて、真一文字に結ばれたその口がやわらかくほどけるまで唇を重ねたかった。馬車という狭い空間にふたりきりでいると、オリヴィアのすらりとした神々しい体の中に、いまだに自分自身を解き放っていないことがいやでも思いだされた。

そんな獣じみた一面を必死で無視しようとした。けれど、オリヴィアがこれほどそばにいては、そう簡単に無視できるはずがなかった。

「遅かったな」オリヴィアをたしなめると同時に、沈黙を破るために言った。

「ええ」返事はたったひとことだけだった。オリヴィアはまだ怒っているのだ。いや、さきほどより怒っているにちがいない。いまは若者を気遣う必要もなく、パトロンと喧嘩《けんか》しても誰にも見られないのだから。

　オリヴィアがわざと遅れて迎えにきたのは、尋ねるまでもなかった。約束に遅れれば、ひとりで帰ってしまうとでも思ったのか？　小賢しいオリヴィアは何を考えていたんだ？　三十分も余分に待たされるなど、伯爵としてのプライドが許さないとでも思ったのか？　だとすれば、オリヴィアは私の忍耐力と好奇心を見誤っている。

　馬車が動きはじめた。オリヴィアがすらりとした腕を天井のほうに伸ばして、きちんと座っていられるように革の吊り革を握った。

いいだろう、愛しのオリヴィア、私がバランスを崩させてやろうじゃないか。

　背もたれに沿って、エリスは両腕を広げると、馬車の揺れに身をまかせた。いかにもくつろいだその姿に、オリヴィアは苛立つにちがいない。エリスの目は早くも暗さに慣れて、オリヴィアの見目麗しい顔に浮かぶ冷ややかな拒絶が読みとれた。

　語られないままのさまざまな事柄のせいで、その場の空気が重苦しかった。エリスはオリヴィアの作戦などお見通しだった。馬車の中では氷のような沈黙を守って、相手を戸惑わせる。そうして、ロンドンに着くやいなや、ペリグリン卿の邸宅に移ると宣言するつもりなのだ。その際には、最後にもう一度、今日見たことは秘密にしてほしいと念を押すのだろう。

だが、そうは問屋が卸さない。エリスにも作戦があった。そして、その作戦が功を奏するのは火を見るより明らかだった。エリスは深く息を吸うと、攻撃に出た。

「レオニダス・ウェントワースはきみの息子だ」

10

パトロンがきっぱりと言い放ったことばに、オリヴィアが身を縮めた。その顔が月光のように真っ白になった。吊り革からぱっと手を離して、震える手を胸に押しあてた。オリヴィアの感じている衝撃と恐怖は見まちがいようがなかった。

そのことばに続く張りつめた沈黙の中で、エリスは思った。オリヴィアは嘘をついて、否定するつもりなのか？

だが、そんなことをするわけがなかった。

ぎこちなく息を吸う音がしたかと思うと、オリヴィアが顔をまっすぐに上げて、挑むように言った。「そうよ」

その顔に浮かぶ表情は氷のように冷たく、固い決意が表われていた。ふっくらした唇をきつく引き結び、手袋をはめた手を握りしめて胸に押しあてている。オリヴィアが発している強烈な怒りは、馬車という閉ざされた狭い空間を満たして、手を差しだせば触れられそうなほどだった。

秘密を詮索して、オリヴィアを傷つけてしまった。そう思うと、激しい後悔の念が湧いてきた。とはいえ、村で待っているあいだに、今日の驚くべき大発見についてじっくり考えたのだ。もしオリヴィアを手助けするつもりなら、過去にどんなことがあったのか知らなければならない。それがわかれば、長いこと放置されてきた正義をおこなうために、自分に何ができるのか考えられる。

レオがオリヴィアの息子だと気づいたこの世が一変したようなあの瞬間から、腹の中で相反する感情が渦巻いていた。驚き。これまでに感じたことがないほどの憤り。保護してやりたい気持ち。悲哀。復讐《ふくしゅう》への激しい渇望。

強烈な好奇心。

「レオを産んだとき、きみはまだ子どもと言ってもいい年齢だったはずだ」オリヴィアがどれほど過酷な運命を強いられたのかは想像もつかなかったけれど、冷ややかな口調で言った。胸の中でふつふつと沸いている怒りを鎮めようと必死だった。さもなければ、口汚いことばを吐いて、オリヴィアを芯から怯えさせかねない。もちろん、激しい怒りはオリヴィアに対するものではなかった。あたりまえだ、なぜオリヴィアに怒りを抱けるというのか？「いま、きみはいくつなんだ？　三十か？」

「三十一よ」オリヴィアがきっぱりと言った。

思っていたより、年齢が上だった。とはいえ、普通に考えれば、成人に近い息子がいるには若すぎる。

「レオは？　十六か？　十七か？」

青年の長身の体に騙されて、最初はもう少し年上かと思った。そんな第一印象を抱いたのも無理はなかった。あのときはずいぶん離れたところから見ていたのだから。それに、認めたくないが、激しい嫉妬というゆがんだ鏡を通して青年を見ていたのも事実だった。

レオは母親似とは言えなかった。とはいえ、威厳を感じさせる態度は母親譲りなのだろう。それに、気高いプライドも。背筋をぴんと伸ばし、目に強い光をたたえて、顔をまっすぐに上げて向かいの座席に座っているオリヴィアの中にも、レオと同じプライドが感じられた。

「あなたには関係のないことよ、閣下」オリヴィアの口調はあくまでも鋭く、寒風吹きすさぶ荒野を叩く氷雨《ひさめ》にも負けず冷たかった。

この数日間でふたりのあいだに築かれたはかない親密さなど、そもそもなかったかのように、オリヴィアのまわりには高い壁が築かれていた。それは目に見えなくても、いま寄りかかっている革張りの座席と同じぐらい存在感のある壁だった。だが、これから容赦なくその要塞を攻撃するつもりでいた。必要とあれば、木っ端微塵に粉砕するのもいとわなかった。

「こうなった以上、私にも関係がある」ため息をつきながら、エリスは片手で髪をかきあげた。そう考える理由が身勝手なものでないことを心から祈った。すると、自然に口調が和らいだ。「オリヴィア、きみがどれほど強情かはわかっている。今日、私が知ったことを考えれば、強情でなければ生きてこられなかったんだろう。だが、この件に関しては素直に私のことばにしたがったほうがいい」

強い憤りにオリヴィアが口元を引きしめて、膝の上に置いた緑色のビロードのレティキュール（小ぶりのバッグ）を握りしめた。「あなたは何もわかっていないわ」

頭を壁にもたせかけて、エリスは赤と青と金色の糸が織りなす金襴《きんらん》の天井を見つめた。

「そうだろうか？」

気まずく思えるほど、長い間を置いた。

「なぜ、そんなに知りたがるの？」馬車の断続した軋《きし》みに負けない鋭い声でオリヴィアが言った。「わたしなどあなたにとって何者でもないわ。ベッドを温めるためのひとりの女にすぎない。あなたにとってそういう女は、わたしが最初でもなければ最後でもない。あなたは下世話な好奇心で、あれこれ尋ねているんだわ。尋ねる権利などないくせに」

もちろん、オリヴィアが最後の女ではないはずだ。けれど、オリヴィアのような女には二度とお目にかかれない。

なぜ華々しい見た目の下に隠された真のオリヴィアを知りたくてたまらないのかは、エリス自身にもわからなかった。けれど、オリヴィアの仮面を剝ぐという難題に立ちむかうのが、自分自身の魂を救うための最後のチャンスに思えてならなかった。さらには、非論理的で、とんだ物笑いの種で、ひとつのことに執着しすぎているとわかっていても、その難題に立ちむかう過程で、オリヴィアの魂も救えるのではないか、そんな気がしてならなかった。

どうして、この一件にこれほどこだわっているんだ？　これまで女というものはこの体を温めて、胸の中の寒々とした空洞を埋めるためだけのものだった。それなのになぜ、オリヴィアだけが特別なんだ？

それは謎だった。オリヴィアの謎を暴いたら、その謎もまた解けるのかもしれない。一歩前進しようとするたびに、ことごとく抗うつもりでいるオリヴィアの謎を。

だからといって、オリヴィアを責める気にはなれなかった。オリヴィアが過去にいくつもの悲惨な秘密を抱えているのは、まずまちがいないのだから。その秘密を思いだすのは、いまでもさぞかし苦痛なのだろう。

それがわかっていながら、なぜ無理やり答えを引きだそうとしているんだ？　それはオリヴィアのためなのか？　それとも、自分のためなのか？　過去と折り合いをつけてはじめて、オリヴィアは閉じこめられている氷の檻《おり》から解き放たれる——そんなふうに思えてならないのは、やはりまちがいなのか？

エリスは天井から下へと視線を移して、オリヴィアの不穏なトパーズ色の目を見た。「私に話したところで、どんな害がある？」

「あなたが知らずにいて、どんな害があるの？」

「おおよそのことは見当がつく」

「それは脅しなの？　レオのことを世間にばらすと言っているの？」その口調には憎悪がにじみでていた。

オリヴィアの秘密が人に知られることはない、この闘いはふたりだけの問題だと誓うべきなのはわかっていた。オリヴィアにも、オリヴィアが愛する者にも危害をくわえる気などさらさらないのだから。実のところ、それとは正反対の気持ちなのだ。

けれど、何も言わなかった。オリヴィアに対して犯してきた数々の過ちに、不実の罪がくわわった。

そうして、やはり感情のこもらない口調で言った。「きみの息子は何歳なんだ？」

オリヴィアが目をそらした。黄褐色の子ヤギ革の手袋に包まれた手に力が入って、レティキュールが潰れそうになっていた。「八月で十七になるわ」

心を苛む恥辱。

「それは絶対に知られてはならないわ」オリヴィアの怒りの下に、エリスは痛烈な悲しみを読みとった。そしてまた、オリヴィアの中にけっして存在しないと思いこんでいたものも。

「きみが実の母だとは知らないんだな」

知る必要があった。

それに気づいたとたんに、胸に深い溝がうがたれた。いまこの頭の中にある推測が正しければ、オリヴィアには恥じる理由などひとつもないのに……。煮えたぎる怒りを、さらにしっかり封じこめた。オリヴィアを苦しめた連中に罪を償わせるまえに、もっと詳しく事情を知る必要があった。

ほんとうならオリヴィアがすべき復讐なのに、なぜ自分がしなければならないと確信しているのかは、あえて考えなかった。それはまぎれもなく、この自分がすべきことなのだから。できることなら、オリヴィアを抱きしめたかった。男の体が発するぬくもりで慰めてやりたかったが、その衝動を抑えた。オリヴィアがパトロンにそんなことを望んでいるはずがない。厳然たるその事実に気づくと、身を引き裂かれるほど苦しくなった。

「レオはきみを愛している」

「そうよ」オリヴィアが苛立たしげに、緑のドレスの寄ってもいないしわを伸ばした。「でも、何がどうあろうと、レオの両親はウェントワース夫妻なの」

エリスはそのことばが正しいとは思えなかった。実の母として名乗りをあげられなくても、オリヴィアとその息子の親近感は、胸に突き刺さるほど衝撃的だったのだから。それゆえに男女の関係と勘ちがいしたのだ。オリヴィアに関することとなると、頭の中はすぐに男と女の淫らなことでいっぱいになってしまう。

胃がぎゅっと縮まるほど、何かを殴りたくてたまらなかった。固い拳を何度も叩きこんで、何かを粉々にしたかった。怒りに震える手を隠そうと、胸のまえで腕組みをした。「レオを産んだとき、きみは十五だった」

オリヴィアの話からそれはもうわかっていたが、その事実を口に出さずにいられなかった。悲惨な事実をことばにして、耳で感じる必要があった。

卑劣な男がまだ子どもとも言えるようなオリヴィアを手籠めにしたのだ。こみあげてくる憎悪がのどに詰まった。なんてことだ、男という生き物がどれほど残忍なことをするか、オリヴィアは何歳で思い知らされたんだ？

「そうよ」真相を探ろうとする目を、オリヴィアはやはり見ようとしなかった。

くそっ、オリヴィア、いまここで自分を恥じる必要などない。

エリスはいったん口をつぐんで、怒りと暴力を解き放てと騒ぎたてる小鬼たちを、心から追いはらった。それでも、かすれた声しか出なかった。「それなのに、レオの卑劣な父親に、きみは親愛の情を抱いているんだな」

オリヴィアは顔をしかめると、ついにこちらを見た。「レオの父親？」

オリヴィアの美しい目は苦しげで、煮詰めたシロップのように黒く翳っていた。良心がまたずきりと痛んだが、エリスはそれを無視した。真実を知らなければならない。ああ、そうだ、オリヴィアの口から真実を聞かなければならないのだ。

「ペリグリン卿」エリスは罵るように忌まわしい名を口にした。

その瞬間、オリヴィアの顔によぎった表情を読みとれなかった。悲しげで、けれど、おもしろがってもいるようなその表情が意味することを。「ペリーがレオの父親だと思っているの？」

「あれほどそっくりならば、見まちがうはずがない」

「ペリーは同性を好むと言ったのはあなたよ」

この期に及んで、なぜオリヴィアは質問をはぐらかそうとするんだ？　レオの父親が誰なのかは、あの端整な顔にしっかり刻まれているのに。「それについては、私の勘ちがいだったらしい」

驚いたことに、オリヴィアが蔑むように笑いだした。そうして、長いまつ毛越しに愚弄するような視線をちらりと送ってくると、窓のほうを向いて、雲におおわれていく午後の空を見つめた。

「その件であなたは自分がまちがっているとは、けっして認めなかった、そうよね？」

「きみを驚かせてしまったようだな」

「ねえ、もうこんな尋問はやめてちょうだい」オリヴィアの口元は引き結ばれて、口調には明らかな嫌悪感が表われていた。「これ以上、話すつもりはないわ」

「ならば、モントジョイに訊くまでだ」そして、あの男を痛めつけて、じわじわと息の根を止めてやる。

「なんて人なの！」ことばにされない脅しを感じとって、オリヴィアがつぶやいた。一瞬、怒りに燃える目で睨んできたが、すぐに目をそらした。「ペリーを巻きこまないで」

エリスは腹が立ってならなかった。オリヴィアが極悪非道な男を相変わらずかばっていることも信じられなかった。銃から放たれた弾丸のようにことばが口をついて出た。「きみは幼いころあの男に強姦《ごうかん》されたのに、いまだに親しくしているとは、気が知れない」

「ペリーはわたしを強姦などしていないわ」外の景色がもっとよく見えるようにしたかったのか、オリヴィアが帳《とばり》を押しあけた。

窓から差しこんだ灰色の光が、オリヴィアの美しい顔を照らした。その顔はまるで少女のようで、レオニダスのような大きな子どもがいるには若すぎた。それでいて、千年の秘密を知っていてもおかしくないほど老練に見えた。

「嘘をつくな」低い声で鋭く言った。「レオは父親の生き写しだ」

「そう、そのとおりよ」オリヴィアがすべてを見通すような澄みきった目で見つめてきた。その姿は一見、何にも動じないかに見えた。「でも、ペリーはレオの父親ではないわ。レオの兄弟よ。わたしの息子の父親はファーンズワース卿なの」

それはその日二度目の激しい衝撃だった。息もできなくなるほどの一撃をお見舞いされた気分だった。

オリヴィアのかつてのパトロンは、眉目秀麗で思いやりにあふれたペリグリン卿ではなく、ペリグリン卿の父だった。とんでもない悪党として名を馳せた男のほうだったとは。それを思うと、胃がぎゅっと縮んで、吐き気がこみあげてきた。

なんてことだ……。

フレデリック・モントジョイ、かのファーンズワース卿は、尋常でない性的嗜好《しこう》を持つ、卑劣な放蕩者だった。女。男。死ぬ間際には、動物を相手にしたという噂まであった。さらには、加虐や緊縛も。けれど、子どもまで性愛の対象にして、なおかつ、その事実を隠しとおしていたとは。

かつて、ジョアンナとつきあっていた若かりしころに、エリスもほんの束の間、ファーンズワース卿と顔を合わせたことがあった。といっても、当時は夢中になることが山のようにあって、やつれた老人のことなどほとんど気にも留めなかった。それでも、こんな悪党には迷い犬だってまかせられないと思ったものだ。いたいけな少女など言うに及ばず。

「これでもう充分でしょう。ここまで話したのは、あなたがはじめてよ」オリヴィアの声はひび割れていた。相変わらずレティキュールを握りしめている手は、抑えようもないほど震えていた。「当時のことは誰にも話していないの。お願い、もうこの話題はやめましょう」

オリヴィアがあまりにも哀れで、エリスは体が凍りついてしまったかに感じた。オリヴィアにこれほど辛い思いをさせてしまうとは、この自分はどうかしている。オリヴィアの苦しみが手に取るようにわかった。これまでにもいやというほどの苦しみを、オリヴィアは味わってきたのに。

そのとき、エリスはあることを思いだしてはっとした。オリヴィアが心に壁を築くのを忘れて、美しい目に怯えの光が浮かんだときのことを。もしかしたら、この過酷な告白が、オリヴィアにつきまとっている亡霊を消し去るのに役立つかもしれない。

「何があったのか話してくれ」エリスは硬い口調で言った。

薄暗い馬車の中でも、激しい怒りにオリヴィアのトパーズ色の目が光るのがわかった。

「あなたはわたしをどこまでも苦しめるつもりなのね」

「話してくれ、オリヴィア」

目のまえにいる男への憎しみをこめて、オリヴィアが答えを吐きだした。「賭けごとにのめりこんだ兄が借金のかたに、十四歳のわたしをファーンズワース卿に差しだしたのよ。さあ、これで満足？」

嘘だろう？　ろくでもない兄に娼婦として売られたなんて。どうりで、オリヴィアは男を心から軽蔑しているわけだ。

「すまなかった」謝ったところで、どうにもならなかった。

オリヴィアが肩をすくめて、また窓の外を見つめた。そうやってプロの愛人らしい何にも動じない態度を保とうとしていたが、その鎧の下に隠された脆い部分に、エリスはいよいよ迫ろうとしていた。冷静を装ってはいるものの、オリヴィアの顔は蒼白で、引きつっていた。ふっくらした唇は悲しみに引き結ばれている。罪悪感がエリスの胸に突き刺さった。

馬車はロンドンの郊外に入ろうとしていた。エリスはオリヴィアが過去について語った数少ない事実に思いを馳せていたせいで、馬車が何マイルもの距離を走ったことに気づいていなかった。

「きみの兄はいまどこにいるんだ？」座席の上で手を握りしめた。頭の中には、卑劣な悪党の首を締めあげて、命を奪っている場面が浮かんでいた。

オリヴィアの声にはどんな感情もこもっていなかった。「十年まえに銃で頭を撃ちぬいたわ。いよいよ借金を返せなくなって」

「なるほど、借金のかたに差しだす妹はこれ以上いなかったというわけか」

オリヴィアがまた見つめてくると、顔をしかめた。「エリス、わたしは助けを待っているお姫さまではないのよ」

ほんとうにそうなのか？　とはいえ、自分でもよくわからないことを、オリヴィアにどう説明できるというのか……。エリスは深く息を吸って、癇癪《かんしゃく》を起こさないように気を鎮めた。けれど、何をしたところで、頭に次々と浮かんでくるおぞましいイメージは消し去れなかった。

もし自分の娘がオリヴィアと同じ運命を歩まされたらと思うだけで、腕組みをした手に触れる肘を、痛みが走るほど握りしめずにいられなかった。娘のローマには家族がいる。守ってくれる父と兄がいる。だが、幼いオリヴィアには誰もいなかったのだ。

「私には娘がいる」これまでオリヴィアに家族の話をしたことはなかった。それを言うなら、どの愛人にも家族の話などしなかった。

「そうなの？」こちらを見つめるオリヴィアの澄んだ目には、共感があふれていた。

何か尋ねられるのを待ったが、オリヴィアはまた窓の外に目をやっただけだった。街が近づくにつれて往来が激しくなって、馬車はそれまでのような速度では進めなくなっていた。気詰まりな沈黙が続いた。聞こえるのは、馬車の絶え間ない軋みと、混雑した通りの喧騒だけだった。馬車が数マイル進むあいだに、エリスの鼓動が復讐を叫ぶように激しく脈打ちはじめた。

死んだ男への復讐。ふたりの死んだ男への。

忌々しいことに、オリヴィアの兄にもファーンズワースにも、この手はけっして届かない。オリヴィアのために正義を示せないとは。

窓の外を流れるロンドンの街並みをぼんやり見つめながら、エリスは無益な怒りを押し殺そうとした。怒りのせいで体までこわばっていた。満たされない思いのせいで、胃がきりきりと痛んだ。

そしていま、オリヴィアの過去の災難と同じぐらい悲痛で、それ以上に急を要する問題が持ちあがっていた。オリヴィアを手放さずにいるにはどうすればいいのか、考えなければならなかった。

長い沈黙のあとで、エリスはようやく口を開いた。「私たちの契約は終わっていない」

オリヴィアがぱっとこちらを向いて、睨みつけてきた。娘のローマのことを口にしたのをきっかけに、束の間の停戦状態に入ったが、ふたたび闘いの火ぶたが切って落とされた。

「いいえ、終わったのよ。わたしはルールを決めて、あなたはそれを破ったのだから」

「いいや、終わらせない」エリスは頑として言った。

だが、オリヴィアがどうしても別れると言い張ったらどうする？　世間では非情な男と呼ばれているが、まさかハーレムに囚《とら》われた女よろしく、オリヴィアをヨーク・ストリートの家に監禁するわけにもいかなかった。

「わたしの息子にまつわる秘密を利用して、無理強いするつもりではないでしょうね」焦燥に駆られて、オリヴィアの顔が険しくなっていた。「そんなことをしたら、あなたはわたしを傷つけるだけでなく、レオとわたしのいとこ、いとこの夫である善良な男性も傷つけることになるのよ。いくらあなたでも、プライドを守るためだけに、それだけの人を傷つけるはずがないわ」

いとこ？　それは興味深い。エリスの頭に、司祭館のまえでちらりと目にしたやさしげな女性が浮かんだ。もしかしたら、想像していた以上に、オリヴィアは良家の出なのかもしれない。オリヴィアの兄が貴族ではないにしても、それなりの地位にある人物だったとしたら、そんな男が妹に対しておこなった犯罪は、ますます憎むべきものになる。

「エリス？」オリヴィアが心底怯えた口調で声をかけてきた。顔もこわばって、青ざめていた。

エリスはオリヴィアのことばに応じていなかったことに気づいた。「世間の評判とは裏腹に、私にもまだ道義心のかけらぐらいは残っている」

「それはどういう意味？」

「きみのことも、レオのこともけっして口外しないという意味だ」

「どうしたら、そのことばを信じられるの？」そっけないその質問を生んだのは、オリヴィアの燃えたつ怒りだった。

「約束する。きみの秘密が人に漏れることはない」

信用してくれと懇願したところで、無駄なのはよくわかっていた。オリヴィアは誰のことも信じないのだから。相手が男であればなおさらだった。

オリヴィアが鋭い視線を送ってきた。たったいま耳にしたことばを信じていないのは明らかだった。「わたしがあなたの元を去っても？」

今日知ったことを利用して、オリヴィアをつなぎとめておくのは簡単だった。けれど、たとえ悪気はなかったとしても、オリヴィアに対して嘘をつけば、自分もまた卑小で卑しい男だと痛感することになる。

「たとえ、きみが私の元を去っても」エリスはそう言うと、いったん口をつぐんだ。それから、あらためてオリヴィアに対してまだ効力を失っていないはずの唯一の手段に訴えた。「だが、賭けはどうなる？　私の勝ちを認めるのか？」

そんなことはどうでもいいと言いたげに、オリヴィアの唇がすぼまって、甘美な曲線を描いた。「お互いに同意して別れるのだから、負けたことにはならないわ」

「たしかに、そうとも言えるかもしれない」エリスは短く笑うと、背もたれに背中をあずけて、ブーツを履いた脚を組んだ。「だが、実際には負けたも同然だ。きみは尻尾を巻いて逃げだして、すべては今日の私の卑劣なおこないのせいだと自分に言い聞かせるんだろう。ほんとうは、臆病風に吹かれただけなのに」

オリヴィアが見下すように両眉を上げた。「あなたはこれと同じ手をまえにも使ったわね。そのときはうまくいったかもしれないけれど、二度も同じ手を使うなんて芸がなさすぎるわ」

エリスは肩をすくめて、わざとさらりと言った。「ならば、私の元に留まるのは、好敵手を打ち負かすためだと思えばいい。きみは自ら望んで留まるんだ。いま、私の元に留まるのは、娘の結婚式が終わったら私がロンドンを去るからで、その後、きみはいつものパターンとはちがう男女の関係を過去のものにして、また人生を歩みだせる」

馬車が大きく揺れて、急停止した。御者が口汚いことばで誰かを怒鳴りつけた。馬車の中は張りつめた静寂が支配していた。

オリヴィアがうつむいて、手元に視線を落とした。それから、また目を上げて、見つめてきた。トパーズ色の瞳には苦悩と不穏の光が浮かんでいた。

「そう単純にはいかないわ」怒りにまかせて、オリヴィアが片手で空気を切り裂くような仕草をした。「ペリーを除けば、いまや、あなたは誰よりもわたしのことを知っている。そのせいであなたは力を得た。わたしがとうてい受けいれられない支配力を。これまでわたしは、愛人を支配しようとする男性を避けて生きてきたのに」

エリスは何か言うまえに、オリヴィアのことばの言外の意味をじっくり吟味した。互いに惹かれているのを感じながらも、オリヴィアはそれに全力で抗っているのだ。過去の悲惨な経験を考えれば、それも無理はなかった。

「力を持ちたいがために、きみのことを知ろうとしているわけではない」エリスは静かに言った。

理解できないと言いたげにオリヴィアは眉根を寄せると、新たにこみあげてきた憎悪をこめて棘のある口調で言った。「男は女に対して、いつだって力を持っているわ」

「きみは例外だ」

「いつでもそうだったわけじゃない」

悲しいことに、今日からは、オリヴィアのそのことばを信じないわけにはいかなかった。

「私はきみの敵ではないんだよ」

オリヴィアの顔に冷笑が浮かんだ。エリスの脳裏に、オリヴィアにはじめて会ったときの、冷ややかで狡猾なプロの愛人の姿がよぎった。とはいえ、いま目のまえにいる女が、そのときと同じ女だとはもはや思えなくなっていた。「いいえ、あなたは敵よ」

ああ、たしかに敵だ。

ズボンの中の一物があるかぎり、敵と言われてもしかたがない。雄々しく激しい欲望や、たとえ息が吸えなくなろうともオリヴィアを求めているという事実があるかぎり、敵と言われてもしかたがなかった。

馬車ががくんと揺れて、また走りだした。エリスは何も考えずに揺れに身をまかせた。降りはじめた強い雨が馬車の屋根を叩いて、気分はますます滅入《めい》るばかりだった。

今回ばかりは、どうすれば女に勝てるのかまったくわからなかった。それでいて、オリヴィアを見れば見るほど、ますますほしくなっていく。偽りの美しい殻をかぶった愛人ではなく、ほんとうのオリヴィアを。

ここまで夢中になるとは思ってもいなかった。今日、オリヴィアについてわかったことは、知りたいという無限の切望を生みだしただけだった。もはや、自分が何をどうしようとしているのかさえわからなくなっていた。

だが、オリヴィアのあとをつけたことを、どうしたら後悔できると言うのか？　オリヴィアについてわかったことが消えてなくなればいいとは、けっして思えなかった。

考えてみれば、ロンドンで過ごす数カ月に色を添えるための愛人選びには、さほど熱を入れていたわけではなかった。ちょっと楽しませてくれる女を手に入れて、いっぽうで、真に重要な事柄に気持ちを集中するつもりだったのだ。子どもたちとの和解に。

オリヴィア・レインズのせいで、この数日のあいだに、それまでの十六年間に感じたことがなかったほど激しい感情を抱くはめになった。危険で、痛みを伴う感情を。そんな感情から逃れるために、人生の半分を費やしてきたというのに。

それなのに、いったいなんだって、オリヴィアに向かって別れのことばを口にすると考えただけで、何かを粉々に壊したくなるんだ……？

窓の外を包んでいく薄闇――いまや雨は土砂降りになっていた――を通して、見慣れた家並みが見えた。まもなくヨーク・ストリートに着くはずだった。

「きみはどうするつもりだ？」そう尋ねて、さらに苦しげな口調でつけくわえた。「私はきみに留まってほしい」

「七月までは？」オリヴィアが辛辣な口調で応じた。

「オリヴィア」エリスはかすかな苛立ちを隠せなかった。「私はいま、きみをあと五分留めておくことに必死になっている。このさき数カ月のあいだにどんなことが起きるかなど考えられるわけがない」

決意を表わすように、オリヴィアの口元が引きしまった。「エリス、そうだとしても――」

オリヴィアが決定的なことばを口にするまえに、エリスは話を遮った。「だめだ」

エリスは馬車の天井を鋭く叩いた。背後についた小さな覗き窓を、御者が開けた。「なんでしょう、マダム？　閣下？」

「公園に行ってくれ」エリスは吐き捨てるように言った。

11

「どういうつもりなの？」オリヴィアはわけがわからず尋ねた。「もうすぐヨーク・ストリートに着くのよ」

「きみと話がしたい」エリスは御者を無視して言った。とはいえ、背後にいる御者の好奇の目はひしひしと感じていた。

オリヴィアが苛立たしげに顔をしかめると、その顔に生気が戻ってきた。「とんでもない、あなたはケントからずっと話しつづけているのよ」

「忌々しいペリグリン・モントジョイの、忌々しい黒い馬車から離れたところで話がしたい」

「外は土砂降りだわ」

「かまわない」

「マダム？」御者が声をかけてきた。自分より高貴な者が正気を失ったらしい、そんな気持ちが声音にはっきり表われていた。薄暗い馬車の中で向かいの座席に座っているオリヴィアも、頭がどうかしてしまったのかと言いたげに見つめてきた。エリス自身も、自分が正気なのかどうかよくわからなかった。ひとつだけわかっているのは、自分の人生からオリヴィアが去っていくのを、指をくわえて見ているわけにはいかないということだけだった。

自分が望むもののために闘うつもりだった。おそらくは、これまでの人生ではじめて。

それを思えば、これほど支離滅裂なことをしているのも不思議はなかった。

長い沈黙のあいだ、オリヴィアにずっと見つめられていた。その目が何を読みとっているのかは見当もつかなかったが、オリヴィアがふいに心を決めたのが、顔に表われた。

「シェリン、ご主人さまは公園での散歩をお望みよ」オリヴィアの視線が束の間、御者に向けられた。「公園へ行ってちょうだい」

「はい、マダム」御者の顔に落胆が浮かんだ。身につけた雨合羽を大粒の雨が滝のように流れていては、がっかりするのも無理はなかった。

「公園に入って、最初の建物のまえで馬車を停めてくれ」

「承知しました、ご主人さま」御者が仕切り板を閉めた。

馬車がまた動きはじめた。オリヴィアにはずっと睨まれたままだった。「こんなことをしていたら死んでしまうわ。哀れなシェリンだってそう。妻と六人の子どもがいるのに」

「ヨーク・ストリートの家に戻れば、きみは私の元を去ってしまう」エリスは頑なに言った。自分がいかに馬鹿げたことをしているかはよくわかっていた。できることなら、こんなことはしたくない。けれど、悪魔か何かに取り憑《つ》かれてしまったらしい。

「居間にいようが、公園にいようが、その気になれば、あなたの元を去れるわ」

まもなく馬車が停まった。エリスは白く曇った窓から外を見た。ギリシャ風の大きな神殿がそびえていた。背後の仕切り板がふたたび滑らかに開いた。「ここでよろしいですか?」

「ああ、シェリン。呼ぶまで、あの建物の中で待っていてくれ」

「承知しました、ご主人さま」

御者が降りると、馬車が大きく揺れた。エリスは窓の外に目をやった。御者が大粒の雨に打たれながら、神殿に駆けこむのが見えた。次にオリヴィアに顔を向けた。「少し歩こう」

オリヴィアが信じられないと言いたげに、トパーズ色の目で睨んできた。「外は土砂降りなのよ」

「爽やかな春の雨だよ」エリスはぞんざいに扉の留め金をはずすと、オリヴィアの手を引っぱって、嵐の中に降りたった。「雨に打たれたぐらいじゃ、きみは溶けやしない」

「頭をお医者さまに診てもらったほうがいいわ」エリスは手を振りはらわれるのを覚悟していたが、馬車から土砂降りの雨の中に引っぱりだされても、オリヴィアは抗わなかった。

「ああ、そうかもしれない」馬車から降りたとたんに、髪がずぶ濡れになって、額にぴたりと張りついた。視線を遮る雨を、瞬きして振りはらう。強風に吹かれた雨が、冷たい針のように吹きつけた。オリヴィアの言うとおりだった。やはり頭がどうかしているとしか思えない。正気の人間が、こんな嵐の中にわざわざ出るはずがなかった。

ああ、正気とはほど遠い。それはわかっていた。

それでもオリヴィアの腕をつかんだまま、水たまりを蹴散らして、歩道のわきの雨に濡れた薄暗い木立へ向かった。腕を引っぱられて、オリヴィアが小走りでついてきた。凝ったドレスはびしょ濡れで、ボンネットは潰れて濡れた藁《わら》の塊と化していた。

オリヴィアがボンネットを脱いで、一瞬それを見つめたかと思うと、水浸しの歩道のわきに放り投げた。「これじゃあ、どうしようもないわ」吹きつける雨に負けないように声を張りあげた。

「私と同じだ。どうしようもない」

「それを言うなら、わたしもね」

「ならば、似た者同士の似合いのふたりというわけだ」

「だからといって、このさきも一緒にいなければならないわけではないわ」突風にあおられた冷たい雨が吹きつけて、オリヴィアがすばやく頭を下げた。「わたしが凍《こご》え死んでしまったら、あなたの元に留まろうが、去ろうが、そんなことは問題ではなくなるわ」

「つまりそれは、どちらにしようか考えているという意味か？」

「いま考えられるのは、暖かな暖炉の火と、乾いた服のことだけよ。それに、欲を言えばブランデーと葉巻も」

ようやく木立に着いた。エリスはオリヴィアを木の下に引きこんで、腕を離した。ここまでついてきたなら、逃げる気はないはずだ。

「きみは留まるんだ、オリヴィア」ありがたいことに、そこではもう大声を出す必要はなかった。「きみの常軌を逸したやりかたを大目に見られる男は、この世に私ひとりしかいない」

「自分のことは棚に上げて、失礼なことを言ってくれるわね。この大嵐の中にわたしを引っぱりだしたのは誰なの？　ペリーからは、冷酷で計算高いというあなたの評判を聞かされたわ。たしかにそのとおりだという貴重な証拠を、この目で見せてもらったわ。話なら馬車の中でもできる、そうでしょう？」

オリヴィアの体が震えていた。顔が紙のように白かった。これほどの豪雨の中にオリヴィアを立たせておいた罪で、鞭打たれても文句は言えなかった。それでも、迷信にとらわれているかのような頑なな心は変わらず、自分からオリヴィアを連れ去る馬車に戻るつもりはなかった。

「きみは私と距離を置こうとしている」不機嫌そうに言って、すぐに後悔した。

「わたしをずぶ濡れにすれば、ふたりの距離が縮まると思っているの？　そういうことなら、温かな風呂を用意させて、わたしをそこに入れればすむことだわ」

湯と石鹸の泡で艶めく長い腕と脚が頭に浮かんだだけで、エリスは全身がかっと熱くなるほど興奮した。凍える雨に打たれても、欲望は消せなかった。

嵐の中に無理やり引っぱりだされたというのに、オリヴィアの口調には激しい怒りは感じられなかった。苛立ってはいるが、激昂《げきこう》はしていない。複雑で魅惑的で聡明《そうめい》なオリヴィアの頭の中は、いったいどうなっているんだ？　いや、それを言うなら、オリヴィアをこんなふうに引っぱりだした自分の頭は、いったいどうなっているのか……。

オリヴィアが顔を拭った。そんなことをしてもどうにもならなかった。相変わらず強い雨が吹きつけていた。いつもの複雑に結いあげた髪とはちがうしっかり編まれた髪が、雨に打たれてほどけていた。びしょ濡れになって、古い銅《あかがね》色に見えるほど色濃くなった髪が、ネズミの尻尾のように顔と首にまつわりついている。その姿は、昨日までの艶めかしい愛人とはまるで別人だった。

それでいて、これまで会ったどんな女より、はるかに美しかった。

オリヴィアが決然と見つめてきた。「言いたいことを言ってちょうだい。そして、早く雨のあたらないところに行かせてちょうだい」

エリスはオリヴィアに近づいた。それは、雨からオリヴィアを守るためでもあり、抱かずにはいられないせいでもあった。荒れくるう風は雨のにおいに満ちているのに、かすかにオリヴィアのにおいを感じた。たとえ、部屋の端と端にいても、その芳香なら感じとれるはずだった。

オリヴィアを見つめた。身を引き裂かれるような思いに、体が震えた。当惑して、自分があまりにも無防備に思えて、恐ろしかった。「きみは私の元から去るつもりなのか？」尋ねる声が震えていた。

驚いたのか、オリヴィアが顔をしかめた。「やめて。わたしにはそんな価値はないわ」

「いいや、あるさ」ふいに怒りを感じて、エリスは鋭く言い放つと、オリヴィアの腕をぐいとつかんだ。「悔しいが私の負けだ。私を支配したと公言してもかまわない。私の元に留まってくれるなら」

「賭けなんてどうでもいいわ」オリヴィアがぴしゃりと言った。「どうして、わたしを愛人にしておくのが、それほど重要なの？」

自分でも呆れるほど正直な答えが口をついて出た。「わからない」

「わたしもわからない。わたしはまだあなたを悦ばせてもいないのに」

いや、オリヴィアと機転の利いた会話を楽しむだけでも、胸が喜びで満たされる。その美しさや勇気を目の当たりにすると、喜びを感じる。さらには、オリヴィアがいるだけで。

「そんなことはない」

「いいえ、そうなのよ。わたしが差しだすものをあなたは受けとらず、あなたが求めるものをわたしは与えられない。そうして、あなたはわたしを苦しめる」濡れた長いまつ毛に縁取られた目が、洗われた宝石のようだった。寒さと緊張に、その顔が真っ白になっていた。

「あなたは何を望んでいるの、エリス?」

いつのまにか雨が小降りになっていた。非情な問いかけの向こうで、雨粒がぱらぱらと小さな音を立てていた。

エリスは心に刻まれたことばを口にするしかなかった。深い悲しみと孤独に彩られた十六年という歳月のあいだに、石になってしまったはずの心に刻まれたことばを。「私はきみがほしい」

美しい目に苦悩が光るのを見逃しようがなかった。「でも、わたしはあなたを求めていないわ」

「求めるようにしてみせる」熱い思いに声がかすれていた。胸を大きく上下させなければ息を吸えないほど苦しかった。

「いいえ、そんなのは無理よ」

オリヴィアが手を伸ばして、頬に触れてきた。濡れた滑らかな手袋の感触を頬に覚えた。オリヴィアのその仕草はゆうべと同じだった。ゆうべは、激しい争いのあとに、ふいにやさしくされて、心が張り裂けそうになった。いままた、そっと触れられただけで、息も吸えなくなった。

目を閉じて、体の芯にまでオリヴィアのぬくもりを染みわたらせる。〝あなたを求めていない〟とオリヴィアは言った。けれど、本心がそれとはまるでちがうことを、頬に触れる手が伝えていた。

これからしようとしていることが、ほんとうならすべきことでないのはわかっていた。留まるように説得する機会を自ら壊すようなものだとわかっていた。目を開けて、オリヴィアの腕をつかんでいる手に力をこめた。痣《あざ》になるほどではないが、オリヴィアがあとずされないぐらいに強く。

「オリヴィア」その名を聞いただけでこみあげてくる喜びを感じたいがために囁いた。

これから起きることを察して、澄んだ茶色の目が深いウイスキー色に変わった。手のひらに触れるオリヴィアの体は震えていた。

寒さのためか？　それとも、恐れ？　それとも、欲望か？

わからなかった。けれど、体を近づけても、オリヴィアはひるまなかった。

「だめよ、エリス」か細い声だった。オリヴィアの息を唇にかすかに感じると、凍える体が一気に熱を帯びた。

「いいんだよ」やさしく囁いた。空いているほうの手をオリヴィアの顎に添えて、そっと自分のほうへ傾けさせた。

息も止まるほどのその一瞬、雨も風も寒さも感じられなかった。頭の中にあるのは、ひとりの女と、口づけの予感だけだった。

唇が触れあうと、オリヴィアの口から切なそうな声が漏れた。すぐそばにいなければ、聞こえないほどかすかな声だった。束の間、エリスは唇を重ねたまま、オリヴィアのひやりとした肌と爽やかな雨を味わった。それから、わずかに体を離した。ふたりの唇が離れても、キスの名残はその場に色濃く漂っていた。

ふたりを取り巻く帳のような雨が、たったいましたことに甘美で純粋な味わいをつけくわえていた。オリヴィアが唇を開いて、ぎこちなく息を吸った。てっきり、以前口づけたときのように、身をよじって逃れるのだろうと思った。けれど、オリヴィアはそのままじっと立っていた。長身のしなやかな体が震えていた。震えが無限の波となって押しよせているかのようだった。

これ以上、さきに進んではならないのはわかっていた。たったいま交わした口づけは、これまでにオリヴィアから与えられた何よりも意味深かった。はじめての夜に、オリヴィアが口でおこなった侮蔑的な誘惑より、はるかに意味があった。

オリヴィアはいま、心ならずも承諾してくれた。それ以上のものを求める権利などないのはわかっていた。

けれど、エリス伯爵とはいっても、所詮はただの男。ひと目見たときからオリヴィアとの口づけを欲してやまない、ただの男だった。体を屈めて、オリヴィアの頰のほくろに唇を這わせると、抵抗されるまえに、すぐにまた唇を奪った。湿ったサテンにも似たやわらかくて滑らかな唇を。

もちろん、これまでにもオリヴィアに口づけたことはあったが、そのときは、それがどれほど大きな意味を持つのかわかっていなかった。単なる駆け引きでしかなかった。

いま交わしているためらいがちな口づけは、命よりも、死よりもはるかに大きな意味がある。

オリヴィアの唇に舌を這わせて、その内側にあるはずのぬくもりをかすかに味わった。オリヴィアが鼻にかかったやわらかな声を漏らして、一瞬、唇を開いた。甘い息を舌に感じる。重ねているオリヴィアの唇がかすかに動いた。

エリスはため息をついて、オリヴィアの顎に添えている手でその丸みをそっと撫でた。オリヴィアがほんのわずかな反応を示しただけで、頭がくらくらするほどの興奮を覚えた。けれど、興奮よりオリヴィアを気遣う気持ちのほうが大きかった。くるおしいほど奪いたいのに、大切にしたいという気持ちのほうが。

永遠とも思えるほどのひとときに、オリヴィアとの口づけをたっぷり味わった。それ以上のものを求めれば災難を招くのはわかっていた。

それでも、唇をさらに強く押しつけずにいられなかった。束の間、オリヴィアの唇から力が抜け、唇が開いて、口づけに応えた。

けれど、次の瞬間には、オリヴィアが体に力をこめて、身を引いた。とはいえ、まるで夢から醒めたかのように、ゆっくりとした動きだった。それまでオリヴィアは目を閉じていた。そしていま、濃いまつ毛が上がると、そこには無垢な乙女の瞳があった。無垢な乙女として過ごす時間を奪われたにもかかわらず。

オリヴィアが夢の世界から現実に戻ると同時に、まどろむような表情が消えた。「あなたはわたしに口づけたわ」

「ああ」そう答えるのがやっとだった。命と引き換えにしてもいいほど、オリヴィアのことがほしくてたまらなかった。

「放して」オリヴィアが震える声で言った。

謝罪の気持ちをこめて大げさな仕草で腕を離した。オリヴィアは必死に心の防壁を築こうとしていた。それなのに、これまで以上に身を守る術を持てずにいるらしい。

エリスは勝利に満足することもできた。少なくとも、いまこのときの勝利に。

オリヴィアが腕の中にいなくなると、自身を取り囲むものがふたたび感じられるようになった。雨は冷たかった。風がまた強まっている。心の中で鳴り響く雷鳴が、近づいてくるほんものの雷鳴と響きあっていた。木立の下はぬかるんで、水たまりができていた。冷たい雨の滴が顔を滴り落ちて、ずぶ濡れのクラバットに吸いこまれていった。

「家へ戻るわ。あなたはついてこないで」

「馬車まで送っていくよ」これほど天気が悪くては、公園は閑散としていたが、それでも、オリヴィアをひとり歩きさせる気にはなれなかった。

オリヴィアが抑えたすすり泣きのようにも聞こえる声で笑った。「歩きたいの」

「馬鹿なことを言うんじゃない」手を取ろうと腕を伸ばすと、オリヴィアがあとずさった。

「せめていまだけは、わたしのしたいようにさせて」オリヴィアはくるりとうしろを向いて、ずぶ濡れになって黒っぽく見える緑のスカートの裾をぐいと引きあげると、胸を張り、顔を上げて、木立から足を踏みだした。

こんなふうに行かせるわけにはいかなかった。何ひとつ解決していないのだから。エリスはオリヴィアの腕をつかんだ。拒絶されても、放すつもりはなかった。「何をするつもりなんだ？」

オリヴィアが振りむいて、冷ややかなトパーズ色の目で見つめてきた。「まずは、服を着替えるのよ」

オリヴィアはすでにいつもの鎧をまとっていた。愛人界に君臨する女王オリヴィア・レインズの鎧を。といっても、その女王はずぶ濡れで惨憺《さんたん》たる姿だった。そんな姿でさえ愛らしく思えるとは、自分の胸の中もやはり、まちがいなく惨憺たる状態だった。愛らしいどころではなく、抑えようもなく欲望をそそられるとは。

オリヴィアの腕から手を離した。そして、悪名高いエリス伯爵が言うはずがないことばを口にした。「頼む、私の元を去らないでくれ」

その瞬間、オリヴィアの尊大さが消えてなくなった。心の奥底にある激しい動揺が見てとれた。けれど、次の瞬間には、オリヴィアはくるりと踵を返していた。かすれた悪態をつきながら、スカートの裾をもう一度ぐいと引きあげる。ぬかるんだ地面を走って、雨に濡れる午後に姿を消すオリヴィアを、エリスは打ちひしがれて見ているしかなかった。

12

寝室の扉が乱暴に開かれると、窓ガラスが震えた。閉じたカーテンが揺れて、刺繡で描かれた鮮やかなボタンの花とクジャクが大きく波打った。

エリスが戸口をふさぐように立っていた。力強く。張りつめて。公園での姿そのままに、激しい絶望感にわななきながら。まるで嵐を連れて家に入ってきたかのようだった。

驚いて息を吞むと、オリヴィアはぬるくなった湯に深く身を沈めた。半分だけ中身が残ったブランデーのグラスを、盾のように体のまえで握りしめる。メイドが甲高い声をあげて、主人の髪をゆすぐために用意した水差しを落とした。陶器の水差しが粉々に割れて、水が飛び散った。

「申し訳ありません」エイミーがあわてて謝ると、狼狽《ろうばい》した目を戸口に立つ伯爵に向けて、ぎくしゃくとお辞儀した。「ご主人さま」

「下がってよろしい」エリスはメイドに命じながらも、戸口を動こうとしなかった。水が滴る黒い髪が緊迫した顔に張りついて、服もずぶ濡れだった。熱を帯びてぎらつく灰色の目が、愛人を見据えていた。

エイミーは驚きのあまり、エリスの穏やかな口調にこめられた警告を感じとれなかったらしい。こぼれた水をタオルで拭きはじめた。「絨毯がだめになってしまいます――」

「下がるように言ったはずだ」エリスがさらに押し殺した声で言った。

今度はエイミーも、その口調に不穏なものを感じとったようだ。タオルを落とすと、もう一度ぎくしゃくとお辞儀して、そそくさと化粧室へ向かった。

張りつめた静寂が支配する部屋に、オリヴィアはエリスとふたりきりで残された。

緊迫したその瞬間、ふたりとも雨の中での驚くべき口づけを思いだしていた。あのときの感触。エリスの唇の心地いいぬくもりが、オリヴィアの唇によみがえった。顔に触れる冷たい手のエリスに抱かれたのだ。これまでこれほど大切なものに触れたことがない――そう感じているかのようにエリスに抱かれたのだ。舌で唇をそっと探られたのを思いだすと、身も震える期待感に、いつのまにか唇が開いた。

刺激的なあの口づけのせいで、魂を真っぷたつに切り裂かれた。

それは思いだすのも辛かった。

土砂降りの中を一心不乱に駆けぬけてから、一時間が過ぎていた。苦しくて辛くて目もろくに見えないまま、強い雨が叩きつける通りにたどり着くと、たまたまそこにいた辻馬車《つじばしゃ》によろよろと乗りこんだ。そうして、家に着くころには骨の髄まで凍えていた。みすぼらしい辻馬車からそそくさと降りると、家に入った。すぐさまここから出ていくつもりだった。エリスがやってきて、さらなる要求と質問を突きつけられて、ますます混乱させられるまえに。

当惑と自分の弱さと切望だけを感じさせる忌々しいほどのやさしさを示されるまえに。

分別、自己防衛の本能、そして、これまでの経験が、この関係を終わりにするべきだと叫

に壊れてしまうまえに。

かった少女から、男を支配する女に生まれ変わった自分が、エリスとの不可思議な絆で粉々

んでいた。いますぐに。即座に。どれほどひどいことをされてもなす術もなく怯えるしかな

それなのに、なぜすぐさま家を出なかったの？

戸口に立っているエリスの荒々しい銀色の目を見た。とたんに、全身に稲妻が走った。緊張のせいなの？　それとも、恐怖？　それとも、憤り？　もちろん、欲望のせいであるはずがない。ぽってりとしたクリスタルのグラスを握る手に力が入った。エリスから目をそらせなかった。

エリスが部屋に入ってきて、わざとらしいほど静かに扉を閉めた。それは、精神的に追いつめられている証拠だった。「きみはまだここにいる」歩みよろうともせずに、静かに言った。

「そうよ」

エリスが日に焼けた手を上げて、びしょ濡れのクラバットをぐいとはずすと、床に落とした。「なぜだ？」

やめて、答えたくない……。答えられるとも思えなかった。筋の通った答えを口にできるはずがない。以前なら、ロンドンで最高の愛人という名声のために留まっていると言えたかもしれないけれど、いまそれを口にしたところで、偽りでしかない。きっと、そもそもそんなのは体のいい嘘だったのだろう。砂鉄が磁石に引きよせられるように、自分がエリスに引きよせられているのを、もはや否定できなかった。

ここにいるのは、雨の中であなたが口づけたから。わたしが恋しくてたまらないかのように、あなたが口づけたから……。

何を馬鹿なことを。

重苦しくなるばかりの空気を軽くしようと、オリヴィアは現実的なことに目を向けた。

「びしょ濡れの服を着ていたら、風邪をひいてしまうわ。お風呂を用意させましょう。その後もまだここに留まるなら、わたしは風呂からあがって、食事の用意をさせるわ」

「ああ、もちろん、私は帰らない」エリスの肉感的な唇が弧を描いた。とはいえ、それは微笑みというよりしかめ面に近かった。「きみはなぜまだここにいるんだ？」

忌々しいことに、エリスの頑固さは、骨に食らいつくマスチフ犬にも引けをとらなかった。オリヴィアは反撃に出ようと身構えた。といっても、生ぬるい湯の中に裸でしゃがみこみ、濡れた長い髪が体にまつわりついていては、手強い相手に見えるわけがなかった。せめてもの抵抗に、ことばにたっぷり皮肉をこめることにした。「ほかのことはともかく、公園でのあの芝居がかった態度を見て、あなたが正気でいられるには、わたしがここに留まるしかないと思ったの」

案の定、子どもじみた作戦でエリスを苛立たせようとしても無駄だった。エリスの声は相変わらず低く、穏やかだった。けれど、冷静を装ってはいても、その体を流れる血は激しく渦巻いているはず。それがわかるぐらいにはエリスのことを知っていた。平然とした外見とは裏腹に、感情は巨大な海と化して逆巻いているにちがいない。留まってくれとエリスが懇願したときの、切羽詰まった口調なら、いまもはっきり憶えていた。誇り高い伯爵のそんな姿を見ただけで、涙がこみあげてくるほど感動したのだから。

「てっきり荷造りをしているきみを見つけることになると思っていたよ。さもなければ、もぬけの殻になった家を」エリスは濡れそぼって体に張りついている上着を手間取りながら脱ぐと、クラバットのわきに放った。

悪魔にそそのかされたのか、オリヴィアは思わず口走っていた。「わたしにはわたしなりのルールがあるのよ、閣下。北海に浸かったようなありさまで、パトロンの元を去るわけにはいかないというルールが」

風呂の湯が堪えられないほどぬるくなっていた。エリスのまえではすでに裸身をさらしているのだからと、自分に言い聞かせた。それなのに、今日一日で胸が張り裂けそうなほど激しい感情を抱いたせいか、恥ずかしくてたまらなかった。

お笑い草だわ。はじめてのパトロンを相手にして以来、羞恥心とは無縁でいたのに。

「きみはどこにも行かない」

「わたしを脅しているの?」

「いいや、客観的な見解だ。かなり正確な見解だよ、あいにく」

その自信を物語るかのように、エリスが手を伸ばしてきて、ブランデーグラスを取りあげた。そうして、グラスの中身をごくりとひと口飲んで、食器台の上のタオルのわきにグラスを置いた。

オリヴィアは思わず身震いした。それは冷めた湯のせいだけではなかった。自分が口をつけたグラスにエリスも口をつけた。その行為が、目のまえにいる女は自分のものだと宣言しているかに感じられた。

これ以上、風呂の中でじっとしてはいられない。いまだって、ずいぶん間の抜けた姿に見えるはずなのだから。「タオルを取ってちょうだい」そっけなく言った。「乾いたタオルをお願い」

エリスが食器台の上に積まれたタオルを一枚取った。「どうぞ」

オリヴィアはタオルをすばやくつかむと、いかにも恥ずかしそうにぎこちなく体に巻きつけながら浴槽から出た。「ありがとう」

グラスを取りあげるときに、エリスは何気なく近づいていた。いま、ふたりを隔てているのは、絨毯の上のほんの一フィートの水たまりだけだった。その距離を広げようと、オリヴィアはあとずさった。とたんに、痣ができそうなほど思いきり浴槽に脚をぶつけた。

「おっと、危ない」バランスを崩しかけると、エリスに腕をつかまれて、束の間支えられた。けれど、すぐにその手は離れた。

エリスは何をするつもりなの？　男がどんなものかは、よくわかっているつもりだった。男の衝動、弱さ、それに、自身の行動のすべてを正当化する卑劣な思考回路なら。けれど、エリスの心はどうしても読めなかった。

「あなたはわたしを理解したつもりになっているようだけれど、とんでもない勘ちがいよ」

ああ、もう、こんなに不満げな口調になるなんて。日曜日のごちそうをおあずけにされた子どもの口調ではなく、自信たっぷりに挑発的に言うつもりだったのに。

「きみはまだ私の質問に答えていない」

エリスの長い指がチョッキのボタンに触れた。白鳥の柄が銀糸で刺繍された真珠のように真っ白なチョッキであることに、オリヴィアはようやく気づいた。美しくてふたつとない、目を引くチョッキ。それがいまや、高価なぼろきれと化していた。

エリスが袖から腕を抜き、チョッキを脱いで、背後に落とした。一枚ずつ服を脱ぎ捨てていく姿に、ますます不安をかき立てられた。雄馬のにおいを嗅ぎつけた雌馬のように、オリヴィアは頼りない足で一歩わきによけた。

「わたしがここにいるのは……」

エリスが部屋の戸口に現われてからはじめて、まっすぐにその顔を見ると、ことばが途切れた。エリスの濡れたシャツが体に張りついて、滑らかでたくましい胸が透けていた。腹と広い肩もはっきりと見てとれた。強い意志を感じさせる引きしまった口元に、つい目が吸いよせられる。いかにも貴族らしい高くまっすぐな鼻にも。凛々《りり》しい黒い眉の下の、女を惑わす静寂をたたえた瞳にも。

そのどれもが〝愛らしい〟とか〝軟弱〟といったことばとは無縁だった。ただし、長く密な黒いまつ毛と、ときおり無防備さを覗かせる唇だけはべつだった。

これほどの美男子を見たことがなかった。目を見張らずにはいられず、心がかき乱されるほど美しい男性を見たのはこれがはじめてだった。エリスの体はあくまで力強く、それに劣らず意志も強固だった。

たぶん、わたしと同じぐらい意志が固いはず。

でも、心をかき乱されるほど美しい男性を見つけたから、どうだというの？　男なんてものはみな、獣で人でなしであることに変わりはない。

それでも、男性に対する積年の恨みがよみがえってはこなかった。自分の世界はオリヴィアとともにはじまり、オリヴィアとともに終わる——そんな思いをこめて見つめられては、恨めるはずがなかった。口の中がからからになった。乾いた唇を舐める。それと同時に、エリスのくぐもったうなり声が聞こえたような気がした。耳の中でこれほど脈の音が響いていては、ほんとうに聞こえたのかどうかわからなかったけれど。

「だめだ、オリヴィア」エリスが歯を食いしばって苦しげに言いながら、一歩近づいてきた。オリヴィアはエリスの力強い体が落とす影の中で、震えて立っているしかなかった。「私に触れてくれ」

湿ったタオルをぎゅっと握りしめる。息が詰まった。みるみるうちに視界が狭まって、エリスしか見えなくなる。ほかのものはすべて消え去った。

わたしはどうしてしまったの？　エリスの引きしまった体を両手で感じたくてたまらないなんて。真の好奇心から男性に触れたくてたまらないなんて。真の悦びのために。真の欲求から。本能的な欲望のままに行動する女——自分の中にそんな女がひそんでいたとは思ってもいなかった。

それでも、その欲望を否定できなかった。

オリヴィアは唇を噛んだ。分別がかき立てる不安と、無鉄砲なほどの大胆さが胸の中でせめぎあっていた。けれど、次の瞬間にはほんのわずかな差で無鉄砲な大胆さが勝った。命を賭した危険を冒すかのように身を乗りだすと、エリスの開いたシャツから覗いている胸毛でおおわれた肌に触れた。全身に戦慄が走った。手のひらに触れるたくましい胸から震えが伝わってくる。これほどためらいがちに触れているのに、エリスには主導権を奪う気はないらしい。

手のひらをエリスの肌に押しあてて、ゆっくり、そして、たっぷりとその熱と強さを感じた。そうやって触れていると、エリスの男性自身を口に含んだときより親密な感覚を抱いた。これまででいちばん甘く官能的だった雨の中での束の間のやさしい口づけと同じぐらい親密だった。

エリスが大きく息を吸った。手のひらに触れるたくましい胸が上下して、その体にほとばしる生命力が自分の中に注がれるのを感じた。その純粋な結びつきで、エリスと一体になった。体を奪われても、一体感を抱いたことなどなかったのに。

エリスが苦しげに目を閉じた。形のいい頬が紅潮して、いつもの冷笑的な口元が緩んで、唇が美しくふっくらした曲線を描いた。

「あなたはこんなに温かいのね」オリヴィアはつぶやいた。

雨の中を歩いてきたのだから、てっきりその体は濡れて冷えきっていると思っていた。考える間もなく、また少し身を寄せていた。長い月日に凍りついた女の体は、エリスの発する熱に吸いよせられた。

「私がきみを温めよう」エリスが囁くように言った。オリヴィアは濡れた肩が力強い手で包まれるのを感じた。

そこに強引さはなかった。強要もなかった。あるのは、ぬくもりだけ。そして、これまで男性に対して一度たりとも感じたことのない安堵感。男性はみな敵のはずなのに、その見えない一線をエリスはどうやって越えたの？　そして、いつのまにか、わたしの……何になったの？　わたしの恋人？　友人？　味方？　足を踏みいれたばかりの新たな領域を言い表わすことばとして、どれもしっくりこなかった。

エリスが頭を低くして、口づけてきた。狩人《かりゅうど》に見つかったシカのように、オリヴィアは震えながら立ち尽くしているしかなかった。けれど、次の瞬間には心の中で何かが花開いた。エリスから逃れるのではなく、身を寄せた。生まれてはじめて、背伸びをして男性の唇を素直に受けいれた。

いつもの嫌悪感がこみあげてくるはずだった。息もできなくなるほどの不快な感覚が。けれど、感じたのは、嵐の中での口づけと同じ、艶やかな甘さだけだった。そしてまた、風呂の中でこの手から奪われた味わい深いブランデーの誘惑的な香りも、エリスの唇に残っていた。

エリスは無理強いしなかった。体を押しつけてくるでもなく、両手で腕をそっと握っているだけだった。オリヴィアはその気になれば、口づけから逃れることもできた。エリスが何も言わなくても、その態度から、いま起きていることをどうするかは自分で決めていいのだとわかった。

ためらいがちな口づけは、子どもへのキスにも似て純粋だった。けれど、エリスが顔を上げて見つめてくると、灰色の目に子どもじみたところは微塵もなく、熱い欲望が浮かんでいた。信じられない、いままでその目を冷たいと思っていたなんて。

エリスはあらゆる意味で謎だらけだった。信用しても大丈夫と思える理由などひとつもなかった。ただし、情熱的で知的な目だけは信用できた。相手の策略を見透かして、外見とは裏腹に、心が孤独に打ち震えて切望しているのをすっかり見抜いているその目だけは。そして、わたしは愛人の女王としてダイアモンドの輝きを放って、ダイアモンドのように傷つかずにいることに疲れ果てている。

けれど、そんな愛人でいることを放棄したら、わたしに何が残るの？

「やめてほしいのかな？」エリスが静かに尋ねてきた。

パトロンである男性からそんなことを尋ねられて驚いた。けれど、それ以上に驚いたのは、〝やめて〟と答えたら、エリスがそのとおりにするはずだと確信できることだった。エリスのような男性には、これまで会ったことがなかった。それでも、ためらいは消えなかった。男が女にどれほどのことを強要するかは、何よりも非情なやりかたで教えられたのだから。

「わからない」

「オリヴィア、誓うよ、きみが望むことを黙って受けいれると」

「あなたのことは信じているわ」男はみな嘘つきだと、これまでの人生で学んできたけれど。

エリスが身を屈めて、そっと唇を重ねてきた。束の間の体が燃えあがるほどの触れあい。けれど、それは応じる間もなく終わっていた。その口づけで、じりじりと疼く欲望にさらに火がついた。

苦しげで物欲しげな声がのどから漏れた。これまで男性に向かって一度も口にしたことのないことば——男の欲望の対象として過ごした長い月日で一度も言ったことのないことば

——をあえて口にした。よもや自分がそんなことを言うとは思ってもいなかった。「もう一度……口づけて」

「オリヴィア……」エリスの口調は長いため息のようだった。その名を呼ぶ低く静かな声が、肌に吸いこまれて、骨にまで染みわたる。その声音から、エリスの思いが伝わってきた。自分にはけっして通れるはずがないと思っていた天国への門を天使が開いてくれた、エリスはそんなふうに感じているはずだった。

エリスを見つめていると、表情が変化したのがわかった。その顔から緊張感が消えて、瞼が下がった。エリスの唇が近づいてくるのを待った。戦慄を覚えるほどの期待を抱きながら、身じろぎもせず、エリスの唇に視線を感じた。計り知れない大きな力にとらえられて、じっとそのときを待っているしかなかった。王子の魔法の口づけで永遠の眠りから目覚めるのを待っている、おとぎ話の乙女のように。

必死に現実に戻ろうとした。天使？　乙女？　王子？　わたしの世界にはそんなものは存在しない。わたしの世界にいるのは、金を払って女に奉仕を求める男だけ。そうよ、男が金を払って、床屋にひげをあたらせて、厩番に自慢の馬の世話をさせるのと同じ。

けれど、そんな怖気が走るような思いは、心の片隅で響くかすかな囁きでしかなく、あっというまに消えていった。そんなことを考えても、愛人界の女王を逃亡と降伏のあいだで宙ぶらりんのまま動けなくしている謎の魔法はとけなかった。これまでの奔放で淫らな人生では、どんな男性にも降伏したことなどないのに。

エリスの手に力がこもって、引きよせられた。腕をつかんでいる力強い手の心地いいぬくもりに、全身が震えた。「きみは雨の庭のにおいがする。花と新鮮な空気のにおいだ」

首のつけ根をエリスの吐息がそっとかすめた。濡れた肌に感じる吐息はあまりにも官能的で、全身に激しい戦慄が走った。不可思議な戦慄ではあるけれど、不愉快ではなかった。ちっとも不愉快ではなかった。

「もう一度」オリヴィアは不安げに囁いた。

「こうかな?」

エリスがもう一度息を吹きかけてから、身を屈めて肌にそっと歯を立てた。稲妻にも似た戦慄が全身を駆けめぐって、肌が粟立った。喘ぐように息を吸って、落ちそうになるタオルを押さえると、エリスに身を寄せた。

首のつけ根をそっと嚙まれて、吸われると、小さな衝撃が大きな波となって押しよせた。血管が激しく重々しく脈打って、下腹にいつもとちがう重みを感じた。脚のつけ根が熱を帯び、その熱を逃そうともじもじと体を動かした。

これが欲望なの? なぜそうだとわかるの? ほんとうにそうなのかどうか、比べるものを持たないのに。

敏感になった肌が、骨にぴたりと張りついているかに思えた。強風に吹かれるアシのように震えが止まらず、息さえ満足に吸えなかった。首を歯でそっと刺激されると、開いた唇から官能のやわらかな悶え声が漏れた。オリヴィアは驚いて、身を固くした。生娘でもあるまいし、そんな声を自分が発するはずがなかった。

「どうかしたのかな?」エリスがやさしく訊いてきた。

どうかしているのはわかっていたけれど、その理由をことばにしたくなかった。といっても、エリスだけがこの胸の内を理解してくれるこの世でたったひとりの男性だった。

「これは……いつもとちがうわ」おずおずと言った。緊張して、知らず知らずのうちにタオルを握りしめていた。

「私もだよ」

エリスがわずかに体を離して、顔を見つめてきた。その目は何を見ているの？　エリスがいつでも細心の注意を払って、愛人のかすかな反応さえ見逃さずにいると思うと、落ち着かなかった。怖かった。長いこと謎の女として生きてきたのだから。謎の女でいるほうが安全だった。

片方の脚から反対の脚へとぎこちなく重心を移すと、足の裏に濡れた絨毯の感触が伝わってきた。エリスの顔には非難など微塵も浮かんでいなかった。それればかりか、気遣いと抑えきれない欲望が表われていた。オリヴィアは意を決して、ことばを継いだ。これから言うことがどれほど馬鹿げて聞こえるかはわかっていたけれど。「あなたは性の悦びを知っているわ」

「ああ、知っている。でも、これまでにそれを相手に教えなければならなかったことは一度もない」エリスの顔に翳が射して、目がうつろになった。胸を引き裂かれそうな悲しみが手に取るようにわかるほど、エリスの声がかすれた。「いや、ちがう。一度だけある。性の悦びがどんなものか一度だけ教えたことがある。そして、それは私の心に残るもっとも甘い記憶だ」

そのことばにどきりとして、心臓が止まりそうなほど痛んだ。

ついにエリスが心の扉を開いた。

その扉の中を、オリヴィアは覗きこんだ。

そこには永遠の愛があった。

エリスが性の悦びを誰かに手ほどきしたと言うなら、その相手はジョアンナ以外には考えられない。エリスは妻を愛していた。妻の死から十六年が過ぎたいまでも、妻への愛と思慕の念でその目は嵐の海の色に変わり、妻のことを話すときには、ひとときも心を離れない敬愛がにじみでるのだ。人の心にそれほどの痛みと無限の悲しみを残すのは、失われた真実の愛だけだった。

これまでわたしは、頑なに真実から目をそらしてきた。ほんとうに愚かだった。ほんとうに無神経だった。心がまったく読めずにいた男性の真の姿がようやくわかった。評判になるほどの放蕩を重ねていたのは、堪えがたい悲しみを和らげるためのむなしい試みだったのだ。

愛を理解しているというエリスのことばを、オリヴィアはいままで信じていなかった。けれど、そのことばがまぎれもない事実だと、ようやく気づいた。妻のことを話すときのエリスの声に表われる愛情と、ことばにしようのない切望は、どんな愚か者でも気づくはずだった。どんな愚か者でも……ただし、ロンドン一狡猾な愛人を除いては。

オリヴィアはようやく気づいた真実を胸に、エリスを見つめた。魅了されないように身構えるのももうあきらめた。なぜなら、すでにすっかり魅了されていたから。何をしても抗いようがないほどに。

男としての力を武器にする男性とならいくらでも闘える。けれど、傷心を武器にする相手とは闘えなかった。

ついに、エリスはわたしの心に深い傷を負わせた。それがはっきりとわかった。同時に、エリスが自分にとって最後のパトロンになると確信した。

そして、最後のそのパトロンを一生忘れられなくなることも。

13

オリヴィアはもう片時もエリスと離れていられなかった。今日からは。雨の中であんな口づけをしたからには。エリスの亡き妻に対する深い愛を知り、妻を亡くしてからの自堕落な生きかたが、癒しようのない無限の悲しみの裏返しだと知ってしまった以上、もう片時も離れてはいられなかった。

「わたしはあなたのものよ」オリヴィアは囁いた。

「オリヴィア……」エリスにそっと抱かれた。肩や頬、鼻や瞼にやわらかなキスの雨を感じた。エリスはまるで、唇で触れるだけですべてを感じとろうとしているかのようだった。

オリヴィアはためらいがちに身を寄せた。多くの男性を相手にしてきたプロの愛人なのだから、何をすればいいかは誰よりも心得ているはずだった。けれど、魂まで震えるほどの激しい感情が胸にあふれていては、無垢な乙女のように戸惑うばかりだった。

もしかしたら、すぐに逃げだすべきなのかもしれない。けれど、いまここを去ったら、何よりも大切でかけがえのないものを失ってしまう。

考え直すには手遅れだった。すでに心は決まっているのだから。

体に巻きつけたタオルをそっと引っぱられた。「きみを見せてくれ」

必死にタオルをつかんでいる手がこわばった。「見たことがあるでしょう」タオルが最後の砦に思えた。これまでのパトロンとの関係では、体は生活の糧を稼ぐための道具でしかなかった。裸身をさらすぐらいどうということもなかった。それなのに、今夜、エリスと一緒にいると、それとはまったくちがう感覚を抱いた。

エリスが身を引いて、真剣な表情で見つめてきた。「まだ私のことを信じられないんだね?」

エリスの真剣な顔もまた美しくて、思わず息を呑んだ。「シャツを脱いで」

エリスの唇にいかにもうれしそうな笑みが浮かんだ。「どうしてもと言うなら」

「ええ、どうしてもよ」

エリスは体をさらに少し離して、びしょ濡れの白いシャツを脱ぐと、どこに落ちようがかまわずに、うしろに投げた。「これでいいかな?」

「いいわ」オリヴィアははじめて抱く期待感に全身が脈打つのを感じながら、エリスを見つめた。「ズボンもよ」

エリスが抑えようもなく震えている手で、ぎこちなくズボンのまえを開いた。エリスの切羽詰まった思いが、心の奥底の何かに触れて、頭の中を満たすさまざまな感情がほんの少しだけ鎮まった。

手間取りながら濡れたズボンを脱ごうとしているエリスの手が止まった。まだブーツを履いていることに、ようやく気づいたらしい。オリヴィアはタオルをさらにしっかりと体に巻きつけた。「ベッドに座って。わたしが手伝うわ」

「ブーツは泥だらけだ。従僕を呼ぼう」

オリヴィアは首を振った。「いいえ、わたしがやりたいの」

「では、頼む」こちらを見るエリスのまなざしは、すべてを読みとっているかのようだった。エリスもきっと、危ういこの幸せなひとときは、他人が入ってきたらあっけなく壊れてしまうと気づいたのだろう。エリスがベッドへ向かった。オリヴィアは自然に浮かんできた笑みをあわてて隠したけれど、手遅れだった。

「私の姿がおかしくて笑ってるんじゃないことを祈るよ、ミス・レインズ」

「ちがうわ」そう言いながらも低くくぐもった笑い声が漏れるのを止められなかった。たしかに、脱ぎかけのズボンにブーツという姿でベッドに座っているエリスは滑稽だった。それでいて、これまで会ったどんな男性より魅力的だった。「でも、ちょっとおかしいわ」

「待ってろよ。笑っていられるのも私の手がその体に触れるまでだぞ」

「待ってて。そのまま動かないで」オリヴィアはエリスのまえにしゃがみこむと、膝の上に力強い脚をのせた。

こうしているとエリスの妻であるかのような気分になった。結婚などしたこともないのに。ひとりの男性に守られて生きる人生など望むべくもない。とはいえ、結婚を申しこまれたことなら何度もあった。上流社会での評判など気にしない男たちから。それに、人に知られてはならない秘密を持つペリーのような男たちから。

わたしはどうしてしまったの？　いきなり結婚のことが頭に浮かぶなんて。不品行な評判を持つエリスなら、愛人として生きてきた女にうってつけの夫だなどと思ったの？

とんでもない、そんな考えはすぐさま頭から追いはらわなければ。地位のあるりっぱな紳士が、こんな女を妻にするわけがない。それに、わたしのほうだって、地位のあるりっぱな紳士を夫にするわけがない。一週間もすれば、お互いに飽きてしまうに決まっている。

ふいに力が湧いてきて、ブーツをぐいと引っぱった。ブーツはきつく、渾身の力をこめて引っぱらなければならなかった。片方を脱がせて、反対の足に取りかかるころには息が上がっていた。暖かな暖炉の火ですでに髪は乾いていた。エリスのまえにしゃがみこんで、ブーツを脱がせようと力をこめると、髪がばさりと顔にかかった。エリスの靴を脱がせるのはこれが最初で最後。それが悲しくて、辛くて、これほど必死になっているとしても、それならそれでかまわなかった。

エリスの手が顎に伸びてきて、顔を上げさせられた。「オリヴィア、不本意なことを無理してする必要はないんだよ」

エリスの輝く目には思いやりが感じられた。それに、欲望も。くすぶる欲望で、灰色の瞳が溶けた銀の光を放っていた。

瞬きして、視界を霞ませる厄介な涙を押しもどした。ああ、エリス、なんていやな人なの……。エリスのせいで、こんなに脆い女になってしまうなんて？ オリヴィアはのどを詰まらせながら言った。「あなたは賭けに負けそうになっているのよ」

灰色の目に鈍い光が浮かんで、エリスがおもしろがっているのがわかった。「足元にひざまずいている半裸の美女に、賞賛のまなざしで見つめられているんだ。そんな私に嫉妬しない男がこの世にいるわけがない」

「賞賛のまなざしなどで見つめていないわ」オリヴィアは背筋をぴんと伸ばすと、ぎこちなく息を吸った。「わたしはそこまで落ちぶれていません」

エリスがゆっくり身を乗りだした。顎に添えられている手が、これ以上ないほどそっと顎を包んだ。そんなやさしさを示されたら、たとえ逃れたいと思っていても、身を引けるはずがなかった。それに、いまこのときだけは、生まれてはじめて男性の手から逃れたいとは思わなかった。

「挑発はやめるんだ」エリスが唇を重ねてきた。その口づけにも強引さはなかった。軽く唇が重なったかと思うと、口の両わきと鼻のてっぺんにそっとキスされた。

エリスは内心では、こんな甘いゲーム以上のものを欲しているはずだった。それははっきりしていた。エリスの体の一部は硬くなって、女を相手にする準備は整っているのだから。息遣いも浅く速くて、まえが開いたズボンでは男の興奮を隠しようがなかった。

エリスがまたじらすようなキスをした。それから、頭を起こして、見つめてきた。灰色の目の輝きがいっそう増していた。

戯れの口づけではあるけれど、それがどこにつながっていくのか、もう知らないふりはできなかった。男の興奮の証のジャコウの香りが一段と色濃くなっていた。今夜、エリスはわたしをわがものにする。それを体の奥深いところで確信していた。その結果がどうなるのかはわからないけれど、ふたりの関係はすでに、性の営みだけでしか答えを得られないものになっていた。

「できることなら、いまきみに鏡を見せてやりたい」

オリヴィアは顔をしかめた。「わたしの顔がどうかした？」

「いや、どうもしない。ただし、にやついてはいるけれどね」

こんなふうに男性からからかわれたことはなかった。そして、からかわれると思いがけずわくわくした。情事にわくわくしたことなど一度もないはずなのに。「わたしはにやついたりしないわ」

「いまこのときまではだろ？」頬にキスされた。さきほどと同じぐらい軽くて、信じられないほど心地いいキス。それから、エリスは抱擁を解いた。「そろそろ、タオルをはずしてもいいんじゃないかな？」

オリヴィアはタオルをぐいと引きあげた。「そうかしら？　でも、そろそろあなたはズボンを脱いでもいいんじゃない？」

「なるほど、きみは詮索好きだな」

無関心なふりを装って肩をすくめた。「ズボンの中身ならたっぷり見たことがあるわ」

「それでも、私が自分の持ちものでどんなことができるのか、きみは知りたいにちがいない」

「うぬぼれてるわ」

「自信があるからね」

オリヴィアは声をあげて笑った。「勘ちがいもはなはだしいわ」

エリスが真剣な顔をした。「いや、マダム、そんなことはない。すでに狙いはしっかり定まっている。そして……」エリスの声はこれまでになく低くて、体の芯にまで染みわたった。

「……狙っている場所に到達したら、何をすればいいかはっきりわかっている」

滑稽だと思っても、オリヴィアは頬が熱くなるのを止められなかった。愛人界の女王に頬を赤らめさせることができるのは、この世でエリスただひとりだった。脚のつけ根の奇妙な疼きが激しくなると、それを和らげようと体をもじもじ動かした。訳知り顔に眉を上げてこちらを見ているエリスが恨めしかった。

この疼きが性的な興奮であるはずがなかった。欲情するわけがないのだから。といっても、これまでの経験の中で、その疼きが性的な興奮にもっとも近いのはまちがいなかった。そしてまた、心地いい感覚とも思えなかった。それは……どことなく不穏で、心をかき乱す感覚だった。

オリヴィアはぎこちなく立ちあがって、エリスの視線を避けた。その拍子にタオルがはずれて足元に落ちた。

「いやだ」息を吞んで、あわててタオルをつかもうとした。

すかさず身を屈めたエリスに、手を取られた。手首に触れる手は熱かった。エリスのビャクダンの香りに頭がくらくらするほどの切望を覚えた。「タオルはもういらない」

オリヴィアは返事もできずに、エリスに手首を押さえられて、震えているしかなかった。エリスの熱とはあまりにも対照的な冷たい空気が湿った肌に触れる。馬鹿げているとはわかっていても、震える手で裸身を隠したくなった。エリスにはこれまでにも一糸まとわぬ姿を見られていた。体の隅々まで見られていた。エリスは愛人の強欲な口の中に精を解き放った。それなのに、今夜は何もかもが一からのスタートに思えた。脈は常軌を逸したリズムを刻んで、肺は息を手放すのをいやがっていた。

エリスは空いているほうの手でズボンを引きさげると、わきに蹴とばした。目のまえに全裸のエリスが立っている。心臓がぐるりとまわったかと思うほど大きな鼓動を刻んだ。

その体はがっしりとして力強く、まるで巨木のようだった。さもなければ、神話の世界から抜けでてきたかのようだ。たくましい肩、毛でおおわれた広い胸、乗馬の名手を思わせる引きしまった太腿に長い脚。さらには、立っているその場所をわがものだと宣言しているような大きな足。

オリヴィアはやっとのことで息を吸うと、唾を飲みこんでからからになったのどを湿らせた。エリスの平らな腹の下に見える黒い巻き毛と、そこから飛びだしている男の証に目が吸いよせられた。

「そうだ、私はきみを求めている。きみを抱かずにはいられない気持ちを、恥ずかしいとはこれっぽっちも思っていない」エリスがいったんことばを切った。手首をつかんでいるエリスの手が下に滑ったかと思うと、手を握られた。「問題は、きみが私にどんな気持ちを抱くかだ」

怖くなる。不安になる。逃げだしたくなる。確固たる自分の世界を持った大人の女ではなく、愚かな少女のような気分になる。

鎧を脱いだ心には勇気など微塵もなかった。それでも、オリヴィアは顎をぐいと上げて、勇敢に立ちむかうふりをした。愛人としての長い年月に、ほんものの勇気が湧いてこないときには、まがいものの勇気が救いの手を差しのべてくれるのを学んでいた。そうして、そっけない物言いで言った。「わたしも覚悟はできているわ」

エリスの端整な顔が翳って、美しい眉がひそめられた。「オリヴィア、自分を守る必要などないんだよ。今日、私は武器を置いた。降伏を宣言して、そのことばに二言《にごん》はない。きみは自由なんだ」

そう言われても、自由だとは思えなかった。ときを追うごとに、いよいよ罠に絡めとられていく気分だった。わたしはこのまま、猟師の罠にかかったヒバリのように、逃れようもなく網に絡まって、力のかぎりもがきつづけて疲れ果て、命尽きるの？

不安な思いをエリスは察したのかもしれない。切なくなるほどやさしく抱かれた。たくましい体に包まれる。まるで、凍える冬の日に大きな暖炉のそばに立っているかのよう。となれば、すべてが満たされて、穏やかな気分になっても不思議はなかった。それなのに、安堵感などひとつも抱けずにいた。それどころか、落ち着かなくて、不安だった。

たくましい胸に頬を押しあてた。胸毛が頬を軽く刺激するのを感じながら、エリスの腰にゆったりと腕をまわした。身をしっかりあずけられるほど長身の男性はそうはいなかった。

胸の規則正しい鼓動が耳に伝わってきた。エリスが大きく息を吸ったのがわかった。そして、もう一度。気遣うようにゆっくりと背中をさすられた。エリスが小さな円を描くように手を動かすと、その感触にうっとりして、こわばった体から力が抜けていった。

手の動きが徐々に大きく、力強くなって、最後には、滑らかな曲線に沿って腰から肩までさするようになった。温かな手のかすかなざらつきが、むしろ心地よかった。オリヴィアは夢見心地で身じろぎもせずに、愛人の裸身に対するエリスの静かな、そして、純粋な崇拝を受けいれた。

どのぐらいのあいだ、ふたりでその場に立ったまま、不思議な触れあいを続けていたのかはわからない。それはこれまでに経験したどんな男女の交わりあいより深みがあった。雨が窓を叩き、風が窓枠を揺らして、暖炉の火がはぜる。ふたりの呼吸が同じリズムを刻んでいた。ゆっくりと、深く。エリスの手がことばでは言い表わせないほど甘く肌を探っていた。

ときが止まったかに思えるひとときを破ったのはオリヴィアだった。

オリヴィアはもともと受け身の女ではなかった。天国が手招きしているかのような満ちりたときを過ごしながらも、甘いこの静寂が自分にふさわしいとは思えなかった。静寂に包まれたときのどこかで、不安は消えていった。そうして、今夜何が起ころうと、それを受けいれる心の準備が整った。

エリスにさらに身を寄せて、腰を抱く腕に力をこめた。そんなわずかな動きにも、エリスの体に新たな緊張が走った。エリスはわたしのすべてを敏感に察知しているのだ。エリスの感覚すべてが自分に注がれていると思うと、緊張と興奮で胸がいっぱいになった。

わたしのせいでエリスはいきり立っている。それでいて、欲望をしっかり抑えているのは、超人的な意志のたまものだった。いったいいつまで、エリスはわたしに主導権を握らせておくの？　エリスも受け身の性格ではない。わたしを思いやって、いまはどうにか自制しているけれど、胸の中ではマグマのような欲望が煮えたぎり、まもなく爆発するにちがいない。

オリヴィアは体をわざとエリスにこすりつけた。胸毛におおわれた胸に触れた乳首が、ぎゅっと硬くなる。じっとしていられず、両手を下に滑らせて、引きしまった尻を握った。そうして引きよせると、下腹にいきり立つものが食いこんだ。やわらかな肌にエリスの律動が伝わってくる。熱く、力強く、緊迫した律動が。

「口づけて」囁くように言うと、顔を上げて、欲望に燃える灰色の目を覗きこんだ。

「口づけなどしたら、やめられなくなる」エリスがやはり囁くように応じた。

「ならば、やめないで」

背伸びをして、唇を近づけて、さきほどのエリスの軽いキスを真似る。一瞬だけ唇を重ねてすぐに離そうとしたけれど、それよりさきにエリスが唇を動かした。熱い欲望が伝わってくる。次の瞬間には抱きあげられ、ベッドに横たえられて、のしかかられていた。そのまま奪われても不思議はなかった。

情熱的に口づけられた。気遣いや繊細なテクニックなど微塵も感じられない口づけだった。いつでも壊れもののように扱ってほしいと望むのが、不条理なのはわかっていた。けれど、あまりにも荒々しい口づけのせいで、魅惑的な幸福感が薄れていった。

エリスが唇を離した。その顔は真剣で青ざめていた。顎が緊張でこわばって、欲望を必死にこらえているせいで全身が小刻みに震えていた。「オリヴィア、きみがほしくてたまらない」

オリヴィアは身を引こうとするエリスを捕まえた。たくましい肩の感触は、温かな岩のようだった。

「やめないで」

「このまま突き進んだら、どんなことになるかは目に見えている」エリスが腰の角度を変えると、脚のつけ根にいきり立つものが触れた。熱く力強いものに体を貫かれると想像しただけで、痛みが走るほど下腹に力が入った。

「わかっているわ」やっとの思いで息を吸うと、指が食いこむほどエリスの肩を握りしめた。

「でも、やめないで」

「オリヴィア、くそっ、もうかまうものか」エリスがうなるように言いながら、身悶えせずにはいられないほどやさしく、両方の乳房に口づけてきた。その唇をさらに求めるように、乳首がぎゅっと硬くなる。抑えようのない反応に気づいて、エリスの瞳がさらに扇情的な光を放った。

小石のように硬くなった乳首が、エリスの口に包まれた。すすられて、舌で転がされる。とたんに全身に電流が走って、体がびくんとはじけた。はじめて経験する衝撃だった。さきほどよりも強く、下腹に力をこめずにいられなかった。

エリスが顔を上げた。「痛いのか？」

何をしても感じなかった体がこんなふうになるなんて……。これは一生に一度の奇跡なの？　お願い、このままでいさせて。乳房への口づけに対する体の反応は、これまで男性とベッドをともにして抱いたどんな感覚よりも、はるかに刺激的だった。「痛くないわ」

果てしない欲望でふっくらしたエリスの唇に官能的な笑みが浮かんで、その目に満足げな光が宿った。もう一度乳房に口づけようと、エリスが身を屈めながら、反対の乳房の頂を指でもてあそんだ。オリヴィアはエリスの豊かな髪に両手を差しいれて、すべてを味わってもらおうと身をまかせた。

肌までがいつもとはちがっていた。燃えるように熱くて、堪えられないほど敏感になっている。肌そのものが脈打っているかのように小刻みに震えていた。三十一年間生きてきて、自分の体も、それが示す反応もまったく知らずにいたのが、不思議でならなかった。

エリスの片手が滑るように脚のつけ根に向かった。「私のために開いてくれ、オリヴィア」その声は呪文のようだった。エリスに触れてほしくて、太腿が自然に開いた。

「ああ、それでいい」ため息がやわらかな下腹をかすめた。

全身にキスの嵐を感じた。そうしながらも、エリスの手が脚のつけ根を愛撫しはじめた。はじめのうちは、その感触は乳房への口づけほど鮮烈ではなかった。エリスの唇が体を這って、その唇に乳首がまた包まれた。そこにはやさしさはなかった。歯で刺激されると、びっくりした。

「きゃ！」エリスの滑らかな髪に差しいれた手をぎゅっと握りしめる。

エリスが乳首にそっと歯を立てながら、脚のつけ根に手を押しあてた。オリヴィアは叫んで、思わず背中を反らした。体がわななないて、全身に汗が吹きでるのを止められなかった。

「それでいい」ほてった肌にエリスがつぶやいた。「さあ、もっといけるぞ」

「わたしは馬じゃないのよ」オリヴィアはふいにおかしくなって笑いながら言った。脚のつけ根にエリスの手が押しつけられる。とたんに、笑い声はくぐもった喘ぎに変わった。

エリスが顔を上げて、得意げな笑みを浮かべた。癪に障る笑みのはずなのに、なぜかいまは全身に戦慄が走って、ますます体がほてった。エリスの顔を両手で包むと、愛おしくてたまらずに、唇にしっかりと口づけた。

エリスにそっと押されると、背中が枕に埋まった。エリスが雄々しい欲望を剝きだしにして、開いた口を押しつけてきた。舌を唇に感じる。たくましい体にのしかかられると、ベッドに体が押しつけられて、浅い呼吸をくり返すしかなかった。

口づけに身をゆだねようとしたそのとき、今夜はじめて、無理やり犯されるあの感覚が頭をもたげてきた。目をぎゅっと閉じて、体をこわばらせた。激しい苦痛が鋭い剃刀《かみそり》となって、エリスにすべてを奪われたいという欲望を木っ端微塵に切り裂いた。これまで心の真ん中を占めてきた厳然たる事実が頭に浮かんだ。

わたしはけっして男性に反応しない。

どんな反応を示そうと、欲望に支配されているエリスが気づくことはないと思っていた。けれど、エリスは顔を上げた。苦しげな気遣いがその顔をかすめるのを見て、オリヴィアは泣きたくなった。「すまない、自分を見失ってしまった」

愛人であるオリヴィア・レインズの熟練の技はどこに行ってしまったの？　いまのわたしはあまりにも無防備で、簡単に傷ついてしまう。こんな自分ではいたくなかった。何も感じない情婦でいたかった。男性を制する女でいたかった。それなのに、いまは自分の気持ちさえ制することができなかった。

「なんのために、あなたはここにいるの？」怒ったような口調で尋ねた。

「なんのためかは、きみだってわかっているはずだ」

「なんのためなの？」激しい怒りで声が震えていた。

「私はここを離れられないからだよ」いきなり膝をぐいと持ちあげられた。気づいたときには、開いた脚でたくましい腰を包んでいた。エリスが腰をまえに突きだした。

あれほど太く大きなものに体を貫かれたら、たとえ軟膏を使ったとしても苦痛を感じるはずだった。オリヴィアはその苦痛を覚悟した。ところが、生まれてはじめて、秘所がしっとり濡れていた。艶やかに濡れたひだを押しわけて、エリスがするりと入ってくる。心臓が止まりそうになるほど驚きながらも、オリヴィアは不思議でたまらなかった。

ついにわたしは名実ともにエリスの愛人になった。

エリスが低くかすれた声を漏らして、肩に顔を埋めてきた。考えるよりさきに、オリヴィアはエリスを抱いていた。肌が汗でぬめっていた。いきり立つものを動かさないように必死でこらえているのだろう、たくましい体がわなわなと震えていた。

そんな気遣いなど必要ないのに……。体はエリスを受けいれても、これまでと変わらず心は何も感じなかった。その事実には失望すらしなかった。とはいえ、その気持ちがエリスに伝わっていると思うと、胸に鋭い痛みが走った。

エリスのかすれた息遣いが聞こえた。湿った髪に頬をくすぐられる。いきり立つもののすべてを、体の中に感じた。体がその大きさに徐々になじんでいく。それは燃えるように熱かった。エリスは苦しげに息をしているだけで、何も言わなかった。いきり立つものを引いて、また押しこめたい――そんな衝動と闘っているのが、手に取るようにわかった。

もし相手がエリスでなかったなら、いつもの手順にとりかかるところだった。くるおしいほどの恍惚感を抱いているかのように、艶めかしい声をあげながら、巧みに腰を動かすはずだった。けれど、そうしたところで、相手がエリスでは芝居であることを難なく見抜かれてしまう。

エリスのまえでは嘘をつきたくない……。

何よりも、そんなことを考えている自分にびっくりした。

体をもじもじと動かして、ベッドにさらに深く身を沈めた。動いたせいで、いきり立つものが体の内側にこすれた。エリスの力強い鼓動が胸に伝わってくる。エリスの体のわななきがさらに激しくなった。思わず両手を動かして、大きな背中をさすっていた。雄々しい体に触れるのは心地よかった。ためらいがちに、背中の真ん中をまっすぐ通る骨のくぼみと、なめらかな肌が発する熱と、腰のまわりのしっかりした筋肉を確かめた。とたんに、エリスの体に力がこもった。次の瞬間には、いきり立つものが動いていた。

エリスがいったん腰を引いたかと思うと、貫いてきた。オリヴィアはたくましい体にしがみついた。また貫かれる。さらに、もう一度。

エリスがその動きをできるだけやさしくくり返そうとしていた。オリヴィアは生まれてはじめて真の自分として、男性を受けいれていた。けれど、そこに快感はなかった。乳房に口づけられて、脚のつけ根を愛撫されたときに炸裂した火花ももう感じなかった。

それでも腰を傾けて、すべてを受けいれようとすると、かすれた喘ぎが口から漏れた。その声に、エリスの中の野性が解き放たれたらしい。がっしりとした腰の動きがさらに大きく、速く、激しくなった。これではまるで、強風に巻きあげられて、雷鳴のとどろく空に放り投げられてしまったよう。それでいて、大嵐の真ん中でなぜかじっと静止しているかのようにも感じられた。

そのまま長いときが過ぎたかに思えた。エリスの体がふいにこわばって、小刻みに震えた。エリスの頭がのけぞって、顔から血の気が引いていく。ついにエリスがわれを忘れた。首の腱《けん》がくっきりと浮かびあがり、ふたつの肺に空気を送りこもうと苦しげに喘いでいた。

生を持たない子宮に力強い流れを感じた。エリスの恍惚感は永遠に続いているかのようだった。けれど、ついに長く途切れがちなうめきをあげたかと思うと、エリスは崩れ落ちた。その体はもうこわばっていなかった。いま、震えているのはすべてを使い果たしたせいだった。

オリヴィアはたくましい背中に腕をまわして、押しつぶされそうになるのもかまわずに、裸の胸でエリスを抱きしめた。いままで性の余韻など楽しんだことがなかった。けれど、いまはその心地よさを堪能していた。エリスのすべてをまちがいなく自分のものにした。それを実感して、胸にこみあげてくる切ないほどの喜びは、生まれてはじめての感覚だった。性の営みのにおいならいやというほど知っている。けれど、これほど満ちたりた気分になったのははじめてだった。

腕の中でエリスが疲れ果てて横たわっている。その事実の何かにあふれるほどの感動を覚えた。エリスがすっかり満たされて、体力の最後の一滴まで使い果たしたのがはっきりとわかった。腕の中にあるものを守るかのように、オリヴィアはいつのまにかさらにしっかりとエリスを抱きしめていた。

こんな感覚ははじめてだった。ひとりの男性に惜しみない贈り物をした気分だった。

そのまま長い静寂のときが過ぎた。

エリスの息遣いが穏やかなものになっていた。さきほどまで胸に伝わってきた力強い鼓動は、もはや太鼓の音ではなかった。オリヴィアは顔を傾けると、汗で湿ったエリスの黒い髪に軽く長いキスをした。

エリスが体を離すと、横に転がって、傍らに横たわった。オリヴィアはのどが詰まるほどがっかりした。エリスはひとことも発しなかった。でも、エリスが何を言えるというの？ わたしが何を言えるというの？ わたしの体は反応せず、そのことをエリスも知っている。それでも、自分の体の中にエリスが真の悦びを見いだしたという事実に、わたしはどんな男性に抱かれても得られなかった喜びを抱いた。そのことに、エリスが気づいていますように——心からそう願わずにいられなかった。

エリスが唾をごくりと飲みこんで、喉仏が大きく動いた。激しい嫌悪感に襲われたように、エリスが片腕で目をおおった。

「オリヴィア、こんなのは最低だ。たったいま起きた出来事は取りかえしがつかない」

14

「こんなのは最低だ？」オリヴィアが暗い口調でくり返した。

エリスは悔やみきれない後悔の念を感じていた。それでも、となりで横たわっているオリヴィアの体がふいにこわばったのがわかった。たったいま、自身の情熱のすべてを注ぎこんだ体。あれほど激しく攻めても石のように反応しなかった体が。

胆汁のように苦い自己嫌悪を味わった。自分が救いようがないほど卑劣な男に思えた。銃で撃たれて当然だ。身勝手にオリヴィアの体を奪ったどころか、オリヴィアが恍惚感を抱くまで待てなかったのだから。

約束を破った。自分自身に対しても、オリヴィアに対しても。

「オリヴィア……」どうにか声を絞りだしたとたんに、わき腹を拳で叩かれた。

「ひどいわ！」オリヴィアがすぐさまベッドの端へとあとずさった。

「何をしてるんだ？」オリヴィアの腕をつかむと、殴られたわき腹がずきりと痛んだ。

「放して」吐き捨てるように言いながら、オリヴィアが身をよじって、手から逃れようとした。

「おとなしくするんだ！」エリスは膝立ちになって、オリヴィアのウエストをつかんだ。怒って身をよじるたびに、形のいい乳房が揺れるのを、どうにか無視した。つんと立った乳首は深みのあるチョコレート色だった。その甘美な味をまた味わいたくて、胸が締めつけられた。唇が滑らかな肌の温かな蜂蜜の味を憶えていた。

余計なことを考えているのがわずかに長すぎた。

「あなたこそ最低よ！」オリヴィアが苦々しげに言ったかと思うと、今度はみぞおちを殴られた。

その一撃でエリスは腹を抱えた。息もできなかった。それでも、どうにか言った。「オリヴィア……」息を継がなければ、次のことばが出てこなかった。「ああ、たしかに私は最低の男だ。だからといって、本気で私のことを殺すつもりではないだろう？」

「いいえ、本気よ」オリヴィアがきっぱり言った。

そのとおり、本気なのだろう。

ぐいと上げた顎の引きしまったラインと、ウイスキー色の目に浮かぶ荒々しい光を見れば、それがわかった。その目が男の体のもっとも無防備な部分に向けられる。これ以上、オリヴィアが癇癪を起こすのを許すわけにいかなかった。コベントガーデンでソプラノの歌を歌いたいとはこれっぽっちも思っていないのだから、即刻、オリヴィアをなだめなければならなかった。

「いいや、そんなことはない」なんとしてもオリヴィアに自制心を取りもどさせなければと心に決めて、静かに言った。たしかにオリヴィアは女性にしては力が強いが、腕力ならば負けるはずがなかった。ほんの一瞬で腕をつかんで、押さえこめる。オリヴィアがどれほどもがこうが、がっちりと押さえつけておけるのはわかっていた。

「わたしのことは放っといて。あなたなんて人でなしだわ」股間めがけて足が飛んできた。致命的な一撃をエリスはすんでのところでかわした。オリヴィアの優美な裸身はコブラのようにしなやかだった。滑らかで張りのある体に、欲望が激しくかき立てられた。手加減している男に対して、オリヴィアはあくまでも抵抗している。そんなオリヴィアに対して、哀れな男の欲望は制御できないほどつのっていった。

忌々しいことに、オリヴィアの言うとおりだった。たしかに、自分は人でなしだ。オリヴィアは私を殺したいほど憎んでいるのに、私はオリヴィアの中にふたたび自分を埋めることだけを望んでいるのだから。

エリスはオリヴィアをベッドに押し倒すと、両手を頭の上で押さえつけた。これでオリヴィアは何もできなくなった。その気になれば、易々と体を奪うこともできる。ああ、自分がこの状況で思いを遂げることしか頭にない卑劣な男であれば、そうしていたところだ。逃れようとしてもがくオリヴィアの脚が体にこすれているのを、エリスは必死になって無視しようとした。

ついさきほど、破裂寸前のクライマックスにわれを忘れて、性を解き放ったとは信じられなかった。股間にあるものはすでに硬くなって、もう一度交わる準備がすっかり整っていた。

オリヴィアを奪うことなく、体を押さえつけているのは、史上最悪の拷問に等しかった。正真正銘の苦悶。目を閉じて、何にも屈しない意志の力を与えてほしいと天に祈った。このままでは、オリヴィアの気が鎮まるまえに、殺されてしまう。驚くほど強烈な殴打のせいで命を落とすことはなかったとしても、欲求不満で死んでしまいそうだった。

オリヴィアが激昂するのも無理はない。あれほど自制すると約束したのに、結局は、悪辣な嘘つきだと自ら証明したようなものなのだから。「後悔しているよ、きみを奪って——」「ええ、そうでしょうとも」オリヴィアが息を荒らげながらも吐き捨てるように言って、ようやく抵抗をやめた。けれど、エリスは騙されなかった。オリヴィアがこのままあきらめるはずがない。「そうよ、後悔するぐらいなら、最初からこんなことしなければいいのよ」

「きみはさっきの出来事が気に入らなかったんだな」

「あなただって気に入らなかったんでしょう。〝こんなのは最低だ〟ということばに本心が表われているわ」

オリヴィアが苦しげに息を吸うと、魅惑的な乳房が盛りあがった。エリスはうめきたくなるのをこらえた。もう一度オリヴィアの中に入りたかった。いますぐに。これまでは、オリヴィアとベッドをともにすれば、無限の欲望もいくらかはおさまるだろうと思っていたが、それは大きな誤算だった。こんなふうに口論をしながらも、身が引きちぎれそうなほどの欲望を感じているのが、何よりの証拠だった。

オリヴィアの声がひび割れた。「わたしの中に精を解き放った直後に、よくもそんなことが言えるわね。どうしたら、そう言えるの？」

エリスはそのときようやくオリヴィアの胸の内を理解して、銃弾を胸に食らったような衝撃を受けた。いま気づいたことと後悔の念はあまりにも強烈で、渦巻く欲望さえその下に埋もれていった。

自分はこの世でいちばんのろくでなしだ。けっして許されないことをしてしまった。オリヴィアを二度も傷つけてしまうとは。最初は、吐き気がするほど身勝手な交わりあいで。それに続いて、無神経なことばでさらに深く傷つけた。あのことばをオリヴィアは完全に誤解している。どうすれば、誤解を解けるのか……。

「きみに官能の世界を示せなかった」沈んだ口調で言った。自分がしでかした屈辱的な行為を認めるのは、プライドが傷ついた。

「そうよ。でも、わたしはあなたを悦ばせたかった。といっても、あなたにとってはずいぶん不愉快な経験だったようね、申し訳ないわ」オリヴィアは皮肉たっぷりに言ったが、心の深い傷は隠せなかった。

「きみは勘ちがいしているよ。私に自制できないほどの恍惚感を抱かせたのは、きみなのに」エリスはにべもなく言った。「どうしたんだ、オリヴィア？　さっきの出来事のあいだ眠っていたのか？」

オリヴィアの顔は相変わらず蒼白で、激しい怒りに満ちていた。同時に、納得できないという思いもはっきり表われていた。「ならば、あなたはなぜ、あれほど忌々しそうに言ったの？　なぜ、取りかえしがつかないなんて思ったの？」

エリスはじれったそうにため息をついた。「なぜなら、きみの言うとおり、私がろくでなしだからだ。私は自制心を失ってしまった。きみのことをこれまでずっと、心の底から、いや、死に物ぐるいで求めていた。これではまるで獣だ」

抵抗しようとこわばっていたオリヴィアのすらりとした長身の体から、ゆっくり力が抜けていった。エリスは細い手首をつかんでいる手を緩めた。信じられないほど速くなっている脈拍が、手のひらに伝わってきた。オリヴィアの息遣いは相変わらず苦しげで不規則で、目は激しい苦悩でぎらついていた。

「わたしはあなたのためにできるかぎりのことをしたかった。それなのに、あなたはそんなわたしの思いを、目のまえでぴしゃりと撥《は》ねつけたも同然のことを口にした。そんなものになんの価値もないかのように」声がひび割れて、白い頬を涙がはらはらと伝った。

エリスは大失態をやらかした愚鈍な自分を呪った。オリヴィアを傷つけてしまった。泣かせてしまった。自分のことも、男としての愚行も、無限の抑えようのない欲望も、すべてを呪わずにいられなかった。吐き気がするほど痛烈な後悔の念がこみあげてきて、のどが詰まった。

オリヴィアが人前で泣くのをどれほど嫌っているかはわかっていた。誰に教えられたわけでもないが、オリヴィアはめったに涙を見せないはずだった。モントジョイの邸宅で出会った女は、自分を厳しく律しているのだから、易々と涙を感情のはけ口になどできるはずがなかった。

いつもなら、泣いている女からはさっさと逃げだすところだった。それなのに、悲しみに暮れるオリヴィアの姿に、これまでに感じたことのない不可解な胸の痛みを覚えた。わかっているのは、オリヴィアの悲しみが自分の悲しみだということだけ。動揺して、恐れて、後悔して、どうすればいいのかわからず、混乱していた。右腕を切り落とせばオリヴィアがまた微笑むのなら、喜んでそうするはずだった。

抵抗されるにちがいない。そんな忌々しい確信を抱きながら、エリスはしなやかな体に腕をまわした。オリヴィアは抵抗せずに、悲しげに泣いているだけだった。ほっそりした体を引きよせて、濡れた頰を胸で支えた。赤ん坊だったわが子を抱いたときのように、どこまでもやさしく。人生が崩壊して、やさしさなど消え失せてしまう以前のように。

「大丈夫だよ、オリヴィア」エリスはそっと囁いた。それが、幼いローマとウィリアムに言ったような無意味な慰めのことばなのはわかっていた。「大丈夫だよ」

「大丈夫なんかじゃないわ」オリヴィアがかすれた声で言いながら、弱々しく抵抗して、抱擁から逃れようとした。

エリスはオリヴィアを抱いたまま、体を上にずらして、ベッドのヘッドボードに寄りかかった。弱々しい抵抗を無視して、オリヴィアを膝の上に引きあげると、両腕でその体を包んだ。片方の手で細い背中を支えて、反対の手を豊かな長い髪に埋める。慰めのことばをつぶやきながら、手に力をこめた。

「わたしは馬鹿みたいなことをしてるわ」オリヴィアが苦しげに言った。胸に顔を埋めているせいで、声がくぐもっていた。

「誰だって馬鹿みたいなことをするものだよ」そっと応じる。「ときにはね」

オリヴィアの握りしめた手の震えが胸に伝わってきた。「わたしはけっして泣かないのよ」

「わかってるよ」

オリヴィアが泣き笑いしたかと思うと、その頰をまた涙がはらはらとこぼれ落ちた。オリヴィアの裸身を、エリスはいやというほど痛感していた。オリヴィアがしゃくりあげるたびに、乳房が胸にこすれた。広げた両手に触れる肌。自分の脚に重なるすらりと長い脚。オリヴィアを押し倒して、その体を奪うのは造作もなかった。

それに、そうしても拒絶されないはずだった。

美しいけれど何も感じない体に押しいれば、心が張り裂けそうになるのはわかっていた。心が張り裂けそうになりながらも、究極の愉悦に自分の中にいる獣が雄たけびをあげるのだろう。

救いようがないほど強欲な男だ。

オリヴィアの乱れた黄褐色の髪に顎をつけた。ふたりの体がぴたりとくっついていた。仰向けに横たわるオリヴィアにのしかかったときにも、体はぴたりとくっついた。これほど大柄な男に釣りあう女はめったにいないはずなのに、オリヴィアはまるでそのために生まれてきたかのように、すんなりと受けとめた。それに、押し倒してのしかかるまでは、その体も反応を示した。ふたりして目も眩む愉悦の世界にわれを忘れたあの瞬間が、幻想であるはずがなかった。

エリスは薄暗い部屋の中を見つめながら、激しい後悔の念の中から、ごくごく小さな希望が芽吹くのを感じた。忍耐と気遣いで、もう一度オリヴィアの体から反応を引きだしてみせる。もう一度あの体に火をつけて、それを世界が一変するほどの大きな炎に変えてみせる。

最初は、オリヴィアが感じないことに闘争心をかき立てられた。そしていま、オリヴィアはこれまでの欲望を覚醒させるのは、情熱を注ぎこむ価値のある探索となった。オリヴィアは何をしても癒しようあまりにも多くのものを失って、悲しいことに、心に受けた傷の大半は何をしても癒しようがない。けれど、男に対する欲望に関しては、自分の力でどうにかできるはずだ。もしかしたらその過程で、この自分も救いを得られるかもしれない。

暖炉で赤々と燃えていた火が消えて、小さな蠟燭の炎だけがほのかに部屋を照らしていた。ほんとうなら、起きあがって、暖炉に薪をくべなければならないところだった。けれど、抱擁を解く気にはなれなかった。オリヴィアは腕の中でじっとしている。不愉快で辛い涙を流させるわけにはいかなかった。いま、涙の嵐がようやく過ぎさって、オリヴィアはぐったりしながらも、安らぎを感じているのだから。

そしてまた、オリヴィアの体を奪って以来、頭を離れなかった問題が無視できないほど大きくのしかかってきた。これから口にすることばが、いまこのときの束の間の平穏を粉々に打ち砕くのはよくわかっていた。

「オリヴィア、私は自分を抑えきれなかった」

てっきりオリヴィアが怒りにまかせて反論してくると思った。けれど、涙でかすれた声で、感情をこめずに言っただけだった。「そんなことはいいの」

怪訝に思って、エリスは頭を傾げると、オリヴィアの顔を見た。

なんの話をしているのかわかっているはずだった。「私は避妊具を使わなかった。もちろん、オリヴィアは軟膏を使わなかった。それでいて、私は今夜、きみを完全にわがものにした。それが大きな災難をもたらすかもしれない」

そう言いながらも、内心では何が起ころうと大きな災難だとは思えずにいた。

やはり、私は頭がおかしくなったのか？　愛人が妊娠してもいっこうにかまわないと、四十近い男が思っているなんて。ましてや、いまいるふたりの子どもにとっても、りっぱな父親であるとはお世辞にも言えない男なのに。

オリヴィアの声には苦々しい確信がこもっていた。「心配はいらないわ。子どもはできないから」

「そうとはかぎらないだろう」

オリヴィアが顔をしかめて、体を離そうと無駄な抵抗をした。「いいえ、そうなのよ」きっぱりした物言いは、聞きなれた愛人の口調にかなり近かった。けれど、頬に残る涙の跡が、反抗的な態度が偽りであるのを示していた。「九カ月後に、てなし子を抱いて、あなたに会いにいったりしないわ。あなたはなんの心配もなく、わたしと別れられるのよ」

悔しいことに、そんなふうにあっさりと別れられないのは、とっくに気づいていた。そう、オリヴィアが妊娠しようと、しまいと。

刺々しいオリヴィアのことばの下に、深い苦悩が隠れていた。その苦悩は、今夜、愚かなパトロンのせいでオリヴィアが抱いた苦悩とは関係のないもののはずだった。涙も出ないほど、深い苦悩にちがいない。「どうして、そこまで断言できるんだ?」

「わたしにはわかるのよ」

エリスははっとした。もっと早く気づくべきだったことに、ようやく気づいた。オリヴィアへの欲望に翻弄されて、これほど頭が鈍っていたとは……。「レオがきみのただひとりの子どもなのか?」

「いいえ、スコットランドの最果てのジョン・オ・グローツ村から、イングランド最西端のランズ・エンド岬まで、あちこちに子どもがいるわ」オリヴィアは皮肉をこめて言うと、また体をくねらせて逃げようとしたが、エリスは容赦なく押さえつけた。

「レオについて話してくれ」

「いやよ！」怒りにオリヴィアの目がぎらついていた。

「話してくれ」

オリヴィアの口元が不快そうに引きしまって、顎に力が入った。口元も顎もむしろ男性的なのに、なぜか全体を見るとあくまでも女らしく、魅惑的だった。

オリヴィアが早口の刺々しい口調で応じた。計り知れない忍耐力を発揮して答えているのがはっきり伝わってきた。「わたしは妊娠できる体ではないの」

渾身の力をこめてオリヴィアが抱擁を振り払って、ベッドを下りた。このときばかりは、エリスも止めなかった。頭の中は、たったいま聞かされた短く冷ややかなことばの言外の意味を解き明かすことだけでいっぱいだった。衣装箪笥へつかつかと歩いていくオリヴィアの乱れた髪が、輝きを放ちながら背中にこぼれ落ちていた。その歩きかたは血筋のいい若い馬のようだった。長い脚も、まっすぐな背中も、上品で軽やかな足取りも。

「つまり、もう妊娠しないと言うのか？」

「あなたはどうしてもいやな思い出をよみがえらせずにいられないのね！」腹立ちまぎれに、オリヴィアが衣装箪笥を乱暴に開けた。箪笥から真紅の絹のガウンをぞんざいにつかむと、それをまとって、さらに苛立たしげに細いウエストに紐を結んだ。それから、もう一枚のガウンを同じようにぞんざいにつかむと、放り投げてきた。ガウンがベッドのわきにぶつかって、するりと床に落ちた。

エリスは口元に嘲笑するような笑みを浮かべながら、体を上にずらして、重ねた枕に寄りかかった。「ガウンを着たところで質問は終わらないよ」

オリヴィアが睨みつけてきたけれど、すぐにその視線が揺れた。エリスはその視線を胸に感じた。けれどすぐにまた、視線がさらに下に向かって、股間で見まちがいようもなく欲情しているものに据えられた。次の瞬間には、ふいに夢から醒めたように、オリヴィアが背筋をぴんと伸ばした。「裸の体を見せびらかすのはやめてちょうだい。メイドが腰を抜かしてしまうわ」

「この体にそそられるとでも?」エリスは心底驚いて尋ねた。同時に、心底興味をかき立てられた。

「あなたはうぬぼれ屋のクジャクだわ、エリス」意外にも、オリヴィアの艶やかな肌に赤みが差していた。束の間、傷つきやすい乙女に見えた。そんなオリヴィアに、この自分は切なくなるほど惹かれるのだ。純潔も女としての幸せもすべて奪われたのに、それでも勝利をつかもうと勇敢に立ちむかっている女に。

エリスは穏やかに笑った。「つまりそれは、そそられるという意味だね」

オリヴィアがさも見下したような視線を投げてきたが、唇は笑いをこらえて小刻みに震えていた。「あなたはわざわざ自分から褒めことばをねだる必要などないわ」

「きみからの褒めことばならねだるよ」エリスは身を屈めて黒い絹のガウンをすばやく拾いあげて、はおった。紐は締めなかった。素肌が見えるせいでオリヴィアが悶々とすると思うと、楽しかった。なんといっても、オリヴィアの素肌を見て、自分も悶々としているのだから。

「なら、褒めてあげるわ。見た目はたしかに魅力的ね」粉薬を計って小瓶に詰める薬剤師のように、オリヴィアが厳密に言った。

エリスは短く大笑いした。「それは光栄だ」危険を承知の上で、片手をオリヴィアに差しだした。

オリヴィアが差しだされた手をちらりと見やってから、顔を見つめてきた。トパーズ色の瞳に疑念が躍っていた。オリヴィアは涙を流さずにいられないほどの苦しみをみごとに抑えこんだ。けれど、エリスにはわかっていた。オリヴィアが皮肉の効いた冗談を口にして、熱しすぎたガラスのような脆さを隠しているのを。

胸が締めつけられるほどの思いやりをこめて、エリスは静かに言った。「こっちに来て、となりに座るといい」

留まるべきか、逃げだすべきか迷いながらも、オリヴィアが差しだされた手を取って、警戒しながらとなりに腰かけた。エリスはこれまでベッドをともにしたどんな女より、オリヴィアのことを欲していた。それでいて、オリヴィアと一緒にいると、初恋を知った少年のように緊張して不安になった。

同時に、希望もこみあげてくる。

オリヴィアの背中にそっと腕をまわして、引きよせた。驚いたことに、そして、うれしいことに、オリヴィアは異議を唱えなかった。静かに抱かれているその体はぬくもりに満ちて、性の営みと眠たげな女の香りがした。芳しい香りが骨の髄まで染みわたった。

ずいぶん長いあいだ、不可思議なほど心地いい静寂に身をまかせていた。絶え間なく降りつづく雨の音は、甘い倦怠感《けんたいかん》の向こうに流れる穏やかな音楽のようだった。性的に満たされた体は重かった。良心は相変わらず痛んでいても、あのとき、欲望を一気に解き放って、果てしない愉悦を手に入れたのはまちがいなかった。

「わが子が私の餌食になるのではないか――きみはそんなふうに思って、ものすごい剣幕で食ってかかってきた」エリスは冷静に言った。オリヴィアは抱擁にすっかり身をあずけていても、眠ってはいないはずだった。

「わが子と言っても、わたしより背が高くて、まもなくオックスフォード大学に行くのよ」

嫉妬で胸に鋭い痛みが走った。それほどオリヴィアの声には愛情がこもっていた。話しながら、その顔には笑みが浮かんでいるはずだった。愛らしくやさしい笑みを目にしたのはほんの一、二度しかなかった。そして、悔しいことに、その笑みは自分に向けられたものではなかった。

「久しぶりにローマとウィリアムに会ったときに、私も同じように感じたよ。ローマは十八で、六月に結婚する。ウィリアムは十九で、オックスフォード大学に進むことになっているんだ」

自分の息子もオリヴィアの息子も、まもなく同じ環境で暮らしはじめる。もしかしたら、ふたりは親しくなるかもしれない。そう思うと心が乱れた。自分が生きるふたつの世界は、思っているほどには離れていないらしい。不可侵なものと信じてきたふたつの世界の境界線は、箪笥の上に置かれた真紅のベネチアングラスの花瓶のように、脆いのかもしれない。

「レオを産んだときのことを話してくれ」

オリヴィアがため息をついたのがわかった。聞こえたというより、肌に感じた。「そのことを、あなたはそっとしておいてくれないのね」

エリスは口元にかすかな笑みを浮かべた。「そうだ」

「当時のわたしはあまりにも若すぎて、おなかの中の子どもは大きかった。そのせいで、わたしは命を落としかけたわ」その話をするのが堪えられないかのように、オリヴィアが早口で言った。「以来、わたしは一度も身ごもっていない。たとえ身ごもったとしても、赤ん坊がおなかの中で育つとは思えないわ。もしファーンズワース卿がこの国一有能なお医者さまを雇わなければ、たぶんわたしは助からなかった。わたしもレオも、こうしてこの世にいなかったはずなのよ」

オリヴィアの苦痛と勇気に、胸を貫かれた。「そんなに辛い思いをしたとは……」思わずそうつぶやくと、オリヴィアを抱く腕に力をこめた。

「愛人として生きる女にとって、子どもができないのは天の恵みだわ」

「いや、そんなことはない」

「そうね、たしかにそんなことはないわ」その口調はあまりにも悲しげだった。オリヴィアが顔を上げて、見つめてきた。黄褐色の目に苦悩がありありと表われていた。「でも、そのほうが好都合なの。天の恵みとは言えないけれど」

レオを産んだ当時のオリヴィアの生活がどんなものだったのか想像してみた。まだ子どもと言ってもいいほど若かったのに、世話をしなければならない赤ん坊がいたとは。「それから、どんなことがあったんだ？」

「ファーンズワース卿は母親になった少女にはもう用はなかった」オリヴィアの口調にはこの世の恨みのすべてがこもっていた。

「そのせいで、きみが悲しんだとは思えない」

「悲しかったわ、唯一の住む場所を失ったことが。ペリーと離れなければならず、赤ん坊も人に託さなければならなかったのが」

ほっそりした体を抱く腕に力がこもった。オリヴィアの最初のパトロンを殺してやりたい――そんな無益で強烈な衝動が全身を駆けめぐっていた。いまとなってはどうすることもできないのが、悔しくてたまらなかった。「まさか、ファーンズワースはきみをほっぽりだして、路頭に迷わせたりはしなかったんだろう？」

「ええ、あの人は友人にわたしを売ったわ」オリヴィアの口調は淡々として、感情はほとんどこもっていなかった。

いったいぜんたいどうやって、オリヴィアはそんな運命に堪えたんだ？　どうやって、こんなにすばらしい女性になったんだ？　無垢な少女は、賭けごとにのめりこんだ兄に品物のように売られた。しかも、その少女を買ったのは、悪の権化と名高き男だった。その後、悪辣なその男は少女に対する興味を失って、履き古した靴のようにぽいと捨てたのだ。

抑えようのない憎しみがのどまでせりあがってきて、満足に口もきけなくなった。この世にわずかでも正義というものがあるなら、卑劣なファーンズワースは地獄の烈火に永遠にあぶられているにちがいない。「なんてことだ、そこまで野蛮な仕打ちをされたとは」

「でも、わたしはこうして生きているわ」オリヴィアの声は淡々としていた。

あれほど強固なオリヴィアのプライドがどこから生まれたものなのか、なんとなくわかった。長い悪夢を生き抜くには、プライドだけが支えだったのだ。

「ファーンズワースはレオをほしがらなかったんだな?」

ちっともおかしくなさそうに、オリヴィアが冷ややかに笑った。「ほしがらなかったのは、幸運だったわ。ファーンズワース卿は愛人はもちろんのこと、わが子も虐待していたから。わたしよりももっと、ペリーのほうがひどい虐待を受けていたわ。拷問にかければ、わが子が男になるとファーンズワース卿は考えていたのよ。わたしはレオをいとこのメアリーに託した。メアリーとチャールズには子どもがいなかったから。そうして、レオはロンドンとは遠く離れた場所で人生を歩みはじめた。レオがメアリーとチャールズの実の子でないことは、誰にも教える必要はなかった」

「レオも含めて」

オリヴィアが膝立ちになってぎこちなく身を引いた。その顔は蒼白で、目は大きく見開かれていた。その瞬間、色魔の年寄りに無理やり純潔を奪われた少女だったころのオリヴィアの姿が、頭にありありと浮かんできた。とたんに、胃がむかむかするほど不快になった。

「そのことをレオは一生知らずに生きるのよ。メアリーとチャールズはレオを愛して、きちんとした教育を受けさせて、りっぱな青年に育ててくれた。わたしが心から誇れる息子にしてくれたわ。レオが誇れるような母親には、わたしはこのさき一生なれないけれど」

エリスは真の気持ちを口にした。「きみはレオを見くびっている。それに、きみ自身も。きみほどすばらしい女性を自分のものにするのは、この上ない栄誉だと誰もが思っているよ」

そう、堕落した非情な悪党のエリス伯爵であっても。

15

オリヴィアが頬を叩かれたように身をすくめた。「やめて」鋭い口調で言った。

エリスはわけがわからず、眉をひそめた。「何をやめるんだ？」

「いましていることよ」オリヴィアが左手で何かを断ち切るような仕草をした。巣にかかった蝶をとらえて放さない滑らかで細いクモの糸よろしく、ゆっくりと着実にふたりをとらえていく親密さを断ち切ろうとするかのように。「いましていること……わたしのことをわかろうとすること。親しくなろうとすることよ」

エリスはため息をついて、ベッドのヘッドボードにもう一度寄りかかった。怒りを感じながらも、オリヴィアが怯えているのがわかった。過去にその身に降りかかったおぞましい災難を考えれば、恐怖がつねにつきまとっていても不思議はなかった。

「いや、やめられない」それが正直な気持ちだった。オリヴィアにすっかり魅了されていた。ふたりで過ごす時間が長くなればなるほど、オリヴィアの魔法の虜になっていく。そんなことができる女には、これまでお目にかかったことがなかった。

これほどオリヴィアにのめりこんで、このさきに何が待っているんだ？　災難？　それとも、至福？　七月に別れると思っただけで、激しい拒否反応に胃がぎゅっと縮まった。

「いいかげんにして。わたしがパトロンに選んだのは、ウィーンきっての遊び人なのよ」オリヴィアがすっくと立ちあがって、睨みつけてきた。「評判の女たらしはどこに行ってしまったの？　毎朝、朝食の卵を食べるよりさきに、半ダースの情婦とベッドをともにしてきた男は？」

オリヴィアの嫌悪感がたっぷりこもった嫌味に、エリスは思わず笑いだした。「そういう女たちが存分に楽しめるように、朝食は遅い時間に用意させなくてはな」

冗談を言ったところで、オリヴィアの顔はまったくほころばなかった。それどころか、眉をひそめただけだった。その姿はまさに怒れる女神。想像を絶するほど美しかった。エリスはつい手を伸ばしたくなるのをこらえて、体のわきで拳をつくった。

ああ、そうだ、まずは真実を知らなければ。目のまえにいる女への無限の欲望のせいで、とんでもなく無謀なことをしてしまうまえに。

自分の家族と絶縁しなければならないほど、無謀なことをしでかしてしまうまえに。

「エリス、わたしは冗談を言いあうつもりはないわ」

そのことばを耳にしたとたん、話を茶化す気が失せた。「わかっているよ。それに、きみが私を侮辱するつもりなどないのも。たとえ、忌々しい噂話のせいで、最後にはそうなるとしても。で、きみの心はまだ決まらないのか？」

オリヴィアが質問を無視して言った。「わたしはあなたからのパトロンとしての申し出を承諾するまえに、あなたがどんな人なのかペリーから聞いたのよ」

「そうだろうとも、ペリグリン卿は私の人生も性癖も何もかも知っているからな」そっけなく応じた。

「ペリーは人づてに聞いた話を教えてくれたわ」

「くだらないたわごとを山ほど聞かされたわけだ」

「あなたは決闘で何人か殺したことがある——この噂を否定できる?」

昔の恥ずべき行為を思いだして、胃がよじれた。たしかに、あの男たちは死ぬべきではなかった。「勘弁してくれ、遠い昔の話だ。明日、自分が生きていようがいまいが、どうでもよかったころのことだ。明日、ほかの誰が生きていようがいまいが、どうでもよかったころの」

そんな思いを正直に口にしたのははじめてだった。とはいえ、申しこまれた決闘に応じた当時、自分がそう感じながら生きていたのはわかっていたけれど。名誉を賭けた決闘はどれも女がらみだった。それだけは憶えていた。どんな女を賭けて闘ったのかはすっかり忘れてしまったけれど。

オリヴィアのしなやかな体から怒りが抜けていった。「そういうことだったの?」

「ああ、そういうことだ」エリスはいったんことばを切った。「なぜ、私がそんなふうに感じていたのか、知りたくないのか?」

「いいえ」エリスはその場を一歩も動かなかった。それでも、力で脅されたかのようにオリヴィアが一歩あとずさって、背後のマホガニーの箪笥にぶつかった。

「いいえ?」

「顔に目がついているのはあなただけじゃないのよ、エリス」深みのある金色の密なまつ毛越しに、オリヴィアが苛立たしげな視線を送ってきた。それでも、口調は真剣そのものだった。「あなたは奥さまを心から愛していた。そして、奥さまの死によって打ちのめされた」

歯に衣着《きぬ》せぬそのことばは、まるで崖の向こうから飛んできた石つぶてのようだった。その石つぶてをまともに受けて、エリスは顔をしかめた。

「なぜ、そんなことがわかる？」張りつめた沈黙がいまにも音を立ててはじけそうになると、ようやくエリスは尋ねた。

「そのぐらいは簡単に推測がつくわ。それに、そう考えれば、大半のことに合点がいく。人づてに聞かされた話は、わたしが知るようになった男性とはまるでちがっていた。冷たく非情な男、それがあなただと誰もが言っているようだけど、でも……」オリヴィアがカーテンのかかった窓に目をやった。まるで、そこを見れば何かがわかるかのように。けれど、すぐに視線を戻して、見つめてきた。美しい顔にはさらに真剣な表情が浮かんでいた。「でも、わたしに対して、あなたは非情なことなどひとつもしなかった」

「妻は人生の光だった」意外なことに、そのことばがすんなり出てきた。

ジョアンナの話は誰にもしたことがなかった。そう、誰にも。それは、カードゲームでいかさまをしないとか、シーツはつねに清潔にしておくなどといった、人生の決まりごとのひとつになっていた。この胸の中にある蠟燭が灯された聖堂でジョアンナは生きているのだから。その場所で、誰に触れられることもなく、永遠に愛されている。夫となった男の罪によって汚されることもなく、純粋なままで。

けれど、何よりも不可思議だったのは、オリヴィア・レインズのように身を落とした女に妻の話をしていることだった。さらには、ほかの人がけっして理解しえない部分まで、オリヴィアならわかってくれると確信していることだ。とはいえ、妻が生きていたら、夫の目下の愛人をどう思うかについては、勘ちがいのしようがなかった。ジョアンナはオリヴィアのすべてを軽蔑するにちがいない。

「あなたはいまでも奥さまを愛しているわ」それは質問ではなかった。

「そのとおりだ」

「すばらしいことだわ」オリヴィアがうしろを向いて、食器台の上のデカンターからふたつのグラスにワインを注いだ。「ほんとうにすばらしい奥さまだったんでしょうね。あなたは幸せ者だわ」

「ああ、たしかに」

そんなことをあえて考えたことはなかった。あれほど偉大な愛を得ておきながら、その後は、たとえほんの束の間とはいえそんな恩恵を与えられたという事実から、逃げまわっていたとは。

エリスはクリスタルのグラスを受けとった。グラスの中身は、オリヴィアがまとったガウンと同じ色のワインだった。オリヴィアがベッドの端に腰を下ろして、脚を組んだ。悔しいことに、その体に触れるにはふたりの距離は遠すぎた。

オリヴィアのごく自然な優雅さ——滑らかな絹の布で魅惑的な白い太腿をふわりと隠して脚を組むその姿は、イスラムの国の宮殿にいる女を彷彿《ほうふつ》とさせた。オリヴィアは何をしても艶やかだった。何をしてもエロティックでエキゾティックだった。たとえ、この国で生まれたとしても。

オリヴィアがワインに口をつけた。そうしながらも、相変わらず値踏みするような視線を送ってきた。「それなのに、なぜ、あなたは子どもたちを見捨てたの？」

ワインにむせながら、反論した。「それは言いすぎだ！」

エリスはあまりにも驚いて息もろくに吸えないまま、オリヴィアを見つめるしかなかった。束の間、感傷的な夢の世界に誘われたが、オリヴィアがそのままその世界に留まらせておいてくれるはずがない……。それを覚悟しておくべきだった。

エリスはどうにか声を出した。「おせっかいなモントジョイは、そうとうなおしゃべりのようだな」

「ペリーは知っていることを話してくれただけよ」

「知っていると思いこんでいることをだろう」

「ならば、ペリーの話はまちがっているの？」

できることなら、嘘でこの場をおさめたかった。詮索も、厚かましい物言いもやめて、モントジョイの広間で手に入れた愛人に戻れ、とオリヴィアに言いたかった。

ただし、この自分が求めているのは、あの日モントジョイの邸宅にいた無情で冷ややかな美女ではなかった。目を見張るほど美しく、狡猾すぎるほど頭の回転が速くても、あの女ではなかった。欲してやまないのは、寝乱れた姿でワインのグラス越しにこちらを見つめながら、答えにくい質問を次々に口にする女だった。

ああ、そうだ、私はオリヴィアを欲している。それも、一時的に閨をともにする相手としてではなく……。だからといって、どうすればいいのか、まったくわからなかったが。

何もできない。それが現実だ。

そこで、意思に反して、また、好みに反して、凍りついたからっぽの胸の内を吐露した。

「ジョアンナが逝ってしまうと、もはやロンドンに留まるのは堪えられなかった。わが子を見るのが堪えられなかった、見るたびに、妻の姿が目に浮かぶのだから。赤ん坊のときから、ローマは胸を締めつけられるほど母親にそっくりだった。そんなローマを見ていると、ジョアンナの死をいやというほど痛感させられたんだ」

ジョアンナの事故のあとの数カ月間の出来事が、鮮明によみがえった。これまで一度も意図して思いだそうとはしなかった出来事が。わざわざ思いだすまでもなく、それはしつこい亡霊のようにつきまとって、頭を離れなかった。

オリヴィアが身を乗りだして、膝に触れてきた。開いたガウンから覗いている膝に、ほっそりした手が置かれた。どういうわけか、そんなふうに触れられると、十六年まえの世界が崩壊した究極の悲劇以来、つねに感じていたよるべなさが薄れていった。

「辛い思いをしたのね、エリス」

オリヴィアの声にも胸の痛みが和らいでいく。オリヴィアはなぜそんなことができるんだ？　それに、オリヴィアにそんなことができるなら、その癒しなしで、このさき生きていけるはずがない……。目に見えない災いの沼にどんどん呑みこまれていく——エリスはそんな気分だった。

これからしようとしていることが、想像もつかない未来を左右するかのように、ためらいがちにゆっくりと、空いているほうの手を上げて、オリヴィアの手に重ねた。一瞬、オリヴィアの体がこわばって、すぐに力が抜けた。まるで触れられるのを受けいれたかのように。契約を交わしたパトロンと愛人という関係以上の何かが、ふたりのあいだに存在するかのように。

エリスはオリヴィアの手をそっと握ると、話しはじめた。予想に反して、ことばはすらすらと出てきた。「ジョアンナとともに、自分もまた死んだ。そんなふうに感じたのは、ローマのせいでもウィリアムのせいでもない。ああ、それは誰のせいでもなく、情けないことに、私自身のせいだ。ジョアンナの強情さのせいにしないかぎりは」

「何があったの？」

エリスは気力を奮いおこそうとワインをひと口飲んで、豊潤な液体がのどを流れ落ちていくのを感じた。つないだ手に力をこめる。オリヴィアに触れている、それだけが現実との唯一の絆に思えた。

妻の死を説明することばを必死に探しているエリスを、オリヴィアは見つめた。ほんの数日まえまでは、エリスのことを超人だと思っていたのが、いまとなっては不思議でならなかった。これまで知りあったどの男性ともまったくちがう人種なのではないか、そんなふうに思っていたなんて。知的だけれど、無情な仕打ちで相手を傷つける冷たい機械みたいな人だと思っていたなんて。

たしかに魅力的だった。それに、闘いがいのある敵で、好奇心をかき立てる相手でもあった。男に屈しないという愛人界の女王の名声を刺激する人だったけれど、それだけで、それ以上ではなかった。

それなのに、いま目のまえにいるエリスは、疲れ果てて、悲しみに暮れて、喪失と痛みを知りすぎている。たくましい体と気高い心のせいで、いつもは何歳なのかよくわからない。けれど、いまは、実際の年齢より年を取って見えた。

エリスの何かが心の琴線に触れることなど絶対にない、必死にそう思いこもうとしてきた。けれど、ハイドパークの雨に濡れた木立の中で負けを認めるしかなかった。愛人稼業の女にとって、心を持つのは許されない贅沢なのはわかっているけれど。

エリスの声音は普段とちがって平板で厳《いか》めしかった。「妻と口喧嘩をしたんだ。三人目の子どもを身ごもったと聞かされた直後に、妻が馬に乗りたがったから。ジョアンナはそれは巧みに馬を乗りこなした。あんなふうに荒々しく馬を駆る女は、ジョアンナ以外に見たことがない。もし、きみが客間にいるジョアンナを見たら、非の打ちどころのない淑女だと思うだろう。けれど、鞍に乗ったとたんに、女戦士も顔負けになる。いずれにしても、ジョアンナはそれまでに二度の難産を経験していた。私は妻の体を気遣って、大事にするように説得しようとした」

自己嫌悪と深い悲しみにエリスの声が震えていた。そんなエリスが哀れで、オリヴィアはあるはずのない心が痛むのを感じた。そもそも、妻に対するエリスの思いなら、容易に推測できたはずだった。妻が事故死したいきさつは、エリスにとってあまりにも生々しくて、自分を責めずにはいられないのだ。ペリーから聞かされたレディ・エリスの死にまつわる無神経な噂話と、表面的な事実だけを、何も考えずに鵜呑《うの》みにしてしまったのを思いだすと、恥ずかしくてたまらなかった。

けれど、あのときのわたしといまのわたしはちがう。

オリヴィアは静かに言った。「奥さまはあなたの言うことを聞かずに、馬に乗ったのね」

「ジョアンナはかんかんに怒って家を出ていくと、お気に入りの馬に鞍をつけさせて……」つないでいるエリスの手に力が入った。痛むほど握りしめられたわけではないけれど、体の芯にまで響く強さだった。

エリスが息を詰まらせた。雲が厚く垂れこめる冬の北海にも負けないほど、灰色の目が打ち沈んでいた。「私は愚かだった。少しでも馬に乗れば、妻の気もおさまるだろうと思ったんだ。そうして、三十分後に馬で妻を迎えにいった。ジョアンナはいつも公園の小道で馬に乗っていたから、その日もそこにいるとわかっていたんだ」エリスはまた口をつぐみ、次に話を継いだときには、深みのある低い声がさらに低く、不安定になっていた。「いや、そこにいるはずだと思っていた」

「エリス……」オリヴィアは囁くように言った。エリスの苦悩がはっきり伝わってくると、のどが詰まって、息もできなかった。つないでいる手に力をこめて、無言で共感を示した。

エリスが身を乗りだして、ベッドの傍らのテーブルにワイングラスを置いた。グラスの縁からワインがこぼれそうになるほど、その手が激しく震えていた。強くたくましい男性が、深い悲しみと後悔で身を震わせているのを目の当たりにして、オリヴィアは泣きたくなった。

エリスはそれほどまでに妻を愛していたのだ……。

これまで過ちや愚行を山ほど目にしてきて、これほど深い真実の愛があるとは信じられなくなっていた。エリスの張りつめた顔に浮かぶ純粋な思いが、胸に突き刺さった。胸のそれほど深いところにまで痛みが走ったのは、遠い昔に兄に裏切られて以来のことだった。

こんなふうにわたしを愛してくれる人はひとりもいない。これまでも、これからも……。エリスの目、ほんの何日かまえまでは冷たくて無感情だと思っていた目の輝きを見ると、すでにこの世を去った女性に嫉妬を覚えて、叫びたくなった。オリヴィア・レインズという女につきまとって離れない永遠の孤独が、さらに胸をえぐった。

「私は馬に乗ってジョアンナを迎えにいった。角を曲がって、森の中の乗馬道に入ると……」エリスがぎこちなく息を吸った。「ジョアンナの乗った馬はきっと、何かに驚いたんだろう。何が起きたのかは永遠にわからない。とにかく、むずかしい馬だったのはたしかだ。ジョアンナはそういう馬が好みだったんだ。気性の激しい若い馬が」

そんな女性だからこそ、エリスを愛したのだろう。若くて、ひとりの女性に夢中になっていたころのエリスは、さぞかし魅力的だったにちがいない。それを思っただけで、全身に痺《しび》れるような痛みが走った。

若く純粋な青年だったころのエリスを思い描くのはむずかしかった。けれど、ひとりの女性に夢中になっているエリスなら、さほど苦もなく思い描ける。なんといっても、エリスはいまでも妻を愛しているのだから。何年ものあいだ、堕《お》ちた天使と戯れてきたというのに。けれど、そんなことをしてきたのは、支柱が崩れ落ちて、意義を見いだせなくなった人生をどうにか埋めるためだったのだ。いまなら、そうにちがいないとはっきり言える。

エリスの声がのどに引っかかるようにかすれていた。遠い日の運命の午後を見つめる灰色の目は、銀色の鏡にも似てうつろだった。「馬の鋭いいななきが聞こえた。かわいそうに、馬は脚を折って、苦しんでいた」

エリスが口をつぐんで、つないでいる手を握りしめた。それは、目のまえにどれほど恐ろしい光景が浮かんでいるにせよ、いま自分がどこにいて、誰と一緒にいるか、はっきり気づいている証拠だった。おぞましい記憶にがんじがらめになっていても、エリスはわたしをひとりここに残していくことはない——オリヴィアはそう確信した。

そして、そのことに果てしない意味を感じとった。愛人という立場の女には、与えられるはずのない大きな意味を。「それで、奥さまは？」

エリスが小さく身震いした。ふたりの目が合うと、灰色の目にさらに深い悲しみが浮かんだ。「馬の下敷きになったのだから、即死だったんだろう。たしかなことはわからない。けれど、ジョアンナの顔は穏やかで、だから、私はずっと信じてきた、ジョアンナは苦しまずに……逝ったと。もし、ジョアンナが夫の名を呼んだのに、助けてやれなかったとしたら、そんなことは考えるだけでも苦しくてたまらない。それに、口論がジョアンナとの最後の会話だと思うと、苦しくてたまらない」

「奥さまはあなたに愛されているのを知っていたわ」胸の奥深い場所で、オリヴィアは気づいていた。目のまえにいるこの男性が夫婦の契りを交わしたなら、その約束はこの世が終わるまで守られると。

「そうだ」エリスがぼんやりと言った。「私はジョアンナが歩いた地面にまで口づけたいほどだった。ジョアンナもそれを知っていた」

「それなら、あなたの奥さまは幸せだったのよ。後悔の念であなたが打ちひしがれて一生を送るなんてことを、奥さまはけっして望んでいないはず」

エリスの目に輝きが戻って、その表情から深い悲しみが消えていった。長い悪夢から醒めたかのようにエリスが言った。「ジョアンナの話はいままで誰にもしたことがなかった」

エリスに近しい人たちが、誰ひとりとしてこの話をエリスにさせようとしなかったのは、膿《う》んだ傷を槍《やり》で刺すようなことはしたくないと考えたからなの？ けれど、オリヴィアはすぐに思いなおした。エリスほど気高い男性であれば、気を許せる相手などごくかぎられている。いいえ、もしかしたらひとりもいないかもしれない。

オリヴィアは視線を下に向けると、つないでいる手を見つめた。滑らかな白い手と、日に焼けた手がつながっているのを。そうして、必死に、エリスを慰めるためのことばを、力づけるためのことばを探した。

「愛する人を自分の胸の中にだけ閉じこめて、誰にも話さないなんて、悲しすぎるわ。沈黙を守ることで、愛する人をもう一度死なせることになるのよ」

「何年ものあいだ、ジョアンナの死にかたが頭から離れなかった。でも、ジョアンナと知りあえただけでも、私はひざまずいて天に感謝するべきなんだろう。ジョアンナは美しく、明るくて、生き生きしていた。それなのに、私はそんな妻を囚人のように暗い場所に閉じこめてきた」

「ああ、エリス、愛しい人」愛をこめた呼びかけは呑みこむ間もなく、口からするりと滑りでた。同じように、自制する間もなく、身を乗りだして、エリスを抱いていた。

これまでの人生で、慰めた男性はたったふたりだけだった。いいえ、男性ではなく、どちらも少年だった。遠い昔、父親から常軌を逸した拷問を受けたペリー。そして、まだ子どもだったレオ。

それなのになぜ、エリスの頭を肩に引きよせて、胸にその体をしっかり抱いて、寒々としたその心を温めようとしているのが、こんなに自然に感じられるの？ てっきりエリスに抵抗されると思った。けれど、エリスはおとなしく抱かれて、小刻みに身を震わせているだけだった。

部屋はしんと静まりかえっていた。エリスの涙を首に感じても、オリヴィアは何も言わなかった。

16

エリスはハイドパークにいた。楢《なら》の木の傍らで馬を停めると、ローマが追いついてくるのを待った。ローマは数百ヤードうしろで、ぶざまなじゃがいも袋のように鞍の上で跳びはねながら、苦手な乗馬に堪えていた。傍らを、無表情な厩番が馬でついていく。その表情から察するに、これまでにも、これと似たような場面を何度も見たことがあるにちがいなかった。娘が乗馬の才能を両親から受け継がなかったのは明らかだ。そんなことに、いまようやく気づいたとは妙な気分だった。とはいえ、考えてみれば、娘についてはほとんど何も知らなかった。ウィーンに戻るまえに果たさなければならない使命がどれほど困難かに気づいて、エリスはめまいを覚えた。

今回の帰国によって、自分がいかにうぬぼれていたかよくわかった。自分のほうから少し歩みよっただけで、子どもたちは涙を流すほど喜んで飛びついてくると思っていた。そしてまた、どんな愛人を選ぼうと、いつもどおりあっさり征服できると思っていた。

現実とはかけ離れた妄想を抱いていたとは、とんだお笑い草だ。

オリヴィアの家を出たのは明け方だった。亡き妻の話をしたあとは、オリヴィアと愛を交わさなかった。体はすっかり準備が整っていたが、満たされない愛の行為をくり返すことに堪えられそうになかったのだ。動物としてのもっとも本能的な部分はべつとして、それ以外は何ひとつ満たされないのだから。

十六年のあいだ溜《た》めこんできた毒が清められて、日の出とともに愛人の家をあとにした。オリヴィアにはどれほど感謝してもしきれなかった。はじめて会った瞬間に、オリヴィアがどれほど並はずれているか、人並はずれているのはわかった。けれど、真のオリヴィアがどれほど並はずれているか、あのときはまったくわかっていなかったのだ。もちろん、いまでもジョアンナが恋しかった。これまでずっと恋しくて、早すぎる死を悼んできた。最後の会話が口論だったことや、ジョアンナの命を救えなかったことを、この十六年間悔やみつづけてきた。

そして、ときが経つうちに、苦しみに満ちたあの午後が、妻との思い出のすべてになってしまった。今朝、ヨーク・ストリートの家を離れてからは、無数の思い出が洪水のように押しよせて、これまでつのらせてきた後悔の念はほぼすべて洗い流された。

そうして、婚約期間の輝かしい数週間が頭によみがえった。さらには、はじめて愛を交わしたときの甘い思いが、子どもが生まれたときの喜びが。笑い声で満ちたいくつもの午後。ダンスを踊ったいくつもの晩。無邪気な快楽にふけったいくつもの夜。

また、いまのいままで忘れていたことや、罪の意識に苛まれるあまりじっくり考えようともしなかったさまざまな事柄も頭に浮かんできた。ジョアンナは頑固で、自分のやりかたをけっして曲げなかった。たしかに、当時、妻が冗談を即座に理解してくれればと思うことがあった。さもなければ、ある状況の裏の一面を察知してくれればと。

オリヴィアの胸に抱かれたことばにならないほど甘いひととき以来、エリスはジョアンナの存在をひしひしと感じていた。ジョアンナの亡霊は恨んでもいなければ、非難してもいなかった。それどころか、愛と許しを与えてくれている——そんな気がしてならなかった。

胸のつかえが下りて、心がぐんと軽くなって、朝食の席でいつものとおりむっつりと黙りこんでいるローマを乗馬に誘った。ローマにとくに喜んだそぶりはなかった。といっても、それまでだって、父親がどんなことばをかけようと、喜んだそぶりなど一度も見せなかった。ウィーンから帰国した際にも、ローマは仏頂面でいかにも不承不承父親を出迎えて、以来、その態度はまったく変わらなかった。エリスのほうも、父親としてのうしろめたさから、娘が長年の恨みをあからさまに態度に出しても、何も言わなかった。

だが、これ以上、ローマを放っておくわけにはいかなかった。

ロンドンに戻ってきたのは、家族と和解するためだ。これから全力でことにあたるつもりだった。

この十六年間を、ジョアンナの死に対して自分を責めることだけに費やしたのはまちがいだった。あれは悲劇としか言いようのない痛ましい事故だったのだ。

けれど、子どもたちを放りだしたのは、自分の過失以外の何ものでもなかった。ああ、許しがたい過失だ。いまこそ罪を償わなければならなかった。いまこそ父とふたりの子どもは理解しあう。父として愛されたいなどと考えるのは望みすぎかもしれない。けれど、昨日目にしたオリヴィアとその息子のあいだに存在した愛情と尊敬のほんのひとかけらでも、わが子とのあいだに生みだすことができるなら、魂を売りわたしてもかまわなかった。

とはいえ、残念ながら、娘との仲は修復される——そもそも修復の余地があるとして——どころか、ますます悪化しているとしか思えなかった。そして、今日までは不安定で険悪な休戦状態が続いていた。果たして、ウィーンに戻るまえに休戦状態が崩れて、闘いがはじまるのだろうか？

やっと追いついてきたローマの息は上がっていた。ローマは母親よりもはるかにぽっちゃりしていた。エリスが見たかぎりでは、ローマの趣味は自室の寝椅子に寝そべって、最新の小説を読みふけりながら、甘い菓子をぱくつくことのようだった。トーマス・レントンのような極上の結婚相手を捕まえるのに、どんな努力をしたのかはさっぱりわからなかった。とはいえ、友人と一緒に笑っているローマを偶然目にしたこともあり、そんなときには、娘の異なる一面を垣間見た気がした。そしてまた、ローマの夜の楽しみであるダンスパーティー——夜毎《よごと》のように開かれるダンスパーティー——でエスコート役を頼まれたときには、娘がそれなりに人気者なのがわかった。

「お母さまのことを憶えているか、ローマ？」自分の馬を父の馬のとなりにつけようとしているローマに向かって尋ねた。

その朝、エリスは愛馬のベイより小さな馬を選んだ。それでもまだ、娘を見おろすような格好になった。厩番は話が聞こえないところまで離れていたが、相変わらず、油断なくローマに視線を注いでいた。エリスははっとした。もしかしたら、これまでに娘は馬から落ちたことがあり、そんなローマを厩番は助けたことがあるのかもしれない。

そんなことを考えたからには、ジョアンナの事故の痛ましい記憶がよみがえりそうなものだった。ところが、ローマは乗馬に関してはジョアンナとは似ても似つかず、馬を急ぎ足で走らせることもまずなく、エリスとしても心配のしようがなかった。これほど乗馬が下手な娘を目の当たりにして、プライドが小さく疼いた。

ローマが仏頂面で睨みつけてきた。痛烈な敵意に満ちたエリス邸で、娘と暮らしたこの数週間で、すでに何度も感じた視線だった。「シーリア伯母さまがお母さまのことを話してくださったわ。お母さまが亡くなったとき、わたしはまだ二歳だったのよ」そのことを父親は知らないのだろうと言わんばかりの口調だった。

「おまえが何歳だったかは、もちろん憶えているよ」エリスは穏やかに言った。「それに、ウィリアムは三歳だった。おまえさえよければ、お母さまの話をしよう」

黒く濃いまつ毛に縁取られた青色の目に、悲しみがよぎったのをエリスは見逃さなかった。その青い目はジョアンナにあまりにそっくりで、見るたびに胸が締めつけられた。ローマがすぐにまたむっつりと反抗的な表情を浮かべた。さきほどちらりと見えたはずの悲しみは、幻覚だったのだろうか……。

「お母さまのことなど、どうでもいいくせに。わたしたちのことなど、どうでもいいくせに。お父さまがロンドンに帰ってきたのは、わたしの結婚式に出て、世間体を保つためでしょう。すぐにまたウィーンに戻って、愛人と賭けごとに夢中になって、家族のことなどすっかり忘れてしまうんだわ」

深い恨みがこもったことばをつらつらと並べられて、エリスはぎくりとした。これまで娘の中に見ていたもの以上に、そのことばが真の気持ちを表わしていた。ローマが馬をせかしてまえに進めたが、手綱さばきはいかにもぎこちなく、エリスは易々と娘についていった。

「私はジョアンナを愛していたんだよ、ローマ。ジョアンナも私を愛していた」

「だとしたら、お母さまに同情するわ」ローマがいかにも退屈そうに言った。「お父さまなんて愛する価値などない人だもの」

ジョアンナはそうは思っていなかった。ジョアンナのためにも、娘を納得させなければならない。もしかしたら、少し遅すぎるかもしれない——いや、まちがいなく遅すぎる——が、理解しがたい愛娘と何がしかの関係を築かなければならなかった。

そして、これと同じ闘いを息子ともくり広げなければならない。ウィリアムは家族をほったらかしにした父親などそもそもこの世に存在しないふりをして、その現実に対処していた。これまでのところ、オックスフォードから一度だけ父に会うために戻ってきたものの、それは明らかに最低限の義務を果たしているだけだった。

毎日、エリスは自身の身勝手な行動が招いた災難を見せつけられていた。そうして、償いようのない罪を犯したことを痛感しては、落胆して、胃がずしりと重くなった。

それでも、なんとかして、罪を償わなければ。

「お父さまにはまたどこかへ行ってほしいわ」ローマが頑として言った。「そして、二度と戻ってきてほしくない」

子どもじみた物言いだが、それでも胸に突き刺さることばであることに変わりはなかった。

「おまえとウィリアムは私にとってかけがえのない宝だ」

ローマの皮肉っぽい笑い声は、父親の皮肉の効いたユーモアのセンスと共通するものがあった。「あら、そうなの？　だから、お父さまはまだ幼かったわたしとウィリアムをシーリア伯母さまにあずけて、以来、一度もそばに寄りつかなかったのね」

そのことばにはさすがに傷ついたが、それでも娘を愛していないふりなどできなかった。娘のためなら命を投げだしてもかまわないのだから。とはいえ、残念ながら、そのために死ぬのはさほどむずかしくない。娘に対する重大な過失を埋めあわせるほうが、はるかに困難だった。

「どうか許してほしい」エリスは低い声で言った。

ローマが眉をひそめた。「お父さまの気持ちなんて理解できないわ」

エリスは手綱を引いて馬を停めた。「馬を下りて、歩こうか？」

「いいえ、家に帰りたいわ」ローマの不機嫌そうな態度は、なんとなくわざとらしかった。

「ほんとうに？」

帽子のつばの下から、ローマが憎悪に満ちた視線を投げてきた。「わたしがほんとうにそう願っていたら、お父さまはわたしの気持ちを尊重してくれるの？」

そのことばには重大な意味がある。なぜそんなふうに感じるのかは、見当もつかなかったものの、エリスはまじめに答えた。「ああ、もちろんだ。私は人食い鬼ではないんだから」

「そうね、たしかに、お父さまは鬼ではなくて人間よ。相手の気持ちなんてどうでもよくて、自分のことしか頭にないただの男の人だわ」

「そんなことはない」腹が立ってもいいはずだった。それなのに、まっさきに感じたのは驚きだった。ロンドンに戻ってからというもの、ローマから何か言ってきたことはほとんどなかった。ボンネットがほしいときや、舞踏会とべつの約束がかちあってしまったときに、猫なで声で頼みこんできたことはあったけれど。

「いいえ、そのとおりなのよ。お兄さまやわたしが何を望んでいるのか、お父さまは一度でも尋ねたことがある？　なんでもいいから、わたしに選ばせてくれたことがある？」

「おまえは赤ん坊だったんだよ、スイートハート」

愛情をこめて口にしたつもりのことばがまちがいのもとだった。ローマが見るからに腹を立てて言った。「わたしはもう十八よ」

「おまえは家に帰りたいのか？」

ローマが口をつぐんだ。娘はあくまでも自分の意見を通すほど強情なのだろうか？　そんな疑問が頭に浮かんだ。けれど、まもなくローマが首を横に振った。「いいえ」それから、おずおずと言った。「いままで生きてきて、ようやくお父さまはわたしに目を向けてくれた。それなのに、これだけで終わらせるなんてもったいない気もするわ」

なるほど、どうやら思っていた以上に、ローマには気骨があるようだ。こうなると、父親を避けてエリス邸の中をこそこそ歩きまわっている子どもとは思えなくなった。

エリスは馬を下りて、やはり馬を下りようとするローマに手を貸した。ローマはジョアンナより小柄でぽっちゃりしていたが、それでも、その姿を見るたびに胸に鋭い痛みが走るほど母親に似ていた。いま、生き生きとしてきたローマは、これまで以上に母親にそっくりだった。娘が美しいことに気づいて、エリスは驚いた。そこにいるのは、希望と行動力と向上心を胸に秘めた若い女性だった。父親である自分が何ひとつ知らない若い女性だった。

どうやら、自分はあらゆる意味で取りかえしのつかないことをしてしまったらしい。

どちらも無言のまま、馬を引いて歩いた。爽やかな朝で、芽吹いたばかりの木々のあいだから、陽光が燦々と降りそそいでいた。この二十四時間をほとんど眠らずに過ごしたのに、感情が激しく揺さぶられたせいで目が冴《さ》えていた。そして、その二十四時間の最後に、娘と緊迫した時間を過ごすことになるとは。

「おまえとウィリアムをシーリア伯母さまにあずけたわけを聞きたくないか？」エリスはついに口を開いた。もはやローマには好戦的な雰囲気はなかったが、この休戦状態がどのぐらい続くのかはわからなかった。これこそ皮肉というものだ。優秀な外交官として評判の男が、たったひとりの、怒って傷ついたうら若き淑女をなだめられずに途方に暮れているとは。

「それはおまえたちを愛していなかったからではない」

「なぜ、いまさらそんなにやさしくするの？」ローマの口調にはまぎれもない疑念が表われていた。

エリスは微笑んだ。ローマの用心深さに、オリヴィアのことを思いださずにいられなかった。「なぜなら、私はおまえの父親で、おまえには私の愛する娘であることを実感してもらいたいからだ」

「いまさら遅すぎるわ」

静かに発せられたそのひとことに、心臓が胸にぶつかるほど大きく脈打って、同時に、やるせなくなった。ローマの言うとおりだとすれば、自分の命など灰に帰したも同然だ。

ローマが心からそう確信していると思うと、全身に鳥肌が立つほどぞっとした。父親は娘のことなどどうでもいいのだ——ローマがそんなふうに感じている原因が、自分の態度にあるのはわかっていた。けれど、実際には、切ないことに、父親は娘を心から気にかけているのだ。

「そうなのか？」

ローマが帽子を脱ぎながら、また睨んできた。茶色の髪が乱れて、潰れていた。ほどけた髪が、幼さがまだかすかに残るふっくらした頬を縁取っていた。「今日までは、わたしと話したがらなかったくせに」

「少なくとも説明ぐらいはさせてくれると思っていたよ」

「なぜ、わざわざそんなことをするの？　また遠くへ行ってしまうのに。いずれにしても、わたしはもうすぐ結婚するのよ。わたしは自分の人生を歩みはじめるの」

「でも、ほんの少しだけでも父親に興味はないのか？」

「昔はあったわ。でも、いまのわたしはもう大人だもの。ほかに考えなければならないことがたくさんある。わたしにとってお父さまは重要ではないのよ」

いかにも見え透いた嘘だった。ローマ自身もそれには気づいているにちがいない。透き通った白い肌が赤く染まっていた。

「ならば、大人として少し我慢して、私の話を聞いてくれないか？」

父親からずいぶん長く我慢を強いられてきたことを、攻められるにちがいないと思った。けれど、ローマは胸を締めつけるあの真っ青な目で見つめてくると、うなずいた。「そこまで言うなら、どうぞ」それでも、つけくわえずにはいられなかったらしい。「でも、話をしたって、何かいいことが起きるとは思えないわ」

エリスは小さな声を漏らして苦笑いした。「告解は魂を清めてくれるんだ。おまえにはいいことは何もないとしても、私にはいいことがあるかもしれない」

ローマは笑わなかった。それでも、木陰の小道をふたり並んで歩きながらローマが話を聞いているのは、エリスにもわかった。落ち葉を踏みしめる馬のくぐもった蹄の音と、轡《くつわ》が奏でる静かなリズム、そして、遠くの鳥のさえずりがエリスの荒ぶる血を鎮めてくれた。

「おまえはお母さまに生き写しだよ」穏やかに言った。「目も髪もそっくりなら、表情もそっくりだ。ときどき、ジョアンナが生きかえったのかと見まちがえるような表情をすることもある」

「知っているわ。シーリア伯母さまがいつも言っているもの。それに、結婚式の肖像画も見たわ」

なるほど、そういうことか。外交官として最初の赴任地へ向かうまえに、姉の家に有名な肖像画家が描いた大きな絵を運ばせたのを、いまようやく思いだした。当時、悲しみの靄がかかった頭で、もしかしたら、子どもたちが肖像画の中に不在の両親とのなんらかの絆を見いだすかもしれないと考えたのだった。

けれど、考えてみれば、父親の肖像画に、ほんものの父親の代わりを務めさせるつもりだったとは、あまりにも浅はかだった。実のところ、残酷と言ってもいいほどだった。

そのことになぜいままで気づかずにいたのか不思議でならなかった。自分は愚かな男ではないのだから。実のところ、昨日、オリヴィアの過去を知ったことで、自身の子どもに対する接しかたも含めて、無数の事柄をようやくこれまでとはちがう視点で見られるようになったのだった。

どうしようもない父親だ。エリスは自分自身に失望した。ジョアンナも失望しているにちがいない。何より悪いことに、ウィリアムとローマを失望させてしまった。これほど卑劣な罪を、果たして償えるのだろうか……？　そんな疑問がまた頭に浮かんできたが、何をしてでも償わなければならなかった。

「オールマックスでジョアンナをひと目見て、私は心を奪われた。そのときのジョアンナは、いまのおまえより若かった。十七だったんだ。私もまだ十八だった。けれど、私たちの縁組は両家から祝福されて、地位や財産の面でも障害になるものはひとつもなかった。私たちは若くて、いま思えば信じられないほど純粋で、この世でいちばん愛しあっていた。それなりの婚約期間を経て結婚すれば、誰も文句は言わないはずだった」そう、私もジョアンナもはじめての恋にすっかり有頂天になって、互いを心から求めあった。

ローマが警戒しながらも、好奇心に満ちた視線を送ってきた。「お父さまにもわたしと同じ歳のときがあったなんて、想像もつかないわ」

エリスは短く笑った。「でも、そうだったんだよ」

まじめな話をしていながらも、ローマの訝る口調がおかしくてたまらなかった。かつての自分も年長者に同じような感情を抱いたものだった。一生かけて愛せる女性とすぐにでも結婚したいと父に言ったとき、いまのローマと似たようなことを口にした。あのころはたしかに若かった。けれど、自分の気持ちがよくわかっていた。その後のどんなときより、よくわかっていた。

「私たちは四年ほど一緒に暮らして、そのあいだにかわいい子どもがふたりできた」

手綱を握るローマの手に力が入ったのか、馬が鼻を鳴らして、頭を振った。たったいま口にしたことばに、反論されるのを覚悟した。けれど、ローマは何も言わなかった。それでも、父親の話に耳を傾けているのはまちがいなかった。とはいえ、何を感じているのかは、皆目見当がつかない。自分は娘のことをほんとうに何も知らない……。そう思うと、ふたたび胸が痛んだ。

「おまえのお母さまが亡くなったとき、私も一緒に死にたかった。いや、あらゆる意味で、私はジョアンナと一緒に死んだんだ。姉がおまえとウィリアムの面倒を見ると言ってくれた。それがいいと、誰もが口をそろえて言ったよ」

「お父さまは逃げだしたかったんだわ」

「ああ、私は逃げだしたかった」当時の悲しみがどれほどのものだったか、十八の娘にどう説明できるというのか？　身を裂かれるほど辛かった。自分のことしか考えられなかった。八方ふさがりだった。子どもたちと同じ部屋にいるのも堪えられなかった。子どもたちは生きていて、愛する妻は死んでしまったと痛感させられるからだ。そんな恥ずべき事実を、父親としてローマに話す義務があると、そのときはじめて気づいた。「私はどうしようもない意気地なしだった」

ローマが揺るぎない視線で見つめてきた。その目に表われた思いを明確には読みとれなかったけれど、非難が浮かんでいるのはまちがいなかった。ああ、非難されて当然だ。けれど、そこには、かすかな共感のようなものも浮かんでいた。「お父さまはまだ二十二歳だった。いまのわたしより四歳年上なだけだった」

「たしかに私は若かった。だが、犯した過ちを若さのせいにはできない」

「そうね、でも、若さゆえの過ちであれば、少しはわかる気もするわ」

ローマは父親を許そうとしているわけではなかった。エリスはわかっていた。当時の自分の弱さと、娘を放りだした罪はあまりにも大きくて、許しなど得られるはずがなかった。自子どもたちを人にまかせたのはまちがいだった。心に傷を負った若者は、もしかしたら自身の責任から巧みに逃れただけなのかもしれない。姉のシーリアが子どもたちの面倒を見ると言ってくれたのは、妻を失って悲しみの淵《ふち》に沈んでいる弟は、息子と娘を育てられるような状態ではないと考えたからなのだろう。それなのに、この自分は何年経っても、帰国もしなければ、家族への義務を果たそうともしなかった。それを考えると、申し訳ない気持ちでいっぱいになった。

それこそが、自分が犯した真の罪だ。

強烈な罪の意識に、口の中に錆《さび》の味が広がった。過去に戻って、無数の過ちを正せるなら、魂を売りわたしてもかまわない。そんなことを思っても、いまさらどうにもならなかった。いまの自分にできるのは、いつの日か子どもたちとかすかな絆で結ばれる日を夢見て、何も見えない闇の中で手さぐりしながら前進することだけだった。

「話ができてよかったわ」ふたりで陽のあたる場所に足を踏みいれながら、ローマが静かに言った。

ローマが不本意ながらも発したそのことばだけで、エリスは一国の王になったかのような晴れがましい気分になった。ごく短いローマのことばは、果てしない譲歩を意味していた。感謝の念にのどを詰まらせながら、エリスはなんとか応じた。「私もだよ」

ローマの愛情と尊敬を勝ちとるための闘いに勝利したと思えるはずもなかった。真の勝利を得るには、時間をかけて、娘を理解して、ありったけの愛情を注がなければならないのだから。それでも、この朝は心から望んでいた小さな一歩を踏みだしたと言えるだろう。忍耐を発揮して、そして願わくば、互いが歩みよることで、この小さな一歩が、さらにもう一歩、さらにまたもう一歩と続いていくにちがいない。

そんなふうに思えるようになったのも、オリヴィア、きみのおかげだ……。

いつのまにか、公園の中でも人でにぎわう場所まで歩いていた。今日、胸の内を吐露するのはここまでだ。エリスは娘のほうを向いた。たった一時間ですべてがここまで変わるとは不思議でならなかった。「さあ、馬に乗ろう。手を貸すよ。ずいぶん遅くなってしまったからな。道に迷っているんじゃないかと、シーリア伯母さまが心配する」

驚いたことに、ローマがくすくす笑った。ふたりでいるときに、ローマがほんとうの笑顔を見せたのははじめてで、その事実に胸が締めつけられた。「伯母さまはきっと、わたしが馬から落ちたと思っているわ。そして、お父さまがわたしの馬を追って公園じゅうを走りまわっているんじゃないかと。そんなことが、まえにもあったから」

「おまえさえよければ、乗馬を教えるよ」

愛らしい素直な表情がローマの顔から消えて、いつもの警戒心が浮かんだ。「乗馬は得意じゃないわ。これまでだって、得意だったためしがない。わたしを変えようとしても無駄よ」

「そういうつもりでは――」苛立って反論しかけて、気づいた。いままたローマに試されているのだ。危うく失格になるところだった。「ローマ、おまえの好きなようにすればいい。私は毎朝馬に乗る。一緒に乗りたければ、いつでも歓迎するよ」

ローマの目に驚きが浮かんだのがわかった。それは父親の手を借りて鞍に乗っているあいだもずっと消えずに残っていた。背筋をぴんと伸ばして、腕の力を抜きなさい――ついそう言いたくなるのをこらえるのは苦しかったが、どうにか口を閉じておいた。

赤茶色の小型馬にまたがったまま、うつらうつらしている厩番に大声で命じながら、エリスは自分の馬に歩みよると、飛びのった。馬をぐいとまわすと同時に、快活な栗毛《くりげ》の純血種に乗った女に目が釘付《くぎづ》けになった。

オリヴィア。

オリヴィアとのあいだには広い空き地があったが、エリスは即座にその姿に気づいた。オリヴィアがこちらに背を向けているにもかかわらず、ひと目でわかった。本格的に乗馬をたしなむための女性用の黒い乗馬服に身を包んでいるにもかかわらず。特徴のある髪を、流行のやや男性的な帽子の中にたくしこんでいるにもかかわらず。

そわそわと跳ねまわる馬を、オリヴィアは華奢《きゃしゃ》な片手をふわりと動かしただけで制した。ジョアンナも馬の扱いが巧みだった。けれど、蠟燭の炎が陽光にかなわないように、オリヴィアはジョアンナの上を行っていた。オリヴィアと馬は一体であるかのようだ。鞍にしっかりと乗った姿は気品と自信に満ちていた。さらには、漆黒の衣装さえもう一枚の肌であるかのごとく、体のあらゆる曲線にぴたりと添っている。愛人の手練手管としてそういった服を身につける女がいることは、エリスもよく知っていた。けれど、これほど燦然とした美を目の当たりにしたのははじめてだった。

またがった馬もまた、非の打ちどころがなかった。生気にあふれて、繊細で、なおかつりっぱな体。細い脚。美しい曲線を描く首。とはいえ、やはりその背にまたがった女のほうがはるかに人目を引いた。

華麗な光景を目にして、エリスは息が詰まった。

いっぽう、となりにいるローマは、おとなしい馬を操るのに四苦八苦していた。娘が不器用に手綱をいじっているのになんとなく気づきながらも、エリスはオリヴィアから視線を離せなかった。

オリヴィアはふたりの若い洒落者と話をしていた。ひとりは見覚えがあった。たしか、ペリグリン卿の邸宅にいた男だ。だが、もうひとりは知らない顔だった。端整な顔立ちで、髪は古代スカンディナビアの神のような金髪。若いながらも裕福なのだろう、オリヴィアの栗毛の馬にも引けを取らないみごとな糟毛《かすげ》の馬にまたがっていた。

オリヴィアは朝の乗馬を次のパトロン選びに利用しているのか？　この時間に公園にやってくる若い男たちの中から、次のパトロンを見繕っているのか？　その考えが酸のように心を蝕《むしば》んで、思わず両手を握りしめた。ふいに手綱を引かれたせいで、馬が跳ねた。

突然湧いてきた激しい嫉妬を抑えようとした。不合理で、不都合で、これまで感じたことがないほどの嫉妬を。

いったい、私はどうしてしまったんだ？　オリヴィアとの関係がどんなものかは最初からわかっていたはずだ。オリヴィアは愛人だ。愛人として生計を立てている。となれば、当然、次のパトロンを見つけて、売りこまなければならない。いまのパトロンは七月までしかロンドンにいないのだから。

オリヴィアが修道院にでもこもって、歌劇に登場するか弱い乙女のように、別れたパトロンのことを思って、一生嘆き悲しんで暮らすとでも思っていたのか？

オリヴィアには仕事がある。この自分にも仕事があるように。そして、そんなふたりはわずか数カ月後には、別々の大陸で離ればなれで生きることになる。

そういった不本意な事実をどれほど並べたところで、腹の中でクサリヘビの群れよろしくのたくっている怒りや不満はおさまらなかった。

オリヴィアが馬の向きを変えて、こちらを見た。離れていても、オリヴィアはパトロンに気づいたはずだった。会釈のひとつもしてこなかったけれど。

なるほど、やはり新たなパトロンを探しているというわけか。忌々しい。

「どうして、あれほど大騒ぎするのかわからないわ」となりにいるローマが不快そうに言った。

「なんの話だ？」わけがわからず、エリスは尋ねた。

ローマは帽子をきちんとかぶりなおした頭を、オリヴィアのほうへ傾げた。「あの女。お父さまの情婦よ。なぜあんなに騒がれるのかわからないわ」

思いもかけないことばが娘の口から飛びだして、エリスの散漫になっていた集中力が一気に目を覚ました。「いったいぜんたいなんだって――」エリスは深くひとつ息を吸って、体じゅうを駆けめぐる激しい衝撃を必死に抑えた。「いま、なんと言ったんだ、ローマ」

ローマがいつものように下唇を突きだした。「わたしはそういうことを知っていてはならないと、お父さまは言いたいのでしょう。でも、もちろんわたしは知っているわ。わたしは馬鹿でもなければ、耳が聞こえないわけでもないもの。お父さまとあの娼婦との目に余る関係は、社交界の噂の的よ。海峡の向こうで、お父さまが何人も情婦を囲っていたときだって、わたしたち家族は口さがないことを言われていたのよ」

「その件に関して、おまえと話をするつもりはない」頭の中で響く怒りの声を呪いながらも、エリスは穏やかに言った。いったいぜんたいなんだって、ローマはなんでも知っているんだ？

「あら、そう、頭にきちゃう」ローマはそう言い捨てると、馬の足を速めた。

厩番が不安げな顔で、すぐさまあとを追った。いつもなら馬を駆け足させたりしないローマが落馬するのではないかと、厩番はひやひやしているらしい。エリスは遠ざかっていく娘を見つめながら、さきほどと同じ思いを抱いた。ローマは馬のリズムを無視して、鞍の上で跳ねていた。哀れな馬は地面を蹴るたびに、小麦袋が背中にどすんと落ちてくるように感じていることだろう。

顔を上げると、オリヴィアがこちらを見ていた。オリヴィアはいまここで何が起きているのか考えているにちがいない。そして、上流社会の片隅で生きる女であれば、自分のパトロンと一緒にいる若い女はその娘だと見当をつけているはずだった。

オリヴィアの気持ちが伝わってきた。エリスは無言で励まされたような気がした。とはいえ、凛《りん》とした美しい顔に変化はなかったけれど。

たったいまオリヴィアと交わした無言の会話に、薄々とでも気づいた者はいないはずだった。

次の瞬間には、オリヴィアは連れのほうを向いて、パトロンに対しては見ず知らずの他人として装った。八方ふさがりの現状の中で、そんなふうに無視されたのが、とりわけ胸にこたえた。娘との不安定な休戦状態が終わったことよりも胸にこたえた。敵意に満ちた息子とまもなく話をしなければならないことよりも、これからローマのあとを追って、馬からずり落ちて地面に尻もちをついていないか確かめなければならないことよりも。さらには、オリヴィアがほかの男といちゃついていることよりも。

いや、この忌まわしい朝で何よりも胸にこたえるのは、オリヴィアが傍らにいないことだ。手に入れたのを誇りに思えるような愛人を、堂々と世間に示せないことだった。

17

従僕が開けた扉を抜けて、オリヴィアは家に入った。その日は、早朝のハイドパークでの乗馬を終えてからも、ずっと外出していた。そしていま、時刻は七時を過ぎていた。ペリーの三十歳の誕生パーティーの最後の準備をするにあたって、ペリーは予想以上にあれこれと助言を求めてきた。さらに、その後も一緒に長い会話を楽しみたがった。

ペリーは自分が軽視されていると感じているのだろう。その気持ちはわからないでもなかったが、それにしても、むやみに引き止めようとしたのはいかにもわざとらしかった。もしかしたら、エリスとわたしを遠ざけようとしているの？　オリヴィアはそんなふうに勘繰らずにいられなかった。

たぶん、そうなのだろう。ペリーのエリスに対する反感は相変わらずだった。それどころか、さらに強くなっていた。

オリヴィアはいま、精神的に疲れて、神経がささくれ立っていた。苛立たしいことに、午後のあいだずっと気を張りつめていなければならなかったのだ。幸福な期待感を抱いて、パトロンのことばかり考えてしまうのは、生まれてはじめての経験で、愛人としてこれまでにおこなってきたどんなみだらな行為よりも衝撃的だった。それでいて、これほど足取りが軽いのは、これからエリスに会えるからにほかならなかった。

エリスが七月にロンドンを去るという現実には救われた。さもなければ、とんでもなく愚かなことをしでかしかねなかった。

激しい胸の鼓動がおさまって、悲しみのリズムを刻みはじめた。エリスがロンドンを去ると考えても、願っていたほどには気分は高揚しなかった。

オリヴィアは物憂い気分でボンネットを脱いで、執事に渡した。「お風呂に入って、軽い食事をいただくわ、レーサム。今夜はお茶を用意してちょうだい。ワインではなく」

「ご主人さまがお越しです、マダム。二階の客間でお待ちです」

予想外のことで、手袋をはずそうとしていた手が止まった。昨日はあれほど長いあいだ一緒に過ごしたのだから、てっきりエリスは今日、家族とともに過ごすのだろうと思いこんでいた。「長いことお待ちなの？」

「四時からお待ちです」

四時？　つまり、いつになく早い時間に来たというわけだ。「ありがとう、レーサム。お風呂の用意は少し待ってちょうだい」

「かしこまりました、マダム」執事がお辞儀をして、立ち去った。

エリスをすでに三時間以上待たせていると知りながらも、それでもオリヴィアは二階に上がるまえに足を止めた。昨日、あれほど危険な感情の嵐が吹き荒れたのだから、次に顔を合わせるときには、あくまでも冷静でいたかった。

廊下の鏡に、不安げなトパーズ色の目をした自分が映っていた。鏡の中にいるのは、愛人界の冷静沈着な女王ではなかった。そこにいるのは、自分でもいやというほどわかっている無防備で、そわそわして、怯えた女だった。

昨日あんなことがあって、このさきわたしとエリスはどこへ向かえばいいの？　エリスと一緒にいて、これまでに男性に対してけっして感じたことのない不可思議な感覚を抱いた。これまでとはちがう、体が痺れるほどの親しみを。友情以上のものを。家族に対する愛情とはちがうものを。

この腕の中でエリスが泣いたとき、人にはけっして見せないはずの涙をこぼしている男性を苦悩から救えるなら、わが身のすべてを差しだしてもかまわないと思った。エリスのために心を痛めているのは、世知に通じた淫らな女だけではない。この胸の中にひそんでいた途方に暮れた少女も、レオを愛おしくてたまらない母親も、さらには、頽廃的なこの生活から永遠に足を洗ったらかならずなると心に決めている自由なひとりの女も、エリスのために心を痛めていた。

そんな自分の感情を理解できなかった。けれど、その感情の持つ力ははっきりわかった。そして、それがどうしようもなく危険なことも。

以前のパトロンとはどんな絆も感じなかった。けれど、エリスは最初から絆を育もうとした。そして、いまのわたしには、その絆を断ち切る力はない……。

こんなアリ地獄のような現実に誘いこんだエリスが憎らしかった。ふたりが互いに真実の感情を抱いたとしても、最後は傷心と喪失で終わるのは、エリスも知っているはずなのに。

エリスは上流社会の頂点に君臨する貴族だ。家長としての責任があり、面倒を見なければならない家族がいる。それにひきかえ、わたしは身を売る女。

どちらにとっても、この関係はごくごく短い幕間《まくあい》の茶番でしかない。

オリヴィアは階段をゆっくり上がりはじめた。一段上がるたびに、心の中の強固な要塞を新たに築いていった。わたしは強い。どんな男だろうと、わたしに致命的な傷を負わせることはできない。何があってもわたしは生きていく。

それでも、エリスが待つ客間の扉を開けながら、体の震えが止まらなかった。雨の中で口づけられたときと同じだった。

暖炉に向かって斜めに置かれた革張りの大きな肘掛椅子にエリスが座っていた。膝の上に一冊の本をのせている。髪が何度も手でかきあげたかのように乱れていた。ゆったりした黒のガウンに身を包んで、片手で本をしっかり押さえ、反対の手に赤ワインが半分ほど入ったグラスを持っていた。そんな姿は余裕たっぷりで、心からくつろいでいるように見えた。

その姿を見ただけで抑えようもなくこみあげてきた喜びを、オリヴィアはどうにか顔に出さないようにした。けれど、それは雷雨や大波を止めようとするのも同然だった。

部屋に入ると同時に、エリスが顔を上げた。片方の口角がかすかに上がって、その顔に笑みが浮かんだ。

粋に微笑むエリスならこれまでにも見たことがあった。皮肉っぽくにやりと笑うのも、声をあげて笑うのも見たことがあった。

けれど、いまエリスの顔に浮かんでいる笑みは、切なくなるほどやさしくて、オリヴィアは胸の中で心臓がぐるりとまわったような感覚を抱いた。それと同時に、冷ややかな淫婦を演じるための気力は、どこかに飛んでいってしまった。

しっかりするのよ、オリヴィア。エリスだって男性であることに変わりはない。エリスが愛人に差しだすのは、苦痛と強要と荒廃だけ。

けれど、いまさら自分を戒めても手遅れだった。切なくなるほどやさしい笑みを向けられては、何にも動じない氷の心も、永遠の冬のあとに暖かな陽光を浴びたようにすっかりほぐれていった。

わたしの心はまた凍りつくの？　それとも、これはほんとうの夏が訪れる兆しなの？

「こんばんは、オリヴィア」エリスは声までやさしかった。

「こんばんは、エリス卿」ああ、もう、どうすればいいの、声まで震えているなんて。オリヴィアは部屋に入ると、扉を閉めて、何歩か歩いた。

「ちょっと堅苦しくはないか？」エリスがグラスをマホガニーのサイドテーブルに置いた。

オリヴィアはエリスの手の動きを目で追った。磨きあげられたテーブルに置かれたグラスの傍らに、色とりどりの絹の布の束があった。

あれはリボンなの？　ふと浮かんできた小さな疑問は、エリスの顔にまた目が吸いよせられると同時に頭の隅に追いやられた。

「エリス」

「ジュリアンだ」

ファーストネームで呼ぶのは降伏を意味する気がしたけれど、それでもうなずいた。「ジュリアン」

エリスの笑みがさらに明るいものになった。「ありがとう」まるでこの世で最高の褒美を与えられたかのような口調だった。

エリスを見つめたまま、オリヴィアは向かいの椅子に腰を下ろした。エリスがどんな気分なのかはわからなかった。わかったのは、昨日の親しげな態度が変わっていないことだった。今度ふたりで顔を合わせるときには、エリスは秘密を打ち明けあった雨の静かな一夜などなかったかのようにふるまうにちがいない——今朝、公園でエリスを見かけてからそんな気がしてならなかった。そうであれば、何もかもが簡単になる。とはいえ、あらためて考えてみれば、エリスがそんな簡単な道を選ぶはずがなかった。

エリスは服を脱いでガウンを着ていた。それが何を意味するかはまちがいようがなかったけれど、体に触れてくることはなかった。それでも、エリスがそこにいるというだけで、たくましい体に抱きしめられたように、身動きできなくなった。

エリスの目は穏やかで、やわらかな灰色だった。エリスに鋭いまなざしを向けられて、冷ややかで無情な目だと感じたときのことなど、もう思いだせなかった。

灰色！　信じられない、いつのまにか灰色がいちばん好きな色になっているなんて……。「午後のあいだずっと待っていたのね」意味のないことを口走ってから、ぼうっとして何も考えられずにいる自分を叱った。

エリスがうなずいた。「そうだ」

「わたしはペリーのところにいたの」

また意味のないことを口走っている。そもそも、どこにいたかをパトロンに説明する義務などないのに。それが、ふたりの交わした契約なのだから。

けれど、いま、ふたりを結びつけているのはくだらない契約ではなく、これまでに感じたことのない危険で世界を揺るがすほどの感情なのは、はっきりとわかっていた。少なくとも、愛人を生業にする女にとっては、危険で世界を揺るがすほどの感情だった。

昨日であまりにも多くのことが変わってしまった。エリスがケントまであとをつけてこなければ、どれほどよかったか。彼が見ず知らずの他人のままでいてくれたなら、この胸の内で燃えている鬼火を消せるかもしれないと、ほんのわずかでも希望を抱けたはずなのに。

エリスが口元に相変わらずあの笑みを浮かべていた。視線も相変わらず揺るがなかった。男性の欲望の対象として長い月日を過ごしてきたけれど、いまのエリスほど穏やかに、それでいて情熱的に見つめてくる人はいなかった。そんなふうに見つめられると、そわそわして落ち着かなかった。

といっても、わたしだって、エリスから目を離せずにいるけれど……。

「いいんだ。考える時間がほしかったから」

オリヴィアは当然するべき質問をあえて口にしなかった。その答えを聞きたいのかどうか、自分でもよくわからなかった。「お食事は?」

「あとにしよう。きみは食べたのか?」

昼下がりにペリーと一緒にケーキとサンドイッチを食べただけで、家に着いたときにはかすかな空腹感を覚えていた。ゆえに、エリスとの一夜のまえに、気持ちをしっかりさせるためにも少しだけ何か食べておこうと考えていた。けれど、予想以上に早い時間にエリスと顔を合わせることになって、食べ物のことなど考えられなくなっていた。

「お気遣いありがとう、わたしは大丈夫よ」

エリスがワイングラスとリボンの束の傍らに本を置いた。「よかった」

オリヴィアは椅子に座ったまま身を乗りだした。「こんなことは言いたくないけれど、あなたと一緒にいると緊張するわ」

エリスがまた微笑んだ。とはいえ、今度はやさしい笑みではなかった。弧を描く唇が横に広がって、思わせぶりな笑みだった。「きみが不安になるようなことは何もないよ」

椅子の肘掛けにのせていた手に自然と力が入って、いつのまにか握りしめていた。「いいえ、不安でたまらないわ」

「ワインを飲むかい？」

「どうして？」怪訝な口調で尋ねた。「わたしにワインが必要になるとでも？」

エリスが小さく声をあげて笑った。オリヴィアは深みのあるその声が温かな蜂蜜のように背筋をとろりと流れたような気がした。「そうかもしれない。これからゲームをするからね」

オリヴィアはなんの変哲もないリボンの束に視線を戻した。といっても、よく見るとそれはリボンではなかった。色とりどりの絹の紐のようだ。

「わたしを縛るつもりなのね」なんの感情もこめずに言った。

愛人を根気強くなだめすかして説得することに、ついにエリスはうんざりしたのだろう。だから、これから力ずくでわたしの体から反応を引きだすつもりなのだ。

正直なところ、エリスにはもう少し想像力があると思っていた。どうやら、エリスを買いかぶっていたらしい。ほかの男たちと同様、使い古された手口しか思い浮かばないとは。

それでも、エリスがわざわざ相手の賛同を得ようとしているのを、喜ぶべきなのかもしれない。新たな手に出てきたエリスに対して、どういうわけか、これまで以上の愛おしさを覚えると同時に、これまで以上に失望していた。

小さくため息をついて、椅子の背にもたれた。不安と緊張が体から抜けていく。たしかに新鮮味はまるでなくても、馴染みの状況であるのはまちがいなかった。

エリスがじっと見つめてきた。「異論はないのか？」

オリヴィアは短い丈の上着のボタンをはずしはじめた。当然のことながら、エリスは愛人が裸になるのを望んでいるはずだった。これまでに拘束遊戯をしたがった男たちはみな、それを望んだのだから。「異論はないわ」

とはいえ、これから気分が悪くなって、これまで以上に満たされない思いだけが残るのは確実だった。おまけに、エリスが当惑して、傷ついた悲しげな表情をまた浮かべることになるのも確実だった。

そうよ、こんなことぐらいやってのけられる。でも、ほんとうはしたくないけれど……。

「よかった。だったら、次回はそれを試してみよう」

三番目のボタンをはずそうとしていた指が止まった。頼りない脚が体を支えきれるのか心配しながらも、オリヴィアは立ちあがった。「いま、なんと言ったの？」

エリスが紐を手に取って、それを指でもてあそびはじめた。陽に焼けた力強い指の動きを、オリヴィアはうっとり見つめるしかなかった。無限にくり返される指の動きが、やけに艶めかしくて、なんとなく心が乱れた。

「次回はそれを試してみようと言ったんだよ」エリスが穏やかな口調で言った。たったいま抱いた確信が一瞬にして消えていった。石の下に隠れていたカニが、石をどかされたとたんにいっせいに逃げだすように。

「ならば、今夜は何をしたいの？」詰まるのどから、無理やりことばを絞りだした。

エリスが立ちあがったかと思うと、手を伸ばせば触れられるところまで歩みよってきた。いつものように見おろされる。自分のことが小さく女らしく思えた。目のまえにいるのは、そんな感覚を抱かせるこの世で唯一の男性だった。ふいに、エリスに縛られて、まだ見ぬ官能の世界に導かれてみたくなった。つい一週間まえならば、そんなことに興味を抱くはずがなかったのに。

それを言うなら、ほんの一分まえだって……。

紐の束は相変わらずエリスの手に握られていた。「私を縛ってほしい」

オリヴィアは一歩あとずさった。エリスが無理やり服従させられるのが好きなタイプだとは思えなかった。以前のパトロンのひとりは、官能を得るには痛みが必要で、そのせいで、オリヴィアはそのパトロンとの関係を即座に打ち切ったのだ。最初のパトロンのように暴力を使って、人を服従させることには吐き気しか覚えなかった。

「いやよ」

エリスは手から紐をそっと放すと、テーブルの上に落とした。「きみがそう言うなら」

オリヴィアは深みのある黒いマホガニーのテーブルの上の色とりどりの絡みあう紐を見つ

めた。性的な感覚が皆無の女でさえ、エリスのすらりとした指から色鮮やかな繊細な紐がゆっくりと落ちていくのを見ると、官能に近いものを感じずにいられなかった。

不可思議な感覚が漣《さざなみ》となって全身に広がると、まるでエリスのすらりと長い指が素肌に触れたかのように小さく身震いした。それからようやく、エリスの言ったことに気づいた。

「あなたはわたしに鞭打たれたいわけではないの?」わけがわからず尋ねた。「きみは私を鞭打ちたいのか?」

エリスの顔に驚きがよぎったかと思うと、まっすぐ見つめてきた。

「とんでもない」オリヴィアは眉をひそめた。ますます何がどうなっているのかわからなかった。「あなたはそれを望んでいたのではないの?」

エリスが口元にまた思わせぶりな笑みを浮かべて、手を握ってきた。オリヴィアは手を引っこめようとしたが、エリスは放してくれなかった。エリスの手のぬくもりが腕をじわじわと這いあがって、氷の心をさらに溶かしていく。

もうすぐ氷はすべて溶けてなくなってしまう。そうしたら、そこにはいったい何が残るの?

「今朝、きみは私が娘と一緒にいるところを見たね」

「ええ」

「娘に教えられたよ、私が子どもたちを人まかせにしたのはひどいことだけれど、それが娘に対する私の最大の罪ではないとね。娘が何をどうしたいのか、何ひとつ本人の意思を確かめようとしなかったことのほうが、はるかに悪いと」エリスが口をつぐむと、その姿に昨夜の悲しみの幻影がちらりとよぎった。「私は自分の意見を妻に押しつけようとして、ジョアンナを失った」

オリヴィアは頭を傾げて、眉を上げた。「あなたは男だもの。自分の意見に人がしたがうのが当然だと思っているのよ」

「今夜はそうは思っていない。きみに対しては」エリスが手を離して、背筋をぴんと伸ばした。その顔にはこれまで見たことがないほど真剣な表情が浮かんでいた。「じっくり考えたんだよ。きみに対する自分の態度を、鏡に映すように客観的に考えてみた。これまでの人生で出会った女たちに対する自分の態度を」

オリヴィアは両手を握りあわせて、エリスの感触が恋しいとは思わないようにした。「あなたはわたしを気遣ってくれたわ。それなのに、わたしはあなたに好かれるようなことを、何ひとつしなかった」

エリスが手を伸ばして、一瞬、頬に触れてきた。ツバメの翼がかすめたような、ごく軽い、ごく束の間の触れあいだった。けれど、そのやさしさはつま先にまで行きわたった。「馬鹿なことを言うなよ、オリヴィア。きみはまさに好かれるようなことをしてきたじゃないか」

エリスからやさしいことばをかけられるたびに、目が潤んでしまう。オリヴィアは苛立たしい涙を、瞬きして押しもどした。エリスにそんなことを言ってほしくなかった。近い将来、エリスはここからいなくなって、そんなことばをかけてくれなくなるのだから。たとえ、ここにいたとしても、そんなことばをかける気にもなれなくなるかもしれない。

エリスにやさしいことばをかけられるたびに、毎日毒を吸わずにはいられないアヘンに溺れた人々と自分の姿が重なって見える。麻薬にすっかり絡めとられた哀れな人々同様、いま以上のものがほしくてたまらなくなるのだから。

「わたしは愛人らしいことをほとんどしていないわ」かすれた声で言った。

「私たちはまだ終わっていないよ、マイ・ラブ」

驚きが大きな波となって、オリヴィアの胸を満たした。それなのに、エリスは自分が愛のことばを口にしたことに気づいてもいないようだった。

ペリーからはときどき、いかにも気軽な口調で〝マイ・ラブ〟と呼ばれていた。けれど、エリスが発したその短いことばは、気軽な口調ではなかった。

感傷的なことをあれこれと考えている自分を、オリヴィアは叱った。けれど、何をしたところで、風を受けた帆のようにふくらんでいく思いは止められなかった。

「あなたが望むものを、わたしは与えられないわ」切なくなるほどのやさしさをいくら示しても無駄だと、エリスにわからせなければならなかった。

「きみが与えられるものを、私にくれればそれでいい」

オリヴィアは乾いた唇を舐めて、胸を張った。「そんなものは何もないわ」

「いや、オリヴィア、そんなことはない。きみはすでに多くのものを与えてくれたんだから」

エリスがまたやさしく微笑んだ。やめて、そんな顔で見つめないで……。そんなふうに見つめられるたびに、心を炎の矢で射抜かれたような気分になる。そうやって、わたしを限界まで追いつめるのだ。わたしが数々の弱点に気づくように仕向けて、これまで真の自分を守ってきた、冷静沈着という殻を無理やりはぎ取るのだ。

エリスはまぎれもない脅威だった。

そして、それに気づいていたとしても、わたしはエリスと知りあうチャンスをけっして逃そうとはしなかったはず。たとえいま、エリスがひざまずいて、自分の旅立ちと引き換えに世界を差しだすと言ったとしても、それを拒むに決まっていた。

脅威以外の何ものでもない。

体が震えはじめて、心臓の鼓動が解き放たれた野生馬のそれになった。「わたしがあなたに何を与えたと言うの？」厳しい口調で尋ねた。

「私に心を取りもどさせてくれたのを、きみは気づいていないのか？」

エリスの率直な物言いが、苛立つ心に突き刺さった。ナイフがバターを切るようにすっぱりと。

オリヴィアは必死になって棘のあることばを口にした。「きっと、あなたはわたしのことを払った金に見合うだけの女だと思いたいのよ」

そう言っても、エリスが怒りで応じることはなかった。エリスがそうしないことぐらい、容易に推測できたはずだった。怒るどころか、その顔にことばにならないほど悲しげな表情が浮かんだ。そのせいで怒りよりもっと激しい感情で胸の中がいっぱいになった。

「オリヴィア、やめてくれ」

静かな口調で発せられたそのことばだけで、屈辱という名の怒りくるう獣も、残忍で挑発的な孤独感も鎮まった。太陽の下で長い一日を過ごして疲れ果てた子どものように、屈辱も孤独感も静かな眠りについた。

「私はきみにも心を取りもどしてほしいんだ」エリスの声は囁くかのように小さくて、オリヴィアは思わず身を乗りだした。とたんに、エリスのジャコウの香りを感じて、目も眩むほどの欲望を抱いた。

欲望？　これまで一度だって、男性に欲望を抱いたことなどないのに？　たとえ欲望を抱いたとしても、エリスに対してそれをどう使えというの？　触れられても体は反応せず、心にはどんな感情も湧いてこないのに。

驚いたことに、それが悲しくてたまらず、胸が締めつけられて、心臓の鼓動さえ止まりそうだった。

「あなたは性の悦びのことを言っているのでしょう」オリヴィアは物憂げに言った。

こんな話をしてどうなるの……？　どちらがどちらを縛ろうと、ふたりがどこにもたどり着かないのは、エリスだってわかっているはず。昨夜は男性への欲望にかぎりなく近いものを感じた。それなのに、あんな悲惨な結果に終わったのだから。

「性の悦びを感じる能力をきみから奪ったのは許しがたい罪だ」

「それでも、わたしはどうにか生きているわ」

「どうにか生きているだけで、真の意味で生きてはいない」

オリヴィアはこみあげてきた熱い涙を、瞬きして押しもどした。エリスの望むような女になりたいという切なる願いを嘘でごまかせないように、涙があふれるほどエリスのことばに感動していることも、もうごまかしようがなかった。エリスのことばはあまりにも悲しい真実だった。

「いまさら手遅れだわ」

エリスが首を横に振った。「そんなことはない」

これまで誰にも見せたことがない胸の奥深いところまでエリスが見通しているのはまちがいなかった。その目に映っているものを想像すると、背筋に寒気が走った。

「私のことを信じているか？」エリスが尋ねてきた。

オリヴィアはちらりとエリスを見た。「わたしは誰のことも信じないわ」

「そうだった」エリスがいったん口をつぐんだ。「今夜だけは、私を信じられるか？　このさきずっと信じてくれとは言わない」

「わたしたちのような人間には、このさきずっとなんてものはないのよ」つい悲しげな口調になった。

「いいや、そんなことはない」エリスの声は深く自信に満ちていた。「せめて、私のまえでは正直になってくれ」

オリヴィアは粉々になった闘争心の破片をどうにか寄せ集めた。これまでにベッドをともにしたくだらない男たち同様、エリスのこともなんとも思わずにいられたらどれほどいいだろう。「わたしは淫らな女よ。そんな女にとって、正直でいることなど、許されない贅沢だわ」

「私と一緒にいても、自分を淫らな女だと思うのか？」

そんなことを訊かれて、どう答えろと言うの？　「あなたは何を求めているの、エリス？」

さきほど尋ねたときと同じように必死だった。

「きみが望むものを、私は求めている」

「馬鹿げたことを」

「たしかに、これまでにはなかったことだろう」

「どんな男性もそんなことを言わなかったわ」

「わかっている」灰色の目に満ちた果てしない思いやりを見て、オリヴィアはエリスの手を握りたくなった。けれど、そんな衝動を抑えた。

もし最後の砦を明け渡して、その結果、エリスに裏切られたら——そう、男にとって裏切りは本能なのだから——わたしは破滅する。

エリスに対抗するための砦は、とっくのとうに崩れ落ちている。そう囁く心の声を無視した。

エリスがテーブルから紐を拾いあげて、差しだした。「私を縛ってくれ。そうして、なんでも望むことをしてくれ」

あまりにも驚いて、オリヴィアは何も言えなかった。それに、たったいまエリスが求めてきたことに対する、強烈な拒絶反応のせいで。

胸の奥にある何かが、エリスを縛りあげて支配することに反発していた。同時に、男性を支配するときの高揚感は、十四のとき以来の生きがいだった。

いつもの冷笑的な態度がよみがえった。運命に翻弄された長い年月でしっかり身につけた、あのオリヴィア・レインズの闘争心もよみがえってきた。「あなたを縛りあげてようやく、わたしはあなたを信用できるというわけね?」

「いや、最初から信用してもらってかまわない」またあの微笑みだ……。そんなふうに微笑まないでほしかった。「でも、私を縛りあげれば、私のことを完全に支配したと思えるだろう」

皮肉な物言いを、あえて抑えようとはしなかった。「そして、わたしはあなたに快感を与えることになる。なんとも高尚な犠牲的精神だこと」

「なんでもきみの好きなようにすればいい」

「鞭打っても?」とはいえ、そんな気はさらさらなかった。

「そうしたいなら」

「あなたを無視しても?」

「かまわない」

「あなたを置き去りにしても?」

エリスのほっそりした頰がぴくりと引きつった。冷静を装ってはいるものの、何をされようとかまわないわけではないらしい。「きみがどうしてもそうしたいなら」

「なぜ、こんなことをするの?」

エリスがまた肩をすくめた。そうして、いままでに聞いたことがないほど真剣な口調で言った。「この八方ふさがりの状態を打破しなければならない。さもなければ、互いに立ちなおれないほど傷つくことになる」

「そうならないための何より簡単な方法は、別れることだわ」

「それが簡単なことなのか？」

あえてそれには答えなかった。「だから、わたしはあなたを縛りあげて、好き勝手なことをするの？」

「そうだ」

オリヴィアは手を差しだした。意外にも手は震えていなかった。「紐をもらうわ」

18

自分が何をしているのかはっきりわかっているのを、そして、これから何が起きても堪えられるのを心から祈りながら、エリスは絹の紐をオリヴィアに渡した。

こちらの意図をひとたび理解すると、オリヴィアは驚くほど冷静になった。部屋に入ってきたときには、見るからに不安げで、まごついていたというのに。そして、愛人という鎧をまとおうとした。エリスはそのことにどうにか気づいた。

もちろん、それには大きな意味があるはずだった。

いま、オリヴィアは何を感じているんだ？　怒っているのか？　それとも、不本意に感じている？　あるいは、あきらめている？　さもなければ、勝ち誇っているのか？　いや、不快でたまらないのか？

忌々しいことに、見当もつかなかった。ローマとの不首尾に終わった会話のあとで考えた無謀な作戦に疑念を抱くのは、これがはじめてではなかった。理論的には、これが史上最悪の袋小路からの抜け道になるはずだった。けれど、現実には、腹をすかしたトラの口に頭を突っこんだ気分だった。

とはいえ、オリヴィアにはまだ縛られていなかった。

けれど、引きかえすにはもう遅かった。

どの国の女王にも引けを取らない尊大な仕草で、オリヴィアが指さしてきた。「ガウンを脱いで」

どんな命令にもしたがうとすでに誓っていた。あろうことか、ほんとうにそうするつもりでいた。プライドの高さは人一倍で、女の命令にしたがうのがどれほど苦痛だとしても。

何も言わず、エリスは黒い絹のガウンを脱ぐと、足元に落とした。

永遠とも思えるほど長いあいだ、裸の体を見つめられても、何も言わなかった。オリヴィアの視線が肩から胸へ移って、やがて、股間で止まった。そこにあるものは、予想どおりいきり立って、無言で挑発していた。

オリヴィアを求めずにいるには死ぬしかなかった。それでも、オリヴィアの目のまえでこんなふうに立っているのが、快適であるはずがなかった。美術館の大理石の彫像か何かのように見つめられているのは。

オリヴィアがゆっくりと背後にまわった。美術品の鑑定家にも似た冷静な目で裸の男を吟味していた。胸のまえで腕組みをして、この作品にはとりたてて価値はないと思っているかのように。

最悪だったのは、まうしろから眺められたときだった。剝きだしの尻を永遠に見つめられているような気がした。脚も尻も背中もかちかちにこわばった。その場にじっと立っているには、意志の力のすべてが必要だった。初夜を迎えた怯える処女のように、ガウンを求めて手さぐりせずにいるには。

くそっ、エリス伯爵と言えば自他ともに認める放蕩者だ。快楽の達人と言ってもいい。裸で女のまえに立ったことなど、数えきれないほどある。

それなのに、自分がこれほど……裸であると痛感したことはなかった。

そんなことを考えていること自体、不快でたまらなかった。こんな気分になるとは、心底情けなかった。

そして、オリヴィアはそれを知っているのだ、この小悪魔め。

意を決して堪えた。オリヴィアを包んでいる氷の殻を打ち砕けるならば、最悪の拷問でも甘んじて受けるつもりだった。ふたりで過ごすようになっていつのまにか、不感症という牢《ろう》獄《ごく》からオリヴィアを解放することのほうが、次の息を吸うことより重要だと感じるようになっていた。

オリヴィアのためなら、これぐらいどうということはない。オリヴィアのためなら、これぐらい堪えられる。

あのときふたりのあいだに起きたことは、人知の及ばない運命としか言いようがなかった。これまでの経験から、運命など信じていなかったにもかかわらず。

いったいどうして、オリヴィアの幸福が自分のプライドや自己防衛の本能より大切だと感じるようになってしまったんだ？　とはいえ、自分が選んだ不確かな道の欠陥をあれこれ詮索する段階はとうに過ぎていた。いまや、森の中にすっかり迷いこんでいた。オリヴィアに対して抱いた直感が、ふたたび家に戻れる道を示してくれるのを願うしかなかった。

過去の悲劇を打ち明けたときのオリヴィアを思いだすと、勇気が湧いてきた。エリスは胸を張った。そうだ、勇気だけでオリヴィアは辛苦に堪えてきたのだ。静かなこの屈辱に堪えることだけが、オリヴィアのために自分ができるすべてだった。これが功を奏することを、心から願わずにいられなかった。

触れられているかのように、熱い視線を感じた。視線が尻から背骨をたどって、緊張して力がこもる肩へと移るのがわかった。オリヴィアは体に触れるのだろう。そう思ったが、実際には、まえにまわって、目のまえに立っただけだった。

「ベッドに横たわって」オリヴィアの顔は滑らかで、石膏像のように無表情だった。そして、冷ややかだった。

これから危険なことが起こる。体も傷つくかもしれない。そんな緊迫感がその場に色濃く立ちこめた。オリヴィアのトラのような鋭い目を見れば、これから報復と制裁が待っているのがわかった。そして、もしかしたら性の悦びも……。

抗うことなく、エリスは重い足取りで寝室に入ると、ベッドに歩みよって、横たわった。寝室はしんと静まりかえって、聞こえるのは、あとをついてくるオリヴィアのスカートのかすかな衣擦れの音だけだった。その途中で、自分が脱いだガウンをオリヴィアが拾いあげて、寝室の椅子に放り投げたのがわかった。

不可思議な感情が交じりあって、胸の鼓動が速くなっていた。そこには当然、興奮があった。けれど、同時に恐怖もあった。さらには、何をしても抑えようのない男としての憤りもふつふつと煮えたぎっていた。

こんな悲惨な状況に陥ったのは、まぎれもなく自分のせいなのはわかっていたけれど。

これまで女に命令されたことなどなかった。とりわけ、寝室ではつねに主導権を握っていた。ああ、そうだ、すべてを支配するのが好きなのだから。

気まぐれな女に服従するのははじめてで、落ち着いていられるはずがなかった。

それでも、体の奥深くで響いている声は消えなかった。プライドを捨て去ることが、真の自由をオリヴィアに授ける唯一の方法だという声は。そのせいで束の間の恥辱を味わうことになっても堪えてみせる。同時に、束の間の恥辱を味わうだけで、この拷問をオリヴィアが終わらせてくれることを心から祈った。

もしオリヴィアの体が真の欲望を示すようになるなら、自分は地獄の業火のまえに立って炎に焼かれながらも微笑むにちがいない。

この行為に何が賭されているのかを胸に刻むと、激しい緊張がほぐれていった。それでも、手首をつかまれて、寝台の支柱へと持っていかれると、ぎくりとした。

オリヴィアに容赦なくぐいと手首をつかまれて、煽動的な熱と激しい戦慄が全身を駆けぬけた。それでも歯を食いしばって、どうにか自制心を保った。

即座に抱きしめられるほどすぐそばにオリヴィアがいた。けれど、抱きしめようものなら、ふたりのあいだに築かれたガラスのような信頼が、粉々に砕けて二度と元には戻らなくなる。

「落ち着いて。こんな痛みなど、蚊に刺された程度よ」オリヴィアがつぶやきながら、紺色の紐をパトロンの手首に器用に巻きつけると、その端をベッドの支柱に易々と縛りつけた。

「きみにとって、口でそう言うのはさぞかし簡単だろう」

皮肉めかした冗談を言えるぐらい、オリヴィアは余裕があるらしい。それには、エリスもほっとした。もしかしたら、何もかもうまくいくのかもしれない。決死の覚悟のせいで胸の片隅に追いやられていたあやふやな希望が、ふわりとふくらむのを感じた。

「わたしにとっては、こうすることだって簡単よ」オリヴィアは信じられないほど手早く、反対の手首に紐を巻きつけると、もう一本の支柱に縛りつけた。

「こういうことをするのははじめてじゃないんだな」

「父の領地では、はぐれた家畜に紐をかけて、つないでおいたのよ。さもないと、行方不明の動物を探し歩くはめになるから」

父の領地？　もしかしたらオリヴィアは裕福な家の出なのか？　これまでもそんなふうに感じていたが、いまのことばでそれが裏づけられた。同時に、オリヴィアの兄の卑劣な行為に対する無益な怒りが、また全身に押しよせた。

それでも、なんとか軽い口調を保った。「私を動物と一緒にするのか、ミス・レインズ？」

「あなたが動物と一緒なのか試してみましょう」オリヴィアの手が胸から、無防備な腹へと這うのを感じた。しかもじりじりするほどゆっくりと。どこよりも触れてほしい場所にその手が向かうのを期待して、全身がこわばった。

いきり立つものの、ほんの少し手前で手が止まった。

歯を食いしばって、苦しげに懇願したくなるのをこらえる。あと一インチ手を動かしてほしいと、切なる思いに身を震わせながら涙ながらに訴えたくなるのをこらえた。そうだ、あと一インチだけ。

信じられないことに、百年ものあいだいきり立っている気分だった。

けれど、オリヴィアの冷たい手は、下腹の上でぴたりと止まったままだった。あまりにも近すぎる場所で。肝心の場所にはけっして触れない場所で。

腰がびくんと跳ねた。

オリヴィアが唇にかすかな笑みを浮かべ、ネコのような目をきらりと輝かせて、手を引っこめた。口元の滑らかなほくろが魔女のしるしに見えたのは、それがはじめてではなかった。そうだ、私はオリヴィアに魔法をかけられた。オリヴィアをひと目見た瞬間に魔法をかけられて、虜になったのだ。

「わざと私を苦しませているんだな、悪女め」喘ぎながら言った。

急な山道を駆けのぼったかのように、心臓が激しい鼓動を刻んでいた。この責め苦の一巡目がはじまったばかりだというのに、早くも限界に達していた。

いったいぜんたい、どうやってこんなことに堪えられるんだ？

「それはどうかしら……」オリヴィアが歌うようにつぶやいた。

「これからどうするつもりだ？」無限の欲望を必死にこらえているせいで、かすれた声しか出なかった。

「さあ、どうしようかしら……」オリヴィアがさも迷っているように言いながら、ベッドの足元へ向かった。次の瞬間には、足首をつかまれた。肌にオリヴィアの手が触れたとたん、全身に衝撃が走った。猛スピードで走る馬車が何かに激突したかのような衝撃だった。

「もう決めているんだろう」

たしかに、これまで自分は身を売る女たちとともに、どうしようもなく堕落した人生を送ってきた。けれど、だからこそ、女というものを熟知していて、オリヴィアのいまの表情が意味することもはっきりわかった。オーストリアの山間《やまあい》の村の馬小屋に住むネコも、それとそっくりな表情を浮かべていた。そう、鉤爪でネズミをとらえたときに……。いじめられ、苦しめられて、最後に息の根を止められる——そのネコの獲物はそうなる運命と決まっていた。

それでも、エリスは抵抗しなかった。ベッドの左右の支柱に、足を片方ずつ縛られた。その結果、オリヴィアのまえで、身を守る術もなく大の字に横たわることになった。

絹の紐を買う際には、どれぐらい頑丈かきちんと試した。どこまでも滑らかなのに、その紐は驚くほど頑丈だった。たとえ引きちぎろうとしても、そんなことができるはずがなかった。

それでこそ、オリヴィアを心から信頼している証になる。縛りあげられて、自分は完全に無防備になる。そうでなければ、そもそもこんなことをする意味がなかった。

その思いを読みとったかのように、オリヴィアが言った。「ほどけるかどうか試して」

エリスはそのときようやく気づいた。主導権を譲ってからというもの、オリヴィアは丁寧なことばで何かを頼んでくることも、パトロンの名に称号をつけることもなくなっていた。

「やってみよう」縛られた腕を思いきり引っぱった。腕はびくともしなかった。脚を蹴ろうとした。やはり、びくともしない。オリヴィアの謎めいた子ども時代に、その領地にいた動物たちは、さぞかし厳重に紐でつながれたにちがいない。

「緩んでないわね？」

オリヴィアがベッドの足元に立って、全裸で横たわる男を眺めた。それは愛人の視線ではなく、はるかに客観的だった。それでも、エリスは全身に力が入った。あまりにも冷静なオリヴィアに対する苛立ちを抑えようとしたが、そう簡単にはいかなかった。すぐにでも大火となりそうな欲望を抱えていては、なおさらだった。

「これっぽっちも緩まない」

「よかった」オリヴィアの指が足の甲に触れた。足首、すね、膝へと這いあがっていく。膝で止まった指が……そのまま動かない……。

エリスは口の中がからからになった。

もっと上へ、もっと上へ。

その思いが、頭の中でひび割れた叫びとなっていた。顎が痛くなるほど歯を食いしばった。なんでもしたいようにしていいとオリヴィアに約束したのだから。すべてを受けいれると誓ったのだから。

作戦を立てているときでさえ、それが成功する見込みは薄いように思えた。いま、こうして、屠《ほふ》られる雄牛のごとく縛られると、目標とするものにはけっしてたどり着けないような気がしてならなかった。

パトロンの脚に片手を置いたまま、オリヴィアがベッドの傍らを移動した。男を惑わすほのかな蜂蜜の香りが、興奮した男のジャコウの香りと混ざりあう。頭がくらくらした。全裸の体にオリヴィアの鋭い視線を感じて、冷たい汗が噴きでた。といっても、その部屋で冷たいのはそれだけだった。オリヴィアが帰ってくるまえに、暖炉に火を熾して、部屋を暖めておいたのだから。とはいえ、炎より熱い血が、全身を駆けめぐっていた。

膝に触れるオリヴィアの人差し指が、悩ましい小さな円を描いた。その指が股間に触れる場面が頭に浮かんで、いきり立つものがびくんと跳ねた。

「オリヴィア」オリヴィアの意図する道を自分が正確にたどっているのを知りながら、エリスはかすれた声で言った。

「どうしたの？」オリヴィアが冷ややかな口調で尋ねた。「紐を解いてほしいの？」

そうだ。

「ちがう」

「よかった」

心とは裏腹の返事に褒美を与えるように、オリヴィアの指が太腿に触れた。やはり人差し指一本だけだった。オリヴィアが指での愛撫に飽きるのを待つあいだ、心臓が不規則に脈打った。

パトロンがどこにいちばん触れてほしいと願っているか、オリヴィアはもちろん知っているはずだった。すでに口の中はからからで、歯を食いしばっているせいで顎が痛んだ。

オリヴィア、頼む……。

体から手が離れたかと思うと、オリヴィアがベッドからあとずさった。「必要なものがあれば呼ぶといいわ。あなたの声を召使が聞きつけるでしょうから」そこでいったん口をつぐんでから、さらに言った。「いつかは」

「どこへ行くんだ？」忌々しいことに、懇願する口調になっていた。

オリヴィアはすでに廊下につながる扉のそばまで歩いていた。足を止めて、肩越しにちらりと振りかえると、その顔に嘲笑するような笑みが浮かんだ。「さようなら、エリス」

さようなら、だって？　いったいどうなっているんだ？

「行くな、オリヴィア！」エリスは紐を試したときよりもっと力をこめて、紐を引きちぎろうとした。それでも、紐はびくともしなかった。「オリヴィア！　これは、いったい――」

無言のまま、オリヴィアは扉を開けて、音もなく部屋を出ていった。

19

ふたたび扉が開いたとき、エリスは疲れ果てて、不安な眠りに落ちていた。重い瞼を開けて、霞む目で暗い部屋の中に目を凝らした。心も体も打ちのめされて、頭にも靄がかかっていた。ついに、召使が拘束を解きにやってきたのだろう、そんなことをぼんやり思った。

暖炉の火は燃えつきて、薪は熾《お》きとなり、部屋は闇に包まれていた。頭の上に不自然に上げている腕に激痛が走った。長いあいだ仰向けに横たわっているしかなかったせいで、全身がこわばって、痛みに悲鳴をあげていた。それればかりか、凍えそうなほど寒かった。

オリヴィアが部屋を出ていくという衝撃を味わわされたあとで、エリスはどうにかして拘束を解こうとして力を使い果たした。その結果、得られたのは赤剝けた手首と全身の痛みだけだった。必死にもがいたのに、結び目がわずかに緩んだだけだった。オリヴィアがさも得意げに口にしたことばは大げさではなかった。動物と同じように縛りあげるというあのことばは。

そんなことをしたあとで、ようやく、激しい憤りでいっぱいの頭に、論理的な考えが浮かんできた。どんなにもがいても無駄だという考えが。

怒りよりも、希望が消えるまでのほうが、はるかに時間がかかった。

最初は、オリヴィアが部屋を出ていって、これほど無防備な姿でひとりとり残されたことが信じられなかった。オリヴィアが扉を閉めても、その事実が簡単には信じられず、頭の中では否定の叫びが響いていた。

オリヴィアは戻ってくる。ああ、戻ってくるに決まっている。オリヴィアにからかわれているだけだ。そうだ、オリヴィアは抵抗をやめるまえに、いつだってこの自分を苦しめるのだから。愚かにもこの自分は、オリヴィアにいくらでも苦しめてくれ、なんでもしたいようにしてくれとしつこく迫ったのだから。

けれど、怯えながら過ごす一分が、やがて数時間になっても、オリヴィアが戻ってこないと、ついに過酷な現実に目を向けるしかなくなった。もっと早くわかっているべきだった事柄を、ようやく理解した。

自分はオリヴィアに自由を与えた。オリヴィアは賢くも、それを素直に受けとったのだ。去り際にオリヴィアがいかにも蔑むように言い残したことばどおりに、助けを呼ぶこともできた。けれど、ほんのわずかに残った頑ななプライドが、それを許さなかった。プライドと、さらには、オリヴィアが戻ってきて、じっと待っている自分を見つけてくれるかもしれないという哀れな希望のせいで。

なんとも愚かな男だ。オリヴィアは戻ってくるはずがないのに。

目を閉じた。川面《かわも》がじわじわと凍っていくように、体を流れる血とともに絶望が全身に広がっていった。

「エリス？」

一瞬、心臓が止まった。次の瞬間には、激しい鼓動を刻みはじめた。もしや、頭がおかしくなってしまったのか？　嘘だろう、あのやさしい声を二度と耳にすることはないはずなのに。

声のしたほうにすばやく顔を向けて、体を起こそうとした。同時に、縛られているのを思いだした。霞む目の焦点が徐々に結ばれて、闇の向こうにいるオリヴィアが見えた。

オリヴィアは閉じた扉に寄りかかっていた。熾火が赤い絹のガウンを輝く真紅の神秘に変えていた。美しい髪がブロンズの滝となって肩にこぼれ落ちている。

オリヴィアが何をする気なのかは見当もつかなかった。けれど、オリヴィアはここにいる。それこそが何よりも重要だった。

緊迫した沈黙が続いた。

「戻ってきたんだね」砂漠の砂にも負けないほど乾ききった口からしわがれた声が出た。果てしない幸福感と驚きに、のどが締めつけられた。

「そうよ」

「てっきり、私の元を去っていったと思っていた」エリスは辛そうに言った。

「ごめんなさい」

「いや、謝らないでくれ」ついさきほどまで絶望して何も考えられなくなっていた頭が、心沸きたつ現実――オリヴィアが去らなかったという現実――を知って、目まぐるしく働きだした。「きみは私にそう思わせたかったんだろう」

「そうかもしれない」オリヴィアの口調はあいまいだった。暗い部屋の中では、表情も読めなかった。

けれど、次の瞬間、ぱっとひらめいた。といっても、それはこの些細な闘いに参加するとオリヴィアが同意したときに、気づいていてもよさそうなものだった。「なるほど、私を試しているんだな」

「そうよ」オリヴィアが部屋の中を歩いて、暖炉に近づいた。そこでようやく、顔が見えるようになった。その顔は落ち着きはらって、感情はほとんど浮かんでいなかった。

「そして、私は失格した」

一瞬、オリヴィアがふっくらした唇を突きだした。エリスはその唇を奪いたくてたまらなくなった。

もう一度オリヴィアの唇を奪えるのか？　そう考えて、ひとつの確信を抱いた。この夜に生まれる絆によって、ふたりは糸巻きにつながる糸のごとくしっかり結びつけられるかもしれないし、さもなければ、何もかもがこれで終わりになるかもしれない。今夜がその分かれ目だった。

「そうとも言えないわ」オリヴィアが滑るようにベッドに近づいてきた。「起きあがりたいでしょう」

「その気になれば、召使を呼ぶこともできた」

「そうね。でも、呼ばなかった」オリヴィアが感情のこもらない口調で言った。「あともう少しで呼んでいたかもしれない。脚がすっかり痺れてしまった」

そう言ったとたんに、オリヴィアが絹のこすれる音を響かせながら、すばやくとなりに立った。石鹼の甘い花の香りに混ざる、肌そのものから立ちのぼるぬくもりに満ちた香り。その香りに鼻をくすぐられるほど、オリヴィアがすぐそばにいた。どうやら、風呂に入ったばかりらしい。これほど疲れ果てて、落胆して、体じゅうが痛んでいるからには、芳香を感じたぐらいで欲情するはずがないと思っていた。ところが、即座に欲望が目を覚まして、ヘビがとぐろを巻いたように、下腹がずしりと重くなった。

「紐を解くわ」オリヴィアの声には、いまや感情が表われていた。動揺して、罪の意識に苛まれているのがはっきりわかった。「あなたを放っておくのが長すぎたわ」

「それはつまり、私はやはり失格したという意味なのか？」

しつこく訊かれて、オリヴィアが呆れたように言った。「あなたはこの世が終わるまで、ここにこうしていたいの？」

「そうしなければならないなら」オリヴィアが去らなかったとはっきりしたいま、頭の中では、今夜が新たな出発点となるか、さもなければ、すべての希望が消えてなくなるかもしれないという思いがせめぎあっていた。

その思いは、オリヴィアがモントジョイの邸宅から戻るのを待つあいだ、内省して過ごした辛く過酷な時間に導きだしたものだった。硬直状態を打破するための最後の死力を尽くした試練。危険は覚悟の上だった。

たとえ、どちらに転ぶのかまるで見当がつかなくても……。

「あなたはとんでもない頑固者だわ」豊かに響く低い声に、かすかな称賛がこもっているように思えてならなかった。

　そうして、言わなければならないことばを、非情なことばをあえて口にした。「今夜の出来事にきみは快感を覚えたのか？　私を苦しめて満足したのか？　きみの身に起きたことが、これでいくらかでも埋めあわせられたのか？　きみには報復の機会が与えられて当然だ。私にどれほどの仕返しをしてもかまわない、それで少しでも気がすむなら。だが、オリヴィア、何をしたところで、きみが過去に受けた卑劣で不当な仕打ちが消えることはない」

　オリヴィアが驚いて息を呑んだ。次の瞬間には、洗いたての髪で胸を心地よく撫でられた。オリヴィアが身を乗りだして、左手首とベッドの支柱をつないでいる紐を解こうと、結び目を引っぱっていた。

「あなたはわたしのことをもっと知る権利がある、そう言いたいんでしょう？」オリヴィアの反抗的な態度の裏にひそんでいる恐れを、エリスは見逃さなかった。

「きみのことを知る？」エリスは嘲笑《あざわら》うかのように、かすれた低い声を漏らした。「きみは太平洋の海底より、北極の不毛の地よりはるかに謎だらけだ」

「あら、どちらも凍りつきそうなほど冷たくて、どうしようもないほどびしょ濡れね」真の姿に近づきすぎると、オリヴィアはいつでも冗談めかして話をはぐらかした。「そんなふうにたとえられても、いい気分にはならないわ、エリス卿」

「ならば、ペルーのジャングルでは？」

　オリヴィアは結び目をほどくのに手間取っていた。「湿っぽくて……ああ、もう！　もっと明るくないと無理よ」

　わき腹を心地よく刺激していた芳しく温かな髪が、ふいに肌から離れた。オリヴィアは箪筒へ向かっていた。そうして、ランプからランプへと歩きまわって、明かりを灯していった。するど、夜空で無数の星が瞬きはじめたかのように、美しい面立ちがはっきり見てとれるようになった。

ランプの明かりに照らされて、豊かな髪が無数の色味を帯びていた。ブロンズ。深みのある茶。金。幾筋かの亜麻色。オリヴィアが動くたびに髪の色が変化して、光り輝いた。

オリヴィアが身を屈めて、暖炉に薪をくべた。火かき棒を使うと、まもなく火が大きくなって、揺らめいた炎が顔を金色に照らした。それからようやく、ベッドへ戻ってきた。「紐を解けと、わたしに命じないの？」

「この場を支配しているのはきみだ」

「拘束を解いてもまだ、主導権はわたしにあるの？」

エリスはオリヴィアを見つめた。地獄から現われた悪鬼に体を串刺しにされて、体のあらゆるところに真っ赤に燃える石炭を押しこまれた気分だった。けれど、心から願っている結果が得られるなら、どんなことにも堪えられるはずだった。「きみはどう思う？」

その問いの意味を正確に理解したのだろう、オリヴィアの顔に晴れやかな笑みが浮かんだ。その笑みを見たとたん、オリヴィアのことが胃がよじれるほど愛おしくなった。「あなたはもう自由よ」

オリヴィアがまた身を乗りだして、紐を手際よく何度か引っぱってほどいていった。

「ありがとう」エリスは乾ききった口からどうにか声を出した。足首の紐を解くために体を起こそうとしたものの、こわばった体は言うことを聞かなかった。感覚がなくなった手足に一気に血が戻ると、ちりちりした痛みにめまいがした。

「なんてこと」オリヴィアがうろたえて小さく叫んだ。「ごめんなさい」そうして、すばやく手を伸ばすと、足首の紐をほどいた。「こんなことをする権利など、わたしにはなかったのに」

「いいや、あったんだよ」どうにか体を起こして座りながら、エリスは反論した。これまでの数時間は動きたくてたまらなかったけれど、こうして動けるようになると、ことばでは言い表わせないほどの痛みに襲われた。「私がきみに権利を与えたんだ」

「それがまちがいだったのよ」オリヴィアは苦しげに顔をしかめながら、ガウンを差しだすと、すぐに足を揉みはじめた。「ほかの男性の罪をあなたが償うなんて、そんな不合理なことはないわ」

オリヴィアにやさしく気遣われて、いたわられると、エリスは自分が愛されているような気分になった。

そんな気分になったら、これまで感じたことがないほどの不安をかき立てられてもおかしくなかった。愛人契約の中には、愛など含まれていないのだから。けれど、今夜で何もかもが変化して、二度と元には戻らないはずだった。

そう、二度と。

「私もいくつもの罪を犯してきたんだ」裸の体にぎこちなくガウンをはおった。

「わたしに対する罪ではないわ」オリヴィアが食器台へと急ぐと、まもなくグラスがぶつかる音がした。「どうぞ。のどが渇いているでしょう」

「ありがとう」震える手で水の入ったグラスを受けとると、口元に持っていった。天の恵みのような冷たい液体は、これまで口にしたものの中でもっとも甘く感じられた。ただし、苦労して手に入れた、オリヴィアのいやいやながらの口づけをべつにすれば。

オリヴィアが立ったまま、驚いた顔で見つめてきた。「こんなことをするなんて、わたしはどうしようもなくまちがっていたわ。いったい、わたしはどうしてしまったの？　あなたを縛りつけたとたん、あなたの姿がこれまでにわたしの体を利用した男たちの姿と重なってしまったの」まぎれもない苦悩を表わすように、オリヴィアが体のまえで両手を握りあわせた。「頭がおかしくなったと思われてもしかたがないわ」

「きみのことは美しいと思うよ」その声はもはや渇いたのどから絞りだしているようには聞こえず、エリスはほっとした。「でも、もちろん、そんなことはきみもわかっているはずだ」

オリヴィアは手を伸ばしてきて、グラスを取ると、食器台の上に戻した。「あなたはわたしに引けをとらないほど、頭がおかしいのね」弱々しく言った。

「そうだな、そうかもしれない」

オリヴィアがベッドの傍らに歩みよってきたかと思うと、細い肩がわきの下にするりと滑りこんだ。「手助けするわ。さあ、立って」

オリヴィアに助けられて、立ちあがった。よろけると、支えられた。オリヴィアの声は涙声で、こちらを見あげるその目には罪悪感と後悔が渦巻いていた。「あなたに憎まれても文句は言えないわ」

震える手でやわらかな頬に触れた。忌々しい拘束を解かれてから時間が経つにつれて、力が戻ってきて、いつもの自分らしく思えるようになっていた。

「何を馬鹿なことを言っているんだ」深く息を吸った。とたんに顔をしかめた。息を吸いこむと同時に、胸に激痛が走ったのだ。「ちょっとひとりにさせてくれ」

驚いたことに、ロンドン一と評判の愛人が頬を染めた。「ええ、もちろん」

老人のようにそろそろと、エリスは化粧室へ向かった。オリヴィアのまえで、ぶざまな姿をさらしたくない。そう思うぐらいの自尊心はまだ残っていた。

しばらくして、寝室に戻ろうと扉をくぐった拍子によろけた。いつのまにかオリヴィアがすぐそばにいて、支えてくれた。もう一度深々と息を吸う。今度はさほど胸も痛まず、爽やかで温かい女の香りを楽しむ余裕ができた。オリヴィアの細いくせに驚くほど力強い腕に腰を包まれて、もういっぽうの腕で背中を抱かれていた。

オリヴィアが不安げな声で尋ねてきた。「もう一度横になる？　それとも、椅子に座ったほうがいい？」

「血のめぐりをよくしたほうがいいだろう」エリスは苦しげに答えた。

悔しいことに、昔ほど若くないのを認めるしかなかった。

「手伝うわ」

「ありがとう」

とはいえ、足取りはあまりにもぎこちなく、いっぽう、オリヴィアはそんな男を支えると固く決意していて、どうにも釣りあいが取れなかった。

思わずよろめいた。

オリヴィアに抱えられた。

つまずいた。

オリヴィアの手にさらに力が入った。

エリスはオリヴィアにつかまろうとした。けれど、ほっそりした肩を包むしなやかな絹のガウンの上を、痺れた指は力なく滑り落ちた。

「くそっ」歯を食いしばって、悪態を吐いた。とたんに、体がぐらりと揺れたかと思うと、脚から力が抜けて、オリヴィアを道連れにして倒れた。

倒れていく刹那、体がふわりと浮いたかに思えた。恐怖というより驚きに、オリヴィアが悲鳴をあげたのがわかった。ふいの動きにこわばった体がついていかず、エリスは低いうめき声を漏らした。オリヴィアがベッドの上に倒れてはずみ、次の瞬間には、その上にのしかかるように倒れこんでいた。

驚いて大きく見開かれたオリヴィアの目——ウイスキーのように美しい澄んだ目——に見つめられた。オリヴィアの唇が開いた。空気を求めて喘いでいた。

エリスは自分の胸がオリヴィアの乳房を押しつぶしているのに気づいた。腰と腰がぴたりと密着している。足は両方とも床に着き、腕がオリヴィアの頭を包んで、豊かな髪に触れていた。

「エリス」オリヴィアが苦しそうに言った。

「ジュリアンだ」隠しようのない切望をこめて言った。

オリヴィアが唇を舐めると、エリスは思わずうめきそうになった。次の瞬間、これまでに聞いたことがないほど甘くとろける声でそっと名を呼ばれた。

「ジュリアン」

オリヴィアを押しつぶすまえにどかなければならなかった。そう思いながらも、どうしても動けなかった。倒れるときに、オリヴィアの手は背中にまわされていた。いま、その手がこらえきれず愛撫するように、肩へ、そして首へと上がっていった。

さきほどより心がこもった口調で名を呼ばれた。「ジュリアン」

オリヴィアの指が、こめかみから髪に差しいれられるのを感じた。すぐさま荒々しくオリヴィアに引きよせられた。気づいたときには、ふたりの唇は重なっていた。

20

エリスの唇が熱くぴたりとオリヴィアの唇に押しつけられた。貪るように。欲望を抑えきれないかのように。自分のものだと宣言するかのように。口づけたのはオリヴィアのほうなのに、あっというまにエリスが主導権を握っていた。オリヴィアは目を閉じて、黒い水が頭を満たすのを待った。けれど、いつもの吐き気がこみあげてくることもなければ、息が詰まりそうな感覚もなかった。

感じるのは、自分の体におおいかぶさっているエリスの体の衝撃的なほどの熱とたくましさと、感情を揺さぶるエリスの鋭い香りだけだった。

昨日の雨の中でのやさしくじらすような口づけとはまるでちがっていた。さらには、警戒心を抱かずにいられなかった、あの、はじめて会った日の所有欲を剝きだしにした強引なキスともちがっていた。

それは、正気の最後のひとかけらを保とうと、必死になってもがいている男の口づけだった。

気づいたときには、オリヴィアもエリスに負けないほどの激しさで口づけに応じていた。なんて不思議なの……。これまでこんなことはなかったのに。

なんて素敵なの……。

エリスに片手で頭を押さえられていた。そうしていなければ、わたしがいなくなってしまうと思っているの？　そこまでエリスは愚直だったの？　わたしが身も焦げるような魅惑の口づけの虜になっているのは、エリスだってわかっているはずなのに。これまでに経験したことがないほど、わたしの気持ちをかき立てて、淫らな女にして、そして、真の女に変えたのはエリスなのだから。

ガウンの中にエリスの震える手が滑りこんできて、乳房を包んだ。その手に触れた乳首がぎゅっと硬くなる。火がついたように熱くいきり立つものを下腹に感じて、腰をもじもじと動かさずにいられなかった。

「ああ、それだ」口づけたままエリスが囁いた。

さらにベッドに押しつけられた。そうやって、エリスは自身の重みと大きさを誇示しているのだろう。同時に、どれほど興奮しているかということも。ふたりを隔てているのは薄い絹の布二枚だけで、すべてを焼き尽くしてしまいそうなエリスの熱が、薄っぺらな布越しにはっきりと伝わってきた。

耳の中で血がうねって、もう何も聞こえなかった。欲望の叫び以外は何も。エリスの背中を指でぎこちなくたどって、触れるガウンを引っかいた。肌を合わせたくてたまらなかった。

自分の中にあるとは思いもしなかった本能に、すっかり支配されていた。するようにしてエリスの舌を口の中へといざない、それを味わう。深みのある上等なワインの恍惚とさせる味だった。

これほど芳しい男性がこの世にいるの？

エリスが舌を絡めてきた。とたんに、下腹が熱を帯びた。ふいに体が燃えあがったようで、またもじもじと動かずにいられなかった。エリスがうなって、さらに激しく口づけてきた。舌が奥まで差しいれられたかと思うと、あのリズムを刻みはじめた。馴染み深いリズムでありながら、生まれたての子羊がはじめて目にする新緑にも似て新鮮だった。

そしてまた、胸の鼓動も生まれたての子羊のように気まぐれなリズムを刻んでいた。不規則に速くなったかと思えば、止まりそうになる。エリスに乳房をそっと握られると、束の間、まぎれもなく鼓動が止まった。

唇を重ねたまま喘いで、背中を反らして、乳房をさらに押しつける。エリスの唇にそっと歯を立てた。舐めて、情熱に酔いながら、エリスの口に舌を一気に差しいれた。

喘ぎながらエリスが唇を離したかと思うと、頬と顎と首に顔をすりつけてきた。オリヴィアはもう息もできず、めまいを覚えながら目を開けた。

空気などほしくなかった。ほしいのはエリスの口づけ。その口づけさえあれば生きていける。

「やめないで」オリヴィアはつぶやいた。

「やめる気などないさ」エリスがそう応じてから、さらに切羽詰まった口調で言った。「ああ、何があってもやめられるものか」

いつのまにかエリスの肩を握って、たくましい筋肉と、引きしまった腱を指で感じていた。これまでは、そんなことをしたら、力強く男らしい体に恐怖を感じて、自分がいかに無防備か痛感するだけだった。けれど、いまは雄々しい体に興奮した。エリスが体に秘めた力を制御しているのが、はっきり伝わってきた。すでにエリスはわたしのために、究極の苦悩に堪えられるのを証明した。それがどれほど苦しくても。

信頼。

たったひとつのそのことばが、世界を一変させたのだ。

「キスして」そんなことを男性にせがんだことは一度もなかった。けれど、いまは、大地を揺るがすほどの口づけがもっとほしいと、ひざまずいて懇願してもかまわなかった。

「きみといると正気でいられなくなる」エリスが苦しげに言うと、上体を起こして、欲望をこめて見つめてきた。

「ならば、正気を失って」自分が何を言っているのかもわからないまま、オリヴィアは囁いた。

これまでの頽廃的な人生で、男性を欲したことは一度もなかった。

それなのに、いま、ひとりの男性を欲しているなんて。エリスを欲しているなんて。

胃の中で感情が渦を巻いて、全身の血がうなっているのはまちがいようもなかった。欲望。女の本能である情欲。それはほんもので、全身に戦慄が走るほどぞくぞくして、強烈に心を揺さぶられた。

わたしがこれほど激しい欲望を抱くなんて……。これほど激しく男を求めているのが、オリヴィア・レインズなの？

エリスが唇を重ねてきた。その口づけにやさしさは微塵もなかった。傷ついた愛人に胸が締めつけられるほどの思いやりを示した男は、もういなかった。いま、エリスは歯と舌と唇でぞんぶんに味わっていた。腹が減ってたまらず、目のまえに最高の晩餐があるかのように、すべてを堪能していた。

かつての怯えて、欲望を感じないオリヴィア・レインズなら、そんな情熱に尻ごみするはずだった。けれど、いま、オリヴィアはその情熱に溺れていた。

エリスがこちらを見つめたまま、身を引いて、膝立ちになった。みごとな筋肉が盛りあったかと思うと、伸びてきた手に腰をつかまれて、ベッドの上で引きずられた。長いあいだ縛られていたせいで、エリスの動きはぎこちなかった。すべてはわたしのせい……。後悔の念に、胸がずきんと痛んだ。

エリスの手首をつかんだ。エリスがうめき声をこらえたのがわかった。手首をよく見ると、拘束を解こうともがいたせいで、肌が傷ついて赤むけていた。

また罪悪感がこみあげてきて、胸がさらに激しく痛む。わたしはなんてひどいことをしてしまったの……。熱い涙が目にあふれた。

「ごめんなさい」息を詰まらせながら小さな声で謝った。

「どうってことはない」エリスの返事には動揺が感じられた。

「いいえ、たいへんなことだわ」オリヴィアは考える間もなく、エリスの手首を口元に持っていくと、真っ赤にすりむけた肌に長いキスをした。謝罪と敬意を表わすキスだった。

「オリヴィア……」エリスの声が感動で震えていた。傷ついた肌にそっと唇をあてて無言で伝えたメッセージを、エリスはきちんと理解したはずだった。

オリヴィアは顔を上げて、エリスの目を見つめた。どこまでも深い銀色。光を受けて燃える瞳。美しい瞳。

エリスがまた唇を重ねてきた。その口づけは激しさの中に、切なくなるほどの慈しみが感じられた。まるで自分が宝物になった気分だった。エリスのおかげで、自分が純粋であるかのように思えた。

エリスに触れられて生まれ変わったかのようだった。

エリスが口づけを続けながらガウンを脱ごうと、愛おしくなるほど体をぎこちなく動かした。ふたりの唇が滑って、くっついて、離れて、またくっつく。エリスの不規則な息遣いと、かすれた小さな悪態が聞こえた。

オリヴィアは何があろうとエリスを放す気などなかった。エリスがガウンを脱ぎ捨てるために体を起こすと、一緒に体を起こした。エリスのうなじに両手をまわして、温かくやわらかな髪に指を絡ませて口づけを続けた。

「ちょっとだけ離れてくれ、オリヴィア」エリスが苦しげに言いながら、やわらかな衣擦れの音とともにガウンを脱いだ。そして、すぐさま裸の体を押しつけてきた。その体は大きく、男の欲望に満ちて、すっかり準備が整っていた。ジャコウとビャクダンと男の神々しい香りが立ちのぼっていた。

「いやよ、絶対に放さない」オリヴィアはそう言うと、さかりのついた動物のように、エリスに体をすりつけた。まさにさかりのついた動物そのものだ。それでも、止めようもなく湧きあがってくる欲望の中に、低く深い調べとなって甘い気遣いがまつわりついていた。

体がほてって、湿って、落ち着かず、頭がくらくらした。こんなのははじめてだった。両方の太腿をぴたりとつけて、どんどん増していく圧迫感を和らげようとしたのに、かえって、エリスを体の中に感じたいという思いがかき立てられただけだった。

「オリヴィア、きみのガウンを脱がせなければならない。いますぐに」我慢の限界に達している男の口調だった。

「あなたを放したくない」オリヴィアはつぶやいた。

「いいだろう」エリスがかすれた声で言った。「耳の穴をかっぽじってよく聞けよ、これを望んだのはきみのほうだからな」

「ええ、耳の穴をかっぽじってよく聞いてるわ」オリヴィアはそう言ってにやりとしたものの、次の瞬間には息を呑んだ。ふたりを隔てる最後に残った一枚の布が一気に引き裂かれた。それと同じ非情さで、エリスに手首をつかまれて、ベッドに押し倒された。

部屋がぐらりと揺れた。ぐるりとまわる世界の中で、たったひとつの確かなものであるかのように、エリスの肩にしがみつく。期待感に胸の鼓動が跳ねていた。

「淑女にあるまじきことばだな、ミス・レインズ」脚のあいだでエリスが膝立ちになりながら、口元をゆがめてにやりとした。

こんなふうにパトロンと笑いあうのははじめてだった。思いがけず、おどけて応じていた。

「失礼いたしました、エリス卿」

「ジュリアンと呼ぶように言ったはずだぞ」

激しく口づけられた。夏の嵐の空に走る稲妻にも似た快感が体じゅうに響きわたる。熱く脈打つ脚のつけ根がさらに熱を帯びた。

「あなたはいきなり横柄になったのね、エリス」もう一度キスされたくて、顎をぐいと上げた。これまで口づけを避けて生きてきたのが信じられないほど、キスがしたくてたまらなかった。

激しい口づけ。やわらかな口づけ。穏やかな口づけ。情熱的な口づけ。口づけがこれほど魅惑的で変化に満ちたものだったなんて……。エリスの口づけに飽きる日など永遠に来るはずがなかった。

「ジュリアンだよ」エリスがそう言いながら、ウエストから手を滑らせて、乳房のすぐ下で止めた。その手を求めている場所にじれったいほど近かった。エリスに触れられたくて、乳首が疼いていた。

「強引と言ってもいいくらいだわ」オリヴィアは低い声で応じると、エリスの手を上へ向かわせようと身をよじった。

「そうかもしれない」

エリスの手に乳房を包まれたときの痛切な悦びを思いだした。もう一度それを感じたかった。あのとき以上に感じたかった。一秒じらされるごとに、乳首がぎゅっと硬くなっていく。

思わず抗議の低い声を漏らすと、脚を曲げて、内腿がエリスの腰に触れるようにした。

エリスが頭を下げて、白く強い歯で首を愛撫してきた。鼻にかかった喘ぎ声が、つい漏れそうになる。すでに限界ぎりぎりで、エリスの髪が肌に触れただけでも、全身に戦慄が走るほどだった。

「強情な愛人のふりをするのはやめるんだ」エリスの声がかすれていた。「あきらめて、私をジュリアンと呼ぶんだ」

「もう呼んだわ」

「もう一度呼んでくれ」

首のつけ根をそっと噛まれると、興奮に全身がわななないた。ほしくてたまらないいきり立つものがこれほどそばにあるのに、エリスをただ抱いているしかないのは息が詰まるほど苦しかった。エリスは見まちがいようもなく興奮していた。全身から欲望が蒸気となって吹きだしている。オリヴィアは体の中で何かが緩んで、溶けて、流れだすのを感じた。秘した場所を熱い湿り気が満たしていた。

生まれてはじめて男性を求めて、滴るほどに濡れていた。あまりにも不可思議な感覚で、官能の靄が一気に消し飛んで、現実に引きもどされた。

震えながら、脚を閉じようとした。生々しくて、あからさまな体の反応を隠したかった。けれど、どれほどもがいても、不動の壁のようなエリスの体にぶつかるばかりだった。恥ずかしくて顔がかっと熱くなった。二十年近くまえに頬を赤らめる権利を失ったはずなのに。

エリスが頭をぐいと上げて、神秘的な光を発する灰色の目で見つめてきた。目のまえの女の興奮の香りを嗅ぎつけたかのように、鼻腔《びこう》が開いていた。

「オリヴィア」

エリスが発したのはたったひとことだった。名前を呼ばれただけなのに、全身にさらに激しい震えが走った。

これまで目にした中で最高に美しい笑みが、エリスの口元に漂った。その笑みを見ると、胸の中にある何かがほどけていった。痛切な喜びや悲しみとともに、心臓がぐるりとまわったような錯覚を抱かせる何か。人生を永遠に変えてしまうのではないかと、怯えを抱かせる何かが。

「きみは私にありあまるほどの敬意を払ってくれた」エリスが囁いて、つんと立った乳首のすぐ上に口づけた。

息がのどに詰まった。束の間、軽く触れられただけなのに、そこにこめられた思いやりを感じて、胸が高鳴った。

「ああ、ジュリアン」知らず知らずのうちに名前で呼んでいた。エリスがしつこく求めていたとおりに。

エリスがどこまでもやさしく乳房の甘露な頂に手をやって、長い指でそれを転がした。触れられるたびに、オリヴィアは激しい快感が体を駆けぬけるのを感じた。

「お願い、ああ、お願いよ」ひび割れた声で叫んだ。「じらさないで。もう堪えられない」抑えようのない欲望に攻めたてられていた。これではまるで、渦を巻く水に呑みこまれたかのよう。まるで、暴れ馬に乗って深い森を疾走しているかのよう。

これではまるで……欲望に支配されてしまったかのよう。

腰をほんの少し上げて、滴るほどに濡れた場所がいきり立つものに触れるようにした。とたんに、エリスの背中に力が入った。体を震わせながら、エリスが腕をついて上体を起こした。力が入ったせいで腕の血管と筋がくっきり浮きあがっている。背中は岩のように硬くなっていた。

エリスが大きく息を吐いたかと思うと、腰を突きだした。オリヴィアはいつもの苦痛と不快感を覚悟した。ところが、いきり立つものはどこまでも滑らかに、極上の熱とともにするりと入ってきた。そうして、そのまま動かなかった。

これほど完璧で親密な瞬間があるなんて……。

長いことそのままじっとしていたけれど、やがて、愛おしさがあふれだして、オリヴィアはエリスの背中に触れている手をわずかにずらして、腰へ持っていった。たくましい体がこわばっていた。そのとき、エリスが腰を少しだけ動かした。

はっとして、オリヴィアはエリスの目を見た。まるで、磨かれた銀の鏡を覗きこんだかのようだった。すでに根元までしっかり入ってきたとばかり思っていた。けれど、エリスの腰がわずかに突きだされると、いきり立つものにさらに貫かれた。これまで誰も入ってこなかったところまでしっかりと。

それもまた、エリスの魔法のひとつに思えた。ほかのどの男性もなしえなかった方法で、オリヴィアという女を自分のものにしたのだから。

エリスがまた動いた。信じられないことに、さらに深く貫いてきた。オリヴィアはうめかずにいられなかった。耳を澄まさなければ聞こえないほどごくごく小さくうめいただけなのに、ふたりをつないでいた金色のクモの巣にも似た静寂が破られた。

静寂が破られるとともに、静止した体も動きだした。エリスがゆっくりと腰を引く。オリヴィアは体の中をじりじりと滑っていく男性自身を鮮明に感じた。そうして、現実とは思えないほど長い間のあとで、エリスがふたたび押しいってきた。

深く、どこまでも深く。心にまで触れるほど。魂まで奪おうとするかのように。

エリスが動きを止めた。それから、さきほどの動きをまたくり返す。さきほどよりさらにゆっくりと。その動きにつられて、オリヴィアは腰を浮かせた。官能は堪えがたいほどで、かぎりなく苦悩に近かった。

エリスが腰を引いたかと思うと、また勢いよく押しいってきた。潮の満ち干のように確実に。容赦なく。激しく。威圧的に。

それでいて、信じられないほどやさしかった。

深々と押しいってくるたびに、エリスはいったん動きを止めた。そのせいで、オリヴィアは完璧なとき——永遠とも思える一瞬——の中で、ゆらゆらと揺れているような錯覚を抱いた。完全無欠で揺るぎない絆を感じながら。

刺激的で圧倒的なつながりは、肉体よりもはるかに感情をかき立てた。エリスの滑らかな背中に触れている手をいつのまにか握りしめていた。

そうやって、幾度となく貫かれた。エリスの手は乳房に触れていなかった。滴るほどに濡れている脚のつけ根を愛撫してもいなかった。唇を重ねることもなかった。

深くつながって、単純で原始的で完璧な性のダンスを踊っている気分になった。ゆったりしたリズム。同じ拍子を刻むふたりの脈。男女の交わりのやわらかで艶めかしい喘ぎ声。オリヴィアは目を閉じて、すべてをゆだねた。いまや、すっかりエリスのものになっていた。それがいいことなのか悪いことなのかは、わからなかったけれど。性の悦びによって破滅に追いやられるかもしれないのに、抵抗することばをひとつも持たなかった。

頭の中の闇に包まれた世界にいるのは、エリスだけ。それはエリスのにおいと味と、エリスの音だけの世界。その世界では太陽さえ、ゆっくりとした自制の利いたエリスの動きに合わせてのぼり、そして、沈む。エリスが入ってくるたびに、心のまわりにこれまでとはちがう要塞がつくられていくのがわかった。

エリスが果てたとき、わたしはもう二度と自由にはなれない。そんな運命を受けいれた。エリスの体のゆったりと流れるような動きのせいで、体をめぐる血まで不可思議に渦巻いていた。いきり立つものがまた入ってくると、その渦が官能の竜巻へと変わった。

「オリヴィア、私のために感じてくれ」その声にはこれまで耳にしたことがないほどの深みと荒々しさがあった。エリスのことばに全身に戦慄が走って、いきり立つものを包んでいる部分にぎゅっと力が入った。

「ああ、それだ」エリスが同じようにかすれた声でつぶやいた。「もう一度やってくれ」

「こう?」今度はわざと締めつけた。エリスが小さく身を震わせる。

「もっとだ」エリスが苦しげに喘ぎながら命じた。

角度を変えたエリスに、さらに激しく貫かれた。その力強さに体がわななないて、両手でエリスの肩をつかんだ。それは崩れ落ちていく世界に自分をつなぎとめておくための、唯一の碇《いかり》だった。

わたしはどうしてしまったの？　こんな感覚ははじめてだった。貫かれるたびに、さらなる高みへ、見たこともない謎めいた頂へと押しあげられていくなんて。

エリスも体をわななかせながら、自身の絶頂へと向かっていた。リズムが変わって、さらに速く、激しくなっていく。突いては引く、そしてまた、突いては引く。いまここでエリスが動きを止めたら、宇宙が破裂してしまうかもしれない。

体の中に感じる圧迫感がさらに強烈になっていく。エリスの動きが不規則に、荒々しく、容赦ないものになった。オリヴィアは体をこわばらせずにいられなかった。背中を反らして、エリスに向かって腰を突きあげた。

エリスが腰を引いたかと思うと、これまでよりはるかに強く、深々と突いてきた。

オリヴィアは涙声をあげながら、広漠とした大海に放りだされた。このままでは大地にたどり着くまえに、溺れてしまう。それはわかっていた。冷たい水に呑まれて、この世から忘れ去られてしまう。そして、そのまま永遠に消えてしまう。

無限の一瞬、それを覚悟した。

次の瞬間、黒い波が砕けて、全身に降りかかった。

闇に包まれながらオリヴィアは叫んだ。

強烈な絶頂感。遠くのほうで、エリスの低く長いうめき声が響いた。体の奥のほうで熱い液体がほとばしるのを感じた。子宮の中にエリスの精があふれるのを。

闇はすべてを霞ませて、払いのけて、呑みこんだ。目をぎゅっと閉じると同時に、すさまじい爆風に現実の世界から放りだされた。

暗かった。あまりにも暗かった。

けれど、まもなく、閉じた目の奥にかすかな光を感じた。真夜中の空に無数の星が飛び散っていく。何百万もの太陽が新たな世界を照らしていた。

新たな世界は美しかった。これまで目にしたどんなものよりも、はるかに美しかった。

永遠とも思えるほど長いあいだ、燃えさかる星々のあいだを漂っていた。地球という惑星はなんの意味も持たなかった。死すべき運命を超越して、情熱の炎で燃えさかる星になっていた。

恍惚として身を震わせるエリスが、体の上に崩れ落ちてきた。ゆっくりと無数の星が消えていく。オリヴィアは空を越えた向こうにある世界からゆらゆらと帰ってきた。徐々に周囲のものが輪郭を表わして、周囲の音が耳に届きはじめた。

長いあいだ、ふたりとも動かなかった。

腕の中で、すべてを使い果たしたエリスがぐったりしていた。エリスによって、わたしはこれほどの悦びを経験した。想像さえ及ばなかったほどの悦びを。

胸を刺す慈愛の念が全身に満ちていた。汗で光るエリスの背中を両手で撫でずにいられなかった。

満腹のライオンの咆哮《ほうこう》にも似た声が、エリスののどから漏れた。そうして、顔を肩に埋めてきた。首を刺激する湿った髪が心地よかった。

忘我の境地に達したときには、影も形もなくなっていた現実が、一秒ごとにはっきりしてくる。汗と男女の交わりあいのにおいに満ちた部屋。風にがたがたと音を立てる窓。暖炉の中ではぜる火。エリスの体にまわした手に力をこめて、ぎゅっと抱きしめた。ふたりはまだつながっていた。

エリスが顔を上げた。オリヴィアはその顔をまじまじと見つめて、面立ちのひとつひとつを確かめていった。平らな額。高い鼻。まっすぐな黒い眉。

美しい口はほころんで、唇がふわりとしていた。灰色の目はいつになく晴明で、その奥にある魂まで見えそうなほど澄みきっていた。

エリスが顔を近づけてきたかと思うと、眉に長いキスをされた。たったいま終わった激しい交わりあいを思うと、そのキスは驚くほど甘く純粋だった。

けれど、たったいま終わった激しい交じりあいも、どこか純粋だった。

エリスがこれ以上ないほど真剣に見つめてきた。「これで私ときみは何になったんだ？」

21

「わたしたちは何にもなれないわ」身を裂かれるような悲嘆を隠しきれずにオリヴィアは言った。

声がかすれて、いつもとはまったくちがう響きだった。まるで大声で悲鳴をあげたばかりのようだ。目も眩むほどの恍惚感に。

体の中からエリスが静かに出ていった。とたんに、切ないほどの喪失感に襲われた。エリスがいかにも満ちたりたように長く息を吐きながら、仰向けに横たわると、頭を傾けて、輝く銀色の目で見つめてきた。

「こんなことがあったのに？」エリスはからかうように、それでいて不満げに言うと、首を横に振った。「まったく、きみってやつは。馬鹿なことを言うなよ」

そう、わたしはほんとうに大馬鹿者……。エリスの腕の中ではじめて経験したあの尊い時間の名残を味わおうとしていたなんて。光輝のひとときのせいで、体がまだ沸きたっているのに、ふたりの関係の悲壮な現実に目を向けなければならないのは、苦痛以外の何ものでもなかった。

粉々に砕け散った心の要塞を、どうにかして元どおりにしようとした。あくまで冷静に現実を直視して、感情に左右されないようにしなくては……。けれど、エリスの精で濡れて、絶え間ない愉悦の波がゆったりと打ちよせていては、そんなことができるはずがなかった。

「どんなことがあっても、何も変わらないのよ」感情をこめずに言った。

空々しい嘘。エリスのせいで世界が一変したのはまちがいなかった。

愛人の世界の頂点に君臨した狡猾で、孤独で、誇り高いオリヴィア・レインズはもういない。氷のように冷静なその愛人は、想像を絶する性の快感の頂で、粉々に砕け散ってしまった。

そして、かつてのオリヴィア・レインズがいた場所には、エリスによって満たされて、全身が緩んで、無防備で悲劇的なほど心を開け放った女が残った。

まもなくはじまるはずの気詰まりな口論が怖かった。エリスはふたりで過ごした最初の夜に定めた目標を成し遂げて、得意になっているにちがいない。勝利をしたり顔で話したとしても、それはしごく当然なことだった。けれど、あれほどすべてを超越した経験のあとで、独りよがりの態度を取られたら、いつ壊れても不思議はないほど脆くなっている自分は、完全に気圧《けお》されてしまう。

たったいま、ふたりのあいだで起きたことは口にしたくなかった。だって、何を言えるの？　ことばにできるはずがないのに。

エリスのすべてがしっかりとこの身に埋められた瞬間、生まれてはじめて自分が完全なものになったと感じた。それ以上に、ふたり一緒に、この世界を超えた向こうにある猛火の宇宙に舞いあがったと思った。

あれは幻だったの？

きっとそう。

けれど、厄介な幻は靄のかかる頭の中に頑なに居座っていた。

ことばはたったいま起きた奇跡を汚すだけ。

けれど、エリスは愛人を完璧に支配したことを得意げに話しはしなかった。それどころか、張りつめた静寂の中で、真摯な、そして無防備な表情で見つめてくるだけだった。その目には勝利の喜びは微塵も浮かんでいなかった。灰色の瞳の奥深くにあるのは、驚嘆と賞賛と平穏だった。

それこそ危険な幻想……。

エリスの口元がほころんで、かすかな笑みが浮かんだ。その笑みを見たとたんに、けっして手に入らないものがほしくてたまらなくなった。できることなら、こんなふうにエリスの傍らで、永遠に横たわっていたかった。屈辱を感じることもなく、強制されることもなく、エリスのものになりたかった。父の屋敷で暮らしていた純粋な少女に戻りたかった。いつの日かエリス伯爵のような紳士と結婚するのを夢見ていた少女に。人に無理やり引きずりこまれた人生とはまるでちがう人生がほしくてたまらなかった。

でも、そんな願いはひとつとしてかなわない。すべては手遅れだった。

気の遠くなるような失望の重みに耐えきれずに、目をつぶった。

だめよ、弱音を吐いてどうするの。エリスと闘わなければならない。とはいえ、まずは、それ以上に困難な、自分との闘いに勝利しなければならなかった。

「こっちへおいで、オリヴィア」エリスが体を動かして、腕を広げた。張りのあるビロードにも似た滑らかな声にオリヴィアは包まれた。雪の日の温かな外套のようにしっかりと。

「話は朝にしよう」

はじめての感情に激しく心を揺さぶられた長い夜を過ごしたせいで、オリヴィアは疲れ果て、危ういほど身を守る術を持てずにいた。それでなくても胸が張り裂けそうなのに、エリスの思いやりに満ちたことばを耳にして、さらに切なくなった。

「話なんてしたくないわ」そう応じる声は涙声に近かった。

「いや、話したいはずだ」頑なな拒絶もエリスには通じなかった。たくましい温かな体にオリヴィアはしっかり包まれた。「といっても、きみが口論に勝つことはない」

「いいえ、勝つわ」そう言いながらも、そのことばは弱々しく、空々しく響いた。

エリスが反論してこないと、臆病な安堵感で胸が満たされた。エリスの腕の中で丸くなって、雄々しい体が発する熱とジャコウの香りに包まれた。

エリスに抱かれて心から安心しているなんて、あまりにも愚かだった。これまでの人生で築いてきたあらゆるものを脅かされているのに。そうとわかっていても、目を閉じてこのひとときのすべてを、頭に刻みつけずにいられなかった。エリスがいなくなったときのために。

体からようやく力が抜けていった。大きく息を吐いたエリスが、顔にかかるもつれた髪をうしろに撫でつけてくれた。そうして、ふたりがもっとも自然な格好で横たわれるように、体の位置をずらした。ほんのちょっとした何気ない気遣い。けれど、たったそれだけのことで、すでに崩壊寸前だった心の防壁があっけなく崩れ落ちた。

黒くカールした胸毛に鼻を埋めた。扇情的な男の香りが骨にまで染みわたっていく。目をゆっくり閉じてから、エリスに話しておかなければならないことを思いだした。

「明日の夜はペリーの誕生日を祝う舞踏会があるの」

「そうなのか」愛人の髪に鼻を埋めながら、エリスが眠たげに言った。

わたしほど世事に通じた女が、穏やかな愛情を感じさせるエリスの仕草に心を動かされてどうするの！　オリヴィアは感傷的になっている自分を叱った。けれど、感傷的な自分はそのことばに耳を貸そうとしなかった。

いけない、これではとんでもないことになる。

たっぷりと満たされて、腕も脚もだるくて、この場にこのまま留まりたいという思いを打ち消せなかった。つむじ曲がりの思考を、これから言うべきことに無理やり向けさせた。

「だから、明日、わたしはこの家にはいないわ」

「私もこの家にはいない」

「家族の用事があるの？」

「いいや、私もモントジョイの家へ行く。きみと一緒に」

眠たげなのに、きっぱりとした口調を耳にして、胸に邪な喜びがこみあげてきた。「エリス卿、いつでも自分の思いどおりにするのはやめて、我慢することを覚えたほうがいいわ」

さらにしっかりと抱きしめられた。たくましい裸の胸にあてた手に、エリスの規則正しい心臓の鼓動が伝わってきた。「私の名はジュリアンだ」

すでに明け渡してしまった要塞を少しでも取りもどそうと、オリヴィアはそのことばを無視した。「これまで公の場所にふたりで出かけたことはないわ」

エリスが穏やかに笑うと、その息に頭のてっぺんをくすぐられた。心ならずもうれしくて、つま先にまで力が入った。「私と一緒にいるところを見られるのが恥ずかしいのかな?」

「そうね、あなたが礼儀作法をわきまえないとしたら」

「それはなんとも言えないな」眠りに落ちようとしているエリスの声はさらに低くなっていた。「それに私の名前はジュリアンだ」

今夜、名前で呼ぶこととは比べものにならないほどはるかに大きな譲歩をしたのに、些細な譲歩にこだわってどうするの?「ジュリアン」

「マイ・ラブ」エリスが髪に顔を埋めたまま、吐息のような小さな声で囁いた。オリヴィアは聞こえなかったふりをした。

もちろん聞こえていた。たったふたことだけのやさしいことばに胸が張り裂けて、心の奥底にそのことばが刻みつけられるのを、なす術もなくただ感じているしかなかった。

エリスは舗道に立って、無数の明かりがきらめく邸宅にオリヴィアをさきに向かわせた。その邸宅ではペリグリン・モントジョイ卿の三十回目の誕生日が祝われていた。邸宅の中から、奇妙なほど不調和な音楽と、人の話し声が聞こえてきた。話し声は気まぐれな一陣の風にも似て、大きくなっては小さくなるということを延々とくり返していた。それは、パーティーに大勢の人が詰めかけている証拠でもあった。

その家に最後に入ったときのことが、脳裏に浮かんできた。オリヴィアが堂々と男装をしていたあの夜以来、あまりにも多くのことが起きた。パトロンを楽しませるためだけに、オリヴィアにまた男装してほしい。ふとそんなことを思った。パトロンを楽しませるためだけに、オリヴィアに一糸まとわぬ姿でいてほしい。もちろん、彼女自身の悦びのためにも。

ゆうべ、オリヴィアが絶頂を迎えたときの艶めかしい叫び声が、今日は朝から、音楽のように頭の中で響いていた。オリヴィアがどれほどの高みに達したかは、見まちがいようがなかった。そのときに発した声は、死ぬまで記憶に刻まれるだろう。そして、思いだすたびに、笑みが浮かんでくるにちがいなかった。

さらには、いきり立つものを押しこめたときの、熱く濡れたオリヴィアを思いだすたびに、やはり笑みが浮かんでくる。オリヴィアの体にぴたりと包まれて、ぎゅっと締めつけられたのを思いだすたびに。

この腕の中でオリヴィアは幻想に姿を変えた。稲光になり、炎になり、夜に開く花になり、夜気に芳香を放った。はじけ散るほどの愉悦と、光り輝く幸福感を与えてくれた。生きていると実感させてくれた。この十六年のあいだ、一度もそんなふうに感じたことはなかったのに。

けれど、何にいちばん満たされたのか……。それは、ふたりのあいだで最初からふつふつと沸きたっていた欲望にオリヴィアが完全に屈したことだ。

オリヴィアのあくまでも冷ややかな外見の内側には、果てしない情熱の泉が隠れている——エリスは最初からそう思っていた。それでも、ゆうべ、オリヴィアが見せた官能の深みと強さには圧倒された。鼻っ柱をへし折られた。これまでにないほど心を動かされた。激しく湧きあがる無鉄砲で無限の情熱。あれほどの情熱があったとは……。オリヴィアをこの腕にもう一度抱きたくてたまらなかった。すぐにでも。そうだ、いますぐに。

オリヴィアがモントジョイ邸に長居するつもりでないといいのだが……。

開いた扉に通じる階段をオリヴィアがのぼりはじめた。エリスの目はゆったりした濃い藍色のマントに包まれた揺れる腰に吸いよせられた。ふわりと広がる布に包まれていても、オリヴィアはこの世でいちばん魅惑的だった。すらりと背が高くて、謎めいている。エリスは目を伏せて、オリヴィアを自分の下に組みしだいたときの感覚をよみがえらせた。オリヴィアが目も眩むほどの欲望を抱いて、男が刻むリズムに合わせて腰を突きあげたときの感覚を。

オリヴィアがちらりと振りかえって、その場に立ち尽くしているパトロンを見た。「閣下？」

オリヴィアのまなざしが熱を帯びた。それは、立ち尽くしている男が何を考えているかに気づいた証拠だった。オリヴィアはマントのフードを髪がすべて隠れるほどすっぽりかぶっていて、松明《たいまつ》の明かりでは、際立った顔は陰になってよく見えなかった。それでも、エリスはわかった。オリヴィアが頬を染めていることに、金貨をひと山賭けてもかまわなかった。

にやりとしたくなるのをこらえた。オリヴィアが何を考えているかはわかっている。そして、その考えが自分の頭にあることとぴたりと一致しているのも。

エリスは階段をのぼってオリヴィアの肩を抱くと、人であふれる玄関の間に足を踏みいれた。外套を脱いでいると、周囲がざわついた。エリスは従者から目を離して、オリヴィアのほうを向いた。

とたんに、一歩も動けなくなった。

どんなことばも唇から出てこなかった。心臓があばら骨を叩くほど大きく脈打った。体のわきに下ろした両手をぎゅっと握りしめる。周囲のお祭り気分のざわめきが、ふいに消えて、しんと静まりかえったかに思えた。

オリヴィアから目を離せなかった。

「きみがそれをつけているとは信じられない」声がかすれていた。

「わたしもよ」

オリヴィアが細くすらりとした長い指を、ぎこちなく胸元に持っていった。その手が意匠を凝らしたルビーのネックレスに触れた。それはエリスが贈って、オリヴィアが即座に拒んだものだった。なぜなら、オリヴィアは男の持ちものであるという証を、けっして身につけないから。

今日このときまでは。

この行動が意味することは単純明快だった。

胸の鼓動が重く深みのある音を奏ではじめた。オリヴィアは私のものだ。誰がなんと言おうと、オリヴィアは私の元に留まるのだ。

エリスはオリヴィアに歩みよると、抱きしめて、口づけた。すばやく激しいその口づけは、オリヴィアが自分のものであることを示していた。顔を上げて、目を見張るほど美しいトパーズ色の瞳を見つめた。口づけにこめた思いを、オリヴィアはきちんと読みとっていた。

くる。

「閣下……」オリヴィアが口ごもった。細いウエストにまわしている腕に、動揺が伝わって
喜ばしい。エリスは自分がオリヴィアに魅了されているように、自分もオリヴィアを魅了したかった。ゆうべ以降、ふたりは対等になった。そのままでいたかった。このままオリヴィアをそばに置いておきたかった。

はっとして、それはあとでじっくり考えようと、頭の隅に追いやった。

そしてようやく、周囲が不穏なほど静まりかえっているのに気づくと、オリヴィアの見目麗しい顔から無理やり目を離した。

玄関の間にいる者全員が呆気にとられて、こちらを見つめていた。実のところ、モントジョイの招待客は上流社会の高位にいる者ばかりではなかった。上流階級のはみだし者もいれば、高級娼婦、俳優、芸術家、音楽家まで招待されていた。

エリスはキャリントンの顔に打ちのめされた表情が浮かんでいるのに気づいた。すべての夢が粉微塵になった——キャリントンはそんな顔をしていた。

いや、最初からオリヴィアは私のものになる運命だったのだ。

その無言のメッセージを、幼いころからの友人が理解して、受けいれたのがわかった。それから、エリスは見目麗しい愛人に目を戻した。腕は相変わらず細く優美なウエストにまわしたままだった。

「もう離れてちょうだい」オリヴィアがなんとなくおもしろがっているような口調で囁いた。

「醜聞の種は充分に撒《ま》いたわ」

「私はきみに口づけただけだよ」エリスはつぶやいた。とはいえ、周囲の人々の驚きと非難と淫らな好奇心にははっきり気づいていた。

「わたしは口づけていないわ」オリヴィアが静かに言った。

オリヴィアがわざとゆっくり背伸びしたかと思うと、軽く唇を重ねてきた。驚いたことに、からかうように熱い舌をさっと唇に這わせた。

まぎれもなく男を誘う大胆な口づけ。エリスは全身の血が沸きたつほどの欲望と闘った。このけばけばしい家に詰めかけた人々など無視して、いますぐにオリヴィアをさらって、ふたりだけの場所に行き、ベッドの上で思う存分のたうちまわりたい、そんな衝動が抑えられないほど高まっていた。

そうなれば、くだらない醜聞にますます尾ひれがついて、注目の的になるのでは？けれど、エリスが口づけに応じるまえに、からかうようなオリヴィアの唇は離れていた。オリヴィアがちらりと笑顔を見せて、滑るように階段へ向かった。ぼんやりと、エリスはそのあとを追った。

明日には、ロンドンじゅうの誰もが、エリス伯爵が魅惑的な魔女の虜になっているのを知るのだろう。そして、悔しいことに、ロンドンじゅうの誰もが思っているとおり、それはまぎれもない事実だった。

エリスはもう一度オリヴィアの腕を取った。わきの下まで届くほど長い黒の絹の手袋を、手で包む。手袋はオリヴィアのぬくもりで温まっていた。とたんに、新たな欲望の波が全身に打ちよせた。多少なりとも自制心を取りもどさなければ。さもなければ、エリス伯爵は完全に女にのぼせあがっているばかりか、恥知らずにもそれをひけらかしていると噂されるにちがいない。

「今夜のわたしの装いは、あなたのお眼鏡にかなったのかしら?」金色の手すりと、壁一面に浮き彫りにされた笑顔のキューピッドが印象的な大理石の階段を、ふたりでのぼりながら、オリヴィアが冗談半分で訊いてきた。

「もちろんだ。気絶しそうなほどきみは美しいよ」

オリヴィアの絹のドレスはあくまでもシンプルだった。レースやリボンや刺繍といった華やかな装飾をいっさい排除した夜の闇の黒いドレス。大きく開いたスクエアネックのせいで、胸元から長い首まで、乳白色の肌があらわになっている。その肌にきらめくルビーのネックレスは、この女が誰のものかを示す華やかなしるしのようにも見えた。

けれど、ゆうべ、この胸に抱かれてオリヴィアの口から漏れたかすれた淫らな叫びを思いだすと、そのネックレスをつけた理由がわかった。男に魅せられたしるしであると同時に、体が解き放たれたことを祝いたかったのだろう。

この世にふたつとない高価なその装身具をひと目見たときから、それがオリヴィアに似合うのはわかっていた。けれど、これほどぴったりだとは思ってもいなかった。

オリヴィアがつけている装身具はそれだけだった。髪を古代ギリシャ風にあっさりまとめているせいで、首元の真っ赤な宝石がいやがおうにも目を引いた。

とはいっても、それはそのネックレスをつけている女性に気がつかなければの話だ。そうだ、気づかない者などいるはずがない。オリヴィアは目も眩むほど美しいのだから。まさに魅惑の燃えさかる炎。人の形をした愛だった。胸元で輝いているルビーとダイアモンドも、ネコのようなその目の輝きにはかなわなかった。

「オリヴィア……」エリスは言いかけたが、そのときちょうど階段をのぼりきり、モントジョイが舞踏室から飛びだしてきて、オリヴィアを出迎えた。

伊達男《だておとこ》のモントジョイがオリヴィアの頬にキスをして抱きしめても、誰も驚きもしなければ、眉をひそめもしなかった。なるほど、とエリスは思った。ここにいる客の大半が、モントジョイの性癖を知っているらしい。

その場にいるのはひと癖もふた癖もある者ばかりだった。皮肉屋で、洗練されて、世慣れている。何を目にしても驚かないが、真の愛を目の当たりにするのだけはべつだった。男と女の軽い口づけだけで、したたかな連中を心底驚かせたとは痛快だった。

エリスは一歩下がって、オリヴィアとモントジョイがうれしそうに再会するのを眺めた。オリヴィアにとって最悪の日々をモントジョイが支えたことを知ったいま、その男に憤りを抱けるはずがなかった。

普通の女なら破滅するはずのおぞましい出来事を、オリヴィアは気丈にも神々しいほど美しいまま堪えぬいた。上流社会の面々は、オリヴィアのことを低く見ているのだろう。けれど、エリスはオリヴィアの本質を見抜いていた。

勇敢な心から何から何まで、オリヴィアは純金に匹敵するほどの価値がある。

「エリス」モントジョイがそっけなく声をかけてきた。オリヴィアの同伴者と見なせば、大勢の人のまえで明らかに侮辱したことになるはずだった。

「モントジョイ」エリスは軽くお辞儀した。「本日はおめでとう」

モントジョイがコーヒーブラウンの大きな目で冷ややかに見つめてきた。なんと端整な顔だろう。そう感じたのははじめてではなかった。世の大半の人がまんまと騙されて、モントジョイとオリヴィアが恋人同士だと信じこんでいるのも無理はなかった。オリヴィアの温かみのある淡い色合いの直線的な美と、それとは対照的なモントジョイの全体的に濃い色合いのイタリア風の美は、互いを引きたてていた。

「ありがとう」モントジョイがオリヴィアに向きなおった。「もちろん、ワルツはすべてぼくと踊ってくれるね？」

オリヴィアがふたりの男性のあいだですばやく視線を動かしたのを、エリスは見逃さなかった。「えっと、一曲なら」

エリスはオリヴィアの手を取ると、自分のものだと宣言するように腕の上にその手を置いた。「すまないね、ミス・レインズはもっぱら私と踊るんだよ」

「エリス、今日はペリーの誕生日よ」オリヴィアは反論したものの、手を引っこめはしなかった。それもまた、今夜、これまでとはまるでちがう形で、パトロンを受けいれた証だった。自尊心をくすぐられて、エリスの心臓が跳びはねた。それに、それよりもっと危険なものも跳びはねた。

真紅のネックレスがオリヴィアの胸元を彩っているのを見たそのときから、男としての独占欲がむくむくと頭をもたげていた。エリスはわざとゆっくりとオリヴィアの手を取ると、その手に口づけてから、また自分の腕の上に戻した。「すべてのワルツは私と踊るんだよ」

「オリヴィア？」モントジョイの驚愕は口調にも表われていた。

それも無理はなかった。オリヴィアがこれまでのパトロンたちをどんなふうに扱っていたかは、エリスもよく知っていた。オリヴィアがパトロンを抱き犬のごとくかわいがるのも、無視するのも、すべては気分しだいだった。そうして、ふたりの関係が終わるとぽいと捨てて、二度と振りむかなかった。

自分だけはそんなパトロンにはならないと、エリスは心に決めていた。

「わたしのワルツの予約はすべて埋まってしまったようね」オリヴィアが低い声で笑った。そのやわらかな笑い声に女としての自負が表われていた。「一緒に踊るのはコントルダンスでいいでしょう、ペリー？」

モントジョイの顔から一気に血の気が引いた。モントジョイの視線がオリヴィアからエリスへ、そしてまたオリヴィアへと戻った。モントジョイの胸にこみあげてきた怒り、困惑、そして、目のまえにいる女への未来永劫《えいごう》変わらない愛情が、エリスにも手に取るようにわかった。「言わんこっちゃない、オリヴィア。悲惨な結果を招くとあれほど注意したのに」

オリヴィアの顔から揶揄《やゆ》するような笑みが消えて、内心の動揺がちらりと覗いた。

ゆうべあんなことがあったのだから、オリヴィアときちんと話しあうべきだった。けれど、最高の恍惚感を味わったせいで、疲れ果てて、興奮も冷めず、ふたりの未来に何が待っているかなどという深刻な話などできるはずがなかった。そして、今日は朝から家族の用事に忙殺されていた。さらに、モントジョイ邸へ向かう馬車の中では、少しでも真剣な話をしようとすると、オリヴィアはそれを拒絶して、けっして応じようとしなかった。

重要な話題の周囲にオリヴィアが立てた進入禁止の看板を無視するべきだったと、いまになって後悔した。あやふやな未来にオリヴィアが苦しんでいるのはまちがいなかった。この自分もそれに苦しんでいるのだから。

「ペリー、ごめんなさい」オリヴィアが小さな声で謝った。いまだけは、いつもの仮面が剝がれて、顔に真の気持ちが表われていた。「わたしにはどうにもできないわ」

やはり、ゆうべの出来事のせいで、オリヴィアの心は乱れているのだ。ならば、どうしても話しあわなければ。といっても、大親友の誕生日を祝う舞踏会のさいちゅうに、オリヴィアを無理やり連れだすわけにもいかなかった。ジレンマが腹を減らしたネズミのように胸の内を蝕んだ。

「ああ、スイートハート」モントジョイがいかにも切なそうに言った。

「わたしのために喜んでちょうだい」オリヴィアはかすれた声で言うと、あいているほうの手を差しだした。その手をモントジョイが握った。驚いたことに、オリヴィアの手が震えていた。

「そんなことができるわけがない」モントジョイがきっぱりと言ったが、ひそめられた声は、周囲の人には聞こえなかった。「すべてが終わったら、またぼくがここできみの面倒を見るよ」

「おい、これはくだらないギリシャ悲劇じゃないんだぞ」エリスは鋭い口調で話に割りこんだ。

モントジョイが憎悪をこめて睨みつけてきた。「いや、これは悲劇だ。あんたは肩をすくめて愛人とあっさり別れて、あとにどんな厄介ごとが残ろうと気にも留めない、そういう男なんだから」

「ペリー、やめて」オリヴィアの声に苦悩が表われていた。「今夜は楽しい夜を過ごしましょう」

この場が個人的な話をするのにふさわしくないとようやく気づいたのか、モントジョイが顎をぐいと上げた。それでも、その顔には、次の機会にはこの話の決着をつけてやるという固い決意が感じられた。

エリスはオリヴィアを引きよせて、モントジョイの挑発に尊大な目つきで応じた。「モントジョイ、これはきみには関係ないことだ」

「オリヴィアのことなら、ぼくにも関係がある」モントジョイが憎悪をこめて言い放った。

「いいや、オリヴィアと関係があるのは私だ」

「やめて、ふたりとも」オリヴィアが語気を強めた。「まるで子どもの喧嘩ね。わたしは二匹の犬が取りあっている骨ではないわ。自分のことは自分で決める自立した大人よ」

たしかに、とエリスは思った。いま自分がしていることは、腹を減らしたオオカミから子羊を守っている喧嘩っ早いマスチフ犬と大差ない。それに、自分とモントジョイが互いにどんな感情を抱いているにせよ、どちらもオリヴィアの幸せを第一に考えているのはまちがいなかった。

エリスはオリヴィアのほうを向いて、穏やかに言った。「そのとおりだ。すまなかった。今夜は祝宴だ」

エリスはオリヴィアに頭を下げた。そうして顔を上げると、モントジョイの怒りの表情が驚きの表情に変わっているのが見えた。

「嘘だろう」モントジョイが息を呑んだ。「信じられない」

「どうかしたの？」オリヴィアが不思議そうに尋ねた。

モントジョイは穏やかな真の笑みを浮かべて、身を乗りだすと、オリヴィアの頰にそっとキスした。さきほどオリヴィアを出迎えたときの、さもうれしそうな興奮したキスとはちがって、心からの思いがこもったキスだった。といっても、エリスにはそれがどんな思いなのか見当もつかなかったけれど。

「なんでもないよ、ダーリン。あとで、ダンスのときに誘いにくる」

「ペリー？」

「さあ、行って。きみはこの舞踏会を熱心に計画してくれたんだ。せいぜい楽しんでくれ」

エリスはペリーとの見苦しい対決を終わらせるために、さらに何か言う必要はなかった。オリヴィアをエスコートして広間に入った。そこはオリヴィアをはじめて見た場所だった。けれど、いまその部屋は輝く水晶と雪を模した白布がちりばめられ、ロシアの冬の宮殿を模した飾りつけがされていて、あのときと同じ部屋にはとうてい見えなかった。印象的な様式と優雅な飾りつけはいかにもオリヴィアらしい。エリスはいつのまにか微笑んでいた。

顔立ちで選んだとしか思えない端整な召使は全員、コサックの衣装に身を包んでいた。モントジョイにはツキがあったらしい。その夜は暖かく、ゆったりした白いシャツとブリーチズというでたちで充分だった。寒さに震える召使もロシアの雰囲気にぴったりかもしれないが、そうなれば、今夜のようにシャンパングラスやキャビアを載せた盆を手に、大勢の客のあいだをてきぱきと動きまわれないはずだった。

広間の一画をバラライカ（ロシアの弦楽器）の楽団が陣取っていたが、彼らが奏でる音楽は騒々しい話し声にかき消されていた。広間を奥へと向かう途中、客たちに声をかけられたが、エリスはそれを無視した。オリヴィアのそばを離れるつもりはなかった。

となりの部屋から、どこの舞踏会でも見かけるような演奏者たちが奏でるカドリーユ（方陣をつくって四人が組んでおこなう古風な舞踊用の曲）がかすかに漂ってきた。以前ここに来たときは、壁の一面が折り畳み式の扉になっていることに気づきもしなかったが、今夜、客が舞踏室と大広間を行き来しやすいように、その扉が開かれていた。

「ペリーのことは心配しないで」すぐとなりにいるオリヴィアが言った。周囲のようすを眺めるオリヴィアの顔は好奇心で輝いていた。

エリスは自分の上等な黒の上着の袖に置かれているオリヴィアの手に手を重ねた。「モントジョイはきみを守ろうとしているだけだ。なぜなら、きみを愛しているからね。それについてはモントジョイに感心するよ。といっても、感心するのと同じぐらい、きみの気持ちを自分のほうに向けようとすることには苛立つが」

オリヴィアが驚いて見つめてきた。どうやら今夜は、しごくあたりまえのことに、誰もが驚いた顔をするらしい。

「どうかしたのか？」モントジョイに対するオリヴィアの問いかけをそっくり真似て言った。

「なんでもないわ」オリヴィアがつぶやくように言って、顔をそらした。「霜が降りたよう

ないか、そんな気がしてならなかった。

「オリヴィア」エリスは不満げに言った。オリヴィアは何か大切なことを言いかけたのではないか、そんな気がしてならなかった。

オリヴィアがため息をつきながら、あらためてこちらを向いた。「あなたはどうしようもない頑固者ね、エリス」

「そのとおり。それに、私のことはジュリアンと呼ぶように言ったはずだ」

「人前では呼ばないわ」

オリヴィアのふっくらした唇がほころんだ。どこまでも男心を刺激する笑みだった。オリヴィアはうっすらと化粧をしているだけなのに、ため息をつきたくなるほどその面立ちが引きたっていた。眉とまつ毛に黒みをくわえ、頬はうっすらと紅色に、唇は真紅に染めていた。口づけると、オリヴィアの唇はまさにその色になる。それに気づいたとたん、全身の血が沸きたった。

「さあ、何を言おうとしたのか聞かせてくれ」

オリヴィアが肩をすくめた。「あなたが簡単に愛ということばを口にするたびに、わたしは驚くのよ。あなたはまるで、愛が生活の一部であるかのように言うんだもの。そうね……たとえば……いつもの部屋にある椅子やテーブル、さもなければ、あなたをクラブに運んでいくために玄関先で待っている馬車か何かと同じように」

これほど賢い女がなぜわざと何も見えないふりをしているのだろう……。エリスは不思議に思いながら、笑みを浮かべてオリヴィアを見返した。「馬鹿なことを言うなよ。もちろん、それが現実だよ」重ねた手に力をこめて、オリヴィアの手を握りしめた。「きみのことがほしくてたまらず、私がきみをいますぐ抱きあげてこの舞踏室を出ていったら、ロンドンじゅうの放蕩者と口さがない女たちはさぞかし驚くだろうな。私にそんなことをしてほしくないなら、ほかの客と交わるしかない」

「交わる……」オリヴィアは耳にしたことばをくり返したものの、どう見てもべつのことを考えていた。オリヴィアは何をしても目をそらせないかのように、相変わらずこちらを見つめていた。

エリスは片手を上げて、オリヴィアの顎を軽くつつくと、あんぐりと開いている口をそっと閉じさせた。「ああ、そうだよ。きみと交わりあうのはまだ我慢できる。かろうじて」

オリヴィアが周囲を見まわした。そして、玄関の間にいたときと同じように、注目の的になっているのに気づいた。オリヴィアの背筋がぴんと伸びて、その姿にいつもの女王ならではの威厳と優雅さが漂った。顔は非の打ちどころがない美しい仮面のようだった。

オリヴィアはここに集った人々が属する世界の女王なのだ。ならば女王としての力をたっぷりふるってもらおう。自分とオリヴィアの力関係はふたりだけの世界のものなのだから。

エリスは手を伸ばして、召使が運んできたシャンパングラスをふたつ取った。ひとつをオリヴィアに渡してから、自分のグラスを掲げた。「私を虜にした女性に乾杯だ」

「ほんとうに？　それなのに、なぜわたしはあなたの言いなりになっているとしか思えないの？」

エリスはにやりと笑って、グラスに口をつけた。冷えたシャンパンが体の中の熱を冷ましてくれるのを願ったが、それはかなわぬ願いだった。「私の言いなりになどならないくせに」オリヴィアが何かを決意したのか、トパーズ色の目がきらりと光った。「エリス、正直に言うわ。今夜一緒に来てくれてよかった。これで、あなたとわたしの過去が清算できるわ」

エリスは眉根を寄せた。その口調にオリヴィアの気持ちの変化が表われているような気がして、不安になった。これから何が起きるにせよ、それがいいことであるはずがない、そんな予感に胸がざわついた。

「いったい、何を言いたいんだ？」

「ゆうべのことよ。あなたは賭けに勝ったわ」オリヴィアはその場に集った人々のほうを向いた。「みなさん、お伝えしたいことがあります」

オリヴィアの声はにぎやかな話し声に負けないほど大きかったわけではないが、そもそも大半の客がオリヴィアとそのパトロンに注目していたせいで、瞬時に話し声がやんだ。それまではふたりを見ていなかった客まで、何ごとかと振りかえった。稀代の愛人で、絶世の美女と名高いオリヴィア・レインズがどんな趣向を凝らして楽しませてくれるのかと。

どの目も期待感でぎらついていた。なんといっても、オリヴィアは行く先々で興奮の渦を巻きおこすのだから。とりわけ今夜は、新しいパトロンとはじめて公の場に出てきたせいで、その場の空気まで沸きたっていた。

ふいにモントジョイが現われて、オリヴィアのとなりに立った。顔には不安げな表情が浮かんでいた。「どうしたんだ、オリヴィア？」

「わたしはエリス卿と約束したの」

エリスの体がこわばった。まさかオリヴィアがそんなことを言いだすとは信じられなかった。「どういうつもりなんだ?」

あの賭けについて、いまここでオリヴィアが話すとは思えなかった。あれは愚かな賭けで、その後、ふたりの関係が大きく進展したのは、オリヴィアだってわかっているのだから。ゆうべ、あんなことがあったのだから、まちがいなくわかっているはずだ。エリスは手を伸ばして、オリヴィアの腕を取った。

オリヴィアが手を振りはらって見つめてきた。トパーズ色の目には超然とした光が浮かんでいた。「わたしが何をしようとしているか、あなたはよくわかっているはずよ。これから賭けの代償を払うのだから」

息を呑まずにいられないほど優美な仕草で、オリヴィアはモントジョイにシャンパングラスを渡すと、エリスのほうを向いた。部屋の中はしんと静まりかえって、期待感だけが沸きたっていた。ロシアの楽団も演奏をやめていた。とはいえ、となりの部屋のダンス曲の楽団は、相変わらず凡庸な調べを奏でていたけれど。

「愛人契約を交わす際に、エリス卿とわたしは賭けをしました」

信じられない、オリヴィアはどうかしてしまったのか? あんな賭けのことなど私の頭にもうないのを、知っているはずなのに。

けれど、エリスはオリヴィアの目を一心に見つめて、ようやく気づいた。オリヴィアはこの件を自身の義務と見なしていて、それを果たさなければプライドが許さないのだ。淫らな愛人と評判の女が、これまでに会った誰よりも名誉を重んじるとは……。なんとも妙な気分で、同時に胸を衝《つ》かれた。

それでも、どんな状況であれ、品位にかかわることをオリヴィアにさせるわけにはいかなかった。たとえ、名誉を重んじることに関して、オリヴィアがどんな風変わりな基準を持っているにしても。

「オリヴィア、だめだ」はらはらしながらも囁くように言った。どうにか穏やかな口調を保って、本格的な醜聞になるのを食い止めようとした。「やめるんだ」

けれど、そんな努力も無駄だった。オリヴィアのまわりに人が集まりはじめていた。大勢の客がじわじわと押しよせて、剝きだしの好奇心に空気までぴりぴりしていた。

「賭けは何よりも神聖なもの」これからしようとしている不穏な行為が、道理にかなったものであるかのように、オリヴィアの口調は落ち着いていた。「そんなことは、エリス、乳飲み子だったころにあなたも学んだはずよ」

「やめてくれ。ネックレスをつけただけで充分だ」必死の思いで言った。

「約束は約束だわ」

「頼むから、やめてくれ」エリスは手にしたシャンパンのグラスをモントジョイにぐいと押しつけた。若い家主がそれを受けとろうが受けとるまいが、そんなことは気にも留めなかった。オリヴィアの腕を乱暴につかんだ。オリヴィアの足が浮いてしまうほどぎゅっと。そうして、歯を食いしばったまま、ひそめた声で言った。「私はこんなことを望んでいない。ああ、ちっとも望んでなどいない。最初からこんなことは望んでいなかった」

オリヴィアの顔に困惑が浮かんだ。腕をつかまれて、いまや、完全に足が床から浮いていた。「エリス、わたしは賭けに負けたの。わかるでしょ、わたしは負けたのよ」

周囲がざわめいた。その場に集まった人々が驚いて息を呑み、ひそひそと囁いている。剝きだしの好奇心が肌に感じられるようだった。

「きみは負けていない。あの賭けに敗者などいない。それに、勝者もいない」避けられない醜聞がこれ以上大きくならないように、エリスは必死に声をひそめて言った。「くだらない賭けなどどうでもいい。ああ、そうだ、あれはきみを引きとめるための作戦だったんだ。きみは私の元から去ろうとしていた。引きとめるためには、あんな手しか思いつかなかった」

「わたしは真剣だったのよ。賭けに負けたら、あなたにかしずくと約束したわ」

遠い昔のことに思えるあの夜――オリヴィアをなんとしても引きとめようと、半ば正気を失っていたあの夜――の記憶を呼びおこした。あのときに口にしたあらゆることば、おこなったあらゆる行為は、オリヴィアを貶《おとし》めて、言うことを聞かせるための悪巧みでしかなかった。まさか自分がそんなことをしているとは、あのときでさえ信じられなかった。この自分がオリヴィアを尊敬しているのは、オリヴィアがつねにプライドを忘れずにいるせいでもあるというのに。

不穏なこの状況をどうにかおさめようと、エリスはことばを絞りだした。「私もきみにかしずくと約束した。きみは私に対して、自分の負けを素直に認めた。公衆の面前で負けを認めてほしいなどとは一度も思ったことがない。ああ、一度だって」

オリヴィアの顔に不審そうな表情がよぎった。「わたしを支配しているのが誰の目にも明らかになるのを、あなたは望んでいたはずよ」

「私はきみを支配などしていない。そのことにまだ気づかないのか？　誰かが誰かを支配するなんてことではないんだ。私は奴隷などほしくない。私がほしいのは愛人だ」

オリヴィアが口元を引きしめた。とはいえ、手を緩めたせいで、少なくとも、オリヴィアの足は床について、いまは自分の脚で立っていた。その体は悔しさに震えていた。「あなたはわたしを屈服させたかった」

「そんなことはない。それに、屈服するもしないも、私たちふたりだけの問題だ」

エリスは周囲に目をやった。誰もがますます好奇心を剝きだしにしていた。腹立たしく厄介なこの事態を、どうにか収拾しなければならなかった。

そこで、意を決して大きな声で言った。「ミス・レインズはこの七月以降、ロンドンの舞踏室を彩ることはない。それを今日ここでみなさんにお知らせしたいとのことだ。ミス・レインズは寛大にも私の申し出を受けいれてくれた。私が赴任先であるウィーンに戻る際には、同行すると同意してくれた」

オリヴィアは驚くと同時に、ショックを受けていた。顔は蒼白で、目を大きく見開いていた。頰をうっすらと染める頰紅がやけに目立っていた。周囲の人々も、それと似たような表情を浮かべていた。けれど、まもなく人々の顔に憶測と困惑が浮かんだ。そして、モントジョイの顔には明らかな落胆が浮かんでいた。

賢い者なら、即座に疑念を抱くはずだった。なぜ、オリヴィアは自身の意向をこれほど芝居がかったやりかたで公表しようとしたのかと。そしてまた、なぜオリヴィアはいまにもへなへなとしゃがみこんでしまいそうになっているのかと。エリスはどこにもぶつけようのない苛立ちを感じて、歯を食いしばった。もう打つ手はなかった。オリヴィアが一緒にウィーンに赴くという突拍子もない考えは、追い詰められた状況でふいに頭に浮かんできた出まかせだった。

モントジョイが狼狽しきった顔でオリヴィアを見た。「オリヴィア？　いったいどういうことだ？　ほんとうなのか？」

「いえ……ペリー、まさか……」オリヴィアが口ごもりながら言った。そうしながらも、驚いて見開かれた目はエリスの顔から離れなかった。

「ほんとうだ」エリスはきっぱりと応じた。「さあ、踊ろう、オリヴィア。こんな騒動になるとは、やりすぎたな」

エリスはオリヴィアを乱暴に腕の中に引きいれた。相変わらず呆然としているオリヴィアを現実に引きもどそうと、低い声で耳打ちした。個人的な事柄を人前でさらけだしたせいで、吐き気がするほど胃がむかむかしていた。この一時間で人々の興味をたっぷりかき立てたのだから、このさき何週間も醜聞という水車が勢いよくまわりつづけるのは確実だった。

できることなら、ここに集う頽廃した人の群れからオリヴィアを連れ去りたかった。ふたりきりになりたかった。けれど、唐突にこの場を辞去したら、それこそ醜聞を煽《あお》るだけだ。

「どうしても私の足元にかしずきたければ、あとにしてくれ。きみのその体勢を私がたっぷり利用できるときに」いよいよ我慢できなくなって、声をひそめながらも腹立たしげに言った。

パトロンの無骨なことばに、オリヴィアの目が金色の炎にも似た輝きを取りもどした。頬にも赤みが戻った。それを見て、エリスは満足した。それでこそいつものオリヴィアだ。オリヴィアの体の向きをくるりと変えさせると、その場に集まった大勢の人のあいだを縫って、舞踏室へ向かった。そこではワルツがはじまっていた。

22

オリヴィアはエリスにせかされながら、蠟燭の明かりに照らされた寝室に入った。閉めた扉に寄りかかったエリスが、広い胸のまえで腕を組んだ。その姿は一枚岩の玄武岩のように強固に見えた。

怒りの下でくすぶっている不安を巧みに隠して、オリヴィアはくるりと振りかえると、エリスのほうを向いた。「あんな賭けを持ちかけた理由がよくわかったわ」

ぎくしゃくとした動きで、黒い長手袋を乱暴にはずすと、鏡台の上に放った。手袋がぶつかって陶器の化粧瓶が倒れて床に落ちても、気にもしなかった。

エリスとの賭けになぜこれほど固執しているのか、自分でもわからなかった。どうやら、いま一度肝に銘じる必要がありそうだ。エリス伯爵はあくまでも客で、自分は客の要望をかなえるために金で雇われている淫らな女であることを。

エリスの勝利を公表しようとして、当の本人に阻止された。その瞬間に、ふたりの関係が一変して、完全に足をすくわれた。途方に暮れて、どうにも身動きが取れなくなった。

そんなことは、十五のとき以来なかったのに。

そうよ、いまだってそんなふうになってたまるものですか……。

「きみがこの扉から出ていくのを阻止するためなら、私はどんなことでもする気でいた」エリスが伏し目がちに見つめてきた。光を放つ銀色の目が濃いまつ毛に半分隠れていた。「いまでもその気持ちに変わりはない」

胸の中では、さまざまな感情が複雑に絡みあいながら咆哮をあげていた。この数日で自分のことが何ひとつ理解できなくなった。すべてはエリスのせい。エリスと会わなければよかったのに……。いまさら遅すぎるとはわかっていても、心からそう願わずにいられなかった。エリスの望みならわかっていると、これまでは思っていた。わたしが負けを認めるのを望んでいるのだと。

けれど、それが望みでないとすれば、いったい何が望みなのか……。

その答えを推測することさえ、堪えられそうになかった。

怒りに胃がよじれた。すっかり混乱して、落胆していた。そして、怒りと混乱と落胆の下に、知らないうちに忍びよった冬にも似た冷たい恐怖がひそんでいた。

オリヴィアは顔をしかめて、寝室の中を意味もなく歩きまわった。黒い絹のスカートが足元でかさかさと音を立てる。不安でたまらず、体を動かしていなければ破裂してしまいそうだった。「やめてちょうだい」

エリスは油断のない目をしながらも、相変わらずゆったりと扉に寄りかかっていた。背筋を伸ばそうともしなかった。「何をやめるんだ？」

「いまみたいなことを言うのをよ。非情な放蕩者なら……非情な放蕩者らしくしてちょうだい」

エリスからの返事がないと、オリヴィアはぎこちなく足を止め、木製のベッドの支柱に片方の肩をつけて、磨きこまれた支柱を片手で握りしめた。胸の中で吹き荒れる嵐を鎮めようと、歯を食いしばったまま深く息を吸った。

光り輝くルビーのネックレスをつけたときには、力が湧いてきた。エリスの足元にかしずくと決めたときでさえ、力が湧いてきた。なんといっても、それを決めたのはほかならぬ自分で、負けを認めることでほんものの自分をもう一度取りもどしたのだから。エリスとは――わが身を守るためのいつものやりかたでパトロンと接しようとするわたしを阻止するエリスとは――しっかり一線を画して、気高い女に戻れたような気がしたのだ。

「ゆうべは――」言いかけて、すぐにやめた。ゆうべの壮麗な出来事を持ちだすのは、身を守るための作戦としては最善ではなかった。

熱く燃えるようなその一瞬、エリスと目が合った。灰色の瞳がいっそう深みを増しているのは、内心の動揺と決意の表われだ。エリスがため息をついて、足元の色鮮やかなトルコ絨毯を見つめた。まるでそこに、この世でもっとも奥深い疑問の答えが隠されているかのように。

マホガニーの高い支柱を握っている手に、思わず力がこもった。「みんなのまえでわたしの主人はあなただと認める、そういう約束だったはずよ」

「いや、そんな約束はしていない」エリスが片手で空《くう》を切るような仕草をして、静かな怒りに満ちた視線を送ってきた。口調にも苛立ちが表われている。「正直なところ、くだらないあの賭けで何を約束したかなど憶えていない。いや、細かいことまで決めたとも思えない。

記憶にもなければ、それでも全然かまわないと思っている。ロンドンのろくでもない連中のまえで、きみにかしずいてほしいなどと思ったことはない。ネックレスをつけてくれただけで充分だ。充分すぎるほどだ」

「あなたはわたしが負けを認めるのを望んでいたわ」オリヴィアは頑として言った。

今日は一日じゅう、自分を叱りつけていた。ひとりの男性に対して命取りなほど無防備になってしまった自分を。男なんてみな身勝手で、傲慢で、女々しくて、わけもなく残酷なことをするのは、いやというほどわかっているはずなのに……。エリスだって、結局は同じ穴のむじなに決まっている。

だから、朝からずっと、エリスに対して身構えていた。

ところが、エリスがペリーのパーティーのために迎えにきたとたん、その魅力にうっとりしてしまった。頭の中で警戒心が囁くまもないほど、一瞬にして。

「負けを認めるとか認めないとか、そんな話はもうたくさんだ。まったく、きみはこれを封建時代の戦争か何かだと思っているのか。これは男女間の問題なんだよ。私は自分が求めている女に、私を求めてほしかっただけだ。互いに惹かれているのを、きみに素直に認めてほしかった。性の営みを楽しんでもらいたかった。その三つだけが私の望みだ」

オリヴィアはベッドからすばやく離れると、部屋の中をまた歩きだした。そうすれば、エリスのことばから逃れられるかのように。「それにしても、わたしをウィーンに連れていくと言いだすなんて。正気の沙汰じゃないわ」

「それがいちばんの解決策に思えた」エリスの束の間の怒りは、湧いてきたときと同じぐらいすばやく消えていった。「とりわけ、ゆうべはあんなことがあったのだから」

エリスの冷静さにオリヴィアはますます腹が立った。「ゆうべのことなんて、なんの意味もないわ！　わたしたちは愛人契約を交わした。といっても、あなたは自分の意にそわない契約の条件を勝手に無視してばかりいるけれど。いずれにしても、わたしがあなたの愛人でいるのは、あなたがこの国を離れるまで。それに関しては、惨憺たるこの愛人関係をはじめるときに、お互いに合意したはずよ」

「これは惨憺たる関係なんかではない」エリスはこれっぽっちも動じていなかった。その心はまるで、石でできているかのようだ。「これは奇跡の関係だ」

不吉な予感に胸が締めつけられて、オリヴィアは震えながら部屋の奥で足を止めた。これから恐ろしいことが起きるような気がして、胸の鼓動が速くなり、うなじを冷たい汗が伝い落ちた。

エリスの表情がこれまでになく真剣になった。「きみを愛するようになって、すべてが変わったんだ」

エリスは自分が発したことばが、意地の張りあいで緊迫した静寂を粉々に砕くのを感じた。オリヴィアが殴られたように身を縮めた。頬にかすかに残っていた色みまでふいに消えて、人目を引くほっそりした面立ちが冷たい大理石の彫刻のようになった。

「だめ……」オリヴィアが恐怖にかすれた声で言った。「そんなわけがない。あなたは勘ちがいしているわ」

オリヴィアの即座の否定のことばが、胸に突き刺さった。ことばでは言い表わせないほどの痛みが走った。

たったいま口にした愛がまるで伝染病か何かであるかのように、オリヴィアがじりじりとあとずさっていく。背後の壁に背中をぶつけて、ようやく足を止めると、上品な青と黄色の縞模様の壁紙に両方の手のひらをぴたりとつけた。

「いいや、勘ちがいであるはずがない」エリスは穏やかな口調を保った。これ以上オリヴィアを怖がらせたくなかった。

なぜなら、恐怖はオリヴィアの心の奥底に巣くって離れない感情だから。

この自分はいったい何を考えていたんだ？　誰よりも複雑でプライドの高いオリヴィアが、何もかも忘れて大喜びで腕の中に飛びこんでくるとでも？　わたしも愛している、一生一緒にいたいとでも言うと思ったのか？

今世では、そんな現実はありえない。

さきほどオリヴィアに言い放ったことばとは裏腹に、これはまさに闘いなのだ。自分はたったいま、オリヴィアの陣地に最初の砲火を落とした。けれど、致命的な傷でも負わないかぎり、オリヴィアが白旗を掲げることはないはずだ。

なぜなら、オリヴィアはこの闘い――これまでとはまるでちがう闘い――に最後まで立ちむかう決意でいるから。

つまりそれは、この胸の中にあるものが血まみれになって、ばらばらになるまで、オリヴィアは攻撃の手を緩めないという意味だ。

それでも、エリスは自分のことばを撤回する気などさらさらなかった。不本意ながら、そして苦しみながら、真の気持ちを口にしたのだから。オリヴィアを愛しているという事実に気づくまえから、愛していたのだ。ほんの少しでも何かが心に触れるのを避けて何年ものあいだ生きてきたことを思えば、自分の本心にすぐに気づかなかったのも不思議ではなかった。

昨日、動物のように紐で縛られるまえに、客間にひとりで座って、オリヴィアが帰宅するのを待ちながら、渋々といくつもの不都合な現実に目を向けたのだった。そこには、愛人をどうしようもなく愛しているという過酷な現実も含まれていた。

オリヴィアと出会ってからの数日で、人生はかつてない嵐に巻きこまれた。もう何年も抱くことのなかった感情が、胸の中で激しく入り混じった。

欲望。嫉妬。苦悶。怒り。支配欲。思いやり。愛欲。悦び。

憑かれたようにケントへと馬を走らせたときの、抑えきれない思いの根底にあったのは、愛としか言いようがない。手遅れだと知りながらも、オリヴィアを苦しめた男たちをこの手で殺してやりたい、そんな強烈な感情を抱いたのも、さらには、束の間でもオリヴィアの心が休まるなら、自分が代わりにあらゆる苦悩を背負いたいと心から願っているのも、愛している証拠だった。

エリスは愚鈍ではなかった。そしてまた、かつて恋に落ちたこともあった。胸の奥がざわめくこの感覚が何を意味するかは、よくわかっていた。

寝室での支配権を素直に譲る気になったのも、愛するがゆえだった。

たったいま、オリヴィアのまえで無防備な心を開いてみせたのも、愛するがゆえだった。

オリヴィアによって自分は永遠に変わった。オリヴィアは死んだ男をよみがえらせて、この世にまだ希望と可能性があることを教えてくれたのだ。

そんなオリヴィアを人生の一部にしたかった。七月までではなく、永遠に。

「わたしを愛していると、そう言っているの？」オリヴィアの唇がゆがんで、皮肉めいた笑みが浮かんだ。それでも、その唇の隅が小刻みに震えていた。「それと同じようなことばを、これまでにも幾度となく聞かされてきたわ。多くの男性が、わたしを愛していると妄想を抱いたのよ」

「そうだとしても、私の気持ちは変わらない」皮肉のこもったことばに湧きあがった怒りも、オリヴィアの体の震えに気づくと同時に鎮まった。胸元が小さく震えて、ネックレスのきらびやかなルビーとダイアモンドが輝いていた。

激しい反感に目をぎらつかせながら、オリヴィアがやはり嫌悪感をこめて言った。「わたしの体は誰にも反応しなかったのに、あなたにだけはちがった。あなたが愛しているのは、その事実だけよ。その事実で、際限のない虚栄心が満たされたから」

私の愛する女、オリヴィアは愚かではなかった。そして、どこにナイフを突きたてれば、相手に致命傷を負わせられるかしっかり心得ていた。オリヴィアの無慈悲なことばひとことひとことに、一枚ずつ皮を剝がれていくかのようだった。

心臓がとんでもなく不規則な鼓動を刻んでいた。冷徹な苦悶が胃の中でとぐろを巻く。それでも、エリスはどうにか冷静な口調を保った。「私がどこからともなく現われた救いの騎士気取りでいると、そう言いたいんだろう。それに、きみのことを無力な犠牲者だと思いこんでいると」

「ちがうの？」

苛立ちを隠しながら、黒い細身の上着を脱ぐと、それを鏡台の椅子にかけた。こみあげてくる感情でのどが詰まりそうで、ぴったりした上着にはもはや堪えられなかった。「ちがう」たったひとことだけの返事に、オリヴィアが当惑した。

そんなオリヴィアがふいに哀れに思えた。

心の鎧をはぎ取られて、すべてを白日の下にさらされるのを、オリヴィアがどれほど嫌っているかはわかっていた。鎧に包まれて、激しい感情など抱かずにいれば、心の平穏を得られる——それはエリスもよくわかっていた。そしてまた、封印した楽園に閉じこめた心が、やがて死にはじめることも。

オリヴィアの愛らしい顔に赤みは微塵も残っていなかった。「わたしはいますぐ、ここから出ていくわ」こわばった唇からことばを吐きだした。

「いいや、きみはここに留まる」エリスはチョッキのボタンをはずした。とろりと甘いシロップのような確信が、全身にじわじわと広がっていく。神にかけて、この闘いに勝利するつもりだった。「本気で私の元を去るつもりなら、何日もまえにそうしていたはずだ」

「留まったのは、賭けをしていたからよ」

「いいや、そんなことはない。きみはあの忌々しい賭けを気にしているふりをしていただけだ。それに気づかないとは情けない。賭けのせいだと、きみは必死に自分に言い聞かせているんだろうが、ほんとうにそうだと思っているはずがない」

歯に衣着せぬことばに、オリヴィアの顔がこわばった。エリスは苦々しい思いで、自分が導きだした結論に反論されるのを待った。けれど、オリヴィアは顎をぐいと上げただけだった。

「賭けのせいでなければ、わたしはなぜここにいるの？」皮肉めかした口調には鋭い棘があった。「あなたの魅力のせい？」

「きみがなぜ留まっているかは明白だ」エリスはフランス製の張りのある絹のチョッキをぞんざいに脱ぐと、上着の上に放った。息を深く吸って、ありったけの勇気をかき集めてから、最大の危険を冒した。「きみが留まっているのは、私を愛しているからだ」

オリヴィアが頭をのけぞらせて笑った。冷ややかな笑い声が部屋の中に響きわたった。「あなたはどこまでうぬぼれているの？　わたしは男性を愛したりしないわ。わたしは男性とベッドをともにして、男性に奉仕して、男性を軽蔑するだけよ」オリヴィアの顔からはどんな笑みもすっかり消えて、こちらを見るその視線には憎悪がこもっていた。「どんな男性であろうと」

オリヴィアはどこまでも深く傷ついていて、どこまでも勇敢だ。そんなオリヴィアがこれ以上苦しまないことを、エリスは神に祈らずにいられなかった。けれど、それはかなわない祈りというもの。この心をずたずたに引き裂くことでオリヴィアが癒しを得られるなら、どれほど傷つけられてもかまわなかった。

できることなら、この胸にオリヴィアを抱きたかった。けれど、いま、その体に触れるのが大きなまちがいなのはわかっていた。オリヴィアはこれ以上ないほど張りつめていて、ほんの少しでも何かを強要すれば、ばらばらに崩れてしまうにちがいない。

「きみはペリーを軽蔑していない。レオのことも軽蔑していない」オリヴィアの美しい目に揺らめく不安を見つめながら、いったん口をつぐんだ。「それに、私のことも軽蔑していない」

「いいえ、しているわ」そう言いながらも、オリヴィアの口調は頼りなかった。

「嘘をつくな」エリスはシャツを引きあげて頭から脱ぐと、床に落とした。

「もうたくさんよ、エリス卿」オリヴィアがこれ見よがしにスカートをつかんで、つかつかと扉へ向かった。その足取りからは、背筋をぴんと伸ばして臆することなく断頭台に向かう女王さながらのプライドが感じられた。

そしてまた、孤独感も痛いほど伝わってきた。

堂々とそばを通りすぎようとしたオリヴィアの腕をつかんだ。懇願するような口調になってしまうのが不愉快だったが、それは避けようがなかった。「怖いから逃げだすんだろう？　オリヴィア、頼むからそんなことはやめてくれ」

「怖がってなどいないわ！」オリヴィアは語気を荒らげたが、体は生まれたての仔馬のようにぶるぶると震えていた。まっすぐに見つめてくる目は、恐怖のせいで翳っていた。

「オリヴィア、私だって怖いんだ」プライドが傷つくのを覚悟で、正直に言った。「行かないでくれ」

「もう二度と、わたしは誰かに支配されたりしないわ」オリヴィアが吐き捨てるように言って、手を振りほどこうとした。「わたしは絶対に、自分の運命を男性にゆだねたりしない。

十五のときにそう心に誓ったのだから。これからもその誓いをけっして破らない」

一瞬、エリスは燦然と輝く希望の光が見えたような気がした。自分の元に留まるように説得できることばが見つかりそうな気がした。真の気持ちをオリヴィアに認めさせるように説得できそうな気がした。

けれど、どう考えても、口達者な男のことばにオリヴィアが耳を傾けるはずがなかった。

あるいは、ひとこともことばを口にしなかったとしても。

落胆が胃を蝕んでいくのを感じた。謝罪のつもりで、オリヴィアから手を離した。オリヴィアにとって自由が何を意味するかはわかっている。それを奪う気にはなれなかった。

それに、無理強いしたところで、何が得られるというのか？　いやいやながら男に奉仕するだけの愛人などほしくなかった。

オリヴィアが驚いた顔で見つめてきた。「ならば、行けばいい」エリスはかすれた声で言った。「あなたが本気でそんなことを許すはずがないわ」

「いや、本気だよ。きみは自由だ」

「そう、わたしは自由よ」オリヴィアの口調は、なぜか不安げだった。そこでもまた、オリヴィアの中に残る少女の面影がちらりと見えた気がした。残酷な現実によって純潔を奪われるまえのオリヴィアの姿が。

エリスは扉から離れた。すべての夢が打ち砕かれた。ついさきほど、オリヴィアに苦悩と恐怖を克服させられると自負していたのを思うと、悔しくてたまらなかった。

けれど、オリヴィアはまだ立ち去っていない……。

ふいに希望が湧いてきた。オリヴィアは私を愛していることを否定してもいない。

自分の考えが正しいかどうかを試すには、勇気のかけらまで集めなければならなかった。エリスは腕を伸ばすと、扉を開けた。「さようなら、オリヴィア」

「わたしを完全に服従させることが、あなたの望みのはず」

少しぶっきらぼうに応じた。「もしいま、誰かが私たちを見たら、私がきみにかしずいていると思うはずだ。だから、完全にきみの勝ちだ」

「ということは、わたしが立ち去れば勝ったことになるのね」

ことばをオリヴィアがわざとねじ曲げて解釈しているのは明白だった。いいだろう、ふたりでいつものゲームをしようじゃないか。エリスは扉を大きく開いた。「きみがそう思うなら、行けばいい」

オリヴィアは呆然として、開いた扉を見つめた。その顔にはどんな表情も浮かんでいなかった。まるで体から魂が抜けてしまったかのようだった。

オリヴィアが一歩扉のほうへ足を踏みだした。

エリスの心臓が大きく脈打って、止まりそうになった。やめろ、だめだ、頼む、行くな。オリヴィアを手放さないために、軽率な賭けに出たのは失敗だったのか……。

また一歩オリヴィアが歩を進めた。このままでは、まもなく廊下に出てしまう。

そして、この家から出ていってしまう。私の人生からも。

エリスは体のわきに下ろした手を握りしめて、オリヴィアを連れもどしたくなる衝動と闘った。どんなことであれ、強制するわけにはいかなかった。これまでの人生で、オリヴィアはあまりに多くの男から強要されてきたのだから。

「これは策略だわ」殺人を告発するような口調で、オリヴィアが言った。「あとで、わたしを追ってくるつもりね」

「そうしてほしいのか？」

「そんなわけがないわ」オリヴィアがぴしゃりと言った。「自分だけは特別だなんて幻想をあなたが抱いているとしたら、それは大まちがいよ。あなたはわたしのパトロンのひとり、ただそれだけよ」

「これまでに何人もの男とベッドをともにしたというだけで、きみが愛とは無縁の女だなんてことはないんだよ、マイ・ダーリン」

その瞬間、オリヴィアから虚勢が消えて、真の悲しみがちらりと顔を出した。「いいえ、わたしは愛なんてものとは無縁よ」そのことばにはどんな感情もこもっていなかった。

「私だって何人も愛人とベッドをともにしてきたんだ、オリヴィア。ということは、私も愛とは無縁なのか？」

「いいえ、そんなことはない」オリヴィアの本心が表われたことばを耳にすると、打ちひしがれた胸に希望の光が灯った。「あなたは男だもの。わたしとはちがうわ」

エリスは唇に冷笑を浮かべた。「これが偉大なるオリヴィア・レインズなのか？　男女の駆け引きならお手のもので、上流階級の男どもを次々に屈服させてきた美しく華々しい鉄の女なのか？」

「あなたは屈服しなかった」

「そのとおり、だが、きみも私に屈服しなかった。そんな対等な関係こそすばらしいと思わないか？」

「どこが対等なの？」オリヴィアがうなるように言った。「あなたは伯爵で、わたしは身を売る女なのに」

　エリスは心に刻まれた真実を口にするしかなかった。「私は恋に落ちたひとりの男だ」

「やめて！」オリヴィアが震える手で耳を押さえた。これ以上こちらを見ていられないかのように目を閉じた。「やめて、やめて、やめて！」

　切望する気持ちは抑えようがない——そんな思いを伝えようと、エリスは両手を広げて、痛む胸の奥底から湧いてきたことばをそのまま口にした。「何をやめるんだ、オリヴィア？　きみを愛することをやめろと言うのか？　それは無理だ。きみはすでにこの体の中にいるんだから。愛するのをやめろと言われるぐらいなら、右手を切り落とせと言われたほうがまだましだ。私にとってきみは、天であり地でもある。それなのに、どうしたら愛さずにいられるんだ？」

　オリヴィアが両手を下げて、見つめてきた。美しい目に光る涙に、エリスははっとした。

「こんなことをしても、いいことなどひとつもないのに」

　そのことばと、さらには、オリヴィアがまだここにいるという事実が、多くのことを物語っていた。確信を胸に、エリスは扉を閉めた。今夜、オリヴィアはどこにも行かない。

23

扉が閉まる小さな音に、オリヴィアの体がびくりと震えた。プライドを保つためだけであっても、オリヴィアは反論してくるにちがいないとエリスは思った。けれど、オリヴィアは無言のまま、用心深い大きな目で見つめてくるだけだった。

オリヴィアの体は相変わらず震えていた。血の気の引いた顔とうつろな目が、疲れ果てていることと、まだ心が揺れていることを物語っていた。この休戦が束の間でしかないのは、エリスもよくわかっていた。けれど、いまこのとき、オリヴィアにさらに何かを強要する――ここから立ち去らないという暗黙の了解以上のものを強引に引きだす――ことができるのは、人に対する思いやりをこれっぽっちも持ちあわせない卑劣漢だけだった。

エリスは手を差しだして、オリヴィアの手を握った。抵抗もされない代わりに、どんな反応もなかった。やさしく、オリヴィアをベッドへといざなった。愛する女を慈しみたかった。オリヴィアがそうさせてくれるのを、心から望んでいた。

「闘うのはもうやめにしよう」やさしく言った。

「どうしたらやめられるのかわからない」オリヴィアがベッドへのいざないに素直に応じているのは、うれしいからではなく、絶望に打ちひしがれているせいなのは、エリスにもよくわかっていた。

「私を信じてくれ」ゆうべは闘いに勝利したと思った。けれど、いま、また最初から闘わなければならないのだと気づいた。その闘いに使える唯一の武器は官能の技だけ。その武器をこれから余すところなく使うつもりだった。

「わたしはウィーンには行かないわ」オリヴィアがそう言いながらも、ベッドの傍らに立った。ドレスの背中にずらりと並ぶ黒い絹のくるみボタンをはずしはじめても、抗わなかった。それでも、ぼんやりとした口調に、かすかに抵抗心が表われていた。

「話は明日にしよう」エリスは穏やかに言うと、手早くボタンをはずしていった。ドレスの襟が開くと、黒い絹のシュミーズやコルセットとは対照的な、真っ白な背中と肩があらわになった。エリスは身を屈めて、シュミーズの細い紐を唇でわきによけながら肩に口づけた。

「あなたはこの世でいちばん苛立たしい人だわ」ことばとは裏腹に、ぼんやりした口調だった。

エリスは口づけていた場所に、そっと歯を立てた。オリヴィアが息を呑んだ。どうやら、体は何も感じないわけではないらしい。いや、それとは正反対だ。うれしいことに、少なくとも、ゆうべの勝利がすべて泡と消えたわけではなさそうだった。

艶やかな黒いドレスがするりと床に落ちた。足元でふわりと山になったドレスからオリヴィアが出るのに、エリスは手を貸した。そのときだけは、オリヴィアも素直に手を取られた。疲れ果てているがゆえの譲歩なのはわかったが、エリスは自分のツキについてあれこれ分析する気分ではなかった。

オリヴィアがさらに口づけを求めるように首を傾げた。そんなことをされて、抵抗できるはずがなかった。肩からうなじへと唇を這わせる。明日、その肌には口づけの赤い証がついているにちがいない。オリヴィアを自分のものにしたるしがつく――それが野蛮な考えだとはわかっていても、うれしくてたまらなかった。

オリヴィアとの闘いでは奇襲作戦を用いるしかなかった。けれど、ことばで愛を伝えても、きっぱり拒まれた。ならば、欲望を通して、愛を受けいれさせるしかなかった。

オリヴィアの作戦なら、すでにわかっていた。官能の楽園へと導いて、愛のことなどきれいさっぱり忘れさせるつもりなのだ。だが、その作戦が成功することはない。抑えようもない欲望も、まぎれもなくオリヴィアへの愛の一部なのだから。

オリヴィアが発する香りに包まれた。欲望でくすぶったやわらかな香り。エリスはオリヴィアの手を強く握りしめてから、薄く繊細なシュミーズにおおわれた乳房に両手で触れた。触れかたひとつひとつで、どれほど慈しんでいるか示すつもりだった。いやがおうでも、オリヴィアにもそれがわかるはずだった。

オリヴィアが途切れがちに息を吸った。胸が大きくふくらんだのが、手に伝わってきた。手のひらはやわらかな乳房に満たされていた。その頂に親指をそっと滑らせた。

今夜、オリヴィアを愉悦の楽園に長く留めさせるつもりでいた。ゆうべ以上の官能があることを教えるつもりだった。ゆうべの経験をはるかに超越したものがあるのを。

オリヴィアが艶めかしいため息を漏らした。「うーん」

低いその声が全身に響きわたって、股間にあるものが一気に硬くなった。

「服を脱がせなければならない」エリスは囁いた。

「それを邪魔するものなど何もないでしょう?」それまでのように疲れている口調でもなければ、無関心な口調でもなかった。オリヴィアが両方の腕を上げながら、背中を反らした。エリスはオリヴィアの手がうなじに触れて、指が組みあわされるのを感じた。ふたつの乳房を包んでいる手のひらに乳房がぎゅっと押しつけられた。

「きみが邪魔しているよ」

「うーん」

オリヴィアが背中を艶めかしくこすりつけてくる。エリスはこらえきれずに、腰を突きだした。いきり立つものがやわらかな尻に包まれる。腰の角度を変えて、弾力のある肌にこすれる感覚を楽しんだ。

ゆっくりと、あわてずに……。

オリヴィアがそれとなく押しかえしてきたかと思うと、二度目には、まぎれもない意図を持って腰を動かした。馴染み深いダンスがはじまった。突いては、引く、突いては、引く。肌がこすれる甘い感触。同時に、それは無限の苦しみでもあった。数枚の布が邪魔をして、完全につながることはできないのだから。

オリヴィアが組みあわせた指をほどいて、どこまでもゆっくりと腕を下ろしていった。その指が愛撫するかのように頬をかすめる。胸が締めつけられるほどやわらかな指使いに、胃がよじれそうだった。うめきながらオリヴィアの髪に顔を埋めるしかなかった。束の間の恍惚感に酔いしれる。それからようやく、オリヴィアがしわになるのもかまわずにシュミーズをたくしあげたのに気づいた。

「今夜こそきちんとしたいんだ」エリスはもどかしく思いながらも反論した。

オリヴィアが声をあげて笑った。男を笑うとは、なんて生意気な女だ……。チェロにも似た低い声に、体がわななかずにいられなかった。「それなら、きちんとやってちょうだい」

いますぐに別れるとエリス伯爵を脅した女——途方に暮れて、逆上して、怒った女——はもうそこにいなかった。いつものオリヴィアに戻ったと思うと、うれしくてたまらなかった。オリヴィアを屈服させたいなどとは、もはやこれっぽっちも考えなかった。対等でいたかった。あらゆる意味で。

オリヴィアのかすれた声に、全身を流れる熱い血が沸きたった。シュミーズは太腿があらわになるほど、めくりあげられていた。けれど、ズロースはそのままだった。それは、エリスの体とエリスが欲してやまない場所を隔てる薄っぺらな壁となっていた。

女のジャコウの香りが濃密に漂っていた。つまりは、男を受けいれる準備がすっかり整っていた。エリスはふいに荒々しく両手を動かして、オリヴィアの細い腰をつかむと、向きを変えさせた。次の瞬間には、オリヴィアはベッドの支柱のほうを向いていた。

「支柱にしっかりつかまっているんだ」

オリヴィアが支柱を握って、身構えた。前屈みになったせいで、尻が淫らな角度になっていた。すけすけの黒いシュミーズの裾が滑り落ちて、ふわりと尻をおおった。

ズボンのまえを乱暴に開く。これ以上ないほど太く硬くなっている欲望の証が、勢いよく飛びだした。オリヴィアのシュミーズの裾を邪険にわきに押しやると、ズロースを引き裂いた。口から漏れた低いうなり声と、絹の布地が破れる音が共鳴した。

しばし手を止めて、丸く引きしまった白い尻に見とれた。オリヴィアはどこもかしこも美しい。その美を褒めたたえるには、永遠のときがあっても足りないほどだった。

　エリスは尻の片方ずつに熱く口づけた。これほど近くにいると、オリヴィアの興奮の香りはワインの芳香よりも濃密だった。

「早く、エリス」オリヴィアの声は欲望で震えていた。

　尻にそっと歯を立てると、それだけでオリヴィアが堪えられないかのように身を震わせた。官能の頂が早くも迫っているらしい。エリスさえその気になれば、手で触れるだけでのぼりつめてしまうはずだった。

　とはいえ、エリスはそうするつもりはなかった。どうしても自分自身を中に押しこめたかった。オリヴィアが完全に自分のものであることを確かめずにいられなかった。

　オリヴィアを愛している。それを、もっとも原始的なやりかたで証明してみせるつもりだった。

　これほどの愛をこめて体に触れても、オリヴィアはわざと気づかないふりをするかもしれない。それでも、この胸に抱いている感覚が真実であることに変わりはない。そっと手でいざなって、オリヴィアがベッドに手をつけて、前屈みになるようにした。体の内に巣くう獣が叫んでいた。ライオンがつがうように、さもなければ、雌馬をまえにした種馬のように奪ってしまえと。

「脚を広げるんだ」低い声で言った。

オリヴィアが脚を開くと、まるで目のまえでバラが花開いたかのようだった。その体は濡れて、高まって、摘《つ》まれるのをいまかいまかと待っているように熟していた。エリスはオリヴィアの腰をぐいとつかむと、自分のほうに引きよせた。

畏敬の念を表わすようにゆっくりと、腰をまえに押しだした。束の間、魅惑的な抵抗を感じたが、それだけで、先端がするりと中に入った。全身に力をこめて、さらに深く差しいれる。引きぬくときの快感を味わいたくてたまらなくても必死にこらえた。

オリヴィアが艶めかしい声をあげて、腰を押しつけてきた。さらに深く差しいれると、いきり立つものがいっそう締めつけられた。全身に稲妻が走り、激しい興奮に心臓が早鐘を打つ。煽動的な熱に体が吹き飛びそうだった。

さらにほんの少しずつつながりを深めて、オリヴィアに少しずつ自分が呑みこまれていく感覚をたっぷり味わった。これほど熱く濡れたオリヴィアに、一気に根元まで押しこめずにいるのは至難の業だった。細い腰をつかんでいる手に力がこもった。激しい衝動を抑えているせいで、頭がずきずきと痛んだ。股間にあるものが、真鍮《しんちゅう》の棍棒《こんぼう》より硬く思えた。

それでも、必死にこらえて、ゆっくり入っていく。

「ジュリアン……」オリヴィアがのどから絞りだしたかのように名を呼んだ。その息遣いは不規則な涙声のようだった。もっと奪ってほしいとばかりに、オリヴィアが体をびくりと動かした。「じらさないで」

エリスは片腕で細い腰を抱くと、体位を変えた。いまや、オリヴィアをすっぽり包んでいた。上も下も内側も。

「いまだ」喘ぎながら言う。

「いまよ」その声が低く鋭い喘ぎに変わると同時に、エリスは滴るほど濡れた謎めいた深みにすべてを埋めた。

腕に触れるオリヴィアの腹に震えが走った。オリヴィアの内側から力が抜けたかと思うと、なんの前触れもなくきゅっと締まった。とたんに、目のまえに大きな火花が散った。息もろくに吸えず、ひたすら喘いでいるしかなかった。

オリヴィアが腰を突きだすと、さらなる深みへといざなわれた。エリスはもう一度うなって、のしかかった。胸をオリヴィアの背中に押しつけて、この壮大な交わりが永遠に続くことを祈りながら華奢な肩に貪るように口づけた。

「ジュリアン」かすれた声で名を呼ばれた。うららかな春の日にツグミがさえずるように、その名前がオリヴィアの唇から自然に出てきた。

その声に自制心が吹き飛んだ。オリヴィアの内側をたっぷり堪能しながらいったん引きぬくと、すぐさま根元まで一気に突きたてた。あまりの勢いにオリヴィアの体が激しく震える。エリスは細い体を押さえている手に力をこめた。下腹にあたるオリヴィアの尻が引きしまった。

「そう、いいわ」オリヴィアがつぶやきながら、さらに欲するように、背中を反らした。

「もう一度」

エリスは引きぬくと、オリヴィアがしっかり受けとめるのを感じながら、突きたてた。オリヴィアの内側を押し開いて、自分の形にしているのがはっきりわかった。目を閉じて、痺れるほどのビロードの闇で心を満たした。

オリヴィアが腰を引くと、圧迫感と角度と感覚が変化した。

ああ、これだ。

何度も滑りこませては、引きぬく。オリヴィアの吐息と淫らな喘ぎで耳の中を満たしながら、エリスは容赦なく攻めたてた。手加減などオリヴィアが求めていないのはわかっていた。オリヴィアの絶頂が揺らめく波となって押しよせようとしていた。ぎりぎりのところでオリヴィアが小刻みに身を震わせていた。けれど、まだ頂を越えてはいない。エリスはわれを忘れそうになるのを、どうにかこらえた。そのために、顎が折れそうなほど歯を食いしばらなければならなかった。

ゆうべはオリヴィアを一度だけ絶頂へといざなった。今夜はいやというほど恍惚感を味わわせるつもりだった。

オリヴィアの長い喘ぎを堪能しながら、ほぼ先端まで引きぬいた。次の瞬間、一気に突き進みながら、ためらうことなく片手を下げて、オリヴィアの脚のあいだに指を押しつけた。かすれた叫びとともに、オリヴィアが究極の恍惚の波に呑まれていった。体をがたがた震わせながら男を締めつけて、すべてを搾りとろうと、すべてを自分のものにしようとした。肩がエリスの胸を叩くほど、体をのけぞらせた。オリヴィアが大嵐のような官能に打ち震えているあいだも、エリスは自制心を必死に保った。どれほど激しく締めつけられても堪えぬいた。

熱したペンチを手にした鬼に拷問されても、悪魔にはらわたを抜かれても、それでもどうにか堪えぬいた。全身が痛むほど体に力をこめて、究極の頑固さを盾に闘った。

今夜、オリヴィアにすべてを与えるつもりだった。

すべてはオリヴィアのため。すべては私からの愛の贈り物なのだから。

オリヴィアの体が永遠に震えているかに思えた。オリヴィアのかすれた叫びや荒い息遣いに、エリスは苦悶した。自分自身を解き放ちたくてたまらなかった。これほど思いきり締めつけられていては、欲望の炎で全身が燃えあがっても不思議はなかった。

忘我への一線を越えそうになったそのとき、意志の限界に達しようとしたそのとき、オリヴィアの激しい震えがおさまりはじめた。

オリヴィアの体が変化して、力が抜けていくのがはっきり伝わってきた。腕の中でこわばっていた体が和らいでいく。オリヴィアが風のない日に掲げられた絹の旗のようにぐったりして、喘ぐような呼吸をくり返した。たったいま経験した官能はそれほど強烈だったのだ。

忍耐力を使い果たして、エリスは胸にオリヴィアを抱きよせると、ぬくもりに満ちた豊かな髪に顔を埋めた。美しいまとめ髪はもはや跡形もないほど崩れていた。細いウエストへと手を滑らせて、興奮の余韻にひたっている女を抱きしめた。

「ジュリアン」オリヴィアがまた名を呼んだ。

自分の名を呼ぶその声なら、何度耳にしても聞き飽きるはずがなかった。

「マイ・ダーリン」豊かな髪をそっとわきによけて、うなじにやさしく口づけた。

その肌は汗で湿っていた。満たされたオリヴィアを味わうように、深く息をする。この世でいちばん甘い香りを胸いっぱいに吸いこんだ。

官能の余韻で、相変わらずオリヴィアの体は小刻みに震えていた。いきり立つものをぴたりと包んで、男の自制心を容赦なく試していた。馴染みのリズムを刻みたい、すべてを解き放ちたい――そんな衝動をエリスは必死にこらえた。

「こんなことがあるなんて……」苦しげに喘ぎながらオリヴィアが言った。

ウエストにまわした手に、オリヴィアの手が重なった。ふたりの指が組みあわされると、オリヴィアのことがますます愛おしくなった。組みあわされた手からオリヴィアの愛が伝わってきた。それは抑えようのない欲望を抱かせて無理やり引きだした愛より胸に深く響いた。獣のように満たされた瞬間より、いまこの瞬間にこそ、オリヴィアの心が満たされているのを物語っていた。

エリスも同じだった。信じられないほどオリヴィアが愛おしくてたまらなかった。愛ということばがのどに詰まった。これではいけない、この一夜が終わるまでに、そのことばをオリヴィアに受けいれさせなければならないのだから。

満ちたりて、ぐったりして、うつらうつらしていたオリヴィアが目を覚ました。「ジュリアン、あなたはまだ……」

「達していない？」

稀代の愛人がはにかんでいるとは……。エリスは思わず笑みを浮かべて、巻き毛に顔を埋めた。オリヴィアのうなじと、ルビーのネックレスにまつわりつく湿った巻き毛に。

「笑っているのね」つないでいるオリヴィアの手が、ゆっくりと肌を撫ではじめた。その動きは、いきり立つものを愛撫するオリヴィアの内側のリズムと調和していた。

「どうしてわかるんだ？」

「声を聞けばわかるのよ。耳に心地よく響く声を聞けば」オリヴィアの声は眠たげだった。かつてない絶頂感のあとでは、それも無理はなかった。

エリスは腰の位置をわずかにずらして、ふたりがさらに深くつながるようにした。いますぐ腰を動かして、オリヴィアのすべてを奪いたくてうずうずしていた。まもなく、そうするつもりだった。けれど、いましばらくは、貴重な親密感を壊すわけにはいかなかった。今夜は、オリヴィアをふたたびこの手に抱けるのだろうかと何度も不安になった。苦労の末に、ようやく手に入れた親密なひとときのすべてを味わうつもりだった。

オリヴィアの片方の手はまだベッドの支柱を握っていた。「こんなふうに、あなたを体の中に感じるのが好きだわ」

「私もきみの中にいるのが好きだ」エリスは力をこめて、これ以上ないほどゆっくりと自分自身をさらに深くオリヴィアの中に埋めた。オリヴィアがそれに反応して、身を震わせた。

目を閉じて、オリヴィアを抱きしめる。すぐさま敏感に反応するオリヴィアをたっぷり堪能した。触れるたびに、これほど敏感に反応するとは驚かずにいられなかった。

「立ってくれ、下着を脱がすから」

オリヴィアがそのことばに素直にしたがって体を動かすと、圧迫感も変化した。エリスは目を閉じて、自制していられることを天に祈った。目の奥の暗い闇の中で、まばゆい光が炸裂しても、必死にこらえた。さもなければ、オリヴィアの目のまえで、即座にすべてを解き放ってしまいそうだった。ついさきほど、自分の目のまえでオリヴィアがすべてを解き放ったように。

オリヴィアが体をまっすぐに伸ばすまえに、エリスは腰を動かした。オリヴィアが鼻にかかった声を漏らした。

もしかしたら乱暴すぎたのかもしれない。自分がどれほど大きいかはわかっていた。どれほど太くて長いかは。それなのに、束の間そのことをすっかり忘れていた。オリヴィアへの欲望で、何もかも忘れていた。

細い肩を抱いて、オリヴィアの耳の下のやわらかな肌に鼻を埋めた。「痛い思いをさせてしまったかな？」

「そんなことはないわ」肌にそっと歯を滑らせると、オリヴィアが息を呑んで、それから、もっときっぱりと言った。「そんなことはないわ」

「思いやるのをすっかり忘れてしまった」

手を差しだしてきたオリヴィアに手首をつかまれた。「わたしは壊れものじゃないのよ」

オリヴィアが息を吸ったのがわかった。やわらかな髪で腕を愛撫された。欲望にわれを忘れた男でさえ切なくなるほどの自然な愛情が伝わってきた。

「あなたが欲望を抱いているとわくわくするわ。そんなとき、わたしがどれほどうっとりするか、きっと、あなたにはわからないわね」

「男なら誰でも、きみに欲望を抱くよ」

「いいえ、男性は愛人に欲望を抱くものなのよ。あなたはわたしに欲望を抱いているわ」オリヴィアが首を振った。エリスは額をやわらかな髪がそっとかすめるのを感じた。

渋々と体を離した。同時に、オリヴィアが落胆に小さな声を漏らした。幾輪ものバラの花が刺繍された黒の絹のコルセットについた紐をほどきはじめる。どの指も痺れていた。それも当然だ。全身の血が股間に集まっているのだから。

「面倒くさい服だ。引き裂いてもかまわないか？」

「この上なく美しいこのコルセットに、あなたは大枚をはたいたのよ」オリヴィアがおもしろがっているように言った。

からかわれるたびに、オリヴィアのことがますます好きになる。真剣なオリヴィアを見るたびに、ますます好きになる。

なんてことだ、どんなことがあっても、オリヴィアを愛してやまないとは。

「新しいのを買えばいい」荒々しく手を動かして、コルセットをつかむと、思いきり引き裂いた。布が裂ける音と、オリヴィアの息を呑む音が共鳴した。

「じっと立っててくれ」エリスは囁くように言った。美しいシュミーズにもコルセットとそろいの刺繍がされていた。

「自分で脱げるわ」なんとなくそわそわした口調には、からかう気持ちと驚きが混ざりあっていた。

「私が脱がせたいんだ。きみにさせたりするものか」

エリスはシュミーズの背中の部分をつかむと、一気に引き裂いた。ごくごく薄い絹が囁きにも似た音をあげながら裂けると、オリヴィアの滑らかな背中がウエストまであらわになった。

「ほんとうに、あなたの言うとおりだわ」オリヴィアはかすかな皮肉をこめてそう言うと、肩をすくめて、破れたシュミーズを足元に落とした。

「ほんとうに、きみには惚れ惚れするよ」エリスはつぶやきながら、オリヴィアの背骨に沿って手を這わせた。手のひらに触れる肌は、どこまでも温かく、どこまでも滑らかだった。

オリヴィアを振りむかせた。胸の上にオリヴィアの両手が置かれた。その手に自分の手を重ねる。そうやって、さきほどベッドに向かって身を屈めたときに、手を握ってきたオリヴィアを真似た。

目のまえにある体に視線を這わせた。ふっくらと盛りあがった乳房、すらりとした上体、平らなおなか、優美な弧を描く腰。秘した場所を隠す黄褐色の縮れ毛。

その脚のつけ根に、欲望に駆られて激しくいきり立つものが触れていた。オリヴィアが手を下に滑らせて、はちきれんばかりに膨らんだものをそっと握った。とたんに、全身が炎で焼かれて、目が眩む。体をわななかせながら、いきり立つものをその手にぎゅっと押しつけた。

オリヴィアが口づけてきた。下唇を吸われたかと思うと、そっと嚙まれた。オリヴィアが手に力をこめると同時に、唇を重ねたまま口を開いた。エリスは体を震わせて、圧倒的な恍惚感を押しとどめようとした。

重なっている唇を引きはがす。けれど、唇を遠く離すことはなく、オリヴィアの頬と鼻と顎に軽やかなキスの雨を降らせた。できることなら、オリヴィアのすべてを食べてしまいたかった。永遠にひとつになりたかった。

「ベッドに入ろう」かすれた声で言った。

「まだ命令するのね？」熱く硬いものに触れているオリヴィアの指は、相変わらず意地悪なダンスを踊りつづけていた。

「そのほうがきみだって気に入るさ」エリスはオリヴィアの腰をつかむと、ベッドにそっと放った。オリヴィアがマットレスの上に落ちて、乳房がふわりと揺れた。

「いいわ」喜びと驚きと興奮で息を切らせながらオリヴィアが言った。「ときどきは。そう、ごくたまにならあなたを黙らせるためなら」

エリスは声をあげて笑うと、ベッドに膝をついて、のしかかった。「いいや、きみがこれを気に入ってるからだよ」

そうだ、きみは私を愛している。

一秒ごとに確信が強まっていく。オリヴィアが声に出して言わなくても、態度が愛をまぎれもなく語っていた。

「あなたのうぬぼれは際限ないのね」

エリスはオリヴィアの開いた脚のあいだに、自分自身を少しずつ押しこめていった。それをしっかりと受けいれようと、首のうしろにオリヴィアの手がまわされた。どうして、オリヴィアは何も感じないなどと思いこんでいたんだ？　永遠に消えない炎のように燃えさかっているのに。

脈打つ興奮を感じながらも、必死にことばを絞りだした。「この次はたっぷり時間をかけるからな。ウィーンで私がなぜあれほどもてはやされたのか、きみにも教えてやる」

「身をもって経験すれば、信じられるかもしれないわ」いきり立つものを一気に押しこめると、皮肉めかしたことばが艶めかしい喘ぎに変わった。

肘をついて体を浮かせて、美しい顔を見おろした。オリヴィアは頭をのけぞらせ、唇を開いて苦しげに喘いでいた。瞼がうっすらと閉じられて、額と頬が汗ばんでいる。

これほど美しい女を見るのははじめてだった。

腰を浮かせ、さらに深く押しこめて、どこよりも甘美な場所を探しもとめた。オリヴィアがまた艶めかしい声をあげて、欲望の暗い世界に落ちていった。

エリスは一定のリズムで腰を動かした。動かすたびに、限界を試された。同時に、女の恍惚の極みを模索した。オリヴィアの吐息が変化して、求めてやまないものを探しあてたとわかった。

「こっちを見るんだ」かすれた声で言った。

オリヴィアが目を開けて、顔を見つめてきた。比類ないトパーズ色の瞳を呑みこんでしまいそうなほど、瞳孔が開いていた。まつ毛が濡れて、涙がまつわりついている。そこには、男をもてあそぶ世慣れた女の姿はなかった。いま、自分はオリヴィアの魂を覗きこんでいる――そんな気がしてならなかった。

オリヴィアの真の姿を目のあたりにして、大地を揺るがすほどの驚きを覚えた。この自分には、オリヴィア以上にふさわしい相手はいない。この自分のために、オリヴィアは存在している。永遠に自分のものになるために、オリヴィアは生きているのだ。体がオリヴィアを永久に放そうとしなかった。

「我慢しないで」オリヴィアが囁いた。「あなたのすべてがほしいの」

「今夜はひと晩じゅう、きみを悦ばせつづけてやる」引きぬいては差しいれる。その動きをくり返しながら、エリスはきっぱりと言った。「ああ、すべてを見せてやる」

「あなたがわたしをどれほど求めているか見せてちょうだい」オリヴィアが膝を上げて、両脚で腰を締めつけてきた。

「オリヴィア、きみは私のものだ」そう言いながら、最後に激しくひと突きした。精がほとばしるのを止められなかった。同じように、運命を決することばを胸の中に留めておけなかった。「きみを愛しているんだ」

オリヴィアの中に自分自身を解き放つと同時に、かすれ声の宣言は深いうめきとなって消えていった。白光が炸裂し、耳の中で響く雷鳴があらゆる音をかき消す。オリヴィアに対して感じているまぎれもない真実とともに、エリスは時間と場所を超越した空間に投げこまれた。

次の瞬間には、オリヴィアが頂点に達して、爪が背中に食いこむのを感じた。オリヴィアの体が激しく震えて、解き放った愛を最後の一滴まで搾りとっていく。頂を越えても、その内側はいきり立つものをしっかり包んで放さなかった。燦然たるこの交わりを終わらせたくないと訴えるかのように。

すべてを解き放って、エリスはくずおれると、オリヴィアの肩に顔を埋めた。必死に息をする。この数秒で一変してしまった世界に、どうにか戻ろうとした。

「愛しているんだ、オリヴィア」震える声でもう一度言った。

「わたしも愛しているわ、ジュリアン」

体の中で嵐が吹き荒れていても、オリヴィアの声音に絶望と敗北の苦みがこもっているのは聞き逃しようがなかった。

24

週に一度のレオへの訪問を終えて、ロンドンに戻ってきたときには、すでに夕刻になっていた。ようやく春が訪れて、まだ日が射す中を、オリヴィアはヨーク・ストリートの家の玄関に通じる階段をのぼっていった。

苦悩と衝突と官能の驚くべきあの一夜——ふたりが互いの愛を打ち明けた一夜——から二週間が過ぎていた。どれほど淫らな空想にも出てこなかったほどの、肉欲にふけった二週間。自分にとってエリスがどういう存在なのかということから目をそらして、闘いを放棄した二週間。エリスのせいで最後には傷つくとわかっていても、それを止める手立てはひとつもないとはっきり気づいた二週間。

愛欲という名の深い川にはまって、なす術もなく破滅へ流されていく。わたしのような女は、誰かを愛することなど許されないのに。わたしのような女は、無防備であってはならないのに。エリスに対して、あれほど無防備になってはならないのに。それは愛人として生きる女がけっして破ってはならないルールだった。

このはかない幸せのつけは、かならず払わされることになる。でも、いまはまだ。お願い、もうしばらくは……。

目も眩むほどの恍惚感ははかなさゆえに、輝かしいそのひとときがことさら大切に思える。愉悦のすべてを手に入れたい、そんな無謀な決意が日ごとに強まっていた。

愛人をウィーンに連れていくというエリスの意思が変わっていないのは、よくわかっていた。それに関する話しあいは棚上げになっているだけで、頭の中からすっかり消えたわけではない。エリスの愛を信じてはいるものの、それでも、過去に男たちから受けた数々の仕打ちを思うと、ひとりの男性に未来をゆだねるのは怖かった。たとえ、どんな男性であっても。

そう、エリスであっても。

そうよ、どうしたら一緒にウィーンに行けるというの？　わたしの生活はここにある。レオがいるこの国に。エリス伯爵にしたがって、独りよがりの愛人という役目を果たすためだけに、大陸を渡り歩きたいとは思わない。愛する人が属する世界――わたしの居場所はない世界――から家へ戻ってくるのを、ひたすら待っている女にはなりたくなかった。

オリヴィアは顎をぐいと上げて、持ち前の度胸を奮いたたせようとした。未来などどうとでもなればいい。明日のことなど心配してもしかたがない。その日がいよいよ迫って、胸がずたずたに引き裂かれるまでは。それより、いまは、ゆうべのことを思いだしていたほうがいい。ゆっくりとやさしく、息を呑むほど巧みに愛を交わしたエリスのことを考えていたほうが。ウィーンやパリ、コンスタンティノープルの女たちが、エリスのうしろ姿をため息で見送ったのも不思議はなかった。わたしだって、ため息をつきたくなるのだから。

ヨーク・ストリートの家は、オリヴィアにとって、いわば自分だけの楽園だった。けれど、今日は家に入るとすぐに、執事が不安げな顔で近づいてきた。「お客さまがお待ちです、マダム」

「どなたがいらしているの、レーサム？」オリヴィアは尋ねながら、マントを脱いで、手袋とボンネットをはずすと、廊下の鏡で髪を確かめた。朝から風が強く、レオと長い散歩をしながらずっと風に吹かれていたのだった。

「お若いレディです。お名前はおっしゃいませんでした」

驚いて、オリヴィアは手を止めた。うら若いレディが悪名高い愛人を訪ねてくるはずがない。執事の真剣な表情を見れば、〝お若いレディ〟ということばを故意に使ったのがわかった。

「どこでお待ちなの？」乱れた髪を手で撫でつけようとしたが、そんなことをしても無駄だった。

「図書室でございます、マダム」

「では、着替えてから会うわ」馬車で遠出したせいで、全身埃まみれだった。おまけに、生け垣の花に触れたせいで、スカートにはあちこちに花粉がついている。

「お若いレディはすでに一時間以上お待ちです、マダム」

オリヴィアは鏡から目を離して、レーサムを見た。その目に憂慮の色が浮かんでいた。どうやら冷静沈着な執事は、お若いレディとやらに早くお引きとり願いたくてたまらないようだ。けれど、慎み深さゆえに、言いだせずにいるらしい。

「そうだったの。ありがとう。ならば、そのお若いレディも長旅で汚れたドレスを気にならないでしょう。すぐに会いにいくわ」

執事が頭を下げた。「それがよろしゅうございます、マダム」

誰が来たのだろうと、かすかな胸騒ぎを覚えながら、めったに使わない一階の美しい部屋を通りぬけた。この家で使う部屋と言えば、頽廃した罪深い行為にふける二階の部屋にほぼかぎられていた。

オリヴィアが図書室に足を踏みいれると同時に、火が入っていない暖炉の傍らに置かれた椅子から、女性が弾かれたように立ちあがった。黒いドレス姿で、頭からすっぽりベールをかぶっている。どうやら小柄でぽっちゃりしているようだ。黒いベールで全身がおおわれていては、わかるのはそれだけだった。

「オリヴィア・レインズです。わたしを訪ねていらっしゃったとのことですが……」オリヴィアは黒いベールの下を覗きこんだ。

レーサムはなぜ、この女性を部屋に通したほうがいいと判断したの？　この女性はケントの公爵夫人かもしれないけれど、もしかしたら街角の娼婦かもしれないのだ。いいえ、娼婦ではないはず。値の張るものを着ているのはひと目でわかった。

芝居がかった仕草で、女性は手袋をはめた手を上げると、顔を隠しているベールを払った。同時に、オリヴィアはあまりにも驚いて、胃がぎゅっと縮まった。吐き気も覚えた。レーサムがあれほど不安そうにしていたのも無理はなかった。

若いレディが胸を張って、あからさまな敵意をこめて睨みつけてきた。「わたしはローマ・サウスウッド、エリス伯爵の娘です」

オリヴィアは敵意には気づかないふりをして、膝を折ってお辞儀をした。良家の清純なお嬢さまが、体を売って生きる女に反感を抱くのは当然だった。それは上流社会のルールと言うものだ。それにしても、いったいぜんたい、清純なお嬢さまが体を売って生きる女の家で何をしようと言うのだろう？　それよりも、よからぬ噂が立つまえに、お嬢さまを無事に家に帰すには、どうすればいいの？

「あなたがどなたかはわかりました、お嬢さま」オリヴィアは冷静に応じた。

「ならば、わたしがなぜここにいるかもわかっているわね」激しい嫌悪感に声まで震えていた。

「いいえ。けれど、お嬢さまがいますぐにこの家を離れなければならないのはわかっています。すでに長すぎるほど、わたしの家にいらっしゃいますから」

「ここはあなたの家ではないわ。お父さまの家よ。あなたはお父さまの愛人だもの。あなたはお父さまの淫らな欲望のはけ口なのよ」

深刻な状況だというのに、オリヴィアは思わず笑いたくなるのをこらえた。うら若き乙女レディ・ローマは青臭い芝居に酔っているらしい。喪に服しているかのようないでたちにしろ、ひっつめて地味にまとめた髪にしろ、オペラの一場面がくり広げられるのを期待してこの家に乗りこんできたのだろう。

「まさか、傲慢にもわたしを笑うつもりではないでしょうね」レディ・ローマが体のわきに下ろした手を握りしめて、脅すように一歩近づいてきた。「あなたなんて……卑しい生まれの自堕落な女だわ。相手がどんなごろつきだろうと、いかがわしい行為に払うお金を持っていさえすれば、すぐさま脚を広げるんですもの」

「ええ、おっしゃるとおりです」レディ・ローマの芝居じみた態度を煽らないように、オリヴィアは冷静に応じた。

相手が侮蔑を易々と受けいれたせいで、レディ・ローマの頬が赤く染まって、その顔の真の美しさが垣間見えた。繊細な顔立ち、青い目、輝く茶色の髪。いかにも貴族的な美人で、母親――エリスの亡き妻――に生き写しなのは容易に想像がついた。エリスは南から流れてきた旅人のように浅黒いのだから。

「わたしは……」

オリヴィアはレディ・ローマに同情したくなった。同時に、いまここで何よりも大切なことを思いだした。レディ・ローマはエリスの悩める愛娘《まなむすめ》で、誰かにきちんと面倒を見てもらい、守ってもらって当然だった。

「レディ・ローマ、あなたがお父さまの愛人の家を訪ねたことは、万が一にも人に知られてはなりません。そんなことになったら、あなたの評判が地に落ちてしまう。いますぐに、この家を出なければなりません。召使に貸馬車を呼ばせて、家まで送らせましょう。それに、家を出るときは裏庭から出てください。そこからいくつかの通りを抜けてエリス邸に戻れます。そうすれば、この家とあなたを結びつける人は誰もいないはず」

レディ・ローマが口元を引き結んだ。束の間、その顔がとりわけ不機嫌なときの父親にそっくりになった。「言いたいことを言うまで、わたしは帰らないわ」

「お願い、どうかわたしの言うとおりにしてください」オリヴィアはやきもきしながら言った。「たぶん、あなたはここに来るのがどれほど危ういことか、お考えにならなかったんでしょう。失礼ですが、それはどうしようもなく愚かなことです。まもなく、あなたは非の打ちどころのないお相手と結婚される。あなたは社交界の花。けれど、わたしと話をしたことが世間に知れたら、すべてを失ってしまうかもしれない。ここに長居すればするほど、ますます危ういことになるんですよ」

「わたしには危ういことなど起きないわ」世間知らずのお嬢さまがふくれっ面で言った。「上流階級の人たちは、そんなふうには思ってくれません。お願い、あなた自身のためにも、そして、お父さまのためにも、帰ってください。どうしても言いたいことがあるのなら、手紙をください。かならず読むと約束しますから」

「わたしはじかに話がしたいの。あなたがわたしの人生をどれほどめちゃくちゃにしているか、わからせたいの。それに、わたしのお兄さまの人生だって。お父さまの人生だって」

この不都合な対決をきちんと終わらせないかぎり、レディ・ローマは頑としてその場を動かない。残念ながら、それが現実のようだった。いまの自分にできるのは、できるだけ早く話をすませて、悲惨な結果を招かないようにすることだけだった。

「どうぞ、お座りになって」オリヴィアはそう言いながら、窓辺に置かれた優美なシェラトン式の椅子を指さした。

レディ・ローマが毛を逆立てんばかりに食ってかかってきた。「どうして座らなくてはならないの?」

ため息をつかずにいられなかった。もしかしたら、自分もこんなふうに身勝手で生意気なお嬢さまになっていたのかもしれないのだ。父はれっきとした紳士で、ひとり娘のわがままな願いをかなえられるほど裕福だったのだから。けれど、その後に襲いかかった運命によって、目のまえにいる独りよがりで頑なお嬢さまと自分の人生には、橋などとうていかけられないほど大きく深い隔たりができた。

それでも、どうにか冷静な口調を保った。「わたしは朝からずっと遠出をしていたんです。自分の娘と言ってもいいほどの若いお嬢さまにお説教されるのなら、せめて椅子に座っていたいわ」

「わたしは立っていたいわ」

「ほんとうに？」オリヴィアは椅子に腰を下ろした。「ならば、失礼をお許しくださいね」

オリヴィアの皮肉に、レディ・ローマは気づいていないようだった。

部屋の扉が開いて、レーサムが盆を手に入ってきた。「勝手なことをして申し訳ございません。お飲み物を持ってまいりました、マダム」執事はレディ・ローマにお辞儀をした。

「マイ・レディ」

「お茶なんていらないわ」レディ・ローマがきっぱりと言った。レーサムはレディ・ローマを招かれざる客と見なしているのではないか、そんなオリヴィアの疑念が裏づけられた。

「ありがとう、レーサム。わたしはいただくわ。長いこと馬車に揺られて、埃まみれになったから」

「どうぞ、マダム」レーサムはわがままなお嬢さまの無礼なことばを気に留めるそぶりもなかった。暖炉の傍らでむっつりと立っているレディ・ローマを尻目に、女主人のまえのテーブルにお茶のセットを置いた。

レーサムが部屋を出ていくと、オリヴィアはティーカップにお茶を注いでから、レディ・ローマに目をやった。「ほんとうにお茶はいらないのかしら?」

レディ・ローマが睨みつけてきた。「わたしはお茶を飲みにきたわけではないわ」

オリヴィアはまた微笑んだ。自分にもこんなに若いときがあったのだろうか……。とうていそんなふうには思えなかった。

「そうね、あなたはここへ喧嘩をしにきたんですものね」

「わたしがここに来たのは、あなたに慎みのある行動を取るように注意するためよ。といっても、あなたのような人に慎みなんて理解できないでしょうけど」

「それはどうかしら、そもそもあなたはわたしのような女について何か知っているとは思えないけれど」オリヴィアは穏やかに言った。レディ・ローマの鋭い視線を無視して、もうひとつのティーカップにお茶を注いで、差しだした。「レモンはいかが?」

レディ・ローマが不服そうに首を横に振った。「いらないわ。お砂糖とミルクだけでけっこうよ」

おそらくレディ・ローマはいつも不機嫌な顔をしているのだろう。いまもまさにそんな顔でティーカップを受けとった。おまけに、自分が何をしているか気づいてもいないようで、ティーテーブルをはさんで向かいに置かれた椅子に腰かけると、黒い手袋をはずして、ボンネットの紐を解いた。

オリヴィアはお茶をひと口飲み、これがブランデーならいいのにと思った。でも、ここでブランデーなど飲んだら、れっきとしたお嬢さまのレディ・ローマを驚かせてしまうのでは？　いいえ、そんなことはない。きっとレディ・ローマはますます確信を強めるだけだ。父親が不道徳なことのために使う家で、愛人と淫らなことをして過ごしていると。

「なぜ、わたしのことを知ったのかしら？　良家のお嬢さまは父親の女性関係など知るべきではないのに。いいえ、それを言うなら、どんな男女の関係も耳に入れるべきではないのに」

「わたしを見くびらないで」レディ・ローマは仏頂面で言うと、ティーカップを口元に持っていき、お茶をごくりと飲んだ。「あなたは有名だもの。それに、ペリグリン・モントジョイ卿の舞踏会ではあれほど恥知らずなことをしたんですもの、お父さまとあなたのことはロンドンじゅうの噂だわ」

自分が属するいかがわしい世界では、エリスと一緒にあの舞踏会に行ったことがちょっとした評判になっているのは、もちろん知っていた。けれど、高貴な貴族の屋敷の中で、大勢の人たちに大切にされている清純なお嬢さまの耳にまで、そんな噂が届くとは思ってもいなかった。

「それについては謝ることしかできないわ」オリヴィアはティーカップを下ろして、眉根を寄せた。「誰かがあなたにそんな話をしたとお父さまが知ったら、さぞかし心を痛めるでしょうね」

オリヴィアはサンドイッチの皿を差しだした。てっきり拒まれるだろうと思ったのに、レディ・ローマはすぐさまひと切れ手に取った。このようすでは、あと一時間待ちぼうけを食わせていたら、餓死させるところだったかもしれない。

「わたしが知りたかったのよ」そう言うと、レディ・ローマはサンドイッチをぱくりと食べた。さらにもうひと切れ食べてから、お茶をごくりと飲む。「だから、召使にしつこく尋ねたの」

オリヴィアはぎくりとした。「それは淑女にはふさわしくないことではないかしら？」

レディ・ローマが繊細な陶磁器のティーカップを叩きつけるように置いた。カップの中のお茶が撥ねて、ソーサーにこぼれた。「なぜ、そんなことがあなたにわかるの？　あなたはふしだらな女のくせに」

「礼儀作法なら、少しは心得ているのよ」オリヴィアは静かに言った。その毅然としたことばに、いまのいままで怒っていたレディ・ローマがしゅんとして、いかにもお嬢さまらしくまた頬を赤らめた。

「お父さまと一緒にあなたもウィーンに行くと、ロンドンじゅうの噂だわ」

オリヴィアはため息をついた。「レディ・ローマ、はっきり言わせてちょうだい、そういうことは何もかも、あなたが気にかけるようなことではないの。お願い、わたしの言うとおり家に帰って、結婚式の準備をしてちょうだい。わたしと会ったことなどすっかり忘れて。そして、もちろん、もう二度とここへは来ないでね」

「なぜ、わたしを心配しているようなことを言うの？　お父さまとあなたが出会ってからというもの、あなたは厄介ごとばかり起こしているくせに」

「残念ながら、お父さまもそのとおりだと言うでしょうね」その場の雰囲気を明るくしようとして言ってみたものの、失敗だった。そこで、また真剣に言った。「どうぞ、わざわざここにやってきて言いたかったことを言ってちょうだい。そうすれば、あなたは家に帰るのでしょう。わたしのいくつもの罪をなじるためだけに、あなたはここに来たのではないはずよ」

「そうよ、そんなことのために来たんじゃないわ。わたしが来たのは……」レディ・ローマが背筋をぴんと伸ばして、じっと見つめてきた。青い目に、やり場のない悲しみと不満を浮かべていた。それから、深々と息を吸って、早口で言った。「あなたが礼儀のかけらでもわきまえているなら、お父さまをわたしたちに返して」

レディ・ローマはあまりにも若く、あまりにも無邪気だった。オリヴィアはレオのことを思わずにいられなかった。「わたしはあなたからお父さまを奪ったわけではないのよ」そう言うと、手を伸ばして、レディ・ローマの手に触れた。レディ・ローマはぞっとしたように手を引っこめるはず……。けれど、予想に反して、手を引っこめようとはせず、相変わらず悲しげな目で見つめてくるだけだった。それがあまりにも痛々しくて、オリヴィアは胸が締めつけられた。「お父さまはあなたを心から愛しているのよ」

「嘘よ、そんなはずがない。お父さまはあなたを愛しているんだから。でも、お父さまは絶対にあなたのものにはならないわ。お父さまは家族と和解するために、戻ってきたんですもの。ねえ、お父さまを返して。あなたにとって、男性なんてどれも同じなんでしょう？　新しいパトロンならすぐに見つかる、そうなんでしょう？　でも、わたしにとってはたったひとりのお父さまなのよ」

甘やかされた子どもが泣き叫んでいるかのようだった。けれど、その子どもの心はほんとうに張り裂けそうになっていた。「レディ・ローマ、お父さまにはお父さまの人生があるのよ」

「いいえ、お父さまはわたしたちのものよ。お兄さまとわたしのもの」

「あなたはもうすぐ結婚して、自分の家族ができるのよ」

「わたしの子どもには、おじいさまを知っていてほしいわ。わたしがお父さまのことを知っている以上に、知っていてほしいの」

「いずれにしても、あなたのお父さまはウィーンに戻られるのよ」

「ええ、そうかもしれない。だって、わたしたちにはロンドンにいてほしいと、お父さまに頼む暇もないんですもの。お父さまはいつだって、あなたと一緒にこの家にいるんだもの」

「そんなことはないわ」そう言いながらも、オリヴィアは罪の意識を感じた。自分がエリスの心をすっかり占めているのはわかっていた。自分の心をエリスがすっかり占めているように。人を愛するとは、つまりはそういうことなのだ。

「いいえ、そうなのよ。お父さまがわが子よりも囲い女のことを気にかけているなんて、絶対に許せない。長年帰りを待ちわびていた家族と一緒にいるのではなく、あなたと一緒にいるなんて、わたしは絶対に許せない。お父さまはロンドンに戻ってきたけれど、それでも家族にとってはいないも同然なのよ」レディ・ローマはいよいよ泣きだした。

「お願い、泣いたりしないで」オリヴィアはあいているほうの手でポケットを探って、しわだらけのハンカチを取りだすと、泣いているお嬢さまに差しだした。

レディ・ローマは震える手で花粉がついたレースのハンカチを握りしめると、顔に押しあてて、のどを詰まらせながら言った。「わたしはあなたに会って、お父さまと別れてと言うつもりだったの」

オリヴィアはレディ・ローマのとなりへ行くと、ひざまずいて震えている手を握った。

「何もかもうまくいくわ、あなたもすぐにそう思うはずよ」

レディ・ローマが途切れがちに息を吸って、真っ赤な目で見つめてきた。「そんなはずがないわ。お父さまは遠くへ行って、二度と帰ってこないのよ。お母さまが亡くなったときと同じだわ」

「かわいそうに、あなたはほんとうに辛いのね」

もしレオがこれほど苦しんでいたらと思うと、オリヴィアはレディ・ローマの震える肩に腕をまわして、抱きよせずにはいられなかった。純粋なお嬢さまにそんなことをする立場にないのはわかっていた。けれど、レディ・ローマの悲嘆を思えば、手を差しのべて、慰めずにはいられなかった。

「わたしはただ、お父さまを取りもどしたいだけ。わたしの望みはそれだけなのよ」レディ・ローマが身を縮めて、声をあげて泣きはじめた。

「そうね、よくわかるわ」オリヴィアはやさしく歌うように慰めた。赤ん坊だったレオにやさしく歌って寝かしつけたときのように。

うら若いお嬢さまに身も世もなく泣かれると、自分まで泣きたくなった。かわいそうなレディ・ローマは、幼いころに母を亡くして、さらに、父にまで捨てられたのだ。エリスは自分の過ちを反省しているが、家族をこれほど深く傷つけたとは思っていないはずだった。

けれど、エリスのしたことを責める気にはなれなかった。妻を失ったとき、エリスはまだ青年と言ってもいいほど若く、悲しみのあまり何も手につかなくなったのだ。とてもではないが、幼い子どもふたりを育てられる状態ではなかった。いっぽうで、エリスの姉はすでに結婚して、きちんとした家庭があった。

昂っていた感情がようやく鎮まって、レディ・ローマが体を離して、両手で目を拭った。そんな子どもっぽい仕草を目の当たりにして、オリヴィアはまた切なくなった。

こんなに若いお嬢さまが数週間後には結婚するなんて……。学校の教室のほうが似合っているような年頃なのに。

オリヴィアはうしろに手を伸ばすと、すっかり冷めたお茶の入ったティーカップを取った。

「さあ、少し飲んだほうがいいわ。のどが渇いたでしょう。すぐにおかわりを持ってこさせましょう」

レディ・ローマからは敵対心はもう微塵も感じられなかった。そして、ありがたいことに、それとともに、父親を自分から奪うライバルと見なしている女を愚弄したいという衝動もすっかり消えていた。

レディ・ローマはうなずいてティーカップを受けとると、口元へと持っていった。オリヴィアはその手ががたがた震えているのに気づくと、手を伸ばしてカップを支えた。

レディ・ローマがごくりとお茶を飲んで、とたんにむせた。オリヴィアは立ちあがって、咳《せ》きこんでいるお嬢さまの肩を抱いた。「落ち着いて。どうやら、あなたはずいぶんあわてんぼうさんのようね」

レディ・ローマが小さな声で笑ったけれど、泣きやんだばかりで声がかすれていた。「まるでシーリア伯母さまみたいだわ。わたしはよく考えもせずに行動するから厄介なことになるって、伯母さまにしょっちゅう注意されているの」そう言うと、レディ・ローマは真剣な表情を浮かべて、青い瞳で見つめてきた。「あなたはわたしが想像していたのとちがうわ」

オリヴィアはにっこり微笑んで、椅子に腰を下ろした。「もしかして、膝もあらわなスカートを穿いて、コックニー訛《なま》りで話す、嘘つきの性悪女を想像していたのかしら?」

レディ・ローマがまたくすくす笑った。「淫らな女の人に会うのはこれがはじめてだもの。えっと、淫らな女として有名な人には。でも、もちろん、上流社会での情事については、わたしだって知ってるわ」

オリヴィアは顔をしかめようとしたけれど、うまくいかなかった。「どうやら、あなたは噂話を聞きすぎているようね」

「わたしは世間でどんなことが起きているか知っておきたいの」レディ・ローマがティーカップをソーサーに戻して、まっすぐに見つめてきた。「ありがとう。こんなにやさしくしてくれて。わたしはあんなにひどいことを言ったのに」

「あなたは気が動転していただけよ。それも無理はないわ。でも、わたしは――」

「ローマ! こんなところで何をしているんだ!」

25

エリスが戸口をふさぐように立っていた。片手にビーバー毛皮の山高帽を、反対の手にはステッキを握っている。端整な顔をしかめて、口にするのもおぞましいと言いたげな表情を浮かべていた。

オリヴィアは心臓がのどまでせりあがって、そこで脈打っているように感じた。いたずらをしているのを見つかった子どものような気分だった。けれど、いまにも火を噴きそうなエリスの怒りを目の当たりにして、そんな他愛もない空想は一気に消し飛んだ。

エリスは人を殺さんばかりに怒りくるっていた。

「お父さま……」レディ・ローマが弾かれたように立ちあがった。ぎこちないその動きは、馬に乗っている姿を彷彿とさせた。おまけに、よろけながらも勢いよく立ちあがったせいで、ティーテーブルにぶつかって、お茶の盆がテーブルから勢いよく落ちた。

オリヴィアは思わずわきによけた。同時に、お茶とミルクとレモンと乾きはじめていた食べ残しのサンドイッチが床に散らばった。派手な音を響かせて、陶磁器のティーセットが家具や床にぶつかった。

「ああ、たいへん!」レディ・ローマが体のまえでもじもじと手を合わせながら、飛び散ったものを見つめてから、あわてて父親をちらりと見た。そして、すぐにまた、割れたお茶のセットに目を戻した。

「大丈夫よ」オリヴィアはレディ・ローマに駆けよると、その体を守るように抱いた。「そうして、戸口から動こうとしない怒れる長身の男性を睨みつけた。「エリス卿、あなたのせいでお嬢さまは驚いたのよ。さあ、そんなところに立っていないで、部屋に入って、座ってちょうだい」

「ローマを驚かせただと?」クロテンの毛皮のように温かく滑らかに響くはずの低い声が、いまは冷静さを欠いて氷のように冷たかった。「できることなら、無責任ないたずら小僧まがいの娘をぐいと膝の上にのせて、尻をひっぱたいてやりたいぐらいだ」

「お父さま、そんな……」レディ・ローマが目に涙をためて、ぎゅっと身を寄せてきた。

「そんなことをして、なんになるの?」オリヴィアは精いっぱい堂々と言って、レディ・ローマを守ろうと体を抱く手に力をこめた。「あなたが頭を冷やすまでは、お嬢さまには何もしないでちょうだい」

「頭を冷やせだと?」エリスが鼻をふくらませて、いかにも貴族的な侮蔑の表情を浮かべた。その表情がオリヴィアの心に突き刺さった。エリスがもったいぶった足取りで部屋の中に入ってきた。「わが娘がロンドン一有名な淫らな女であるわが愛人と親しげにしゃべっているのを見つけたんだぞ。稀代の尻軽女で、その手練手管は国じゅうのどの酒場でも噂の的になっている女と。それなのに、私に冷静になれと言うのか? 冗談じゃない、オリヴィア、そんなことができるわけがない」

オリヴィアはびくりと身をすくめると、震えているレディ・ローマから一歩あとずさった。エリスが何も見えなくなるほど怒り心頭に発して、心にもないことを口走っているのはわかっていた。それでも、残酷なことばが矢のように全身に突き刺さった。

自分の愛人に向かって、エリスはいま娼婦を罵るかのような口調で話していた。胸がむかむかするほど気に食わない娼婦を罵っているかのように。

それでも、オリヴィアはどうにかして、自分を納得させようとした。エリスが激怒するのももっともだ。わたしは有名な囲い女なのだから。恥ずかしげもなく淫らなことを山ほどしてきたのだから。エリスの娘は、わたしとはゆうに千マイルは離れていなければならない。だからといって、こんなふうに罵られてもしかたがないとは思えなかった。しかも、レディ・ローマが聞いているというのに。

オリヴィアは痺れてうまく動かない唇でどうにかたしなめた。「怒った熊のように吠《ほ》えたところで、状況は何ひとつよくならないわ」

「いったいぜんたい、ローマはどうしてここに来たんだ?」エリスがいまにもつかみかかってきそうなほど憎しみをこめて睨みつけてきた。「まさか、きみがローマを呼びだしたわけじゃないだろうな?」

オリヴィアは体じゅうの血が抜けていく気がして、手さぐりで椅子の背をつかんだ。脚だけでは体を支えきれそうにない。激しい落胆に頭がくらくらして、気が遠くなる。部屋が揺れながら遠ざかっていった。

エリスはわたしのことをまるでわかっていない。

愛していると言っておきながら、わたしには分別も良識もこれっぽっちもないと考えるなんて。エリスの娘の評判を地に落とすようなことを、わたしがするなどとどうして思えるの？　愛していると言っておきながら、どうしてこれほどの暴言を吐けるの？

それでも、椅子の背を握りしめて自制心を保とうとした。そうして、かすれた声でエリスの問いに応じた。「そんなことをするはずがないわ」

オリヴィアの心の底から湧きでた否定のことばを、エリスは完全に無視した。殴りかかりたいのをこらえるように、外套とステッキをソファに放り投げた。「まさか、きみがわが娘にこんな軽率なことをさせるとはな。これがどれほど悲惨な結果を招くか、よくわかっているはずなのに。いや、一瞬でもきちんと考えていれば、わかったはずだ。たしかに、私の人生の中で、きみには果たすべき役目がある。だが、私の家族の問題に首を突っこむ権利など、きみにはこれっぽっちもない」

「お父さま、それは言いがかりだわ」レディ・ローマがおどおどと口をはさんだ。「わたしが――」

「ローマ、こんな女をかばう必要などない」〝こんな女〟とエリスが吐き捨てるように言った。まるで、土くれより下等な生き物だとでも言うように。「このさきも、私のまえでこの女のことを口にするのは許さない」

「ちがうのよ、お父さま――」

「いいのよ」オリヴィアはレディ・ローマに言うと、エリスの怒りの矛先が自分だけに向くようにした。そうするのは心がまっぷたつに引き裂かれるほど辛かったけれど。堪えがたい苦痛だったけれど。「これはあなたのお父さまとわたしの問題なの」

そして、目論見《もくろみ》どおりになった。すべてを焼き尽くすような鋭い灰色の目に射すくめられて、心がぐらついた。エリスの声もすべてを焼き尽くすかのようだった。「オリヴィア、きみは本分を逸脱している。許される範囲を踏み越えた」

兄の裏切りを思いだして涙が止まらなかったあの夜に、エリスにやさしく抱かれたのが嘘のようだった。魂に触れたと感じるほど、エリスが奥深くまで入ってきたことも、友情にも似た強い絆を感じて、心から笑いあったのも、いまとなっては夢のようだった。

「閣下、話を聞いて」もどかしくてたまらなかった。「わたしはレディ・ローマを招いてなどいないわ。お嬢さまは自分の意思でここにいらしたのよ。自分がどれほど愚かなことをしたかは、もうよくわかっていらっしゃる。二度とこんなことはしないはず。だから、あなたが叱る必要はないわ」

エリスがいかにも尊大に眉を上げた。そんな嘘をついても無駄だと言わんばかりだった。

「ならば、娘はどうやってこの家を見つけたんだ?」

抑えきれない怒りに、エリスの顔からは血の気が引いて、頰が小刻みに引きつっていた。激しい怒りが娘を心配する気持ちの裏返しなのは、オリヴィアにもわかっていた。そうだとしても、暴言や人を見下したような態度の言い訳にはならなかった。

もしこれがエリスの愛だと言うなら、そんなものにはなんの価値もない。

オリヴィアはこれまでの長い月日で唯一の支えだったプライドを奮いおこすと、胸を張った。背筋をぴんと伸ばしすぎて、背骨がぽきんと折れてしまいそうだった。握りしめていた椅子の背から手を離す。胸にこみあげてくる怒りだけを支えに立っていた。

「お嬢さまにも耳があるのよ、閣下」さらに刺々しい口調でつけくわえる。「どうやら、お嬢さまはその耳を使って、不適切な醜聞を山ほど聞いたようだけど」

エリスはオリヴィアの口調や、堅苦しい呼びかたに気づかないほど頭に血がのぼっていた。怒りで何も見えなくなっていた。大きな体で威嚇するようにオリヴィアに歩みよってから、鋭い灰色の目を娘に据えた。

レディ・ローマがよろよろとあとずさった。「ローマ、帰るぞ」

「帰りたくない」

「おまえが何をしたいかなど関係ない。それより、私が気にかけているのは、おまえが何を必要としているかだ。どうやら、おまえにはお目付役が必要らしい」エリスが体のわきで拳を固めて、厳しい口調で言った。「わかっているのか？　おまえは数週間後には結婚するんだぞ。いずれは子どもを持つことになるんだ。それなのにまだ、こんな子どもじみたことをするのか？」

レディ・ローマはあとずさるのをやめて、肩をいからせると、父親を睨みつけた。「わたしが子どもじみたことをしているかどうかなんて、お父さまはわかりっこないわ。わたしが子どものころ、お父さまはこの国にいなかったんだから」

「やめるんだ、ローマ」「いまは」エリスが低く鋭く言った。眉間にしわを寄せた顔は、信じられないほど厳めしかった。「いまは、そんな話をする気分ではない」

「いつなら、そういう気分になるの？」

レディ・ローマがいったん腹を立てたら、あとさき考えずに無鉄砲なことをするのは、オリヴィアもすでに自分の目で見て知っていた。どんどんエスカレートしそうな口論をすぐに止めなければ、父と娘は一生和解できなくなってしまう。

「レディ・ローマ、エリス卿、お願いだから座ってください」ペリーの気の荒い友人をなだめるときの口調で言った。

エリスが眉をひそめて睨みつけてきた。淫らな女とは話す気にもなれないかのように、きっぱりと言った。「いますぐ娘を家に連れて帰る」

「いまのお嬢さまの精神状態を考えれば、そんなことはするべきではないわ」オリヴィアは同じようにきっぱりと応じた。「エリス卿、あなたがこれほど馬鹿だったとは思わなかったわ」

「口を慎め！　私は父親らしくふるまっているだけだ。ローマは私の娘なんだ。いいか？なんの権利もないくせに、口をはさむんじゃない」

胃の中で渦巻く不快な吐き気を、オリヴィアはどうにかこらえた。エリスはどうしてこんなに傲慢なことを言うの？　しかも、激しい憎しみをこめて……。あれほど信頼してほしいと言っておきながら、毒のあることばひとつひとつで、わたしを裏切っているのに気づかないの？

唾をごくりと飲みこんで、詰まるのどから反論を絞りだした。「そうね、権利はないかもしれないけれど、どれほど鈍感な人だって、ここから出ていくまえに、あなたもお嬢さまも気を鎮めなければならないことぐらいはわかるわ」

「何を生意気なことを。いいか、忘れるんじゃないぞ、この件はそう簡単に水に流したりしないからな」エリスが噛みつかんばかりに言った。

オリヴィアは混沌とした戦場のようなありさまのティーテーブルを避けて、壁際の長椅子を手で示すと、あらためてエリスに目を向けて、険しい口調で言った。「エリス卿、わたしの家では感情を剝きだしにしないでちょうだい」

オリヴィアは暗い気持ちで、エリスが〝この家は私のものだ〟と反論してくるのを待った。この家に金を支払ったのはエリスなのだから。けれど、これほど怒り心頭に発していても、そんなことを口走るほど、エリスは自分を見失ってはいなかったらしい。

必死に自制心を取りもどそうとしているエリスを、オリヴィアは見つめた。これほど心を踏みにじられていなければ、そんな姿が哀れに思えるはずだった。エリスは娘を守りたい一心なのだ。それは罪とは言えなかった。

エリスの罪、しかも、取りかえしのつかない罪は、エリスから尊敬されている、愛されているとわたしに思わせたこと……。ほんとうは尊敬してもいなければ、愛してもいないのに。

しばらく間を置くと、エリスはいくらか穏やかに話ができるようになった。冷静になろうとして、口元が小さく引きつっていた。どうやら、かろうじて怒りを抑えこんでいるらしい。

「すまなかった、オリヴィア。ああ、もちろん、きみが娘をここに招くわけがない。ローマが無分別なことをしたばかりに、私の家族の問題にきみを巻きこんでしまった。そんなことにきみは関わりたくないはずなのに」

エリスはここでもまた、自分を責めているだけだった。もちろん、この問題はわたしにも関係あるとオリヴィアは思った。エリスを愛しているのだから。エリスもわたしを愛していると言ってくれたのだから。

止めようのない心の痛みを隠して、オリヴィアは尊大な愛人の目つきでエリスを見た。これまでに、何人もの男を尻込みさせてきた視線だった。「あなたのお嬢さまならば、好きなときに訪ねてきてもらってかまわないわ。いつでも歓迎するわ」

レディ・ローマがびっくりして、口をあんぐりと開けた。「そ、そんな……そうなの？」

「といっても、わたしからの招待にお嬢さまが応じるとも思えないけれど」オリヴィアはレディ・ローマに向かって安心させるように微笑んでから、エリスに向かって目をすがめた。「わたしは取り乱したお嬢さまを放りだしたりしないわ。たとえ、どこかの石頭にそうしろと命じられても」

「どこかの石頭だと？」憤慨して、エリスの顔が真っ赤になった。「いったいぜんたい、それは誰のことだ？」

「もしあなたがわたしの言うとおりに椅子に座らないなら、閣下、召使に命じて、玄関へ案内させるわ」

エリスがぎくりとした。何も見えなくなるほどの激しい怒りが、その顔から消えていった。部屋に入ってきてからはじめて、ほんとうの意味でエリスが見つめてきた。同時に、これまでの言動にようやく気づいたらしい。銀色の目に驚きと後悔の念がじわじわと浮かんで、瞳が暗い鉄灰色に変わっていった。

オリヴィアはあくまでも感情を顔に出さないようにした。けれど、悔しいことに、どんな仮面をつけても通用しないほど、エリスには何もかも知られていた。お願い、胸にあふれる悲しみを見抜かないで。どれほどひどく傷ついたか知られたくなかった。これ以上、エリスを増長させるわけにはいかなかった。

なぜエリスはこれほど残酷なの？　わたしの心を切り刻まずにはいられないの？　エリスが怒るのはもっともだった。けれど、わたしがエリスやその家族に危害をくわえることなどけっしてないのは、もちろんエリスだって知っていたはずだ。わたしを売女として扱えば、ふたりのあいだに存在したどんな信頼も、粉々に崩れてしまうのも知っていたはずなのに。

エリスが椅子にへたりこんで、独りよがりの怒りがその体から一気に抜けていった。「なんてことをしてしまったんだ。オリヴィア、すまなかった。きみを責めるなんてどうかしていた。傍若無人な振る舞いとはまさにこのことだ」

その声には狼狽と動揺が表われていた。その口調は、ふたりの夜を光り輝くものにした、非の打ちどころがなく思慮深い情熱的な恋人そのものだった。

あまりにも悲しくて、のどが詰まった。なぜエリスは真の気持ちを偽って、いままた思いやりを示すの？　わたしを愛していると言ったところで、心の奥底には軽蔑以外のどんな感情も抱いていないのに。

エリスがぞんざいに髪に手を差しいれて、かきあげた。乱れた髪もまた魅力的だった。けれど、そんなことにうっとりしている場合ではなかった。心に鋼の鎧をまとわなければならないのだから。そうすれば、女なら誰もがくじけてしまうような苦難を乗りきれる。

オリヴィアはレディ・ローマに目を向けた。良家のお嬢さまは狼狽しながらも、好奇心を剝きだしにして父親とその愛人を見つめていた。「レディ・ローマ、どうぞお座りになって。召使に新しいお茶を用意させて、散らかった部屋を片づけさせるわ」

「絨毯はもうめちゃくちゃだわ」レディ・ローマがぼんやりと言った。

絨毯、お茶のセット、そして、まちがいなくわたしの人生もめちゃくちゃ——オリヴィアはそう言いたくなるのをこらえた。この午後、芝居がかった台詞はもう聞き飽きていた。

「そんなことは気にしなくていいのよ」そう言って、長椅子を指さした。レディ・ローマがようやく動いて、椅子に腰かけた。冷静でいられるように祈りながら、オリヴィアはもう一度エリスに目を向けた。「閣下？」

見るからに苛立たしげに、エリスがつかつかと歩いて、娘のとなりにどさりと腰かけた。オリヴィアはベルを鳴らした。有能な召使——いずれその召使との別れが寂しく感じられるのは、オリヴィアにもよくわかっていた——が割れた陶磁器と、飛び散った食べ物と飲み物をてきぱきと片づけているあいだ、誰もひとこともしゃべらず、張りつめた沈黙が流れた。

召使が部屋を出ていくころには、エリスの怒りもおさまって、レディ・ローマも落ち着いたようだった。もう一度大泣きしようか、それとも、火かき棒で父親に襲いかかろうか迷っているような顔ではなくなっていた。

エリスに殴りかかりたいと思えればどんなに楽か……。オリヴィアはそう思った。ときが経つにつれて、ますます怒りが湧いてきた。けれど、怒りより強烈なのは、槍で突かれたような胸の痛みだった。

エリスはこの上なく貴重なものをつくりあげておいて、結果がどうなるのかも考えずに、それを叩き壊したのだ。

エリスと知りあわなければよかった。いま、オリヴィアは心からそう思っていた。

「レーサム、お茶を」部屋の片づけが終わると、オリヴィアは執事に命じた。

「その必要はない」エリスが立ちあがった。すべてを自分の意のままにする――そんな雰囲気をいままた漂わせていた。そうして、執事が部屋を出ていくのを待って、話を続けた。あくまでも冷静で、感情を交えない態度は、ペリーの屋敷で愛人契約を申しでた紳士そのものだった。とたんに背筋に寒気が走った。その紳士のことは好きになれなかった。「オリヴィア、私はローマを家に連れて帰らなければならない。ローマがここに長くいればいるほど、あれこれ噂されかねない。召使たちは忠実だが、それでも……」

「召使であることに変わりはない」オリヴィアはエリスの話を締めくくった。うわべだけはどうにか洗練された女を装っていた。傷つけられた、人生をめちゃくちゃにされたと泣き叫んだところで、どうなるというの？　わたしに残された道は、オリヴィア・レインズという女の、ずたずたになった心の破片を拾い集めて、さきに進むだけ。

エリスが娘のほうを向いた。「おまえがここに来たのは、愚かな好奇心のせいなのか？　そうだとしたら、好奇心を抑えられなかったせいで、手痛いしっぺ返しを受けるはめになるかもしれないぞ」

その口調にはもう怒りはなかった。むしろ、心からの落胆が表われていた。レディ・ローマが恥ずかしそうに頬を赤くして、不安げな視線を送ってきた。「わたしはミス・レインズと話がしたかったの」

驚いて、オリヴィアは眉を上げた。高貴な身分のお嬢さまに、敬称をつけて呼ばれるとは思ってもいなかった。何しろ、ついさっきまで、レディ・ローマからは〝淫らな女〟とか〝娼婦〟などと呼ばれていたのだから。

そのお嬢さまにまたもや感銘せずにいられなかった。たしかに、レディ・ローマは甘やかされて無鉄砲かもしれないが、すぐれた資質を持っているのも事実だった。その資質が花咲くまえに、父親が芽を摘んでしまわないことを祈るばかりだった。

「話があるとは思えない」エリスがそっけなく言った。

オリヴィアは顔をしかめたくなるのをこらえた。当然のことながら、ふしだらな愛人と純粋な愛娘に共通する話題などあるはずがなかった。ただし、エリスに対する愛を除けば。そして、エリスがそれを勘定に入れていないのは明らかだった。

「お嬢さまをそっとしておいてあげて、閣下」オリヴィアは冷ややかに言った。「ここに来てはならないことはもうよくご存じよ。二度とこんなことはなさらないわ」そう言うと、レディ・ローマに歩みよった。「お父さまの言うとおりよ、マイ・レディ。階上《うえ》で顔と手を洗ったら、すぐにお帰りなさい」

「ありがとう」レディ・ローマが立ちあがった。

オリヴィアはちらりとエリスを見て、冷たく落ち着きはらった口調で言った。「人目につかないように裏の路地へ出て、そこから馬車に乗るのがいちばんだわ」

エリスが訝るような視線を送ってきたが、冷ややかな口調に異議を唱えることはなかった。

「そうしよう。この家の戸口に私の馬車が停まったところで怪訝に思う者はいないからな」

オリヴィアは黙りこくっているレディ・ローマを連れて図書室を出ると、二階に上がった。苦々しい思いが胃の中で渦巻いて、吐き気がした。けれど、まずはレディ・ローマを無事にこの家から出さなければ。そのあとに、悲しみにひたる時間はたっぷりある。なんてことだろう、これから一生悲しみにひたって生きるのだ。「あわてなくていいのよ。こうなった以上、少しぐらい手間取っても、大差はないわ」

「それに、お父さまが頭を冷やす時間もできるわ」

皮肉なことに、オリヴィアは考える間もなく、浅薄な恋人を擁護していた。「お父さまが怒っているのは、あなたを愛しているからなのよ」

客用の寝室のまえまで行くと、レディ・ローマが見つめてきた。「お父さまは愛情を表わすのが下手ね、そうでしょ?」

オリヴィアは苦笑いした。「男性ですもの、しかたがないわ。でも、あなたがほんの少し苦しんでいるだけでも、お父さまはあなたを救うために命を投げだすはずよ」

「そうなんでしょうね。でも、お父さまがしなければならないのは、愛情を示すことよ」レディ・ローマの目が悲しげに曇った。「今日、ここへ来たとき、わたしはあなたを憎んでいたわ」

オリヴィアの顔から苦笑いが消えた。「わたしの存在など知らずにいたほうがよかったのに」

青い目にユーモアらしきものが浮かんだ。とたんに、レディ・ローマはびっくりするほど父親そっくりになった。「あら、あなたのことなら、何年もまえから知っていたわ。だって、有名ですもの。わたしのお友達はみな、あなたのさっそうとした態度の半分でも身につけたいと願っているわ。わたしだって、あなたのように馬を乗りこなせるようになるなら、なんだってする。だって、あなたはまるで生まれたときから鞍に乗っていたみたいなんですもの」

「たしかに、そのとおりかもしれないわ」とはいえ、あれほど乗馬が大好きだった少女と、世をすねて斜に構えたいまの自分のあいだには、百マイルほども隔たりがあった。

「わたしは馬に乗るとジャガイモ袋みたいなの。お父さまはわたしと一緒に乗馬をしているのを人に見られるのが恥ずかしいのよ」

「お父さまに乗馬を教えてと頼んでみてはどうかしら？　ときには自分のほうから歩みよらなければならないこともあるわ。たとえ、これまでひどいことをされてきたとしても」

「あなたともっと親しくなれればいいのに」レディ・ローマが静かに言った。

「そんなことを言ってくれるなんて……」オリヴィアは涙ぐみそうになるのを、唇を嚙んでこらえた。涙を流したところでどうにもならないのは、とうの昔に学んでいた。「でも、そういうわけにはいかないのよ、残念だけれど。それでも、いまのことばは一生忘れないわ」

オリヴィアは身を乗りだすと、レディ・ローマを抱きしめた。反抗的な態度の下に隠れている、切なくなるほどのはかなさがひしひしと伝わってきた。レディ・ローマは一瞬、身をこわばらせたけれど、すぐに体にまわされた腕に身をまかせると、心をこめて抱擁を返してきた。

もしも、わたしが両親の思い描いたとおりの人生――両親が愛娘に家庭教師をつけて、絵画やダンスを習わせたときに思い描いていたとおりの人生――を歩んでいたら、このぐらいの年頃の子どもがいてもおかしくなかったのだ。いま、この腕の中にいるお嬢さまと同じように、傷ついて、希望を失いそうになっているときに、母として教え導くことができる愛する娘がいたとしても。

けれど、いまのわたしには何もない。華々しい結婚もしていなければ、かわいい娘もいない。愛情深い夫はもちろん、やるせない心を温めてくれる恋人すらいない。たしかに、心から愛する息子がひとりいるにはいるけれど、母であると名乗ることもできず、輝かしい未来へ歩みだそうとしている息子とは、ますます離れていくばかりだった。

それでも、わたしは生きていく。これまでだって、どうにか生きてきたのだから。

たとえ、いまは生きることに意味が見いだせなくても……。

気持ちを奮いたたせて、体にまわされたレディ・ローマの腕をそっとほどいた。「準備ができたら、階下《した》にいらっしゃい」

「帰りの馬車の中で、お父さまに叱られるわ」

「お父さまは少なくともひとつは正しいことをおっしゃってるわ。あなたはここに来るべきではなかったのよ」

「ごめんなさい」

オリヴィアがそれに応じる間もなく、レディ・ローマは部屋に入ると、扉をしっかり閉めた。

オリヴィアは背筋を伸ばして、まっすぐにまえを見た。ほんの束の間のすばらしいひととき、自分が血も涙もない非情な愛人であることから逃れられた。そしていま、自分に課せられた役目にはっきりと気づいていた。

図書室に戻ると、エリスが部屋の中に立って、暗い顔でからっぽの炉床を見つめていた。オリヴィアは戸口で足を止めて、エリスを見つめた。静まりかえったその場所で、胸を引き裂かれるほどの失望をこらえながら、しばらくのあいだそうしていた。

なぜ、エリスにこれほど惑わされてしまったの？　これほど長いあいだ、上流階級の傲慢な男たちを憎んできたというのに、なぜ愚かにも、そのひとりを愛してしまったの？

顔を上げたエリスと目が合った。とたんに、男性的な美しさに胸をえぐられた。深みのある青い外套と真っ白なシャツとクラバットが、冷ややかな表情が似合う端整な顔をいっそう引きたてていた。

「すまなかった、オリヴィア、ローマのせいで厄介なことに巻きこんでしまって」濃いまつ毛に縁取られた銀色の目が光っていた。エリスのほっそりした手が炉棚に置かれた。

「いいえ、わたしはお嬢さまのせいで厄介なことに巻きこまれたりしていないわ、エリス卿」オリヴィアはエリスとの距離を保ちながら、部屋の中に入った。「わたしはただ、今日の常軌を逸した出来事が人に知られないことを祈っているだけよ。お嬢さまにこれ以上の苦しみを背負わせるわけにはいかないから」

エリスが口元をゆがめた。「すべては私のせいだ」

オリヴィアは椅子にぐったりと座りこんだ。椅子のすぐわきの絨毯には、こぼれたお茶の染みがついていた。「そう、あなたのせいよ」

「ああ、わかっている、自分がとんでもないことを口走ったのは。だが、ローマを見たとたんに……」エリスは口ごもると、苛立たしげに手を振った。「それについて話しあう時間はいまはない。これからローマを家に連れ帰って、その後、レントン家とのくだらない夕食会が控えている。夕食会は何週間もまえからの約束で、出ないわけにはいかない。今夜は真夜中近くまで、ここへは戻ってこられない」

「わたしのために急ぐ必要はないわ、エリス卿」

エリスの口元に冷ややかな笑みが浮かんだ。「わざわざそんなふうに呼んでくれなくてもけっこうだ。そうやって、私を苛立たせるつもりなんだろう」

「わたしはあなたに腹を立てたりしていないわ」

エリスがゆっくりと長椅子へ向かうと、伏し目がちにこちらを見ながら、そこに腰を下ろした。その姿はさながら、今夜の相手を決めるためにハーレムの女たちを吟味している東洋の君主だった。ただし、口元がしっかり結ばれていることをべつにすれば。それは、エリスが見かけほどには落ち着いていないのを物語っていた。「きみは惚れ惚れするほど堂々としているよ、たとえ自分ではそのつもりはなくても」

「無愛想に見えるとしたら、それはあなたに対する気持ちの表われでしょうね」オリヴィアは淡々と言った。

エリスの唇が弧を描いて、嘲るような笑みが浮かんだ。「それに、きみはまぎれもなく冷淡そのものだ」

「口論したところで、わたしたちはどこにもたどり着かないわ」ぶっきらぼうに応じた。「愛人契約を交わしたとき、いつ関係を終わらせるかはわたしが決めると言ったはずよ。だからいまその権利を行使するわ」

　エリスの目が怒りでぎらついていて、のどの奥から低い否定のうめきが漏れた。「これからすっぽかせない約束があると知っているのに、そんなことを言いだすのか？」

　オリヴィアは膝の上で両手を握りしめると、レディ・ローマの一件でエリスが暴言を吐いて以来、頭を離れずにいる陰鬱で非情な確信について、あらためて考えた。その確信こそがまぎれもない事実なのだ。この魅惑的な茶番劇ではなく。

「体を売る女は相手の都合にかまってなどいられないのよ」

「私はこれまで一度だって、きみを体を売る女として扱ったことはない」エリスが厳めしい顔で語気を荒らげた。

「ついさっきそうしたわ」

　長椅子の肘掛けに置かれたエリスの手が握りしめられた。「それは言いがかりだ。自分の娘の将来が危機にさらされてもかまわないと思える父親はこの世にいないのだから」

「たしかに、あれほど怒っていても、父親としてのあなたの言動はりっぱだったかもしれない。でも、恋人としては最低だわ」

　エリスの目が翳って、夏の空の雷雲の色に変わった。エリスは歩みよってこようとしたが、はたと足を止めた。

「そのとおりだ、オリヴィア。すまなかった」後悔の念で声がひび割れていた。「ローマがここにいるのを見たとたんに、頭に血がのぼってしまった。とんでもないことを言ってしまった。でも、わかってくれ、あんなことを言うつもりではなかったんだ。ほんとうにひどいことをしてしまった、きみを傷つけるなんて。誓って言う、あんなことをするつもりはなかったんだ」

「そうね、あなたにはそのつもりはなかったんでしょう」ガラスで切った傷から血が滴るように、唇からそのことばがこぼれ落ちた。「それでも、いくつものことが明らかになったわ。この愛人関係がもう限界だということも」

「頼むから、ふたりの関係を愛人関係なんて呼ぶのはやめてくれ」そのことばと同時に、超然とした外見が崩れ落ちた。エリスがすばやく歩みよってきて、傍らにひざまずくと、震える手で手を握られた。「きみを愛している。きみも私を愛している」

ふたりのあいだにあるものが永遠に続かないのは、最初からわかっていた。こうなる運命なのだとわかっていた。それを覚悟してきたつもりだった。けれど、エリスとの別れはあまりにも辛くて、何をしたところで覚悟などできるはずがなかった。手足をもぎ取られるも同然なのだから。

まったく言うことを聞かなくなった手足を……。

オリヴィアはエリスの目をまっすぐ見つめると、つないでいる手を引きぬいた。「あなたが本気でそう思ってくれてよかった。なんといっても、あなたは男としての妄想を満たすために大枚をはたいたんですもの。不感症の女を感じさせるのが、あなたの真の望みだったのだから」

エリスが二の腕が盛りあがるほど、手に力をこめた。血の気が引いた顔は、真っ白な紙のようだった。唇の色まで抜けていた。身も凍るその一瞬、エリスに殴られるのかと思った。プライドを保つよりさきに、震えながら身を縮めていた。

けれど、エリスの震える手は、肩を通りこして椅子の背に置かれただけだった。自制心を取りもどそうとしているのだろう、口元がぴくぴく引きつっていた。「やめろ、きみは嘘をついている」

「そう思いたければご自由に」オリヴィアは平然と言ったけれど、胸の中では無慈悲な獣が咆哮をあげていた。「もちろん、わたしは何かしら嘘をついたわ。何が真実で、何が嘘なのか、決めるのはあなたよ」

「いいかげんにしてくれ。私はこのままここに留まって、話しあいを続けるわけにはいかないんだ」エリスがうつむいて、頭を振った。けれど、すぐに顔を上げて、激しい感情を剝きだしにして睨みつけてきた。「今夜、私を串刺しにでもどうとでもするがいい。だが、こんな状態でここから立ち去ることだけはするな」

「わたしの気持ちは変わらないわ」

「きみのために私が変えてやる」エリスはぎこちなく立ちあがると、顔をしかめて見つめてきた。「できるだけ早く夕食会を辞する。といっても、ローマを失望させるわけにはいかない。もう充分すぎるほど失望させているのだから」

オリヴィアもいかにも愛人らしい媚《こび》のある優雅さで立ちあがった。「さようなら、エリス卿」

「冗談じゃない、これで終わりじゃないぞ」エリスの腕がさっと伸びてきて、しっかり抱きしめられた。エリスの胸の鼓動は怒りくるった男が叩く槌《つち》のように激しく鳴っていた。「今夜は待っているんだぞ。少なくとも、きみは私にそのぐらいの借りはあるはずだ」

エリスに抱かれても、人形のようになんの反応も示さないようにした。それでも、幾層もの氷に包まれた冷たい心にまで、エリスの手のぬくもりが染みこんできた。「あなたはもう、わたしに触れる権利はないのよ」

「やめてくれ」

「わたしたちは終わったのよ」抱擁から逃れようとしたけれど、しっかり抱きしめられて身動きが取れなかった。

もしかしたら、心もエリスにしっかりつかまれて、けっして自由にはならないのかもしれない。そんな不吉な予感が頭をよぎった。

「ちくしょう」エリスに頭の両わきを押さえられて、顔を動かせない状態で唇を奪われた。激しく容赦ない口づけ。有無を言わさず自分のものだと主張するような屈辱的な口づけでさえあった。それなのに、気づいたときには、エリスの肩に置いた手に力をこめて、内に秘めた熱い情熱のすべてを注ぎこんで、口づけに応じていた。

永遠とも思えるほど長いあいだ、ふたりは歯と舌と唇で激しい議論を交わした。どちらも敗北を認めなかった。どちらも勝利を得られなかった。

情熱の焔《ほむら》が全身を焦がした。頭からつま先まで。オリヴィアは情熱的に口づけに応じながらも、ふたりの関係を終わらせるという決意は、ほんのわずかにでも揺らがなかった。決意は石のように固かった。

　けれど、それも口づけが変化するまでのことだった。

　胸を満たす愛情に、頭の両わきを押さえているエリスの手が徐々に緩んでいった。貪るように重ねていた唇から荒々しさが消えていく。奪いあうのではなく、甘くせがむような口づけになった。エリスの唇が禁じられた悦びを奏ではじめると、オリヴィアはなす術もなく官能の世界にまっさかさまに落ちていった。体から力が抜けて、骨までとろけそうになる。脚のつけ根がほてった。

　いますぐ体を離して、エリスと別れて、こんな魔法にはかからないようにしなければ……。けれど、口づけをやめられなかった。唇や舌の動きのすべてが、エリスがどうしようもなく危険な存在であることを示していても。

　エリスが無理やり体を離した。渇望と怒りで目がぎらついていた。そしてまた、その目には何かべつのもの——それが苦悩であるとは思いたくなかった——も浮かんでいた。ほっそりした頰が小さく痙攣《けいれん》していた。

「きみはプライドのためにこの口づけも捨てるのか？」エリスが鋭く尋ねてきた。

「もう終わりなのよ」辛くてたまらなかった。膝が震えて、立っていられなかった。エリスの口づけの圧倒的な力のせいで、鉄床を打つ槌のように全身が脈打っている。オリヴィアは思わず拳をつくって、エリスの胸を叩いた。「お願い、わたしの心をかき乱さないで」

　振りまわしている手をつかまれた。「私への愛を素直に認めないかぎり、きみの心はかき乱れたままだ」

「あなたのことなんて愛してないわ」うなるように言いながら、手を振りほどこうとした。

「ならば、なぜそんなに動揺してるんだ?」

「あなたが放してくれないからよ」

「ほんとうは放してほしいとは思ってもいないくせに」

「いいえ、思ってるわ」

エリスの端整な顔に怒りが表われて、その目に銀色の炎が浮かんだ。手首をつかむ手にさらに力がこもった。それでいて、痛い思いをさせないように気遣っていた。どうせなら痛みが走るほど乱暴につかまれたかった。エリスを嫌うための理由がほしかった。いずれにしても、自分がエリスにとってふさわしい相手にはなれないという事実は変えようがないのだから。

「いいかげんにするんだ、オリヴィア。私が行かなければならないのはわかっているだろう」

「ならば、行って」オリヴィアは頑なに言った。

「行ってしまったら、次にここに戻ってきたときには、きみはいないかもしれない」うなじを押さえられて、顔を上げさせられると、銀色に燃える目を見るしかなかった。「ほんのわずかでも私を思う気持ちがあるなら、この家にいるんだ」

「話しあうことなど何もないわ」

「ならば、次に顔を合わせても、私に何も言わせなければいい。今夜、私はローマへの責任を果たさなければならない。ローマが愚かで危険な真似をしたのは、私のせいだ。ローマはとんでもないことをしでかしたが、それでも私の娘であることに変わりはない。私は娘を見捨てることなどできない」

「ジュリアン……」オリヴィアは言いかけて、口をつぐんだ。そのさきにどんなことばを継げばいいのかわからなかった。

「用意ができたわ、お父さま」レディ・ローマが戸口に立っていた。

きまりが悪くて、エリスはすぐさま愛人から離れるのだろう。オリヴィアはそう思った。何しろ、愛おしそうに愛人の頰に手をあてているところを娘に見られてしまったのだから。

「馬車は裏門につけてある」エリスが相変わらずこちらを見つめたまま、ゆっくりと手を離した。これだけのことがあったのに、その手が離れると寂しくなった。エリスに触れられることは二度とないかもしれない。その触れあいが、いつのまにかこれほどかけがえのないものになっていたなんて……。心を惑わすひととき、自分が真に愛されていると、生きていると、純粋だと、そんなふうにエリスは感じさせてくれた。「ミス・レインズがベールとボンネットを貸してくれるはずだ」

「ボンネットなら持ってきたわ」レディ・ローマはボンネットとベールが置かれた椅子へ向かった。目に余るほど不道徳な父親の行為に動じているようすはまったくなかった。

「さようなら、レディ・ローマ」オリヴィアは別れのことばを口にしながら、ほんとうに寂しく感じている自分に驚いた。

レディ・ローマが顔を上げた。意外なことに、その顔には輝くほどの愛らしい笑みが浮かんでいた。「さようなら、ミス・レインズ。親切にしてくださってほんとうにありがとう」

れなかった。

「どうぞお幸せになってね」声がのどに詰まった。レディ・ローマの輝く目をもう見ていら

「ローマ、行くぞ」エリスが苛立たしげに言って、娘をせかして、さきに部屋から出した。そうして、厳めしい視線を送ってきた。「ここを出てどこかへ行ってしまおうだなんて気を起こすんじゃないぞ。私たちはまだ終わっていないんだから」

「いいえ、終わったのよ」オリヴィアは苛立たしげに言いながら、顎をぐいと上げて、エリスを睨みつけた。普通の男性であれば、その視線だけで心に深手を負って、その場にうずくまってもおかしくなかった。

「いいや、私が生きているかぎり終わらない」

反論する間も与えずに、エリスはくるりと踵を返した。いかにもエリスらしい決然とした歩みで即座に部屋を出ていった。扉が閉まる鋭い音がオリヴィアの耳にも届いた。

エリスはもういなかった。

26

エリスはヨーク・ストリートの家に戻った。予想よりは早く戻ってこられたが、それでも遅すぎると感じていた。家は一見、変わったようすはなかった。不吉な予感に胸の鼓動が速くなる。階段を駆けあがって、頽廃的な香りの残る寝室へ向かうと、重厚なオークの扉を勢いよく開けた。部屋には誰もいなかった。

オリヴィアが着ることのほうが多かった男物の真紅の絹のガウンが、ベッドに広げたままになっていた。鏡台には化粧品が並んでいる。衣装箪笥の中身は確かめるまでもなかった。大枚をはたいてオリヴィアのために用意した贅沢な衣装がぎっしり詰まっているにちがいなかった。

同じように、オリヴィアが家を出ていったのは、確かめるまでもなくわかっていた。幾度となく出ていくと言っていたが、ついにそのことばどおりに行動したのだ。自分がオリヴィアを追いつめてしまった。家に荷物が残っていることなど、なんの意味もなさない。この自分は砂漠のように不毛な人生に置き去りにされたのだ。

何も考えられなくなるほどの怒りを爆発させてしまったことを呪った。

全身の血が凍りつくほどの後悔の念がこみあげてきた。この家でローマの姿を見たとたんに、かっとして取りかえしのつかないことをしてしまったのを、ずっと悔いていた。オリヴィアに投げつけた理不尽なことばを取り消せるなら、右腕を失ってもかまわなかった。いま、オリヴィアの支えだったプライドと繊細さの微妙なバランスがはっきりとわかった。そのふたつを胸の奥に押しこめて、愛を認めるには、どれほどの勇気が必要だったことか。それなのに、自分が発した心ないことばが、オリヴィアがオリヴィアである所以《ゆえん》を容赦なく叩き潰したのだ。

あんな暴言を吐いたのだから、オリヴィアが逃げだすのも当然だ。ああ、そうだ、あれほど口汚く罵ったことには、どんな言い訳もできない。心の中では、オリヴィアがローマを呼びだすはずがないとわかっていたのに。

何もかもが枯れて荒れ果てた庭のような心を抱えて、エリスはさまよい歩くように客間へ向かった。もちろん、そこにもオリヴィアの姿はなかった。心ががらんどうになって、麻痺して、すべてを失った気分だった。

とぼとぼと寝室に引きかえした。そこは、抑えきれない思いを伝え、卓越したときを何度も体感して、これまでに知っていたどんなものも超えた絆が結ばれた場所だった。

ベッド。扉。床。壁。そのすべてに、この腕の中でオリヴィアが身を震わせながら、官能の世界に身をゆだねたときの記憶が刻まれていた。

無鉄砲で空疎な長い月日のあいだに何人も女を相手にしてきたというのに、オリヴィアと過ごしたほんの数週間が、魂に届くほど胸に深く刻まれていた。何をしても消せないほどしっかりと。

それなのに、オリヴィアは去っていった。そんな馬鹿なことがあってたまるものか……。ベッドに置かれたガウンをさっと取りあげた。まるでそのガウンがオリヴィアの居場所を教えてくれるかのように。絹のガウンから、オリヴィアの魅惑的なまつわりつくような香りが立ちのぼった。ガウンの下には、まばゆい光を放つこの世にふたつとないルビーのネックレスが置いてあった。

それが何を意味するのかは取りちがえようがなかった。

この自分にまつわるものを、オリヴィアは何ひとつ持っていたくないのだ。

その瞬間、悲しみに麻痺していた心がぱちんとはじけた。苦しげなうなり声をあげながら、艶やかな真紅の布地に顔を埋めた。目を閉じて、深く息を吸って、オリヴィアはかならず戻ってくると自分に言い聞かせようとした。

顔を上げると、レーサムが戸口に立って、執事らしからぬ表情でこちらを見ていた。ばつの悪さを感じる間もなく、ガウンを下ろして尋ねた。「オリヴィアはどこだ？」

「行き先はおっしゃいませんでしたが、あなたさまがこの家を出てからほぼ一時間後にお出かけになりました」

ふいに希望が湧いてきた。「オリヴィアは自分の馬車に乗っていったのか？」

そうであれば、馬車が戻ってきたら、御者に尋ねられる。オリヴィアの行き先の手がかりぐらいはつかめるはずだ。

レーサムが首を横に振った。「いいえ、閣下。マダムは歩いて出ていかれました」

歩いて？　歩いてどこに行けるというのか？　その答えはすぐにひらめいた。これほど打ちひしがれていなければ、大笑いするほどわかりやすい答えだった。

悪態をつきそうになるのをこらえながら、エリスはガウンをわきに放ると、すぐさま部屋をあとにした。


エリスはペリグリン・モントジョイの執事を無視して、蠟燭が灯る広間に押しいった。そこは、オリヴィアと非情な取り決めをした場所だった。だが、あのときの自分といまの自分はまったくちがう。あのときのオリヴィアといまのオリヴィアもちがっていることを祈らずにいられなかった。

オリヴィアは私を愛していると言った。渋々とはいえ、それを認めた。今日、オリヴィアはそのことを否定したかもしれないが、あの愛のことばが嘘であるはずがなかった。そのことに命を賭けてもかまわなかった。そして、愛されているなら、かならず取りもどせるはずだった。この自分は、オリヴィアにはけっして太刀打ちできない武器を持っているのだから。

だが、まずはオリヴィアを見つけなければならない。

ずかずかと広間に入っていくと、モントジョイが即座に顔を上げた。それでも、となりに座っているほっそりとした優美な少年の肩にまわした腕を解くのは、やけにゆっくりしていた。暖炉の傍らでカードに興じているモントジョイとその仲間の中に、黄褐色の髪の見目麗しい妖婦がいないのを、エリスはひと目で見てとった。

「エリス卿」モントジョイが怪訝な顔で言った。そうして、立ちあがると、手にしたトランプをテーブルの上に放った。その場にいる三人の仲間同様、モントジョイもシャツ姿だった。

どうやら、こんな時刻に客が来るとは思ってもいなかったらしい。「どんなご用件かな?」

「どこにいる?」エリスは切羽詰まった口調で尋ねた。愛人のあとを追っていることが、明日はロンドンじゅうの噂になろうとかまわなかった。閉じた扉に耳をつけてローマが盗み聞きする噂がまたひとつ増えようと。

「誰が?」

「私を相手にくだらないゲームをしようとしても無駄だ」

モントジョイが顔をしかめた。「もしや、オリヴィアを捜しているのか?」

「ああ、そうだ。オリヴィアに会わなければならない」

モントジョイはカードテーブルを離れながら、友人にことばをかけた。「すぐに戻る。フレディー、カードを覗き見するなよ」

「カードゲームを中断する必要はない」エリスは体のわきに下ろした手を握りしめて、また開いた。オリヴィアの乙に澄ました友人の首を絞めて、居場所を吐かせたくてたまらなかった。「どこにいるか、いますぐ言うんだ」

「その話をこの場でするわけにはいかない」じれて鼻息を荒くして、いまにも暴力をふるいそうなエリスを尻目に、モントジョイはほの暗い明かりに照らされた廊下に出るよう身振りで示した。

ふたりきりになると、エリスはすぐさまモントジョイに向きなおって詰め寄った。すぐにでもオリヴィアを見つけなければ、永遠に手の届かないところへ行ってしまうのだから。オリヴィアには金もあれば、協力者もいる。ああ、どこへだって行ける。「二階にいるのか?

いや、話がしたいだけだ。私がオリヴィアに暴力をふるわないのは、知っているはずだ」

ほの暗い廊下でも、客間の扉を閉めながらモントジョイが不安げな表情を浮かべたのが見えた。「ああ、もちろん、暴力をふるいはしないだろう。なんといっても、オリヴィアを愛しているのだから」

エリスはあまりにも驚いて身を固くした。ふいに自分が無防備になったようで、気に食わなかった。屈辱に顔が真っ赤になるのがわかった。くそっ、オリヴィアは寝物語をモントジョイに話したのか？

「オリヴィアがそう言っていたのか？」

「とんでもない」モントジョイのふっくらした唇に薄笑いが浮かんだ。「尊大なことで有名な伯爵が、稀代の淫婦に対してためらいもなく謝るとしたら、それは愛するがゆえでしかない」

そのことばに、激しい怒りが引いていった。モントジョイの言うとおりだった。いずれにしても、モントジョイが感じていることを否定したところで意味はない。「これまでにオリヴィアを愛したのは私ひとりではない」

モントジョイが薄笑いを浮かべたまま、考える顔つきをした。「たしかに。とはいえ、オリヴィアから愛された男はあなただけだ」

モントジョイは誰よりもオリヴィアのことを知っていた。オリヴィアの気持ちについて抱いていたいくつもの些細な疑念が、頭から消えていった。すると、ほぼいつもどおりの口調で話せるようになった。「きみの父上のことは知っている。それに、父上に屈しないために、きみとオリヴィアがどんなふうに協力しあったかも」

モントジョイの美しいと言ってもいいほど端整な顔が、ショックで真っ青になった。「オリヴィアはそのことをいままで誰にも話さなかった。ということは、ぼくがオリヴィアの情人ではないのも知っているんだな」

エリスは肩をすくめた。こんな話をしていても、どこにもたどり着けない。「ずいぶんまえから、そうではないかと思っていたよ」それ以外にもどんな推測をしていたかにモントジョイが気づいたのは、その顔を見ればわかった。モントジョイの性癖がどんなものであろうと、そんなことはどうでもよかった。頭の中は、愛する女を捜しだすことだけでいっぱいだった。「頼む、じらさないでくれ」

「で、いま、オリヴィアはあなたの元を去った」勝ち誇ったような口調ではなかった。心から心配している口調だった。

「一時的に」それが身勝手な希望的観測でないことを、天に祈った。

モントジョイが眉間にしわを寄せて、首を横に振った。「オリヴィアがパトロンの元を去ったなら、まずまちがいなく、二度と元には戻らない」

「私にはひとつだけ強みがある。オリヴィアに愛されていることだ。長いあいだオリヴィアを気遣って、守ってきたきみに対しては敬意を抱いている。きみが私を嫌っているのはわかっている。だが、頼む、これまで一度も人に頭を下げたことのない男の頼みを聞いて、オリヴィアを呼んできてくれ。これからは、オリヴィアの面倒を見るのは私の番だ」

モントジョイは考える顔つきで見つめてくると、小さくうなずいた。「どうやら、本気で愛しているようだな。とはいえ、この件であなたにいったい何ができるのか、ぼくにはまるでわからない」

「オリヴィアと話をさせてくれ」廊下にはいくつもの鏡が並んでいて、そのひとつに自分の姿が見えた。そこには興奮して、逆上して、半狂乱になった男が映っていた。

「できることなら、そうしたいところだ、閣下。ぼくは誰にも引けをとらないほどロマンティックな性質《たち》でね。すべてを支配するエリス伯爵がひとりの女にひざまずくのかと思うと、わくわくする」モントジョイはいったんことばを切った。「でも、オリヴィアはここにはいない」

「ならば、どこにいるんだ？」

「見当もつかない」モントジョイの眉間のしわが深くなった。「無事でいてくれるといいんだが……」

オリヴィアがいなくなったと知ってからかろうじて抑えこんでいた癇癪が爆発した。エリスはモントジョイの襟元をつかむと、つま先が持ちあがるほどその体をぐいと引きあげた。

「オリヴィアの居場所を言え」

「知っていたら、もちろん教えている。でも、残念ながら、オリヴィアからは何も知らされていない」襟をつかまれて吊るしあげられているのに、モントジョイの口調は平然としていた。「あなたとの関係について、オリヴィアは信じられないほど口が堅かった。それが厄介ごとの種になるのを、ぼくはもっと早く気づいているべきだった」

「嘘をついていたら、ただじゃおかないぞ」

「ぼくをぶちのめしたければ、お好きなように。そんなことをしても、ほしいものには一歩も近づけないけれど」その口調は相変わらず冷静だった。「オリヴィアはどこかに身をひそめているんだろう。以前もそんなことがあった。こうなると、オリヴィアが自分から出てこないかぎり、何をしたところで見つからない。今回の状況を考えると、自ら姿を現わすことはないだろうな」

エリスは自分がどうしようもなく愚かな真似をしていることに気づいた。謝罪の気持ちをこめながら、モントジョイを放した。「馬鹿な真似をしてしまった」

「いや、むしろ安心したよ」モントジョイが賞賛に値するほど落ち着いた態度でシャツのしわを伸ばした。「数週間まえに自邸の広間で顔を合わせた男は、救いようのない冷血漢だったから」

「オリヴィアはレオのところへ行ったと思うか？」

「嘘だろう、そんなことまで知っているのか？　オリヴィアはレオのことを誰にも話していない。彼女にとってレオは最後の砦なんだから」

「いや、オリヴィアの心そのものが最後の砦だ」エリスはそうつぶやいてから、自分が何を言ったかに気づいて、顔がかっと熱くなった。

「たしかに。そして、その砦が陥落したことは一度もない。幸運を祈るよ、友人《モナミ》」あたかもフェンシングの試合でポイントを取られたかのように、モントジョイが頭を下げた。それから、真剣に言った。「もしかしたら、レオのところへ行ったのかもしれない。いや、醜聞がたつのを避けたければ、そのまえにここに来そうなものだが。もしかしたら、ぼくのところへ来たら、エリスの元に戻って、ほしいものすべてを勝ちとるように尻を叩かれると思ったのかもしれない」

「きみがそんな高潔なことを言ってくれるとはな」エリスは驚いて言った。

モントジョイが肩をすくめた。「オリヴィアは愛されて当然なんだ。エリス、そこまで必死になっているところを見ると、どうやらまちがいなくオリヴィアを愛しているようだな。うまくいくように祈っている。さあ、行けよ。オリヴィアはひとりでいるのが長すぎた。レオがどこにいるかは知っているんだろう？」

「ああ」エリスは立ち去ろうとして、ふいに足を止めると、モントジョイのほうを向いた。「恩に着るよ」そう言って、華麗なる男に片手を差しだした。

モントジョイが不審そうな顔をした。「ぼくがどんな男か知っているのに、それでも握手するのか？」

「もちろんだ」

モントジョイが差しだされた手を取って、束の間握りしめた。力強いその手にエリスは驚いた。見た目はプードルのように軟弱でも、力強い手に本質が表われていた。それに、誰よりもエリスが崇敬してやまない女に対する真の愛情も。

エリスは装飾過剰な豪邸をあとにした。こうなってみると、息苦しいほど風変わりに思えたその家の意匠に魅力さえ感じられた。数週間まえに、勲章を得るような気分で、ロンドン一と評判の女を手に入れるためにこの邸宅に意気揚々と乗りこんだ男と、いまの自分は別人だった。

見かけだましのくだらない決断が、ひとりの男の人生を永遠に変えてしまったらしい。

夜っぴて馬を駆ったエリスは、空が美しい朝焼けに染まるころ、ようやく石造りの司祭館にたどり着こうとしていた。その家では、オリヴィアのいとことその夫、そして子どもが暮らしていた。オリヴィアが実の母であると一生名乗らずにいるつもりの子どもが。それがオリヴィアにとってどれほど辛いことかは、エリスにもよくわかっていた。オリヴィアはこれまでの人生で山ほどの苦難に直面した。そして、威厳と勇気と品格で、それに堪えてきたのだ。

これからは似た者同士である男とともに人生を歩む――なんとしても、オリヴィアをその気にさせたかった。

手綱をさばいて、走り疲れて埃まみれの愛馬ベイ――レオが感激して賞賛した馬――の歩を緩めると、地面に飛びおりた。オリヴィアがここにいてくれるのを心から祈った。この無謀な追跡が、ここでハッピーエンドを迎えるように。

台所の外の杭《くい》にベイの手綱をくくった。家の中で小さな物音がしていた。召使が早くも起きだしているのだろう。

「だんなさま？」

水の甕《かめ》を運んでいた少女が、驚いた顔でこちらを見ていた。それも無理はなかった。太陽が地平線からようやく這いだすと同時に、目をぎらつかせて旅疲れした伯爵が戸口に立っているなどというのは、このひっそりとした家では、これまでにないことだったにちがいない。

それでも、いま身につけているのは夜会用の服ではなかった。モントジョイの邸宅を出ると、大急ぎでいったん自宅に戻って、夜を徹しての遠乗りにふさわしい服に着替えたのだった。

かすかに思慮分別がよみがえって、かろうじて、オリヴィアに会わせろと詰めよらずにすんだ。「ミセス・ウェントワースはもう起床されているか?」

「ええ、だんなさま」

「夫人はおそらく私に会うと言ってくれるだろう。エリス伯爵が来たと伝えてくれ」

少女の顔から血の気が引いた。少女がざらざらした白い水甕を盾のように胸のまえで抱えながら、ぎこちなく膝を折ってお辞儀をした。「ええ、伯爵さま。いますぐに。どうぞ中に入ってお待ちください」

「そうさせてもらおう」エリスは少女のあとについて台所に入った。少女があわてて女主人を呼びにいくあいだ、火の傍らで待つことにした。古ぼけた樅材《もみざい》のテーブルでは、ずんぐりした女が牧師家族が食べるパンをこねていた。女は何も言わなかったが、大きなジョッキにエールを注いで、無言で手渡してきた。

女の気遣いがありがたかった。ゆうべはそそくさと夕食をすませただけで、その後、オリヴィアがいなくなったのに気づいてからは、飲み物さえ口にしていなかった。

エリスは苛立ちを必死に抑えこんだ。愛人を捜して、静かなこの家を家探ししたいという衝動を抑えるのは苦痛だった。

人が台所に入ってくる足音が聞こえて、エリスは顔を上げた。てっきりオリヴィアのいとこが来たものと思った。けれど、視線のさきにはレオニダス・ウェントワースの濃い茶色の目があった。賢そうな深い茶色の目が光って、訝る気持ちが伝わってきた。

「エリス卿」レオが抑揚のない口調で言いながら、小さく頭を下げた。質素な白いシャツに薄茶のズボンといういでたちで、長く繊細な指にはインクの染みがついていた。

「レオ」エリスはすっくと立ちあがると、からになったジョッキをテーブルの奥に押しやった。「ミセス・ウェントワースに会いたいのだが」

「母はいま、身支度を整えています。どんな用件か訊いてくるように頼まれました。ぼくは勉強していたんです」

「ああ、オックスフォードに行くんだったな」

「はい」一瞬の間のあとに、青年が一歩わきにずれて、たったいま自分が入ってきた扉を手で示した。「居間へどうぞ。台所で話をなさるのはおいやでしょうから」

エリスがほんとうになさりたいのは、その青年の体を思いきり揺すって、母親を連れてこいと要求することだった。育ての母ではなく、産みの母を。オリヴィアをなんとしても見つけだしたいという必死の思いに血が沸きたつのを感じながら、エリスは若者のあとについて、小さいけれど清潔な部屋に入った。早朝のその時間、部屋はまだ暗く、寒々としていた。

部屋の中に入ると、すぐさまエリスはレオを見た。「彼女はどこにいる？」

レオには驚いたそぶりもなければ、戸惑ってもいなかった。「彼女とはぼくの名づけ親のことですか？　ミス・レインズのことですか？」

「そのとおり。ミス・レインズはモントジョイのところにいなかった。ここにいるんだろう？」

「いいえ」

エリスはそのことばを否定するように、手をさっと振った。「嘘だ」

「家探ししていただいてもかまいませんよ、閣下」オリヴィアと数週間過ごしたあとでは、皮肉にはもう慣れっこだった。「止めても無駄のようですから」

エリスは若者相手に怒鳴り散らしていることにようやく気づいた。オリヴィアが姿を消したのは、レオのせいではないのに。深く息を吸って、こみあげてくる怒りをどうにか制した。

「きみを恫喝《どうかつ》するために、私はここへ来たわけではない」

「それはまた妙ですね。てっきりそのつもりでいらしたのかと思いました、閣下」

「ミス・レインズの居場所を知っているか？」

「いいえ。ミス・レインズは昨日いらっしゃいました。だから、しばらくはお見えにならないはずです」レオがそこで何かに気づいたのは、その目を見ればわかった。「ミス・レインズはあなたの元を去ったんですね」

エリスは片手で髪をかきあげた。長い一日と長い一夜を過ごして、疲れ果て、神経が昂っていた。失望が苦みとなって口の中に広がった。レオのことばが嘘でないのはわかっていた。オリヴィアがいとこの元に逃げこむはずがない。ちょっと考えれば、それぐらいわかるはずだった。そんなことをしたら、レオの人生をめちゃくちゃにしてしまうかもしれないのだから。

「ああ」現実を認めるのはプライドが傷ついた。

「なるほど」

その明確な返事に大きな意味が含まれている気がして、エリスははっとした。顔を上げて、レオの表情を読みとろうとした。「きみは知っている、そうなんだな?」

レオは暖炉に歩みよると、炉棚に寄りかかった。窓にカーテンがかかり、暖炉に火もない部屋の中は薄暗く、レオの表情を読みとるのはむずかしかった。それでも、エリスはなぜか自分の憶測が正しいとわかった。

「ミス・レインズが実の母だということですか? もちろん知ってます」

「きみはそれを知らないと、ミス・レインズは思っている。いつ気づいたんだ?」

レオが肩をすくめた。「ずっとまえから。ぼくはペリグリン卿にそっくりですからね。それに、そうでなければ、なぜペリグリン卿のような人が、ぼくに援助しようなどと言ってくれるんですか?」

レオの実の父親に関する勘ちがいを正す気にはなれなかった。秘密を明かすのは自分の役目ではなかった。それ以上に、実の父が少女にまで手を出すような腐りきった放蕩者だと知るより、モントジョイのことを父親だと思っていたほうが、レオにとっても幸せにちがいない。「それを不快に思っているのか?」

「いいえ。ぼくはあのふたりを愛していますから」レオが気軽に〝愛〟ということばを口にするのに気づいて、エリスはなんとなく悲しくなった。それがオリヴィアから受け継いだ気質であるはずがなかった。「ふたりとも、ぼくのために精いっぱいのことをしてくれてます。それに、育ての親も愛情深く、実の子のように育ててくれましたから」

「ミス・レインズのことを誇りに思っているんだな」ようやくレオのことが理解できた気がして、エリスは言った。

ひょろりと背が高いレオが胸を張った。部屋は暗くても、レオに睨まれているのがわかった。「もちろんです。ミス・レインズほどすばらしい人はいません。世間の人が何を言おうと」

「ああ、すばらしい女性だ。それに、私のことを愛している」

「あなたはそう思っているんでしょうね」

「ミス・レインズがそう言ったんだよ」

レオが一歩近づいてきた。エリスにもようやくその顔が見えた。悲しげで、驚いてもいるようだった。「ミス・レインズがかわいそうだ」

「私は彼女をウィーンに連れていくつもりでいる」

「ロンドン旅行のお土産ですか?」

辛辣なことをずけずけ言う若者だった。たとえ、青年の実の親が誰なのか知らなかったとしても、こうして話をすればおおよその見当がついたかもしれない。

「ずいぶん生意気なことを言ってくれるじゃないか」エリスはさらりと言った。

「では、決闘でも申しこみますか?」

「いいや。それにすぐさま決闘だなどと言いださないほうがいい。きみにもしものことがあったら、ふたりの母親が嘆き悲しむぞ」

「余計なお世話です。ミス・レインズを嘆き悲しませるのはあなたでしょう」

「誰がそんなことをするものか」エリスは誓うようにそのことばを口にした。「ミス・レインズの居場所を教えてくれ」

「それはできません。ミス・レインズは昨日ここにやってきて、帰っていった。ロンドンのミス・レインズの生活について、ぼくは何ひとつ知らないんです。こんな田舎まで漏れ伝わってくるわずかな噂話以外は何も」レオがさも満足そうににやりとした。「どうやら、ミス・レインズはあなたからまんまと逃げたようですね、閣下」

「いいや、そんなことはない」エリスは自信満々で言った。新たな決意に胸を張り、疲労や落胆を撥ねつけた。「たとえ一生かかっても、ミス・レインズを見つけてみせる」

「エリス卿？　こんなに朝早くにどうなさったんですか？」

メアリー・ウェントワースはよほどあわてて身支度を整えたのか、まとめたはずの白髪交じりの茶色い髪が崩れて、肩に落ちそうになっていた。それでも、膝を折ってお辞儀するのを忘れなかった。エリスにしてみれば、地味で冴えないスズメのようなメアリーが、華やかなオリヴィア・レインズのいとこだとはとうてい信じられなかった。あるいは、端整な顔立ちの若者の母親だと周囲の目を欺いていることも。いま、その端整な顔立ちの若者が、メアリーの傍らに立って、大柄の邪悪な伯爵から母を守ろうとしていた。

「ちょっとした手ちがいがあったようだ、ミセス・ウェントワース」エリスは頭を下げながら言った。「ミス・レインズに会いたくて、ここまで来たんだが」

「オリヴィアに？」メアリーはわけがわからないと言いたげだった。「オリヴィアはロンドンにいるんですよ」

「どうやらそのようだ」自分が心から求めている相手は、いまもロンドンにいるらしい。長く無意味な遠出をしたことに気づいて、エリスは苦々しくなった。だが、ロンドンのどこにいるんだ？　すぐにでも街に戻って、一刻も早く捜さなければ。そう思うと、いてもたってもいられなかった。「お邪魔して申し訳なかった」

「でもまた、どうして、オリヴィアがここにいると思われたんですか？」メアリーは易々とは辞去させてくれないらしい。

レオがメアリーの腕に手を置いた。「母さん、もういいんだ。エリス伯爵がちょっと勘ちがいされただけだよ」

「でも、こんな時間にこんなところまでオリヴィアに会いにくるなんて……」メアリーが顔をしかめた。「主人がちょうど留守だったからよかったものの、もしこの場にいたらなんと思うか……」

ロンドン一有名な情婦が妻のいとこである――それが司祭という仕事にどんな影響を及ぼすかは、エリスにも容易に想像がついた。とはいえ、レオをわが子として育てるというその司祭の寛大な行為ほど、キリスト教徒としての博愛の精神を表わしているものはなかった。

「ほんとうに申し訳なかった。では、失礼します、マダム」エリスはもう一度頭を下げると、踵を返した。オリヴィアはどこに行ってしまったのか……。頭の中はそのことでいっぱいだった。モントジョイの言うとおりだった。オリヴィアは完全に姿を消してしまった。くそっ、どうすればいい？

「お送りします」レオが言った。

「では、頼もう」

意外にも穏やかな沈黙が流れる中で、ふたりはベイのところへ向かった。ベイは誰かが用意してくれた水をたっぷり飲んでいた。

「いつ見ても惚れ惚れしますね」レオがそう言いながら、ひとり歩を速めて、ベイのたくましい首を撫でた。といっても、埃っぽい道を走ってきたせいで、毛並には普段の光沢はなかった。それでも、レオの顔にはまぎれもない憧憬の念があふれていた。

「母親の居所を教えてくれたら、ベイをやってもいい」オリヴィアが見つかるなら、厩ごと渡してもかまわなかった。

レオがベイから手を離した。「ぼくは嘘なんてついていませんよ、エリス卿。ほんとうに知らないんです。それに、知っていたとしても、たぶんあなたには言いません」

なんと勇敢な若者だろう。エリス伯爵に向かって、これほど率直に自分の気持ちを話す者はそうはいなかった。レオのように賢い人間なら、エリス伯爵がどれほどの権力を持っているかは知っているはずだ。それでも母親のためを思って、面と向かって逆らうとは。オリヴィアの息子にはますます感心させられた。オリヴィアが息子のことをあれほど誇りに思っているのも不思議はなかった。

「私はミス・レインズを傷つけたりしないよ」エリスはベイの手綱をまとめて片方の手でつかむと、軽々と鞍にまたがった。

レオが不安げな顔で見あげてきた。このときばかりは、その顔から警戒心も反感も消えていた。「実の母親が誰かぼくが知っているのを、ミス・レインズに話すつもりですか?」

鞍に主人を乗せてすぐにでも走りだそうとしているベイを何気なく鎮めながら、エリスは首を横に振った。「それは私の役目ではない」

「ぼくが話すべきだと思っているんですね」

「オリヴィアは真実を隠しているせいで苦しんでいる。きみのためだと思って、隠しているんだ」エリスは体を屈めると、落ち着きのない馬の首を軽く叩いた。「では、元気で、ミスター・ウェントワース」

蹄の音を響かせて、エリスはベイの鼻先をくるりとまわすと、はやがけで庭を出た。ロンドンへ戻らなければならなかった。ロンドンのどこを捜せばいいのか、見当もつかなかったけれど。

27

エリスは獅子《しし》の頭を模した真鍮のノッカーを、艶やかな黒い扉に打ちつけた。そこはグロヴナー・スクエアに立つ豪邸だった。時刻は遅かった。よく知りもしない相手を、いきなり訪ねるには遅すぎる時刻だった。

全身が痛むほど疲れ果てて、敗北の苦い予感に心はずしりと重かった。腹の中に居座る苦い無力感は、ジョアンナがこの世を去ってからの喪失に埋もれた灰色の日々を思いださせた。

これまでに愛した女はふたりだけ。そのふたりともを奪いとるほど、運命とは過酷なものなのか？

いいや、そんなことは断じて許さない。

今日は地獄の一日だった。オリヴィアを捜して、ロンドンじゅうを駆けずりまわった。死にものぐるいで捜したのに、手がかりは何ひとつ得られなかった。

あれほど美しく、あれほど有名な女なのに、オリヴィアは信じられないほど巧みに姿をくらました。オリヴィアを見かけた者はひとりもいなかった。居場所を知る者はおろか、行きそうな場所に心当たりのある者もひとりもいなかった。

オリヴィアがエリス伯爵を捨てて、エリスが必死になってオリヴィアを取りもどそうとしているこことは、いまや周知の事実だった。

悪名高い愛人がまたパトロンを捨てたと知った男たちの目に浮かぶ哀れみは、エリスにも見逃しようがなかった。大半の者が、オリヴィアが背を向けた以上、エリスにはもう望みはないと確信していた。オリヴィア・レインズはいったん別れのことばを口にしたら、二度と振りむかない。それが、神秘的な魅力の一部なのだから。

エリスは正当な根拠のないそんな意見など、もちろん笑いとばした。いや、最初のうちはそうしていた。誰もが同じ反応を示して、確固たる自信が少しずつ揺らいでいくまでは。オリヴィアがパトロンを欺くのは、長年言われてきたことで、いまや伝説と言ってもいいほどだった。エリスも身をもって知ったとおり、オリヴィアはほんとうに不感症で、そうでありながらも、これまで感じているふりをして多くの男たちを騙してきた。エリスは今日という一日で、頑ななまでの意志と忍耐力を要する試練を、これでもかというほど味わわされて、もしかしたら自分もオリヴィアに騙されていたのではないか、そんな不穏な思いが胸に湧いてくるのを止められなかった。

私はオリヴィアを愛している。オリヴィアも私を愛していると言った。

やめてくれ、それも嘘だというのか？

何軒もの店やオリヴィアの友人宅、さらには、無理やり押しかけたあらゆる催し物でオリヴィアの消息を尋ねても、手がかりひとつつかめずにいると、ますます楽観的ではいられなくなった。召使たちにホテルや宿屋まで捜させたのに、すべて無駄骨だった。

風の日の煙のように、オリヴィアは完全に姿を消していた。

傲慢でうぬぼれた伯爵を苦しめるつもりでオリヴィアが出奔《しゅっぽん》したのなら、それは大成功だったというわけだ。その伯爵の伝説的なプライドは、跡形もなくしぼんでしまったのだから。

そしていま、時刻は真夜中。希望になど手が届きそうにない暗闇の時刻だった。思いつくかぎりの場所をあたったが、オリヴィアは見つからず、次にどこをあたればいいのか見当もつかなかった。

ただ一カ所、ここを除いては。

祈るような思いで、もう一度ノッカーを扉に打ちつけると、屋敷の中に重々しい音が響いた。扉が小さく開いて、その隙間から、大急ぎで身支度を整えた執事が顔を出した。これほど遅い時間に、塵《ちり》ひとつない玄関に英国の貴族がいるのを見て、よっぽど驚いたのか、執事があんぐりと口を開けた。「閣下？」

エリスは一日じゅう血眼になってオリヴィアを捜したせいで、服は汚れてしわだらけで、ひげも伸びていた。そういうことに気づいていれば、ここへ来るまえに自宅に寄って身ぎれいにしていたはずだ。けれど、あまりにも切羽詰まっていて、一刻の猶予も許されない、そんな気分だったのだ。

「エリス伯爵が面会を求めていると主人に伝えてくれ」そう言うと、自分が無頼漢のようにふるまっているのも気にもせずに、家の中に入ろうと執事を肩で押しのけた。束の間、執事は抵抗したものの、最後にはよろけながらうしろに下がって、招かれざる客を暗い玄関の間に入れた。

「ギャヴェストン、どなたがいらしたの？」

エリスは顔を上げた。優美な曲線を描く階段の上に、蠟燭を持った女性が立っていた。薄暗いにもかかわらず、また、エリスの神経が昂っているにもかかわらず、そしてまた、その女性が身ごもって大きなおなかをしているにもかかわらず、息を吞まずにいられないほど美しかった。完璧すぎる美貌は、まるで神話の世界から抜けでてきたかのようだった。

エリスはどうにかきちんと挨拶しようとした。自分の人生が粉々に崩れ落ちようとしているときに、それは不可能に近かったけれど。

「閣下夫人、突然訪ねてきた無礼をお許しください」

カイルモア公爵夫人――かつて愛人ソレイヤとして名を馳せたヴェリティ・キンムリー――は、ベッドに入ろうとしていたにちがいない。藍色の中国の絹のガウンをはおっていたが、それでは大きなおなかを隠せなかった。きっちりと三つ編みにした黒く豊かな髪が、緩やかな弧を描いて片方の肩にかかっていた。

エリスは何年もまえに、一度だけパリでヴェリティに会ったことがあった。ヴェリティが英国の年老いた准男爵の愛人だったころのことだ。ヴェリティのことははっきり記憶に残っていた。男なら誰もがそうだ。ヴェリティに匹敵する女といえば、この家にかくまわれていてほしいとエリスが心から願っている女だけなのだから。

「こんな時間にいったい誰だ？」シャツ姿に乱れた黒い髪で、カイルモア公爵が廊下の奥から大股で歩いてきた。指にインクがついているところを見ると、まだ仕事をしていたらしい。

一年ほどまえにそのふたりが結婚したときには、それはもう大騒動になり、その噂はウィーンにまで届いた。それを言うなら、モスクワにまで届いたはずだった。夫人の出産に備えて、最近、夫妻がロンドンで暮らしはじめると、ふたりの結婚以来鎮まることのなかった噂はますます大きくなったのだった。

上流階級の紳士の大半が、華麗なソレイヤを妻にしたカイルモアに嫉妬した。とはいえ、実際には、そんな男たちには、世間の非難を浴びるのを覚悟で愛人と結婚する度胸などなく、道ならぬ恋を正式な結婚という形で決着をつけるはずもなかった。

「こんなふうに押しいるのがどれほど無礼かは重々承知しています、閣下」エリスは言った。背後で玄関の扉を閉めた執事が、その場に立って主人の指示を待っていた。

カイルモアがすぐそばまで歩みよってきた。「エリス伯爵なのか？」

「そうです」

エリスは公爵夫人に目を向けた。夫人は階段から黒白のタイル張りの廊下に下りたったところだった。近くで見ると、さらに美しかった。真っ白な肌も、雨の滴のように澄んだ灰色の目も非の打ちどころがなかった。「公爵夫人、お邪魔して申し訳ありません。私はジュリアン・サウスウッド、エリス伯爵です」

「閣下」公爵夫人の声は低く、かすかにかすれていて、その話しかたは上流階級の歯切れのいい口調だった。オリヴィアと同じだ。

「ヴェリティ、おまえまで出てくることはない。私が図書室で閣下の相手をする」カイルモア公爵が妻の傍らに立った。公爵の厳しいことばは、妻を愛するがゆえであるのは、エリスにもよくわかった。

けれどすぐに、それよりはるかに重要なことに気づいた。

カイルモア公爵もその夫人も驚いていなかった。話をしたこともない相手が突然やってきたというのに。時刻は深夜を過ぎているというのに。事前に約束を取りつけることもなく、また、招かれてもいないのに、家主の許可なく家に押しいったというのに。

頭がくらくらするほどの確信を抱いた。野生の動物並みの直感が働いた。オリヴィアが近くにいる。においさえ感じられるようだった。

「やはりここにいるんですね」エリスはきっぱりと言った。

公爵夫人が一瞬、あわてて夫を見たのが何よりの証拠だった。それから、公爵夫人が視線を戻して言った。「わたしにはなんのことだか――」

「誰の話か、あなたはわかっているはずだ」公爵とその夫人に対してふさわしくない口調であることもかまわずに言った。「彼女と話をさせてもらいたい」

「ヴェリティ、上の寝室で休んでいなさい。休養が必要だと医者から言われたのだから。閣下、図書室へ」

カイルモアが見下すように冷たい視線を投げてきた。けれど、残念ながら、エリスのほうがゆうに一インチは背が高かった。おまけに、いまのエリスは公爵ならではの威厳に頭を垂れる気分でもなかった。

「いざとなったら、家探ししてでも、オリヴィアを捜しだす」エリスは真剣に言った。

「もう少し礼儀というものをわきまえてから、出直してくるんだな、伯爵」威嚇するように、カイルモアが歩みよってきた。

「やめてください、おふたりとも」

エリスははっとして顔を上げた。階段の上の暗がりに女が立っていた。とたんに、傍らにいる公爵夫妻のことは頭から消え失せた。

「オリヴィア？」愛と願いと怒りのすべてがそのひとことに凝縮されて、その名が切ないシンフォニーのように耳に響いた。

「そうよ」

そっけない返事からは何も読みとれず、暗がりに立つオリヴィアの顔も見えなかった。けれど、オリヴィアがゆっくり階段を下りてくると、顔に落胆が見てとれた。

身につけている淡い青のガウンは、エリスには見覚えのないものだった。髪は黄褐色のカーテンのように肩にこぼれ落ちている。明るい場所に出てくると、顔が青白く、年齢より若く、弱々しく見えた。それでも、口元はいつものように固く結ばれていた。

エリスは体のわきで両手を握りしめて、オリヴィアを即座に抱えあげたくなるのをこらえた。オリヴィアがいるべき場所に連れて帰りたいという衝動と闘った。この状況はとんでもなくまちがっている。オリヴィアはここにいるべきではない。自分の腕の中にいるべきなのだ。ああ、そうだ、オリヴィアは私のものだ。

エリスはカイルモアが執事に話しかけているのにかろうじて気づいた。「ギャヴェストン、下がってよろしい」

執事が闇に消えていくと同時に、エリスは熱に浮かされたように階段へ向かった。オリヴィアは階段を二段ほど残したところに立っていた。それでも、頬に涙の跡が見えた。顔は青ざめて、見るからに悲しげだ。エリスは後悔と罪の意識で胃がよじれた。

「家に帰ろう、マイ・ラブ」あらゆることばを駆使して説得しなければならないのはわかっていた。けれど、胸がいっぱいで、ごく短い嘆願を口にするのが精いっぱいだった。

愛のことばに、オリヴィアが身を固くした。手に血が通わなくなるほど強く手すりを握りしめると、首を振った。豊かな髪が顔のまわりで雲のように揺れている。「いやよ」

「頼む」エリスはオリヴィアのほうへ手を差しだした。

毒入りの小瓶を差しだされたかのように、オリヴィアが身を縮めた。嘘だろう？　オリヴィアは私を怖がっているのか？　そう思うだけでも堪えられなかった。

オリヴィアが無理に顎をぐいと上げた。そのぎこちない挑発的な態度に、エリスの胸が痛んだ。「わたしたちは終わったのよ」

「そんなことは断じてない」エリスはそう言いながら、差しだした手を下ろした。あまりにも辛くて、屈辱的な姿を見ず知らずのふたりに見られていることさえ、気にならなかった。いま、唯一気になるのは、目のまえにいるオリヴィアだけだった。そして、どうやらオリヴィアはこの手に触れる気にもなれないらしい。

「さあ、図書室へ」公爵夫人が穏やかな声で言った。「玄関の間でするような話ではないでしょう」

オリヴィアが助けを求めるように公爵夫人を見た。「話すことなど何もないのよ」

「いや、そんなことはない。あるに決まっている」エリスはきっぱり言った。やっとのことでオリヴィアを見つけたのだ、地獄の使者にだって、オリヴィアと引き離されてたまるものかか。「この家で話をするか、どこかべつの場所で話をするか、ふたつにひとつだ」

「この家から女性を無理やり連れだすことは断じて許さない」カイルモアがぴしゃりと言った。

「ありがとうございます、閣下」オリヴィアが静かに言った。

「ヴェリティ、ベッドに入りなさい」公爵が妻をちらりと見て、さきほどと同じように苛立たしげに言った。「まずいことにはならないようにすると、私が約束する」

公爵夫人が訝しげな視線を夫に投げた。「馬鹿なことを言わないで、ジャスティン。これはこの数週間でいちばん刺激的な出来事よ」

公爵が髪を乱暴にかきあげた。「きみには刺激など必要ない。もうすぐ赤ん坊が生まれるんだぞ」

「ええ、そうよ。それに、わたしは馬にも負けないほど頑丈なの。心配などいらないわ」

独裁的な公爵は妻を叱るのだろう、エリスはてっきりそう思った。けれど、公爵は不満げに口元を引きしめて、さきほど自分が現われた廊下のほうを手で示しただけだった。

オリヴィアが階段の最後の一段を下りるのをためらっていた。もしかして、階段を駆けあがって逃げだすつもりなのか？　エリス伯爵ほどプライドが高ければ、公爵の屋敷の中で女を追いまわすはずがないと、オリヴィアが高をくっているなら、それは大きなまちがいだ。オリヴィアに有力な友人がいようが関係ないとばかりに、エリスはオリヴィアに手を伸ばしかけた。すると、オリヴィアが階段を下りて、カイルモア夫妻について歩きだした。こちらを見ようともせず、おまけに、できるだけ近寄らないように、あからさまに避けていった。

これではまるで野良犬に対する扱いだ。女性からこれほど貶められたのははじめてだった。こんな気分にさせられるなんて冗談じゃない、オリヴィアはなんて忌々しいんだ。はらわたが煮えくりかえりながらも、恋しくてたまらず、エリスはオリヴィアのあとから歩きだした。

玄関の間と同じぐらい薄暗い図書室に入ると、カイルモアがサイドテーブルに歩みよった。

「ブランデーは、エリス？」

「エリス卿はすぐにお帰りになります」オリヴィアが苛立たしげに言った。

「なるほど、このごろつきをここから放りだすつもりでいるんだな、ミス・レインズ。だが、もし私がここでこの男と怒鳴りあったら、妻を動転させてしまう」そう言うと、カイルモアは半分ほど中身が入ったデカンターをエリスに掲げてみせた。「閣下？」

今日は一日じゅう駆けずりまわっていた。ブランデーが飲めると思うと、舌なめずりしたくなった。おまけに、カイルモアは高まるばかりの緊張感を和らげようとしているらしい。それには素直に感謝した。「ああ、いただこう」

「それでは」

「わたしのとなりにお座りなさい、オリヴィア」公爵夫人が机のそばの長椅子に腰かけながら言った。

オリヴィアが公爵夫人のとなりに腰を下ろした。傍らのランプの明かりに照らされて、黄褐色の髪が神秘的な銅色と金色の光を放っていた。二度とオリヴィアに会えないかもしれないと思っていたせいなのか、その美しさにいままた息を呑んだ。オリヴィアとはじめて会ったときと同じだ。モントジョイの邸宅に詰めかけた紳士の中から、あくまでも冷静にパトロンを選んでいたオリヴィアをはじめて見たときと同じだった。

「閣下」カイルモア公爵が思いやりさえ感じられる低い声でことばをかけながら、グラスを片手にまえに立った。エリスは愛人をうっとりと見つめていることに気づいて、顔がかっと熱くなった。これではまるで、乳搾り女をいやらしい目で見ている若造のようだ。

「ありがとう」エリスはブランデーを受けとると、あふれでる感情を制御しようと、すぐさまひと口飲んだ。黄金の液体でからっぽの胃がかっと熱くなった。

長椅子の向かいに置かれた革の椅子に腰を下ろした。疲れが限界に達しているせいで、かえって、あらゆるものがやけに明瞭《めいりょう》に見えた。やわらかな明かり。長身の公爵。美しい公爵夫人。華やかで、打ちひしがれた愛しいオリヴィア。そのオリヴィアは見ず知らずの凶暴な男を見るような目つきでこちらを見ていた。

「ここへ来たのはまちがいだったわ」オリヴィアが静かに言いながら、うつむいて、膝の上で組みあわせた震える両手を見つめた。

「いいえ、そんなことはないわ」ソレイヤ――エリスにとっては公爵夫人というよりその名のほうがしっくりした――が顔を上げて、宿敵を見るかのように睨みつけてきた。「わたしは過去の自分を恥じていないわ」

「でも、こんな厄介ごとに巻きこんでしまうなんて」

「そうかしら?　わたしはそうは思わない。エリス卿は話がすんだら、すぐにお帰りになるわ」エリスを睨んでいる公爵夫人のはっとするほど美しい灰色の目が、さらに鋭くなった。

「そうでしょう、閣下?」

エリスは小さく頭を下げた。「公爵夫人」そう呼びかけたのは、相手のことばに同意したからではなく、公爵夫人には意見を言う権利があるからだった。「オリヴィアとふたりきりで話をさせていただきたい」

ソレイヤがオリヴィアのほうを向いた。そのふたりが一緒にいるのを見ると、ロンドンじゅうの男を虜にした理由がよくわかった。疲れがにじみでて、妊娠していて、さらには、客を迎える姿ではなく、眠るための身じまいをしていても、妖艶なソレイヤは真珠のように美しかった。対して、オリヴィアは生命力に満ちて生き生きと輝いている。緊張して動転しているはずなのに、それでも肌に触れれば、オリヴィアが発する熱いエネルギーが手に伝わってくるにちがいない。鮮烈なその熱をつねに感じていたかった。冷ややかな孤独の世界に逆戻りすると考えただけで、命をじわじわと蝕まれていく気がした。

「あなたはどうしたいの、オリヴィア？」ソレイヤが尋ねた。「あなたはわが家のお客さま。あなたの希望を何よりも優先するわ」

オリヴィアが見つめてきた。トパーズ色の目に警戒が浮かんでいた。あれほど親密な二週間を過ごしたのに、それでも今夜、オリヴィアが何を考えているのかまるでわからなかった。

しばらくの間のあとで、オリヴィアが小さくうなずいた。「エリス卿とふたりきりで話します。おふたりのご厚意にはもう充分すぎるほど甘えてしまいましたから。この問題は自分の力でなんとかします」

カイルモアが妻に手を差しだした。ソレイヤがごく自然に夫の手を取るのを見て、エリスの胸にやりきれない思いがこみあげた。玄関の間で、差しだした手をオリヴィアに拒まれたときのことがいやでも思いだされた。

「私はいつでもきみを庇護する、ミス・レインズ」カイルモアが真剣な顔で言った。

「オリヴィアに庇護者は必要ない」エリスはぴしゃりと言いながら、自分が口にしたそのことばがパトロンという意味で使われることもあるのを思いだして、苦々しさを覚えた。

カイルモアが厳しい目つきで見つめてきた。「そうだとしても、ミス・レインズに対する無礼は、私に対する無礼と見なす」

ソレイヤが小さく笑って、夫の手を引っぱった。「行きましょう、マイ・ラブ。ここにいてもなんの役にも立たないわ」そう言うと、オリヴィアを見た。「居間にいるわね」

「ありがとうございます、公爵夫人」オリヴィアが弱々しく微笑んでみせた。

忌々しいことに、オリヴィアはこれからライオンの群れのまえに連れだされるキリスト教徒の殉教者のような雰囲気を漂わせていた。冗談じゃない、この二週間、オリヴィアは大喜びで私とベッドをともにしたくせに。これまで誰ともわかちあったことがなかったものを、この私とわかちあったのに。

たとえオリヴィアが愛を否定したとしても、いま、オリヴィアを見ていると、胸にわだかまっていた疑念が消えていった。まちがいない、オリヴィアは私を愛している。そして、その事実に死ぬほど怯えているのだ。

最愛の人の心を読みとるのに夢中になっていたせいで、エリスは見目麗しい公爵夫人と高圧的な無頼漢であるその夫が部屋を出ていったことにも気づかなかった。長椅子にひとり残された女から目が離せなかった。顔をまっすぐに上げて、挑むようなまなざしをして、頬に涙の跡が光っている女に。

エリスは思惑にふけりながら、何気なく顎をこすった。伸びはじめたひげが手にこすれた。なんてことだ、いまの自分は極悪のならず者に見えるにちがいない。これではますます分が悪い。

いったいぜんたい、どうすればいいんだ？　これからの人生が、いまこの瞬間にかかっているというのに。

「泣いていたんだね」エリスはそっと言った。

オリヴィアが悔しげに頬を染めて、顔をそむけた。「そんなのはどうでもいいことよ」

エリスは落ち着かなくて、ふいに立ちあがると、オリヴィアに歩みよって、となりに座った。オリヴィアの手を握ろうとしたとたんに、玄関の間での出来事が脳裏をよぎって、手を引っこめた。

いったい私はどうしてしまったんだ？　これほど不安になったことなどないのに。とりわけ、女に対しては。

とはいえ、誰よりもひとりの女だけが大切だ――そんな思いはもう長いこと抱いていなかった。

そしていま、目のまえにいる女は命よりも大切だった。

オリヴィアを怯えさせないように、エリスは静かに言った。「泣いていたのだから、さぞかし辛い思いをしたんだろう。マイ・ラブ、きみにそんな思いをさせてしまった自分が憎くてならない」

豪華な金襴の布張りの長椅子に座っているオリヴィアがびくりと身を縮めた。「わたしのことをそんなふうに呼ばないで」

「マイ・ラブと呼ぼうが呼ぶまいが、真実は何も変わらない」

オリヴィアが手を握りしめて、青い薄手のスカートに包まれた太腿を叩いた。「あなたになど愛されたくないわ」

たしかに、そうなのだろう。それに、私のことを愛したくないとも思っているはずだ。けれど、オリヴィアは私を愛している。ときを追うごとに、ますます確信が強まっていた。

何を言えば、自分の元に戻ってくるように説得できるのか、必死に考えた。それ以上に重要なのは、戻ってくるだけでなく、私の元に留まることだ。「きみのいない人生を私に歩ませないでくれ。ずっと一緒にいてほしい。一緒にウィーンに来てほしい」

酸っぱいものでも食べたかのように、オリヴィアが口をすぼめた。「そして、ずっとあなたの愛人でいろと言うのね」

オリヴィアがふいに愛人契約について持ちだしてくるとは意外だった。

「もちろんだ。私の大切な愛人だ」オリヴィアが何を心配しているのか、ようやくわかった気がした。「私が浮気をするのではないかと心配しているんだね？　きみも知っているとおり、ジョアンナを失ってからというもの、私はからっぽの人生を埋めるために多くの女たちを相手にしてきた。たしかにそれは冷淡に思えるだろう。だが、どの女も私と知りあったことで苦しんではいない。別れもつねに友好的だった。私はジョアンナに対して誠実だった。きみに対しても誠実だ。きみはほかの女の影に怯える必要はない」

「わたしは体を売って生きる女よ」

エリスは眉根を寄せた。何が問題なのかわからなかった。オリヴィアはこれまでしてきたことに対してなんの責任もないのに苦しんでいる――以前、エリスはそう感じた。けれど、オリヴィアを知れば知るほど、愛人という仕事に対して、オリヴィアがひとことでは言い表わせない複雑な思いを抱いているのがわかるようになっていた。

「きみは無理やり愛人にさせられた」嘘偽りのないことばが心の奥底からこみあげてきた。「きみが愛人であることを、私が非難すると思っているのか？　どうして私にそんなことができる？　私自身の行動もけっして褒められたものではないのに」

オリヴィアは膝の上で握りあわせている手に力をこめると、うつむいて、金色に輝くまつ毛越しにその手を見つめた。「それでも、自分の娘とわたしがつきあうのはふさわしくないと思っているんでしょう」その声はいつになく低く、あまりにも悲しげだった。

オリヴィアがそこを突いてくることを、予測しておくべきだった。甘いことばをいくつか並べて、異国の地で一生愛しつづけると約束すれば、オリヴィアを懐柔できると考えていたとは、なんと愚かだったのか。落胆に胃がずしりと重くなった。慎重にことを進めなければ、やりこめられてしまう。

そう、ぐうの音も出ないほど。

すぐにでもオリヴィアを抱きあげて、口づけの嵐を浴びせかけたい――そんな衝動を抑えて、穏やかな口調で筋の通った話をしようと努力した。オリヴィアは強くて賢い。ゆえに、本人がその気にならないかぎり、けっして自分のものにはならない。それは骨身に染みてわかっていた。

「オリヴィア、私と同じぐらいきみだって、世の中がどんなものかはわかっているはずだ。いや、きみのほうがよくわかっているはずだ。これまで世間の非難の目にさらされて苦しんできたのだから。私は娘の幸福を何よりも優先させなければならない。いままで身勝手なことばかりしてきたのだから、なおさらだ。もちろん、きみだって、それはよくわかっているはずだ」

こちらを見つめるオリヴィアの目は、悲しみで翳っていた。さきほどまでは、オリヴィアの怒りが鎮まってほしいと願っていたが、悲しみのほうがはるかに胸に突き刺さった。

「ええ、もちろん、それはよくわかっているわ」

そのことばに、エリスはいよいよ不安になった。「それはどういう意味だ?」

オリヴィアはすぐには答えなかった。目をそらして、暗がりを見つめた。ふっくらした唇が、苦悩に引き結ばれていた。

エリスはオリヴィアを見つめた。細い首が動いて、オリヴィアが唾を飲んだのがわかった。体が小さく震えているのは緊張している証拠だった。「わたしの父はジェラルド・レインズ卿、ニューベリーの近くに領地を持つ准男爵だったの」

その静かなことばをきちんと理解するのに、一瞬の間が必要だった。

そして、理解すると同時に呆然とした。過酷な運命に翻弄されたオリヴィアがあまりにも不憫《ふびん》で、心が激しく揺さぶられた。「ああ、たしかに、きみは良家の出なんだろうとは思っていたが。まさか……」

「自分と同じ上流階級の出だったとは、思わなかった?」オリヴィアの口元がゆがんで、苦々しい冷笑が浮かんだ。「兄に借金のかたにされていなければ、わたしはあなたのお嬢さまにふさわしい友人になれたのよ」

エリスは顔をしかめた。「いや、私はいまだって、きみは娘にふさわしいと思っているよ。私の考えと、世間の目を一緒にしないでくれ」

「わたしがローマお嬢さまと一緒にいるのを見て、あなたはさも不快そうな顔をしたわ」

「その理由はきみにもわかっているはずだ」

「ええ、わかっているわ、悔しいけれど」

エリスは苛立たしげに髪をかきあげた。なぜか、自分には理解できないことばで必死に会話をしている気分だった。

「オリヴィア、何を言いたいんだ? きみはたしかに私が想像していたより高貴な家柄の出だが、きみの出自と、私がきみに抱いている感情とはなんの関係もない」

「もしも、わたしの兄が父から相続したもの一切合財を賭けごとに注ぎこまなければ、そして、挙句の果てに、わたしをファーンズワース卿に売りとばさなければ、あなたとわたしはいまとはまるでちがう状況で知りあっていたはず」

どれほど危険だとわかっていても、エリスは自分を止められなかった。手を差しだして、オリヴィアの握りしめられた手をほどくと、その手をしっかり包んだ。

「過去を嘆いてもどうしようもない」説き伏せるように言った。「時計の針は誰にも戻せない。もし、きみの兄がいまでも生きていたなら、私は決闘を申しこんで、あさましい胸に銃弾を撃ちこんでやるところだ。だが、たとえそうしたところで、きみが歩まされた人生は取りもどせない。過去は永遠に変わらない。だから、新しい人生に目を向けよう。私とともに歩む人生に」

オリヴィアは手を引っこめるにちがいないと、エリスは思った。けれど、震える手はそのままだった。オリヴィアの体もかすかに震えている。青白い首のつけ根の脈が大きく脈打っていた。

「わかっているわ」苦しげなことばに、エリスは心臓をわしづかみされた気分になった。「でも、わたしはまだ子どもと言ってもいいころに、この世でいちばん不条理な行為の犠牲になったのよ」

「そのとおりだ」オリヴィアの手を握りしめた。そうやって、凍える体にぬくもりを染みこませようとした。

「ほんとうなら、エリス伯爵と同じぐらい高貴な紳士とだって、結婚できたかもしれないのに」

「だが、きみの人生は……」ことばはすべて塵となって消えていった。そのときようやく、不可思議で苦痛に満ちたこの会話がどこに行きつくのかに気づいて、氷の破片に胸を貫かれた気がした。「そういうことか……」

「あなたはこれまで、わたしのことをりっぱだとかすばらしいとか、わたしがしてきたことなど関係ないとか、そんなことを言いつづけてきたわ。昨日の暴言にはなんの意味もない、ひとりの女性として敬意を払っている、尊重していると、あなたは言うのよね」こちらを見つめるトパーズ色の目は燃えていた。「ならば、行動で示して」

「結婚しろと?」その短いことばが死者を弔う鐘の音のごとく口から漏れた。何よりも大切な希望が失われたことを告げるかのように。

オリヴィアが驚きもしなければ、瞬きひとつしないでいるのは、エリスの不吉な憶測があたっているのを物語っていた。オリヴィアが途方もなく非現実的なことを願っているのを。

「そうよ」

エリスはぱっと立ちあがると、信じられない思いでオリヴィアを見た。「私を試しているんだな。ベッドに縛りつけたときと同じように」

「そうかもしれないわ」

「結婚などできるわけがないのは、きみだってわかっているはずだ」全身が震えるほどの焦燥感を抱いた。

「そうかしら?」あいているほうの手で、オリヴィアは図書室の中を示した。「カイルモア公爵はソレイヤと結婚したわ」

カイルモアは救いようがないほど浅はかなのだ。

だが、それを声に出しては言わなかった。オリヴィアは常軌を逸したことを、哀れなほど大まじめに考えている。それを、考慮に値しないとばかりに笑いとばして、いままた怒らせるわけにはいかなかった。

「オリヴィア、マイ・ダーリン、何かべつの方法で私の誠意を証明させてくれ」

オリヴィアが不満げに口をとがらせて、首を横に振った。「ほかの方法などないわ」

苛立って、エリスはずらりと並ぶ本のほうへと顔をそむけた。「結婚できないのはきみだってわかっているはずだ。そんなことを求めるのは度が過ぎる」

感情を爆発させて訴えても、オリヴィアは平然としたままだった。そうして、あくまでも冷ややかに、疑いようもなくきっぱりと言った。「ならば、あなたとわたしに未来はないわ」

28

「むちゃくちゃだ」エリスの視線が即座にオリヴィアに注がれた。エリスの目は怒りと決意にぎらついていた。さらに、あろうことか、困惑して傷ついた目をしていた。それがオリヴィアの胸にぐさりと刺さった。「きみは不可能なことを要求している」

「わかっているわ」オリヴィアは顔をぐいと上げてエリスを見つめた。胸の中では悲痛な叫びが響いていた。

もちろん、結婚などできるわけがない。

エリスは伯爵で、わたしは悪名高い情婦なのだから。この世で許されるふたりの未来は、エリスが提案しているものだけだった。考えてみれば、たしかにソレイヤは公爵夫人ではあるけれど、上流社会に受けいれられてはいなかった。

「わかっているなら、なぜこんなことを求めるんだ？」エリスが相変わらず鋭い視線を送ってきた。頭がどうかしてしまったのかと言わんばかりに。たしかに、わたしは頭がおかしくなってしまったのかもしれない。

ぎこちなく息を吸ってから、自分の思いを伝えることばを探した。何を言ったところでエリスが納得しないのはわかっていたけれど。「たった一点を除けば、わたしはあなたの妻にふさわしいわ。たしかに、子どもはできないでしょうけど、それは問題にならない。あなたにはすでにふたりも健康な子どもがいるのだから」

「ああ、私にはふたりの健康な子どもがいて、ふたりとも、父親が愛人と結婚してとてつもない醜聞を巻きおこすのを望んでいない」

そのとおりだった。だからといって、エリスのそのことばに、神経をかきむしられるほどの苦痛を感じずにはいられなかった。こみあげてくる苦しみの涙を、瞬きして押しもどした。階上の広い寝室でベッドに横たわって、眠れずに過ごした長く悲しい一夜に、自分が何を求めているかはっきり気づいたのだ。そして、それはけっして手に入らないのもわかっていた。卑劣な兄に売られたあの忌まわしい日を境に、心から望んでいるものにはけっして手が届かなくなってしまったのだから。

とうてい無理な譲歩をエリスに求めるのがどれほど理不尽かもよくわかっていた。そのぐらいの判断力はかろうじて残っていた。それでも、ぼろぼろに傷ついて悲鳴をあげる心は、道理にも、適切な要求にも見向きもしなかった。ぼろぼろに傷ついて悲鳴をあげる心は、エリスにとって自分が何者なのか示す明確な証として結婚以外のものを受けいれようとしなかった。昨日、エリスの暴言に対して腹を立て、ほんとうは愛されていないのだと思った。けれど、今日、冷静になって考えてみると、愛されているのはまちがいなかった。問題は、どれほど愛されているかだった。

わたしの人生をめちゃくちゃにした怪物をエリスは退治して、ふたりはおとぎ話のようなハッピーエンドを迎える――それができないのなら、エリスの愛は、旅先の縁日で買ったがらくた同然の皿に負けず劣らず安っぽく、脆いのだ。

「くそっ」エリスが声をひそめて言いながら、また髪をかきあげた。罰当たりなことばは、自制心を失いかけている証拠だった。「こんなことはやめてくれ」

「こうしなければならないの」幼いころはエリスの妻にふさわしい身分だった。心だけは、いまでもふさわしいと断言できる。恥じることなく、また、反論もせずに、その事実をエリスが認めないかぎり、ふたりの関係にはなんの意味もなかった。「兄とファーンズワース卿には、憎んでも憎みきれないほどひどい仕打ちをされたわ。そして、それ以来、わたしは自分なりのやりかたで、男性に復讐してきた。そして、あなたに出会った。生まれてはじめて、尊敬できる男性に。生まれてはじめて、わたしに屈服しない男性に。あなたはわたしと同じぐらい強いわ。いいえ、わたしより強い」

「いや。強くはないよ」エリスが床を見つめた。頬が小刻みに震えて、声がくぐもっていた。体のわきに下ろした手を握りしめては開いていた。目のまえにいる女の体を揺さぶって、常識を取りもどさせたい――そんな衝動と闘っているのかもしれない。

「わたしが軽蔑しなかったパトロンはあなただけよ」

「きみに何かを感じさせたパトロンは私だけだ」エリスが顔を上げた。その顔に浮かぶ骨の髄から染みでるような苦悩は見逃しようがなかった。良心が痛んで、胃がむかむかした。エリスを傷つけている自分が許せなかった。

「そうよ」たったひとことでそれを認めた。

エリスが張りつめた口調で言った。「ということは、昨日は嘘をついたんだな」

「あなたに傷つけられたから。だから、わたしもあなたを傷つけたかった。子どもじみた仕返しね」オリヴィアは唇を噛んで、素直に謝った。「ごめんなさい」

「そして、きみは私を愛している」

エリスは尋ねているのではなく、断言していた。

「そうよ」

「それだけではだめなのか？　私はきみを愛している、きみも私を愛している」反論など受けつけないかのように、エリスが片手で空を切る仕草をした。「くだらない紙切れ一枚のことが、どうしてそんなに重要なんだ？　このさき一生、私たちが愛しあうのを誰も止められない。私にはけっして応じられないとわかっていながら、きみは無意味で途方もないことを要求して、目のまえにある楽園を拒もうとしているんだぞ」

「でも、その無意味な要求が途方もないからこそ、ふたりの未来にほんとうに楽園があると信じられるのかもしれない」オリヴィアは絶望的な気持ちでつぶやいた。

罪悪感が鞭となって心に食いこんだ。エリスを傷つけたくなかった。それでも、何をしても、たとえエリスが苦しんでいるのを目の当たりにしても、堅固な決意は揺るがなかった。むちゃくちゃな要求にエリスが応じることでしか、証明できないことがある。わたしにはともに人生を歩む価値があるとエリスが思っていることは。

エリスがぐったりと長椅子に腰を下ろしたかと思うと、両手を取られた。エリスがその手を胸に押しあてた。早鐘を打つ胸の鼓動が手のひらに伝わってきた。

「オリヴィア、もしこれが私ひとりのことならば、きみの言うとおりにしているよ。明日にでもそうしているはずだ。だが、私にはローマとウィリアムがいる」エリスが痛むほど両手を握りしめてきた。「それに、ジョアンナもいる」

オリヴィアは低い悲鳴をあげて、手を引きぬこうとした。けれど、エリスがそれを許さなかった。「わたしと結婚したら亡くなった奥さまの名声を汚すことになると、あなたは思っているのね」

「世間はそう思うだろう」エリスの顔がなぜか怒りで真っ赤になった。

「世間の目がそんなに気になるの？　あなたはわたしのことを娼婦とは思わないと言っているわ。それなのに、口を開くたびに、あなたの本心が明らかになる」

「きみと結婚して家族を崩壊させるわけにはいかない。理由はそれだけだ、それでもだめなのか？」オリヴィアのことばに抵抗して、エリスの体までこわばっていた。「きみがそこまで大きな代償を支払わせるとは思えない。きみがそんなことをするわけがない。何年ものあいだレオを守って、ペリーがどんな男か知りながら愛情を注いできたきみが、そんなことをするわけがない。昨日、ローマを醜聞から必死に救おうとしたきみが、そんなことをするはずがない」

「それでも、わたしはどうしても知りたいの。わたしのためにそれだけの代償を払う価値があるとあなたが思っているかどうか」オリヴィアは苦しげに言った。「あなたが世間に背を向けて、わたしを選ばないかぎり、一緒には生きていけない」

エリスが激しい怒りに顔をしかめると、オリヴィアは身を縮めた。「きみの要求に応じられる男などこの世にいない」

口元を引きしめて、オリヴィアは非情な事実をあえて口にした。エリスが聞きたがらないはずの事実を。「カイルモア公爵はソレイヤのためにそうしたわ」

エリスが低く苛立たしげな声を漏らした。「もちろん公爵のしたことはりっぱだ。だが、私たちはきみが捨てたくてうずうずしている世界で生きていかなければならないんだ。少なくとも、私はそうしなければならない。私にはウィーンでの仕事があるのだから」

「その仕事には辟易《へきえき》しているのでしょう。あなたは田舎で育った。馬車で田舎に遠出したときに、顔にそう書いてあったわ、ジュリアン。あなたの心はいまでも田舎にあるのよ」

「ああ、そうかもしれない。だが、だからといって、子どもたちに恥をかかせていいわけではない。勘弁してくれ。ローマはまもなく、このシーズンでいちばん華々しい結婚をするんだ。花嫁の父が愛人界の女王と結婚したら、ローマの夫の家族がどんな反応を示すかわかるだろう?」

エリスの名声と子どもたちのことは、もちろん気にかかっていた。それ以上に、エリス自身のことが気にかかっていた。いま求めていることの代償――エリス自身、自分自身、そして、エリスが愛する人たちが払うことになる代償――を思うと、また身が引き裂かれそうになった。それでも、頑なな心はこの聖戦からの撤退を拒んでいた。

泣いてもどうにもならないと、こみあげてきた涙を瞬きして追いはらった。それでも、涙がひと粒あふれて、頬を伝った。「それで、わたしはどうなるの、ジュリアン?」

「一緒にウィーンに行くんだ」エリスが握りしめていた手を緩めて、やさしく手をさすりはじめた。「名目以外では、きみは私の妻だ。私に愛され、法に守られて、安泰な生活を送る。

正式な誓約書も作ろう。財産や年金に関しても。きみにとってこれ以上望むべくもないものを約束する」

「それでも、わたしが心から望んでいるものだけは手に入らない」オリヴィアは不毛の大地に置き去りにされた気分だった。「わたしは愛されるだけの価値があると、わたしに向かって、世間に向かって言ってくれるたったひとりの男性は」

「すべてが手に入らないからと、いまあるものをぶち壊すのはやめてくれ」エリスの低く深い声音が、骨にまで響いた。エリスの声が大好きだった。その声が聞けなくて、どうやって生きていけると言うの？「私は死ぬまできみを愛しつづける。だが、過去は変えられない」

いつのまにか、甘く響くバリトンに身を乗りだしていた。腹をすかせた鳥が猟師の手からパンくずをもらおうと首を伸ばすかのように。それに気づいて、オリヴィアはすぐにぎこちなく身を引いた。今度はエリスもすんなり手を離した。

頬を伝う涙を拭ったけれど、涙は次から次へとこぼれ落ちた。エリスが憎らしかった。エリスと会うまでは、最後に泣いたのがいつだったか思いだせないほどだったのに。

「わたしは生まれ持った権利を取りもどしたいの」頑として言いながらも、へそ曲がりな心は、エリスがこれほど惜しみなく差しだしている愛を受けいれたほうがいいと囁いていた。受けいれて、究極の試練にエリスが失格したことなど、きれいさっぱり忘れてしまえばいいと。

「私の子どもたちの幸せを犠牲にしてでも？　きみにそんなことができるとは思えない、オリヴィア。私にはできない。それはきみだってよくわかっているはずだ」

エリスが何か言うたびに、夢が手の届かないところへと遠ざかっていく。そして、そのせいでかえって、破れかぶれの常軌を逸した決意が、ますます揺るぎないものになっていった。真実の永遠の愛を見つけたいま、次善の策で折りあいをつけるつもりはなかった。もしエリスに次善の策でかまわないと思われたら、そこから一生抜けだせなくなる。エリスの心の中でも、自分自身の心の中でも。最高のものはけっして得られないと痛感しながら日々を過ごしていたら、いずれ自分が破綻するのは目に見えていた。そればかりか、ふたりの愛も破綻してしまうはずだった。

「あなたの子どもたちの幸せを犠牲にしてほしいなんて思っていないわ」痺れた唇からどうにかことばを絞りだした。いったいどうして、こんなに苦しいの？　生きたまま皮を剝がれているかのようだ。「わたしはただ、日陰の女として生きてはいけないと気づいたの。わたしにはそれ以上の価値がある。わたしたちの愛にもそれ以上の価値があるわ。あなたはわたしが自分のものであるのを世間に堂々と公表するか、さもなければ、わたしはあなたのものにはならないかのどちらかよ」

「脅しには応じない」エリスがきっぱり言いながら、新たにこみあげてきた怒りに体をこわばらせた。

「脅しじゃないわ」オリヴィアは悲しげに言った。「あなたがわたしに敬意を抱いていると言うなら、その証に結婚してくれなければ、一緒に生きてはいけないだけ」

エリスが目をすがめた。「いいかげんにしてくれ。結婚だけはできないのはわかっているくせに」

エリスの激しい怒りにもオリヴィアは動じなかった。ふたたび口を開くと、自信に満ちた口調で言った。「わたしにわかっているのは、あなたはわたしが愛する人で、どんなこともできるということ。あなたが誰よりも賢くて、意志が固くて、強いのはわかっているわ」気持ちが昂って声がかすれた。「あなたは心から何かを望めば、かならず手に入れるわ、ジュリアン。子どもたちを苦しめずに。わたしたちが幸せになるようにそれができる。わたしたちが一緒に生きていける方法でそうできる」

エリスがあきらめ顔で首を横に振った。「きみは不可能なことを求めている」

「わたしを愛しているなら、あなたは不可能なことでもやってのけるはずだわ」そのことばがもうエリスの耳に届いていないのはわかっていた。最初からそうだったのだ。「わたしはあなたに高潔なことをしてほしいと頼んでいるのよ」

エリスが仇《かたき》を見るような目つきで睨んできた。「その一点以外は卑劣なことをしろと言っているのも同然だ」

オリヴィアは胸が痛んで顔をそむけた。人から見れば愚にもつかないことに固執しているのはよくわかっていた。何をしたところで、純潔も社会的な地位も回復できるはずがないのだから。それでも、もしエリスが常識や自己の利益や信念にさえ目をつぶって、結婚してくれるなら、エリスを永遠に信じられる。オリヴィアはごくりと唾を飲みこんで言った。

「あなたがそんなふうに感じているなら、もう話すことは何もないわ」

「だから、これで終わりなのか?」エリスが暗い口調で言った。

「そうよ」

オリヴィアは体の震えが止まらないほど悲しかった。エリスが立ちあがって、部屋を出ていくと思うと、涙が止まらなかった。ところが、エリスに両腕をつかまれた。無理やり顔を上げさせられると、闘争心でぎらつくエリスの目が見えた。

「これならどうだ？」荒々しい口調だった。

ぐいと引きあげられて立たされたかと思うと、唇を奪われた。剝きだしの欲望と苦悶に満ちた口づけだった。気づくと、即座に激しく口づけに応じていた。こんなふうにエリスに触れられるのはこれが最後。それだけははっきりわかっていた。

エリスが唇を強く押しつけてきた。官能が頂点に達したときでさえ、これほど荒々しく口づけられはしなかった。また声をあげて泣くしかなかった。心をがっちりとつかむ悲しみには何をしても抗えなかった。

「ああ、マイ・ラブ」つぶやくと同時に、長椅子の肘掛けに背中を押しつけられて、青いドレスの裾がぐいとまくられた。

「そうだ」エリスが唇を重ねたまま囁いた。

エリスと出会うまで、男性に口づけをめったに許さなかったとは、悲劇以外の何ものでもなかった。そして、いま唇に触れているエリスの唇が恋しくてたまらないのも、悲劇以外の何ものでもなかった。

脚を乱暴に開かれて、秘した場所にそっと触れられても抗わなかった。それどころか、即座に反応して、潤って、下腹にぎゅっと力が入った。これほどすばやく欲望をかき立てられるなんて……。それでいて、悦びの瞬間ひとつひとつが心を引き裂いていく。エリスと会うまで、わたしはこの悦びを知らなかった。エリスと別れたら、この悦びは永遠に味わえない。欲望とあふれだす感情で、エリスの目が黒みを増していた。体がわなないているのは、自暴自棄になった欲望と熱い思いのせいだ。ことばで説得できなかったからには、体で説得してみせるという熱い思いのせいだった。エリスがこんなことをしている理由は、もちろんわかっていた。けれど、オリヴィア自身の欲望も逆巻く炎となって燃えあがり、抵抗する力を奮いおこせなかった。

これが最後。

エリスがまっすぐに見つめてきた。そうして、わざとゆっくりと濡れた手を上げて、それを舐めた。肉欲にふける女をたっぷりと味わうように。これほど大胆に官能の味を試しているエリスを見るのはショックだった。体にぎゅっと力が入って、全身を流れる血が溶岩のような熱を帯びた。

そんな体の反応と激しい欲望に気づいて、エリスの銀色の目がきらりと光った。ふたりとも愛欲の虜だと、その目が静かに語っていた。そして、目のまえにいる女がなんとしてでもそれから逃れようとしているのもわかっていると。

「だめよ」オリヴィアはつぶやきながらも、欲望にわれを忘れて、体を差しだすように背中を反らした。

「いいんだよ」エリスが非情にもそう応じた。そして、同じように非情な手に、腰をぐいと持ちあげられたかと思うと、脚のあいだにエリスが顔をもぐりこませた。それは、あの激しい夜にしたことと同じだった。オリヴィアが愛に屈したあのいくつもの夜に。

けれど、エリスのたっぷり時間をかけると決意しているような仕草や、黒い頭を優美に下げるさまや、秘した場所に触れる唇から伝わってくる固い意志に、オリヴィアは身を震わせるほどの新たな欲望をかき立てられた。

熱く濡れた部分に舌がそっと触れたかと思うと、唇が押しつけられて強く吸われた。目も眩むほどの快感に体がわなないて、オリヴィアはかすれた叫びを止めようと震える手で口を押さえた。目も眩む光に屈した。真実の愛の炸裂するフィナーレを、きらめく星々の中で迎えたかった。目を閉じると、燦然と輝くいくつもの太陽が見えた。それがぐるぐるとまわっている。揺れている。燃えあがる。身を焦がす官能が真夏の稲妻となって全身を貫いた。

震えが止まらないうちに、エリスがまた秘した場所を舌で愛撫しはじめた。感じやすくなった体に舌がそっと触れただけで、またもや官能の波が迫ってきた。

今度の波はこれまでになく激しくて、心臓まで止まりそうになった。自分が何をしているのかもわからないまま、震える両手をエリスの豊かな髪に埋めた。涙が頬をこぼれ落ちる。下唇を噛んで、切ない泣き声と歓喜の叫びをこらえようとした。律動的な低い声がのどから漏れた。ほんの小さなその声は図書室の外まで届くことはなくても、それに合わせてエリスが口を動かすには充分だった。

押しつけて、離して、押しつけて、離す……。

オリヴィアは知らず知らずのうちに腰を動かしていた。エリスが自分自身を深く埋めているときと同じように、腰を突きだしては引いていた。太腿を押さえているエリスの手に力がこもったかと思うと、もっとたっぷり口づけられるようにと、脚をぐいと開かれた。舌が深く入ってくると、それをその場に留めようと秘した場所にぎゅっと力が入った。女の欲望の香りが立ちこめて、官能の雲のようにふたりを包んでいた。

またもやのぼりつめようとしていた。一度目の絶頂感の体の震えが止まらないうちに、エリスの信じられないほど熟達した唇で、ふたたび猛火の空に放りだされた。

「ジュリアン！」絶頂感にわななきながら発した声はかすれていた。「ああ、ジュリアン！」

オリヴィアは体を起こした。炸裂する快感の閃光《せんこう》の向こうに、まるで太陽の陰にひそむ暗がりのように、過酷な現実が隠れていた。官能のあとに辛い別れが待っているという現実が。

これが最後——。

無限とも思える広がりの中で、自分がどこにいるのかもわからないまま、燃えさかる高みにしがみついた。それでも、誰と一緒にいるのかを忘れることはなかった。

わたしの愛する人。ただひとりの愛する人。けっして手の届かない愛する人。

エリスが体を動かしたのがぼんやりとわかった。体をずらして、いきり立つものを構えたのが。次の瞬間には燦然たる力を感じて、ふっくらと腫れて、滑らかになった場所にエリスが入ってきた。

「目を開けるんだ、オリヴィア」苦しげな喘ぎとともに、エリスが鋭く言った。その口調は怒っているようでもあった。荒々しくもあった。愛によって狂気の淵へと突っ走っているかのようでもあった。

何も言わず、オリヴィアはそのことばにしたがった。

エリスの顔がやつれて見えた。唇はしっかり閉じられて、まるで激しい責め苦に堪えているかのようだ。肌から骨の形が透けて見えそうなほどだった。

エリスが決意に口元を引きしめて見つめてきた。「きみを奪っている私のことを見ていてくれ」苦しげに言うと、さらに自身自身を深く埋めてきた。「すべてを感じてほしい。そのあとで決着をつけてくれ。それでも、私の元を去るのかどうか」

エリスがのしかかってきた。たくましい胸と肩が目のまえにあると、オリヴィアは自分が弱々しくなったような気がした。エリスが伸ばした両腕で自分の体を支えて、野性の輝きを放つ灰色の目で射るように見つめてきたかと思うと、容赦なく腰の角度をぐいと変えて、根元まで押しいってきた。

目も眩むほどのその瞬間、オリヴィアは自分がどんなふうにエリスで満たされているかをまざまざと感じた。次の瞬間には、エリスが動きだしていた。激しく、傲慢に、圧倒的な強さで。

その動きのすべてが、この女は自分のものだと宣言していた。

強く突かれるたびに、長椅子の肘掛けに背中が食いこんで、エリスにしがみつくしかなかった。上質な羊毛の上着を握りしめる。太腿の内側がエリスのズボンにこすれるのもかまわずに、すべてを受けいれようと膝を曲げた。

官能の波に幾度となく襲われた。エリスのあくまでも雄々しい部分を、体の内側ではっきりと感じた。汗と欲望のつんとするにおい。抑えようもないほど濡れた体。エリスが動くたびに、その口から漏れるかすれた息遣い。まるで、愛する女は自分のものだと焼印を押しているかのようだった。

エリスと同じぐらい興奮して、深く貫かれるたびに艶めかしい声をあげずにいられなかった。エリスにはこれまでにも何度も奪われてきたけれど、これほどエリスをぴたりと包んで受けとめたことはなかった。

灰色のふたつの目に射抜かれていた。女の高まりをしっかり吟味している目に。

心の片隅では、これほどあっさり屈してしまったことに苛立ちながらも、強欲な魂はつかめるだけの官能をつかみ取ろうとしていた。ほかの人を相手にして、こんな感覚を抱いたことはなかった。一秒一秒が貴重で、完璧で、かけがえのないものだった。

強引に高みへと押しあげられた。口であんなふうにのぼりつめさせられたあとでは、エリスに与えるものはもう何も残っていないように思えた。けれど、それは勘ちがいだった。

なす術もなく、虚空へと押しあげられていく。それでいて、究極の愉悦は、それをつかもうとする手をするりとかわして逃げていく。ますます高まる官能に、体がばらばらになりそうだ。

のどが詰まって、切ない声が漏れた。エリスの背中に爪が食いこんでいた。もしエリスが裸だったら、血がにじむほど傷つけていたはずだ。目を閉じて、背中を反らして、すべてを超越した究極の絆を必死に探しもとめた。

まさに頂点に達しようとした瞬間、エリスが身を引いた。オリヴィアは最後のひと突きを覚悟した。

けれど、何も起きなかった。

オリヴィアは目を開けた。「ジュリアン？」

「私を見るんだ、そう言っただろう」超人的な自制心を発揮しているせいで、声がざらついて震えていた。

「見ているわ」喘ぎながら言った。自分の中にエリスを感じたくてたまらなかった。快感が波打って、思わずエリスの上着を握りしめた。

「そして、私を愛してくれ」

「愛しているわ」われを忘れて叫んだ。「やめないで」

「やめられるわけがない」思いきり貫かれると、周囲のあらゆるものが破裂して、真っ白な閃光となって砕け散った。

オリヴィアは叫んだ。エリスにしがみついて、体を震わせた。これまでに知ったどんなものよりも激しく、純粋な、きらめく官能の世界の中で。

燃えさかる炎の向こうで、エリスのうめき声が響いた。たくましい体が幾度となくわなないて、精を解き放った。身も心もあらゆるものが解放された瞬間、オリヴィアは幸福と苦悩の広がりに浮かびながら、エリスをしっかり包んで、その精を最後の一滴まで受けとめた。

涙で霞む目を開けると、自分の上に留まっているエリスを見つめた。エリスの頭はのけぞって、髪は汗で湿り、顔は張りつめていた。その光景を永遠に記憶に刻みつけながら、体の中に感じるエリスの一部をしっかり締めつけた。まるで一生放すまいとするかのように。

けれど、そんなことができるはずがない。

抑えようもない快感と至極の恍惚感のせいで震えが止まらない体から、エリスが出ていった。長いうめき声をあげながら、エリスが長椅子の上に崩れ落ちた。オリヴィアは手足を投げだしたまま、その場に取り残された。全身の骨が熱い蜂蜜の中でとろけてしまったかのようだ。顔が涙でべたつき、エリスの伸びかけのひげがこすれたせいでひりひりした。

体じゅうが痛んだ。エリスは気配りなど忘れていたのだから。だからといって、どうしたらいまの出来事を悔やめるの？ 脈打つ絶頂感は圧倒的だった。すべてを凌駕して、あまりにも刺激的だった。

エリスが空気を求めて喘いでいた。たくましい胸が上下している。開いたシャツの襟から覗く首が激しく脈打っていた。目も眩むほどの欲望に溺れながら、わたしがエリスのクラバットを引っぱってはずしたらしい。いつそんなことをしたのかは憶えていないけれど。エリスの黒い髪は乱れて、前髪が額にかかっていた。服はしわだらけで、汗で湿っている。ズボンのまえが開いて、そこから縮れた黒い毛が覗いていた。

しばらくのあいだ、ふたりとも何も言わなかった。あれほどの頂へと押しあげられて、また体が動くようになるとは思えなかった。

脚を大きく開いて横たわり、青いドレスが体にまつわりついたままでいると、エリスの視線を感じた。「芯まで満たされたようだな」

怠惰で、いかにも満足そうな口調だった。恋人に性の悦びの意味を教えて興奮している男の口調だった。

「たっぷりと」オリヴィアはかすれた声で応じた。「でも、長椅子をだめにしてしまったわ」

「カイルモアなら椅子ぐらい買えるさ」エリスの息を呑むほど美しい口元がゆがんで、扇情的な笑みが浮かんだ。「いや、いまの出来事を考えれば、私はカイルモアに百脚の長椅子でも喜んで弁償するよ」エリスはそう言うと、いったん口をつぐんだ。その顔から笑みがゆっくりと消えて、真剣なまなざしで見つめてきた。「一緒にウィーンに来てくれるね？」

浜辺の足跡を波が消し去るように、毒のある現実が愛欲の悦びをかき消した。オリヴィアは口元を引きしめて、尋ねなければならない質問を口にした。「あなたの愛人として？　それとも、妻として？」

エリスの顔が曇った。「答えはきみにもわかっているはずだ。私が口にできる答えはひとつしかない。たったいまこれだけのものをわかちあったんだ、まさか私と別々の道を歩むとは言わないだろう」

慎みを忘れて、オリヴィアは体を起こすと、脚をぴんと伸ばして座った。深い悲しみが下腹にずしりと居座って、胸の鼓動が残酷な別れのリズムを刻んでいた。自分が口にした質問の答えはわかっていた。たしかにエリスからは愛されているけれど、何もかも捨てるほど愛されてはいないのだ。避けられない瞬間が迫っていた。欲望がその瞬間をかろうじて引き延ばした。だからといって、結果は何も変わらない。

オリヴィアは深い穴の縁に立って、震えながらバランスを取っている気分だった。かろうじてひとつ息を吸って、縁から一歩踏みだした。「いいえ、別々の道を歩むのよ」声は低かったけれど、震えてはいなかった。「さようなら、ジュリアン」

エリスが怒りに口元を引き結んで、勢いよく立ちあがると、乱暴にズボンのまえを閉めた。

「いいかげんにしてくれ、オリヴィア。懇願するのはもううんざりだ。泥にまみれてきみのまえに身を投げだしたのに、蹴とばされるのはもうたくさんだ」

オリヴィアは呆然とエリスを見つめた。わたしのせいで心に大きな穴が空いた——エリスはそう叫んでいるかのようだった。エリスをこれほど苦しめているのに、わたしはなぜ頑な態度を取っているの？ 胸を引き裂かれるほどの苦痛をエリスに与えてまで、貫きとおさなければならないことなど、この世にあるの？ オリヴィアは震える手を差しだした。「ジュリアン……」

けれど、エリスはそれに気づかなかった。「気持ちが変わったら教えてくれ。ああ、きみの気持ちはいずれ変わる。だが、忘れないでくれ、マイ・レディ、私が一生きみを待っていると思ったら大まちがいだ」

オリヴィアは苦悩の塊を呑みこんだかのように苦しかった。「待っていてくれるなんて思っていないわ」口ではそう言いながらも、エリスが自分以外の女性と一緒にいると考えただけで、泣き叫びたくなった。怒りくるったトラのようにエリスを引っかきたくなった。「あなたが何よりも記憶に残る別れのことばを言うよりさきに、わたしはあなたに言ったはずよ——わたしたちはもう終わりだと」

エリスが氷柱《つらら》のような視線を送ってきた。ほんの少しまえまではあれほど温かかった目が、どうしてこれほど冷ややかになるの？ 声も冷ややかで、よそよそしくて、傲慢だった。

「私はきみに数えきれないほど何度も頼んだ。もう頼むつもりはない。きみはくだらないプライドのために、こんなことをしているんだ、オリヴィア。ならば、きみはそのプライドと一緒に幸せに生きればいい」

エリスがくるりと背を向けて、大股で扉へ向かった。オリヴィアは差しだした手を力なく体のわきに落とした。エリスが扉の取っ手に手を伸ばして、そこでふいに動きを止めた。そのままじっとしていた。

背を向けたままでも、エリスが何を考えているのか、オリヴィアにはわかった。呼び止められるのを待っているのは、その顔を見るまでもなくわかった。和解のことばがのどまでせりあがってきたけれど、口を閉ざしてことばを封じこめた。持ち前の鉄の意志で、傷だらけの心が切望してやまない譲歩を拒んだ。心を苛む悲しみにのどが詰まりそうになっても。

束の間の張りつめた沈黙のあとで、エリスが扉を開けて、廊下へと出ていった。廊下で不明瞭な話し声がした。やはり、カイルモア公爵はふたりが出てくるのを待っていたのだ。

猛烈な羞恥心が全身を満たした。口ではあれほど偉そうなことを言ったくせに、実際にしたことといえばどこかのあばずれと変わらない。あれほど敢然とエリスのことばを撥ねつけたくせに、ひとりぼっちになると寂しくてたまらない。寒々とした心が温まるように、エリスの腕に抱かれたくてたまらなかった。

けれど、その腕に抱かれることは二度とない。

ソレイヤが戸口に現われた。その顔は真剣で、まぎれもない哀れみが表われていた。「オリヴィア、かわいそうに」

「伯爵は帰られたのね？」

「ええ」

心はずたずたなのに、哀れな嘘をついた。「よかった」

「オリヴィア、強がらなくていいのよ」ソレイヤが駆けよってきた。

いまにも泣きそうで、かすれた声で応じた。「いいえ、そうしなければならないの」

ついにこらえきれなくなって、しゃくりあげると、恥も外聞もなく泣きぬれた。この世がぎゅっと縮まって、堪えがたい苦痛だけに満ちた世界になる。ソレイヤにそっと抱かれたことも感じなければ、ソレイヤが耳元で囁くむなしい慰めのことばももう聞こえなかった。

29

オリヴィアは重い手桶《ておけ》を持って台所から外に出ると、汚れた水をピンクのバラの植え込みに撒いた。白華《はっか》したレンガ造りの瀟洒な田舎家の壁を、バラが這いあがろうとしていた。爽やかな八月の夕暮れに、心沸きたつ花の甘い香りが漂っていた。

低い声を漏らしながらひと息つくと、背筋をまっすぐに伸ばして、田舎家の意匠を凝らした錬鉄製の門の向こうを何気なく見やった。男性が灰色の大きな馬にまたがって、ライムの並木道を駆けてくるのが見えた。沈みかけた太陽の光が、馬と馬上の男性を金色に照らしていた。

とたんに胸の鼓動が不規則なリズムを刻みだした。関節が白くなるほど、手桶の取っ手を握りしめる。息がのどに詰まった。不安と興奮と狼狽が胸の中で入り混じって、オリヴィアは震えながらその場に立ち尽くしているしかなかった。

「エリス卿」馬上の男性が声の届くところまでくると、どうにか平静を装って言った。

もちろん、エリスにまちがいなかった。顔を見るまでもなくわかった。自信に満ちてゆったりと馬にまたがる姿。鞍に座っていてもひと目でわかる長身。粋に傾けてかぶった帽子。どれを取ってもエリスにまちがいなかった。

互いに恋情を抱いているのはまぎれもない事実である上に、エリスは別れのことばを受けいれていなかった。だから、エリスはわたしを捜すはず——オリヴィアはそう思っていた。この田舎家に隠遁した当初は、やきもきしながら日々を過ごしたものだった。抒情詩《じょじょうし》の英雄のごとくエリスが馬を駆って現われて、さっと抱えあげて鞍にのせ、さらっていってくれるはずだと。けれど、数日が過ぎ、数週間が過ぎても、エリスは現われなかった。

ようやく見つけてくれたのだ。

エリスは笑みを浮かべもせずに、帽子をすばやく脱ぐと、高貴なレディに対するように頭を下げた。「オリヴィア」

ふたりで最後に過ごしたときのことが頭をよぎって、胸が締めつけられた。あのときは、想像をはるかに超えた恍惚の極みへといざなわれた。けれど、その直後に、無慈悲な絶望へと置き去りにされたのだ。

緊迫したその瞬間、カイルモア公爵の図書室での熱く激しい交わりの記憶が、ふたりの脳裏によみがえった。それは磨きあげられたまっさらな刃《やいば》にも負けず光り輝いていた。

オリヴィアは思い出という絆を無理やり断ち切って、からになった木の手桶を盾のように、体のまえでしっかり抱きかかえた。

いま、エリスはわたしを見て何を感じているの？　いまのわたしには、上品で頽廃的なオリヴィア・レインズの面影はほとんど残っていない。誰からも注目された華々しい情婦の女王の面影は。何時間もかけてジャムをつくっていたところで、色褪せた麻のスモックとエプロンはしわが寄り、染みがついていた。それが恥ずかしくてたまらなかった。おまけに、足元は無骨な作業靴。日々家事をこなしているせいで、手にはたこができている。連日の庭仕事で、長年のあいだにずいぶん薄れていたそばかすが、また目立つようになっていた。それに、口元はジャムを味見したせいでべたついていた。

エリスが何を考えているかなんてどうでもいい。そう思えたら、どれほどいいか……。それなのに、何をしているか考える間もなく、恥じらいながら片手を上げて、乱れた髪を撫でつけていた。髪は顔や首にかからないように無造作にまとめてあった。暑い夏の一日が終わろうとするこの時刻、ほつれた髪が汗ばんだ首にまつわりついて、頬をちくちく刺していた。

自分は見るからにだらしない格好なのに、エリスはいつもどおり最新流行のいでたちだった。体にぴたりと合った深い青色の上着に、黄褐色のズボン。ロンドンから馬に乗ってきたのだから、暑くて、埃まみれになっていてもおかしくないのに、上質なブーツは艶やかで、クラバットは真っ白で糊がぱりっと利いていた。

ふたりはこれ以上ないほど対照的だった。エリスはきっと、オリヴィア・レインズという女を見誤っていたのだろうかと訝しんでいるにちがいない。

オリヴィアは顔をまっすぐ上げて、毅然とした態度を取ろうとした。けれど、鍛冶屋の鎚《つち》のように胸の鼓動が連打して、肌が粟立つほど不安でたまらなくては、そんなことができるわけがなかった。

「何をしにきたの？」かすかに敵意を感じさせる口調で尋ねながらも、エリスがここに来た理由はひとつしかないのはわかっていた。ベッドにわたしをふたたび誘いこむためだ。それなのに、じっと見つめられると、清純な乙女のようにもじもじせずにいられなかった。通りをうろつくいたずら小僧のように、ジャムでべたつく口元を拭いたくなるのは、どうにかこらえたけれど。

「きみにはずいぶん手間取らされたよ」エリスがさらりと言った。

エリスは落ち着きはらっていた。帽子を持っている手を太腿のあたりにゆったりと下ろしていた。ふさふさの黒い髪がそよ風に揺れている。男の色香を感じさせる伏せぎみの目が、銀色に輝いていた。

全身が沸きたつほどの興奮を、いままた感じた。エリスはなんて無情なの……。前触れもなくいきなり現われて、必死になって手に入れた心の平穏を乱すなんて。といっても、実のところ、心の平穏などまるで得られていなかった。平穏どころか、胸から心臓をえぐり取られて、何度も踏みつけにされたあげく、凍える川に投げこまれた気分で日々を送っていた。

わたしを見つけるなんて、エリスはなんて憎らしいの。愛する人を忘れるという長く苦しい闘いが、これでまたふりだしに戻ってしまう。その闘いにはどれほど果敢に挑もうと、惨敗を喫してばかりだった。「わたしはここにいると、カイルモア公爵夫妻から聞いたの?」

いま暮らしているケントの田舎家は、昨年、カイルモア公爵が身分の低いいとこから受け継いだ領地にあった。エリスが足音も荒々しくカイルモア邸の図書室から出ていったあとで、ソレイヤと威厳に満ちたその夫は、この地を隠遁場所にするように勧めてくれたのだ。オリヴィアはその申し出に心から感謝して、夫妻の厚意に甘えることにした。もう一度世間に出ていく心の準備ができるまで、この地でひっそり暮らすつもりだった。ロンドンに留まって、行く先々でエリスに出くわすなどということには、とうてい堪えられそうになかった。それ以上に、愛しているということばを、エリスから幾度となく浴びせかけられでもしたら、心の傷は永遠に癒えないはずだった。

エリスが口元を引き結んだ。「ああ、最後は。とはいえ、私が自力できみの居所を突き止めてから、公爵に詰めよって聞きだしたんだ」

滑らかなバリトンの声が、全身に響きわたった。一瞬、すべてを忘れて目を閉じると、愛を囁くその声が頭によみがえった。

目を開けると、何もかもわかっていると言いたげにエリスの目が光っていた。まるで、相手の頭の中をすべて見通しているかのように。

そう、エリスはわたしの考えをすべて読みとっているのだ。ふたりで過ごしたのはほんの数週間だけれど、エリスはわたしの何もかもを知っているのだから。

相手の心を見透かした不可思議な一瞬などなかったかのように、エリスが話を続けた。「きみはレオの近くにいるはずだと、なぜもっと早く気づかなかったのか不思議なくらいだ。私がきみを捜しにウッド・エンドへ行ったことは、レオから聞いているんだろう？」

「いいえ、レオは何も言っていなかったわ」レオはこの夏、頻繁にこの田舎家を訪ねてきていた。「わたしが実の母であることは知っているけれど」

灰色の目は揺るがなかった。「私は教えていないよ」

「ええ、ずっとまえから知っていたようね」そう言うと、自然に笑みが浮かんできた。嘘をつく必要がなくなって、レオとの関係はさらに深みを増し、いっそう親密になっていた。

「レオは賢い青年だ」

「あなたがここへやってきたのは、レオの話をするためではないはずよ」オリヴィアは背筋を伸ばして、エリスを睨みつけた。

厳めしい顔をしたところでなんの役にも立たないのをすっかり忘れていた。エリスはからかうように片方の眉を上げてみせただけだった。「レオの話をするのは楽しいよ。それに、私はとくに急いでいるわけでもないからな」そう言うと、その目がひときわ輝いた。「とはいえ、ロンドンから長いこと馬を駆って、埃まみれになった。そろそろ家に入れてくれてもいいころじゃないか？　飲み物の一杯ぐらいは勧めてくれても」

「いつもは家主の許可など待たないくせに」つい嫌みを言いたくなった。

できることなら、エリスに対して腹を立てたかった。大嫌いになりたかった。けれど、馬にまたがって、目に挑発的な光を浮かべているエリスに対して、怒りを抱くことはおろか、嫌いにもなれるわけがなかった。悲嘆に暮れて、眠れずに過ごしたいくつもの夜に、ひとりつぶやいていた必死の祈りのすべてがかなった――エリスを見てそんなふうに感じているのだから。

「もしかしたら、きみが去ってからの長く惨憺たる日々に、わずかながら礼儀が身についたのかもしれない」

その口調は長く惨憺たる日々を過ごしていたようには、ちっとも聞こえなかった。まるで、ちょっとした知りあいとあたり障りのない会話を楽しんでいるような口ぶりだ。けれど、毛に泥がこびりついて、汗をかいている馬に目をやると、ロンドンとこの場所がどれほど離れているかを思いだした。

「わたしがここにいるのを、いつ知ったの？」とはいえ、それはもう見当がついていた。

「今日の午後だ」

つまりそれは、ロンドンからここまで馬を疾駆させてきたのを意味する。同時に、エリスのいかにもゆったりした態度が見せかけだけのものであることも意味していた。エリスは巧みに本心を隠す。それはお互いさまだった。けれど、あの束の間の輝かしいひとときだけは、ふたりとも真の自分をさらけだした。そのひとときは永遠に戻らないけれど。

「馬に水を飲ませましょう」オリヴィアは胸に突き刺さるやるせない思いを隠して井戸へ向かうと、吐水口の下に力をこめて手桶を押しこんだ。

「ああ、もちろん、馬の世話がさきだ」エリスが皮肉めかして言った。オリヴィアはちらりと顔を上げた。エリスの口元が張りつめている。見た目は冷静を装っているけれど、やはり内心はそれほどでもないらしい。「なぜカイルモアは自分の屋敷にきみを住まわせなかったんだ？」

オリヴィアはポンプの取っ手を動かした。水が勢いよく手桶に流れこむ。「公爵にはそうするように言われたけれど、そこまで甘えるわけにはいかないと思ったのよ」

「なんとまあ、きみがそれほど謙虚だったとはな、ミス・レインズ」

オリヴィアは黙りなさいと言わんばかりにエリスを睨みつけた。「馬以上の飲み物がほしいなら、口を慎むことね」

「さもなければ、この口をもっと楽しいことのために使うか？」エリスが小さな声で言った。

オリヴィアは聞こえないふりをしたものの、そんなことをしても無駄だった。胸の内が隠せないほど顔が真っ赤になる。最後にふたりきりになったときにエリスがしたことを思いだしたせいだった。そして、いまもまた、ふたりきり。メイドは実家に帰っていて、家は人気のない村はずれに立っていた。

馬の鼻先に手桶をどさりと置いた。馬がうれしそうに水を飲みはじめると、オリヴィアは顔を上げてエリスを睨んだ。「どうぞ、入ってちょうだい。あなたをずっと外に立たせておくわけにはいきそうにないから」

「そう思ってくれるのか？」嫌みにもまるで動じていない口ぶりだった。ついさっき、エリスの緊張感が垣間見えたような気がしたけれど、いまやそんなものはすっかり消えていた。酔いしれて見とれてしまうほど力強く優雅な動きでエリスが鞍から下りて、となりに立った。気づいたときには、オリヴィアはその場にじっと立ったまま、胸躍る雄々しい香りを胸いっぱいに吸いこんでいた。馬と埃と汗と、エリス自身の香りを。

エリスもその場に立ったままだった。相変わらずこちらを見つめている。深い眠りからふいに目覚めたかのように、オリヴィアはわれに返った。用心しなければ、エリスに対してどれほど無力かを気取られてしまう。

何を馬鹿なことを……。そんなことは、とっくに知られているに決まっている。だからこそ、エリスはここへやってきたのだ。

愛とはどれほど苦しいものか、エリスが永遠に手の届かないものになってはじめて気づいた。エリスの姿をふたたび目にして、切なくなるほどうれしかった。なぜなら、何も変わっていなかったから。空気は特別な戦慄に満ちて、光はより明るく、この数カ月ではじめて生きているだけと実感できた。

エリスがいるだけでこんな気持ちになるとは、どうしようもない悲劇で、どうしようもなく事態は深刻だった。

「どうぞ入ってちょうだい」オリヴィアはわざと冷ややかに言った。「食料庫にエールがあるわ。おなかもすいているのでしょう」

エリスが革手袋をはずしながら、妖惑な灰色の目に思いを浮かべて見つめてきた。「長いこと馬を走らせて……」

「ロンドンから来たのよね、それはもう聞いたわ」オリヴィアはスカートを翻して、苛立たしげに腰を振りながら、台所へ向かった。「腹ごしらえしたら、また馬を走らせればいいわ」

肩越しにちらりと振りかえると、エリスがついてきていないのがわかった。馬のとなりに立ったまま、革の手袋をズボンにゆったりと打ちつけている。その姿はあまりにも男らしかった。忌々しいほどに。

「どこへ行けと言うんだ?」エリスが静かに尋ねてきた。

オリヴィアは戸口で足を止めると、揶揄するような視線を送った。「ロンドンへでも、ケントの都会へでも、ドーヴァーへでも。そう、地獄へでも、どこへでもご自由に」

「だが、まもなく日が落ちる。それに、ベイは疲れている。私だって疲れている。となれば、一夜の寝床を用意してくれるのが、人情というものだ」

オリヴィアは苛立って、口を真一文字に結んだ。エリスにはもちろん、自分自身にも腹が立った。エリスの冗談をさらりと無視できたらどれほどいいだろう……。けれど、エリスにからかわれると黙っていられなかった。「純粋な少年のような無邪気さで人を魅了するには、ちょっと歳を取りすぎているんじゃないかしら、エリス」

「以前は、私をジュリアンと呼んでくれたのに」

「あれからいろいろなことが変わったのよ。さあ、家に入らないの？」

「それはもう、喜んで」

そのことばを聞いて、不本意な期待感が背筋を駆けぬけるのを止められなかった。エリスはそれと同じことばを、ヨーク・ストリートの家をはじめて訪れた夜に口にしたのだった。いけない、危険な魔力を持つ記憶はしっかり封印しておかなければ。さもないと、家に入るまえにエリスに押し倒されても不思議はなかった。だからといって、エリスとの最後の愉悦の一夜をもう一度過ごすことに、心惹かれないわけではなかった。でも、そんなことをしてなんになるというの？　エリスが去ってしまえば、ふたたび孤独と切望の世界に取り残されるのに。

そんなことを考えながら、ひんやりとして薄暗い石敷きの台所に入った。続いてエリスが入ってくると、ひとり暮らしには充分すぎるほどの台所が、ふいに狭苦しく思えた。それは、エリスが長身でたくましいせいだけではなかった。その体からにじみでる自制の利いたオーラのせいだった。

「なかなかいい家だ」勧められてもいないのに、エリスが窓際の椅子に腰を下ろして、興味津々といったようすで周囲を見まわした。不慣れなジャムづくりに励んだせいで、雑然とした台所には、熱した砂糖と果物のねっとりと甘い香りが立ちこめていた。散らかっていることなど気にしないと自分に言い聞かせようとしたけれど、プライドがそれを許さなかった。

食料庫からエール入りのジャグを取ってくると、ジョッキに注いだ。それをエリスに渡すときには、手が触れないように気をつけた。「ほんとうは狭くてみすぼらしいと思っているんでしょう」

「ありがとう」エリスがエールを受けとって、ごくりとひと口飲んだ。

エリスが頭をのけぞらせてエールを飲むと、のどぼとけが大きく動いた。オリヴィアはあわてて目をそらした。エリスの男としての存在感はあまりにも圧倒的だった。ひとり暮らしの女の世界に現われた異邦人。エリスに神聖なわが家を侵されたことに腹を立てようとした。けれど、エリスがこれほどそばにいては、うれしくて、心は舞いあがるばかりだった。

哀れで愚かな心。

哀れで愚かなオリヴィア。

エリスがジョッキを下ろして、鋭い目で見つめてきた。「いや、そんなことは思っていないよ。いい家だ。といっても、想像していたきみの住まいとはちがうけれど」

「わたしがまた大金持ちのパトロンを見つけたと思っていたんでしょう」オリヴィアは棘のある口調で言った。とはいえ、考えてみれば、ほかにどんな想像ができるだろう？　ロンドン一有名な淫婦ならば、そうするのがしごく自然というものだ。

エリスの口元がゆがんで、笑みとは呼べそうにない笑みが浮かんだ。「それとはちがう想像をできるくらいには、きみのことをよく知っているよ」

焦点の定まらない会話にふいに嫌気がさして、オリヴィアは果物が飛び散ったテーブルを勢いよく叩いた。「あなたはわたしのことなんて、これっぽっちもわかっていないわ、閣下。お願いだから、用件を言って帰ってちょうだい」

「きみに会いたかった」たったいま手のひらを叩きつけたテーブルに、エリスがからになったジョッキをそっと置いた。「四月以来、あらゆるところを捜しまわった」

オリヴィアはそっぽを向くと、べつの部屋に通じる廊下をぼんやり見つめた。「こんなことをしていてもどうしようもないわ。わたしは愛人としてあなたと一緒にウィーンに行く気などないのだから」

「待ってくれ。そんなことはまだ頼んでいない」穏やかな口調だった。

オリヴィアはかっとなって、エリスを睨みつけた。「わたしを連れもどしにきたわけじゃないふりをしても無駄よ。なんの下心もなくのんびり会話を楽しんでいるふりをしたって、あなたからは欲望のにおいがぷんぷんしているわ」

エリスの顔にはもう笑みはなかった。「もちろん、私はきみがほしい」

「でも、それは……」オリヴィアは言いかけて、ふと気づいた。「あなたは六月のローマお嬢さまの結婚式が終わったら、ウィーンに戻るんじゃなかったの？」

「いや、結局、ローマはレントンと結婚しなかった」エリスがブーツを履いた脚を組み、膝を包むようにして両手を組みあわせた。エリスは欲望を抱いていると言っていたけれど、物腰は静かな自信に満ちていた。「そのことはきみも知っていると思っていたよ」

「上流社会の醜聞はこんな田舎までは流れてこないのよ。それに、ロンドンにいる友人はわたしがここにいるのを知らないわ。もちろん、ペリーはべつだけど」

「嘘つきの卑劣漢は、きみの居場所を知らないと言ったぞ」

「誰にも言わないと約束させたのよ。とくにあなたにはけっして教えないと」

「カイルモア公爵夫人が五月に女の子を無事に出産されたのは知っているのか？」

「ここはカイルモア公爵の領地よ。そういった知らせは、都会のくだらない噂話とはちがうわ。それより、ローマお嬢さまのことを聞かせて」そう言うと同時に、ふとあることに気づいて、背筋がぞっとした。そのせいで、束の間、辛辣な憤りは頭の中からすっかり消えてなくなった。「まさか、お嬢さまがわたしと会ったことが、レントン家に知られたなんてことはないでしょうね？　わたしはお嬢さまに災難が降りかかるのをどうにかして避けようとしたのに。ええ、そう、ほんとうよ。誓ってもいいわ、ジュリアン」考える間もなく、その名が口をついて出ていた。

うっかり名を呼んでしまったことを皮肉られでもしたら、レンジの上に吊るされた大きな銅鍋《どうなべ》で、エリスを叩いていたかもしれない。けれど、エリスは名を呼ばれたことに気づいたそぶりも見せなかった。それでも、気づいていないわけがなかった。鋭い目と、その奥のさらに鋭敏な頭脳が、何かを見落とすはずがないのだから。

「大丈夫だ。安心していい。ローマがきみを訪ねたことは誰にも知られていない。とはいえ、ローマは男にさんざん気をもたせた挙句、袖にすると噂されることになるだろう」

「ローマお嬢さまのほうが婚約を破棄したの？」オリヴィアはわけがわからず、眉間にしわを寄せた。「それなのに、あなたは気に病んでいるようには見えないわ」

エリスが肩をすくめた。「娘が選んだ若造は堅物で退屈な男だったからな」

「あなたと比べれば、そういうことになるわね」そう言わずにいられなかった。

エリスが短く笑った。「それは言ってはいけないよ、マイ・ラブ」オリヴィアは鋭い目つきで睨んだものの、エリスはそれを無視して話を続けた。「ローマはまだ若い。それに、実際の年齢より幼いぐらいだ。レントンとの縁組は文句のつけようがなかったが、実のところ、気質や考えかたがもう少し一致する相手と結婚したほうが、ローマは幸せなはずだ。娘のことを知れば知るほど、そして、娘が選んだ相手が堅物だとわかればわかるほど、ふたりが不釣りあいに思えてならなかった」

「きっと、ローマお嬢さまはあなたの代わりになる人を求めていたんだわ。あなたに家族を奪われたと感じていたせいで、家族を自分に与えてくれるような人を選んだのよ」

エリスとのこういった会話を心から求めていたのだとオリヴィアは痛感した。生き生きとしたエリスがそばにいてくれればと、どれほど求めていたことか。エリスのすべてを求めてやまなかった。切ない思いが胸を満たそうとするのを感じて、オリヴィアは必死に心の防壁を築いた。目のまえにいる男性とともに歩む未来はないのだから……。それを忘れるわけにはいかなかった。

エリスの端整な顔が悲しげに翳った。「ああ、きみの言うとおりなんだろう。ローマとは仲のいい友人ぐらいには親しくなれた。とはいえ、馬に乗ったローマは相変わらず見るに堪えない。まさか、わが子があれほど乗馬がへたくそだとは」

「レントンを袖にしたことはさぞかし噂になっているでしょうね。ローマお嬢さまは大丈夫なの？」レディ・ローマが非難の嵐にさらされていると思うと、かわいそうでならなかった。

「大丈夫かだって？」エリスの唇に皮肉っぽい笑みが浮かんだ。「元気そのものだよ。それに、これまでとはまったくちがうドレスを身につけるようになった。どれもこれも、社交シーズンにきみが着ていたものにそっくりだ。きみの影響は絶大らしいな」

エリスのことばに憤りがこもっていないかとオリヴィアは考えた。けれど、そんなものは微塵も感じられなかった。「あなたはそれが気に入らないんでしょう」

「きみに逃げられたことを思いだすから、その一点ではたしかに気に入らない。といっても、そのことはわざわざ思いだすまでもなく、つねに頭を離れたことはないが」

「ジュリアン……」オリヴィアは不穏な雰囲気を感じて、火のついていない石の炉床のほうへあとずさった。

エリスを咎《とが》めようとしたけれど、遮られた。「正直なところ、私がロンドンに戻ってきたころのむっつりとすねていた生意気な娘より、いまのさっそうとしたローマのほうが気に入っているよ。ああ、ローマはほんとうにさっそうとしたレディになろうとしている。とはいえ、それが度を超さないうちに、結婚相手が見つかるだろう。いまは、ローマがきみのように馬に乗れるようになれば、父親として言うことはない」

以前とはちがう父親としての愛情が、ことばにこもっていた。それを感じると、自然に笑みが浮かんできた。たとえ一緒に生きていけなくても、エリスに不幸になってほしいとはこれっぽっちも思わなかった。家族との確執がどれほどエリスの心を苛んでいたかよくわかっているのだから。

「よかったわ。それで、坊ちゃまのほうは？」

「ウィリアムともいい方向へ向かっているよ。とくに、一緒になって父親に歯向かっていたローマという強い味方を失ってからは。少なくとも、近頃はちょっとした話ができるようになった。どうやら、ウィリアムもレントンが好きではなかったらしい」

「ということは、帰国した目的は果たせたのね」

「まあ、そういうことになるな」エリスは思いにふけりながらしみじみと言った。

エリスの視線は相変わらずこちらに向けられていた。そんなふうに見つめられたら、居心地が悪くなっても不思議はなかった。なんといっても、いまの自分は農婦のようないでたちで、おまけに、エリスの求めにはけっして応じられないのだから。それなのに、なぜか、じっと見つめられているのが、ごく自然に感じられた。そしてまた、エリスの悩みをわがことのように思って、悩みの種のひとつがなくなったのをわがことのように喜ぶのも、いたって自然に感じられた。

「それで、ウィーンへ戻るのを遅らせたのね？」

「いや、ウィーンには戻らない。仕事は辞めたんだ」エリスがいったん口をつぐんで、深々と息を吸った。「フランスに城を買った。そこで馬を育てるつもりだ」

「フランス？」聞きとれないほど小さな声で、思わず尋ねていた。体がこわばるほど驚いていた。「この国に留まるつもりなのかと思ったわ」

「計画は状況に応じてつねに変化していくものだ」

「屋敷や領地はどうするの？」

そんなことはわたしには関係のないこと……。オリヴィアはそう自分に言い聞かせようとした。エリスとはすでに別れて、二度と元のさやに戻るつもりはないのだから。英国。フランス。はるかかなたの異国。エリスがどこで暮らそうと、ふたりが二度と元に戻らないのは変わりない。エリスがフランスで暮らすと聞かされて、自分の人生まで引き裂かれたように感じる理由などひとつもなかった。そもそも、エリスはすでにウィーンに戻ったものと思いこんでいたのだから。

「ウィリアムがオックスフォードを卒業したら、引き継がせる」

「この国にある領地に住んでいたほうが、あなたにとっても、あなたの家族にとっても、都合がいいんじゃないかしら？」

エリスがからのジョッキを手に取った。手のひらの上でそれをまわして、薄れかけた陽光を反射する白目製のジョッキの輝きを見つめた。「長いこと大陸で暮らしたせいか、英国はずいぶん窮屈なんだよ。これまでは自分の生まれたこの国に夢のような幻想を抱いてきた。それに、これからもこの国を愛しつづけるのはまちがいない。それでも、やはり、フランスのほうが性に合っている。手に入れた城はノルマンディーにある。フランスと言っても近いから、ちょくちょく行き来ができる。フランスから英国へ、英国からフランスへ。私の決断に、子どもたちも大いに賛成してくれたよ」

「信じられないわ」

エリスの口元に苦笑いが浮かんだ。「いや、即座に賛成してくれたとは言っていない。だが、何度も話しあって、最後には、私の気持ちを理解してくれたんだ」

道理に合わない苦悩を隠そうと、オリヴィアは皮肉めかして尋ねた。「ということは、誰もが知る粋な放蕩者エリス伯爵が、農夫として暮らすのね?」

「ああ、そうするつもりだ。それに、旅もする。私の花嫁は外国が見たくてたまらないようだから」エリスが顔を上げた。その目はいかにも幸せそうで、澄んだ光を発していた。「オリヴィア、私は結婚するんだ」

30

オリヴィアはかすれた悲鳴をあげて、あとずさった。いきなり頬を叩かれたように、頭ががんがんした。耳の中でエリスのことばがこだましていた。

結婚する？　たしかに、エリスが結婚を望むのはごく自然の成り行きだ。わたし以外の誰かと結婚を望むのは……。

呆然として震えながら、イグサの座面の武骨な椅子の背につかまった。倒れるわけにはいかなかった。そんなことは許されない。それではあまりにも惨めすぎる。けれど、脚は紐になってしまったかのように頼りなくて、目が霞んで、視界がエリスの目と同じ濃い灰色に変わっていった。日々の家事をこなしているその場所がぼやけていく。長く深い穴に転がり落ちて、真っ暗な奈落の底へ吸いこまれていくかのようだった。

息も詰まるほどの苦悩に埋もれながらも、遠くのほうで甲高い音が響くのがわかった。エリスがジョッキを落としたらしい。続いて、手をついた椅子が石敷きの床に倒れる大きな音が響いた。

エリスが結婚する……。そんなことにどうすれば堪えられるの？

四カ月まえ、エリスとわたしは別れた。それ以降、エリスはふさわしい妻を見つけるために奔走していたにちがいない。新たなエリス伯爵夫人となるりっぱな淑女を見つけるために。エリスとともに生きて、家庭を守り、ローマとウィリアムの母になる女性を。そして、その女性は……ああ、考えただけでも堪えられない……エリスの子どもを産むのだろう。それはわたしにはけっしてできないこと。

体がぐらりと揺れた。なぜ、息ができないの？　息を吸わなければ。けれど、肺が縮んでしまったかのようだった。それに、寒い。凍えてしまいそうなほど。

「オリヴィア？　オリヴィア、マイ・ダーリン、落ち着くんだ」

目が霞んで何も見えなかったけれど、たくましい腕に包まれるのを感じた。次の瞬間には、また体がぐらりと揺れた。気づいたときには、エリスに抱きあげられて廊下を運ばれていた。

エリスが結婚する……。

オリヴィアはひどい寒気に体の震えが止まらず、エリスの懐かしいぬくもりにぴたりと身を寄せているしかなかった。エリスが誰かと結婚するという非情な現実を知らされても、そのぬくもりからは離れられなかった。

「下ろして」からからに乾いた綿のような唇から、かすれた声を出した。

エリスはそのことばを無視した。もしかしたら、聞こえなかったのかもしれない。「この家にも居間ぐらいはあるだろう。窮屈な台所にきみを置いておくわけにはいかない」

エリスが結婚する……。

頭の中で無慈悲なことばがいつまでも響いていた。それなのに、そのことばの意味を理解できずにいた。

自分の腕の中にいるのがあたりまえであるかのように、エリスがわたしを抱いているのはまちがっている。わたしを〝マイ・ダーリン〟と呼ぶのもまちがっている。わたしとふたりきりで話をするのもまちがいだ。エリスはロンドンで、花嫁となる女性に愛を囁いているべきなのだ。

わたしはエリスにこの世にふたつとない宝物のように抱かれている……。そんなふうに抱かれていてはならないと道義心が騒いでいた。けれど、これまで一度たりとも偽善者ぶったことなどなかった。そして、いまさらそうする気もなかった。腕をエリスのうなじにまわして、頬をたくましい胸にそっと押しあてる。ゆったりした規則正しい胸の鼓動が耳に伝わってきた。

徐々に頭がはっきりして、力も戻ってくると、エリスの男らしい横顔を見つめた。瘦せたのか、頬骨がやけに目立つような気がした。それに、表情もなんとなく悲しげで、それはふたりが別れてから、ほとんど笑っていない証拠のように思えた。

いいえ、すべては独りよがりの幻想。エリスがわたしを恋い焦がれてやつれるはずがない。妻となる女性を口説いていたのだから。

「抱えて運ぶには、わたしは重すぎるわ」いかにも痛々しげで、ひび割れた声しか出なかった。

愛おしい声でエリスが短く笑った。おかしくて、つい笑わずにいられないかのように。

「いいや、きみは完璧だよ」そう言うと、狭く低い戸口で頭をひょいと下げて、居間に入った。「ここのほうがずっといい」

「下ろして。きちんと立っていられるわ」確信を持てないまま言った。

「無理だよ。きみはまた気を失って、私にしなだれかかってくるだけだ」エリスが暖炉のまえの肘掛椅子に腰かけた。オリヴィアはその膝の上にのせられた。

「わたしは気を失ってなどいないわ」たしかに脚がゴムになってしまったようで、視界は霞んで、倒れてしまいそうだったけれど、気を失ってはいなかった。オリヴィア・レインズが失神などするはずがなかった。

「そこまで言うなら、そういうことにしておこう。とにかく、もがくのはやめてくれ」

そうよ、もがいたところでどうにもならない。オリヴィアはあきらめて、ふっと息を吐くと、体の力を抜いた。すると、激しく脈打っていた鼓動も鎮まった。精も根も尽き果てて、この陶酔のひとときを断ち切る気力もなかった。愉悦を暗示するビャクダンとエリスの魅惑的な香りに包まれていながら、怒りや驚きを抱きつづけられるはずがなかった。

「それでいい」エリスがやさしく言いながら、髪に顔を埋めてきた。

オリヴィアは目を閉じて、エリスがいまここにいることを肌で感じた。その喜びははかなく、心を惑わせる不正なものだとわかっていても、抱擁を振りほどけなかった。エリスとの別離以降、いつ終わるとも知れない闇の日々を生きてきて、いまこのときが幸福と呼べるものにもっとも近かった。

「ジュリアン、わたしを苦しめないで」かすれた声で懇願した。「こんなのは残酷すぎるわ」

「残酷？　これを残酷と呼ぶのは贅沢すぎる。オリヴィア、きみのせいで私は地獄を這いずりまわるような四カ月を過ごしたんだぞ」髪に顔を埋めたまま、エリスがさも苦しげに言った。体にまわされた腕に力がこもるのを感じた。それはことば以上に、どれほど恋しがっていたかを物語っていた。

エリスが何を求めているのかまったくわからなかった。エリスは妻となる女性を見つけたと言った。フランスに移り住むとも言った。それなのに、これほどしっかりと、これほどやさしく抱きしめるなんて。まるで、二度と放さないと言わんばかりに。

エリスのシャツをそっとつかんで、たくましい肩に頭をもたせかけた。体にまわされた腕は力強く、すべてのものから守ってくれているかのようだった。

愚かな幻想。

かろうじて残っていた思慮分別が囁いた。さあ、立ちあがって、気力を振りしぼってエリスを拒むのよ。エリスはわたしのものではない。永遠に手の届かない人。花嫁の元にエリスは戻るべきだ。そうすれば、わたしはこのさきに待っている湿っぽくどんよりとした月日に、いくらかでも充足感を見いだせるかもしれない。

さあ、エリスをここから追いだすのよ。

でも、いまはまだ。お願い、いまはまだ。

エリスが自分以外の女性のものになるなんて信じられなかった。ヨーク・ストリートの家での長く情熱的ないくつもの夜に、ふたりを結びつけた絆は、永遠に断ち切れないほど強かったのだから。別離と苦悩を経て、いっそう強くなっているのだから。

この世でいちばんの愚か者と言われても、いまでもエリスに愛されているとしか思えなかった。

でも、それが真実だとしても、何が変わるというの？　ふたりで生きるための条件は、いまも変わっていない。いままたエリスを撥ねつければ、心に新たな傷ができるのはわかっているけれど。

エリスが顔を上げて、目を輝かせて見つめてきた。「きみはイチゴのにおいがする」

「ジャムを作っていたから」

「なるほど」エリスに顔を上げさせられた。「どれどれ」

胸が高鳴って、期待に打ち震えながら待った。賢い女性なら、キスなどしたくないと即座に拒絶するところだ。けれど、エリスのことをこれほど恋い焦がれていたのだから……。たった一度の口づけぐらいどうってことはない、そうでしょう？　運命がほんの束の間のご褒美をくれたと思えばいい。凍りついた無残な世界に、もう一度わたしを突き落とすまえに。拒む時間を与えるかのように、エリスがゆっくりと顔を下げた。灰色の瞳が光を放っていた。唇が開いて、やわらかな吐息を吐いた。ふたりの唇がそっと重なると、オリヴィアはあまりにも甘美な口づけにとろけそうになった。

エリスが唇をひそやかに味わった。蜂蜜のようにとろりと動く舌。じらすような唇。これまでの口づけとはまるでちがっていた。この口づけは……あまりにも純粋だった。けれど、すぐにエリスが顔を上げた。甘いキスが情熱的なキスへと変わるのを。不本意な欲望に打ち震えながら、オリヴィアはさらなる口づけを待った。四カ月まえ、自分の元に留まるように説得するために、エリスは情熱を武器にしたのだから。

「なんて心地いいんだ」エリスの唇に笑みが浮かんだ。いまの口づけと同じ、穏やかな笑みだった。オリヴィアは激しい鼓動を刻むつむじ曲がりの心臓が止まったかに思えた。ひとつ大きな鼓動を刻んでから、すばやくぴょんと跳ねたかと思うと、一瞬動きを止めたかのように。

「ジュリアン……」詰まるのどから、無理やり声を出して囁いた。

エリスは婚約しているのだから。そう自分に言い聞かせようとした。けれど、いまこのとき、エリスはここにいて、相手の女性の姿は影に隠れて霞んでいた。オリヴィアは目を閉じて、こみあげてくる涙を押しもどした。

腕の中にいる女がいまにも泣き崩れそうになっているのを知っているかのように、エリスがかすかに抱擁を強めた。たくましい胸に顔がそっと触れる。ふたりの心臓が同じリズムを刻みはじめた。唇にはまだ束の間の口づけの味がまつわりついていた。どんなワインよりまったりと唇に残っていた。長いあいだ、エリスに触れられたくてたまらなかった。いまこのときだけは、エリスに抱かれて、知らぬ間に過ぎていくわずかなときに身をゆだねた。

「贈り物を持ってきたんだ」しばらくして、エリスが言った。口調は真剣そのもので、かつて愛を告白したときと同じだった。

痛烈な絶望が胸にこみあげて、束の間の安らぎをずたずたに引き裂いた。ルビーのネックレスで気を引こうとしたときのように、いままた贈り物でわたしを惑わせるつもりなの？

「また宝石をくれるの？」

「いや。でも、きみが望むなら、ロンドンじゅうのダイアモンドをひとつ残らず買い占めてもいい」

「そんなことは望んでいないわ」

自分が何を望んでいるかはよくわかっていた。切望してやまないのは、軽蔑する男たちを足元にひれ伏させた勲章としての光り輝く宝石ではなかった。

「それでもやはり、きみのためにロンドンじゅうのダイアモンドを買い占めよう」エリスが耳元でつぶやいた。とたんに全身に戦慄が走った。そんな反応を打ち消そうと、オリヴィアは身震いした。

「そんなものをもらっても、わたしはすべて捨てるわ」

エリスが首を傾げて、顔を覗きこんできた。「私の内ポケットに入った紙を取りだしてくれないか？」

「家の権利書ならば、それもいらないわ」かすれた声で応じた。

エリスの目におもしろがっているような光が浮かんだ。「それを聞いてほっとしたよ。家の権利書ではないからね」

エリス以外の人にからかわれたことなどなかった。この世でそれができる唯一の男性に、なぜ恋してしまったの？「ジュリアン・サウスウッド、あなたはこの世でいちばん苛立たしいわ」むっとして言った。

「ああ、そうかもしれない」またもや憎らしいことに小さく笑いながら、エリスが言った。「内ポケットの中だ、オリヴィア」

オリヴィアはエリスの上着の内側に手を入れて、紙を探した。シャツ越しにたくましい胸に触れたとたんに、エリスがはっと息を呑んで、呼吸が荒くなった。

紙をつかんだ。シャツ越しに胸にわざと手が触れるようにして、ゆっくり抜きとる。

「何かしら?」

これまでとはちがう真剣なまなざしで、エリスが見つめてきた。

さきほどは、少年のような無邪気さで人を魅了するには歳を取りすぎているとからかったけれど、いまのエリスはまさによるべない少年のようだった。見るからに照れくさそうで、不安げだった。洗練されたエリス伯爵とそのことばを結びつけて考えたことなど、これまで一度もなかったのに。

灰色の目に浮かぶ繊細な光が、オリヴィアの傷ついた心をさらに切り裂いた。口元に浮かぶ表情は、あまりにも穏やかで、もう少しで輝くばかりの微笑みが浮かびそうだった。口づけしようと身を寄せたくなるのをどうにかこらえた。その唇を味わいたくて、全身が痛んでいたけれど。

エリスが書類のほうに頭を傾けた。「さあ、読んでくれ」

オリヴィアは渋々と書類を広げた。まもなく妻をめとることへの埋めあわせのつもりなのか、さもなければ、愛人として戻ってきてほしいと説得するために、何か途方もないものを贈るつもりなのだろう。

日が暮れようとしていたけれど、晩夏の夕暮れは、書類を埋め尽くす細かい文字を読めるぐらいには明るかった。

それでも、三度読みかえしてようやく、震える手が握っているものを理解した。

驚いて顔を上げると同時に、強く抱きしめられた。自分がここに来た理由を知ったとたんに、わたしが逃げだしてしまうのではないか――そう恐れているかのように、エリスが抱きしめてきた。

「これは特別な許可書だわ」呆然として言った。

「そうだよ」エリスの目の輝きが眩しかった。それとも、視界が霞んでいるのは、あふれてくる涙のせいなの……?

エリスが唾を飲みこんで、のどぼとけが大きく動いた。これほど自信満々の男性が、たったひとりの女の反応にびくびくしていた。それに気づくと、胸がいっぱいになった。それを思うと、身がよじれるほど切なくなった。

そして、これまでに感じたことのない穏やかな確信を抱いた。

オリヴィアは手を差しだして、エリスの少しやつれた頰を撫でると、囁いた。「さあ、言ってちょうだい、ジュリアン」

エリスが咳払《せきばら》いした。さらにもう一度。

けれど、話しはじめるとその声は深く、揺るぎなく、誠意に満ちていた。「美しく、賢く、思慮深く、誰よりもすばらしい、愛するオリヴィア、私と結婚してくれるかい?」

訳者あとがき

本書『誘惑は愛のために』はダークなヒストリカルロマンスを描きつづけているロマンス作家アナ・キャンベルの邦訳第四作目です。強いてひとことで表わすなら、濃厚な大人の愛の物語と言えるでしょう。ヒーローは四十代、ヒロインは三十一歳と、ヒストリカルロマンスの主人公にしては年齢が高く、それゆえに、暗い過去や家族のしがらみなどを抱えていて、愛に猪突猛進《ちょとつもうしん》とはいきません。周囲が見えなくなるような若い愛とはちがい、強く惹かれあいながらも、立場をわきまえて行動しなければならない大人のロマンスのもどかしさが、かえって新鮮に感じられる秀作です。遊びなれた大人の男が、愛する女に翻弄され、献身的に尽くし、ときに過ちを犯して、人生をかけた決断を迫られる——真実の深い愛が丁寧に描かれた本書をどうぞご堪能ください。

一八二六年ロンドン。その街一のプロの愛人であるオリヴィアは、パトロンを選ぶのも別れるのも自分しだい、また、愛人関係の条件もほぼ自分で決めることでも有名でした。パトロンとの関係の主導権は愛人のほうが握るというめずらしい女性です。そんな自由が許されるのは、オリヴィアの怪しい魅力に男性はみな虜になるからでした。オリヴィアは美貌や知性が秀でているのはもちろんのこと、愛人としてもっとも求められる資質、つまりはベッドでのテクニックがずば抜けているのです。そうであるなら、本人も男性との交わりを楽しんでもおかしくないのですが、実はそれとは正反対で、男性に対して何も感じない、いいえ、感じないどころか、男性を憎んでさえいます。性のテクニックに磨きをかけたのは、理不尽な理由で幼くして愛人として生きることを強いられたからには、あらゆる男性が足元にひれ伏すような極上の愛人になろうと決意して生きてきたせいでした。それこそが、オリヴィアが過酷な運命を克服するために必要だったプライドであり、強いられた環境のなかで自分を見失わずにいるための唯一のよりどころだったのです。しかも、オリヴィアに強いられた過酷な運命とは、まだ少女と言ってもいいころに無理やり愛人として売られたというだけではありません。その後も容赦なく悲劇が襲いかかり、誰にも言えない秘密を抱えてもいたのです。

外交官として十六年のあいだ外国で暮らしてきたエリス伯爵は、このたび帰国して三カ月ほどロンドンに滞在することになり、その期間だけという条件つきでオリヴィアと愛人契約を結びます。エリスは赴任する先々でその街いちばんの愛人を得てきた有名な放蕩者です。ロンドンに戻ってきたのは、十六年まえに妻が亡くなって以来、姉にあずけたまま顧みずにいた子どもたち――まもなく結婚する娘と大学に進学する息子――との関係を修復するため。それが第一の目的で、愛人を持つのはほんの気晴らしのつもりでした。ところが、性に熟達しているオリヴィアがほんとうは不感症で、男女の交わりで得られる悦びを経験したことがないと知ると、エリスはオリヴィアに賭けをもちかけます。自分がオリヴィアに性の悦びを抱かせるのがさきか、オリヴィアの熟練した技に自分が屈するのがさきかという賭けです。そんな賭けを思いついたのは、実は、いつ別れてもかまわないと言わんばかりの態度のオリヴィアをつなぎとめておくためでした。それまで女を追いかけたことなど一度もないのに、オリヴィアとの関係を終わらせたくない一心で躍起になっているとは、エリス自身にとっても信じられないことでした。そうしてふたりで過ごすうちに、オリヴィアの男を手玉に取る冷ややかな愛人という仮面の下に、運命に翻弄されながらも懸命に生きてきた気丈な女の一面が隠れていることに気づいて、エリスはオリヴィアを心から愛するようになります。そして、オリヴィアが抱えている秘密をあばいて、過去の呪縛からオリヴィアの心を解き放ってみせると決意します。幼いオリヴィアに対して蛮行を働いた男たちの罪を、同性である自分が償うことによって、オリヴィアの男性に対する不信感を少しでも和らげようと、プライドを捨てて、誠心誠意オリヴィアに尽くすのでした。

オリヴィアのほうも、〝男性はみな敵である〟という信念が心から離れないながらも、真のエリスがただの放蕩者ではないと知るようになります。妻を亡くしたエリスが、子どもを姉にゆだねて外国へと旅立ったのは、放蕩暮らしを楽しみたいからではなく、心から愛していた妻の死を受けいれられず、失意のあまり子育てなどできる状態ではなかったからでした。亡き妻をそれほどまでに愛していたエリスの純粋さに、オリヴィアは心を揺さぶられます。

愛妻を失った傷心を隠して放蕩者として生きてきたエリスは、一見、すべてを自分の思いどおりにしなければ気がすまない〝俺さま〟キャラです。また、男を意のままに操ることでプライドを保っているオリヴィアも、一見、男性との関係のすべてを支配したがる〝女王さま〟キャラ。そんなふたりのプライドと意地のぶつかり合い、そして、相手を愛するがゆえの葛藤や譲歩は実に読み応えがあります。深く愛しあいながらも、幸せをつかむための道のりは前途多難。厳しく長い道のりを、愛しあうふたりがどう乗り切っていくのか、ダークな大人のロマンスの醍醐味をぞんぶんにお楽しみください。

ふたりを支える脇役も魅力的です。まずは、オリヴィアを支えるペリー。ペリーは絵に描いたような美男子で、ロンドンきっての洒落者です。そんなペリーとオリヴィアの関係は……？　中盤で明かされる意外な事実もまた、読みどころのひとつです。もうひとり、エリスの十八歳の娘ローマの役どころも見逃せません。一見わがままなお嬢さまのローマですが、実はなかなか芯のある若い淑女。エリスとオリヴィアの関係を複雑にして、同時に、発展させもするキーパーソンです。

著者アナ・キャンベルは、主人公の感情の変化、胸に秘めた苦悩、不安、罪悪感を書かせたら超一流のロマンス作家と言えるでしょう。本書でもその才能をあますところなく発揮していますが、次作である〝*My Reckless Surrender*〟でもその勢いは止まりません。田舎に住むダイアナは、領主である老侯爵から邪悪な男アッシュクロフトを誘惑して、その男の子どもを身ごもれば、自分の死後、領地をその子どもに受け継がせると言われます。領地に対する深い愛情ゆえに、ダイアナはその取引に応じますが、邪悪な男と聞かされていたアッシユクロフトが実際には義理堅く、思いやりにあふれているとわかると、心惹かれずにはいられませんでした。やがて、悪巧みを企てていたのは老侯爵のほうだと知ると、ダイアナは愛と罪悪感の狭間で、身を引き裂かれる思いでアッシュクロフトのもとを去るのでした……。

こちらも二見書房から刊行予定ですので、どうぞお楽しみにお待ちください。

二〇一二年六月

ザ・ミステリ・コレクション

誘惑《ゆうわく》は愛《あい》のために

著者　アナ・キャンベル

訳者　森嶋《もりしま》マリ

発行所　株式会社 二見書房
東京都千代田区三崎町2-18-11
電話　03(3515)2311 [営業]
03(3515)2313 [編集]
振替　00170-4-2639

印刷　株式会社 堀内印刷所
製本　株式会社 関川製本所

ISBN978-4-576-12090-4
http://www.futami.co.jp/

罪深き愛のゆくえ
アナ・キャンベル
森嶋マリ［訳］

高級娼婦をやめてまっとうな人生を送りたいと願う美女ソレイヤ。ある日、公爵のもとから忽然と姿をくらまして…。若く孤独な公爵との壮絶な愛の物語！

囚われの愛ゆえに
アナ・キャンベル
森嶋マリ［訳］

何者かに突然拉致された美しき未亡人グレース。非情な叔父によって不当に監禁されている若き侯爵の愛人として連れてこられたと知り、必死で抵抗するのだが……

その心にふれたくて
アナ・キャンベル
森嶋マリ［訳］

遺産を狙う冷酷な継兄らによって軟禁された伯爵令嬢カリスは、ある晩、屋敷から逃げだすが、宿屋の厩で身を潜めていたところを美貌の男性に見つかってしまい……

〈完訳〉シーク―灼熱の恋―
E・M・ハル
岡本由貴［訳］

英国貴族の娘ダイアナは憧れの砂漠の大地へと旅立つが……。1919年に刊行されて大ベストセラーとなり映画化も成功を収めた不朽の名作ロマンスが完訳で登場！

光輝く丘の上で
マデリン・ハンター
石原未奈子［訳］

やむをえぬ事情である貴族の愛人となり、さらに酒宴の余興で競売にかけられたロザリン。彼女を窮地から救いだしたのは、名も知らぬ心やさしき新進気鋭の実業家で…

あなたに恋すればこそ
トレイシー・アン・ウォレン
久野郁子［訳］

許婚の公爵に正式にプロポーズされたクレア。だが、彼にとって〝義務〟としての結婚でしかないと知り、公爵夫人にふさわしからぬ振る舞いで婚約破棄を企てるが…